insel taschenbuch 5053
Joost Jensen
Leichenstarr an der Bar

Die Friesenbrauerin ermittelt:
Die Leiche am Deich (Band 1)
Leichenblass im Fass (Band 2)
Leichenstarr an der Bar (Band 3)

Enno Prester, Umweltaktivist und enger Freund der Friesenbrauerin Gesine Felber, stirbt in ihren Armen. Seine letzten Worte geben Gesine Rätsel auf: Schimmelreiter klaut. Was hat das zu bedeuten? Gleichzeitig will die Firma Friesenklima eine klimaneutrale Ferienanlage in der Nähe von Sünnum, Gesines ostfriesischer Heimat, bauen und die Einwohner an der saftigen Rendite beteiligen. Eine so gute Gelegenheit können sich die Sünnumer keinesfalls entgehen lassen. Als Gesine aber entdeckt, dass Enno vor seinem Tod Nachforschungen über die Friesenklima AG angestellt hatte, wird sie misstrauisch und will die Wahrheit unbedingt ans Licht bringen. Dabei begibt sie sich in tödliche Gefahr …

Joost Jensen (Pseudonym) wuchs in Norddeutschland auf. Schauplatz seiner Geschichten ist meist die Nordseeküste, die inzwischen zu seiner Heimat geworden ist. Als Inselautor lebt er aktuell auf Borkum.

Joost Jensen

LEICHENSTARR AN DER BAR

Die Friesenbrauerin ermittelt
Ein Nordsee-Krimi

Insel Verlag

Klimaneutral
Druckprodukt
ClimatePartner.com/14438-2110-1001

Erste Auflage 2024
insel taschenbuch 5053
Originalausgabe
© Insel Verlag Anton Kippenberg GmbH & Co. KG, Berlin, 2024
Alle Rechte vorbehalten. Wir behalten uns auch
eine Nutzung des Werks für Text und Data Mining
im Sinne von § 44b UrhG vor.
Umschlaggestaltung: zero-media.net, München
Umschlagabbildungen: FinePic®, München; Getty Images, München /
Ashley Cooper (Dünengras); mauritius images, Mittenwald / Alamy /
Pawel Kazmierczak (Dorf), Manfred Ruckszio (Haus)
Satz: Dörlemann Satz, Lemförde
Druck: CPI books GmbH, Leck
Printed in Germany
ISBN 978-3-458-68353-7

www.insel-verlag.de

LEICHENSTARR AN DER BAR

MENATUR

Sünnum.

Sie sprach das Wort laut aus, als könnte sie ihm auf diese Weise eine tiefere Bedeutung verleihen.

Der Klang ihrer Stimme verhallte in dem alten Gebäude. Aus dem Stuck, mit dem die hohen Decken im Raum verziert waren, brachen immer wieder kleine Stückchen heraus. Das Parkett wies tiefe Schrammen auf. Einige Bretter knarzten beim Betreten. Zerschlissene Vorhänge tanzten in einer leichten Sommerbrise, die durch das geöffnete Fenster hineinwehte.

An der Stirnseite hing ein verstaubtes Ölgemälde, auf dem der Künstler einen Dreimaster verewigt hatte, der in stürmischer Flut Schiffbruch zu erleiden drohte. Am Steuerrad stand ein bärtiger Mann in einem gelben Friesennerz. Auf dem Kopf trug er einen Südwester, die Haare hingen nass in seiner Stirn. Der bis auf die Brust reichende Bart wirkte wie ein vollgesogener Schwamm. Sein Blick war auf eine gigantische Welle gerichtet, die wie eine Wasserwand vor ihm aufragte. Seine Hände hielten das hölzerne Steuerrad mit festem Griff.

Auf ihren Pumps stolzierte sie zu dem Gemälde und blieb davor stehen. Eine Weile betrachtete sie den Seemann, der mit seinem entschlossenen Gesichtsausdruck die entfesselten Kräfte der Natur herauszufordern schien – so wie sie ihr Schicksal.

Sünnum.

Sie sprach das Wort ein weiteres Mal laut aus, als wollte sie es dem Steuermann zurufen. Sie hatte keine Ahnung, ob der Seefahrer auf dem Gemälde einer historischen Figur entsprach oder ob sich der Maler den Mann nur ausgedacht hatte. Letzten Endes war es egal, denn in dem Seemann hatte sie einen Seelenverwandten entdeckt, den sie im realen Leben bisher nicht gefunden hatte. Da sie keinesfalls länger auf Mr. Perfekt warten wollte, würde sie ihre Zukunft in die eigene Hand nehmen und endlich auf der Sonnenseite des Lebens stehen.

Sünnum.

Konnte sie in dem Ort, der so winzig war, dass er nicht einmal bei Google Maps auftauchte, finden, wonach sie bisher vergeblich gesucht hatte?

Sicherlich nicht.

Trotzdem war das Dorf ein weiteres Puzzleteil ihres Plans, auf das sie keinesfalls verzichten wollte.

Sie drehte sich um und betrachtete den Schreibtisch, dessen ramponierte Holzplatte vollständig von Schriftstücken, Prospekten und Dokumenten bedeckt war. Der Computermonitor ragte wie ein Leuchtturm aus der papiernen Flut empor. Tageslicht fiel auf eine Zeichnung, die im Gegensatz zu dem altertümlichen Bild aus einem modernen Farbdrucker gekommen war.

Auf der dreidimensionalen Darstellung war eine Ferienanlage zu sehen, die auf den ersten Blick einem Gutshof glich, wie sie überall in Ostfriesland zu finden waren. Auf den Weiden grasten Kühe, Pferde galoppierten in einer Koppel. Zwei Kinder – ein Junge und ein Mädchen – liefen mit einem Hund lachend über eine Wiese. Ihre Eltern saßen auf einer Bank und winkten ihnen zu. Die Sonne schien von einem azurblauen Himmel und überzog die Landschaft mit goldenem Schimmer.

Der wirkliche Wert der Anlage bestand allerdings weder in der Abbildung der luxuriösen Gebäude noch in der detailgetreuen Nachbildung der wundervollen Landschaft, sondern in dem Versprechen einer glücklichen Zukunft.

Die Friesenklima AG sorgte mit ihren Bauprojekten für nachhaltige Investitionen und zugleich für unbeschwerte Urlaubsfreuden. Noch war der Gutshof eine Ruine, die mit den Millionen, die sie bei den Kapitalgebern einsammeln würde, zu einer klimaneutralen Ferienanlage umgebaut werden würde.

Nach der Fertigstellung würde es ein emissionsneutrales Vorzeigeobjekt sein, das mit Windrädern und Solardächern seine eigene Energie erzeugte, seinen Wasserbedarf aus einer im Boden versenkten Zisterne deckte und seinen Abfall recycelte.

Das Projekt, das sie auf den Namen *Menatur* getauft hatte, würde die erste Ferienanlage sein, bei der Mensch und Natur im vollständigen Einklang miteinander lebten, ohne dass die Feriengäste auf ihren gewohnten Komfort verzichten mussten.

Natürlich war das eine Lüge – wie die Hotelanlage *Friesenbrise*, die niemals erbaut werden würde.

In einer Zeit, in der Unwahrheiten lediglich Fake News waren und jeder Blödsinn zur Wahrheit wurde, wenn man ihn im Internet nur oft genug wiederholte, konnte man den Menschen alles verkaufen.

Wenn sie das Versprechen einer besseren Zukunft mit der Aussicht auf baldigen Reichtum verband, ließen sich viele Interessenten davon so sehr blenden, dass sie ihren gesunden Verstand ausschalteten und der Gier das Kommando überließen. In den letzten Monaten waren bereits viele Investoren auf die Fotos und Texte der Hochglanzprospekte reingefallen und hatten ihre Gelder auf das Firmenkonto der Friesenklima AG überwiesen.

Sünnum.

Nach den anderen Orten würde sie auch die in diesem Kaff lebenden Tranfunzeln um ihre Ersparnisse erleichtern.

Ein Lächeln huschte über ihre dunkelrot geschminkten Lippen, als sie nach einem der auf dem Schreibtisch liegenden Prospekte griff und ihn durchblätterte.

Wenn die Sünnumer erst einmal einige Gläser ihres Tüdelbräus, wie das Bier der Friesenbrauerin genannt wurde, intus hatten, würden die Einfaltspinsel jeden Vertrag unterschreiben.

Sie drehte sich zu der im Türrahmen stehenden Gestalt um und rief ihr zu: »Auf nach Sünnum.«

FRIESENKLIMA

»Ein Tüdelbräu. Gesine, mach hinne.«

Der Tischler Hinnerk Gravenhorst drückte die Tür zum Kroog hinter sich zu und marschierte durch den kleinen Schankraum zur Theke, die fast die gesamte Stirnseite des Raums einnahm. Die Fächer in dem dahinter stehenden Wandregal waren mit Schnapsflaschen, Gläsern, Strandgut und dem Watthumpen, einer Trophäe, die die Friesenbrauerin Gesine Felber bei einem Bierwettbewerb gewonnen hatte, gefüllt.

An den übrigen Wänden hingen maritime Gemälde in alten Holzrahmen. Auf einem von ihnen war seit Jahren ein daumengroßer schwarzer Fingerabdruck zu sehen, über dessen Herkunft sich die abenteuerlichsten Gerüchte rankten.

Der Tischler bahnte sich seinen Weg durch die dichtgedrängt stehenden Gäste, die an diesem Samstagabend ihr Bier in der Dorfkneipe tranken. Alle Sünnumer, die nicht an der Theke auf Barhockern saßen, standen in Trauben um die drei Stehtische herum und schnackten. Einige von ihnen musterten den Hünen in seinem weißen Hemd, über dem er ein modisches Leinensakko trug, irritiert.

Die hinter dem Zapfhahn stehende Friesenbrauerin reagierte nicht auf seinen Zuruf, sondern unterhielt sich weiter mit ihrem alten Freund, dem früheren Kapitän Joris Harms.

Ihre ehemals brünetten Haare waren inzwischen von

silbernen Fäden durchzogen. Die Falten in ihrem Gesicht zeugten vom rauen Leben an der Küste und verliehen ihr eine natürliche Schönheit, die sie gelegentlich mit etwas Lippenstift aufpeppte. Ihre blauen Augen strahlten noch immer eine unbändige Energie aus.

Der Raum war erfüllt von Stimmengewirr und Gelächter. Aus den Lautsprechern erklang das Lied *Mein Ostfriesland, meine Heimat* das von einigen Gästen textsicher mitgesungen wurde.

Hinnerk stellte sich neben Joris an die Theke. Darüber hing eine ausrangierte Schiffsglocke aus Messing, die nur zu besonderen Anlässen geläutet wurde.

»Wo bleibt mein Bier?« Er stützte sich mit den muskulösen Unterarmen auf die Theke und beugte sich etwas vor. Am linken Handgelenk prangte eine teure Uhr.

Die Friesenbrauerin, die ihr Tüdelbräu in einer im Keller stehenden Brauanlage selbst herstellte, würdigte ihn keines Blickes und zapfte in aller Seelenruhe weiter. Als das Glas endlich gefüllt war, streckte der Tischler die Hand danach aus, aber Gesine reichte es dem alten Kapitän.

»He, das war mein Glas«, beschwerte sich Hinnerk.

»Ich kann dich nicht hören.«

Gesine Felber, die wegen ihrer Erzählungen, in denen sie reale Geschehnisse oft mit einer Prise Seemannsgarn aufpeppte, von den Sünnumern liebevoll Tüdelbüdel genannt wurde, legte die linke Hand hinter ihr Ohr.

»Ich will ein Bier. Aber zackig.«

Hinnerk deutete mit einem Kopfnicken zum Zapfhahn. Die Friesenbrauerin zuckte mit den Schultern und wandte sich wieder Joris zu. Dieser trank einen Schluck und schob dann seine Seemannsmütze in den Nacken. Dabei waren die stoppelkurzen Haare auf der wettergegerbten Haut des ehemaligen Kapitäns zu sehen, die wie der weiße Vollbart in hellem Kontrast zu seinem gebräunten Gesicht standen.

»Du solltest wissen, dass sich meine Mutter nicht hetzen lässt.« Wiebke Felber, Gesines Tochter und einzige Polizistin des Dorfes, stellte ein Tablett mit leeren Gläsern auf der Theke ab und strich sich eine Strähne ihrer dunkelblonden Haare, die sich aus dem Pferdeschwanz gelöst hatte, hinter das linke Ohr. Nach ihrem Dienst half die sportliche Beamtin, der man ihre zweiunddreißig Jahre nicht ansah, oft in der Gaststube aus, so auch an diesem Samstagabend.

Als die Friesenbrauerin ein neues Glas unter die Zapfanlage stellte, leckte sich Hinnerk über die Lippen und fragte: »Gesine, würdest du die Freundlichkeit besitzen und mir ein Tüdelbräu zapfen?«

»Jetzt kann ich dich endlich verstehen.« Sie zwinkerte dem Tischler zu und hielt ein neues Glas unter den Zapfhahn. »Was ist heute nur mit dir los? Du bist sonst nicht so ungeduldig.«

»Zeit ist Geld, das weißt du doch.«

»Wat is denn dat för'n Schwachsinn?« Joris schüttelte den Kopf.

»Davon ist mein Bankberater überzeugt. Der hat mir auch gesagt, dass ich mich zur Ruhe setzen und das Geld für mich arbeiten lassen soll. Angeblich machen das alle reichen Leute so. Nur Döspaddel schuften den ganzen Tag.«

»Oha. Den Spruch hättest du dir im Kroog besser verkniffen.« Der alte Kapitän schaute zur Friesenbrauerin, die Hinnerk aus zusammengekniffenen Augen musterte.

»Hältst du mich für eine Idiotin, weil ich tagsüber im Lädchen schufte und abends Bier ausschenke? Soll ich etwa mit dem Brauen aufhören und meine Ersparnisse für mich arbeiten lassen?«

»Mit dem Brauen aufhören? Das kannst du nicht machen!« Joris riss die Augen auf und wedelte mit den Händen, als wollte er ein fahrendes Auto anhalten. »Hinnerk, du hältst jetzt den Sabbel, bevor du dich um Kopf und Kragen redest. Ein Leben ohne Tüdelbüdel kann ich mir nicht vorstellen.«

»Mein lieber Seebär, das war ein wundervolles Kompliment. Ich wusste nicht, dass dir so viel an mir liegt.« Gesine strich ihrem alten Freund über die linke Wange.

»Ich meine natürlich dein Tüdelbräu.«

»Das hast du aber nicht gesagt.« Sie zwinkerte ihm zu.

»Das war nur ein Versprecher. Heute bin ich etwas tüdelig.« Joris griff nach seinem Glas, trank einen Schluck und wandte sich dann an Hinnerk. »Warum läufst du in diesen feinen Klamotten rum?«

»Kleider machen Leute.«

»Das ist Blödsinn. Ein Vollpfosten wird doch nicht schlauer, wenn ich ihn in einen Anzug stecke. Außerdem kapiere ich nicht, wie das Geld für mich arbeiten kann. Sollen meine Scheine jetzt Suppe kochen und die Münzen den Abwasch machen?«

Hinnerk nahm das Glas von der Friesenbrauerin entgegen und trank ordentlich ab. Dann wischte er sich mit dem Handrücken den Schaum vom Mund und erklärte: »Wenn du dein Geld an der Börse investierst, wird es jedes Jahr etwas mehr, weil die Unternehmen Gewinne machen. Davon bekomme ich dann Dividenden, und das sind meine Renditen. Oder waren das die Kurssteigerungen?« Der Tischler fuhr sich über den kahlen Schädel, während er fieberhaft überlegte und dann abwinkte. »Ist auch egal. Hauptsache, die Kohle arbeitet jetzt für mich.«

»Hast du schon so viel verdient, dass du dir den protzigen Klunker leisten kannst?«, fragte die Friesenbrauerin mit Blick auf die Uhr.

»Nee, noch nicht. Die habe ich von dem Kredit gekauft.«

»Welchem Kredit?«

»Den ich bei der Küstenbank aufgenommen habe, damit das Geld für mich arbeiten kann. Dabei muss ich immer die Zeit im Blick haben.«

»Wieso das denn?«, hakte Gesine nach, während sie Bier in ein weiteres Glas laufen ließ.

»Damit ich weiß, wann ich meinen Kurs checken muss.«

»Zum Bestimmen eines Kurses braucht ein Kapitän einen Kompass und keine Uhr«, ließ sich Joris vernehmen.

»Nee, diesen Kurs meine ich doch nicht.«

»Was denn sonst?«

»Mein Kurs hat nichts mit Seefahrt zu tun, sondern ist so ein Aktiending.«

»Worin hast du denn investiert?«, mischte sich Wiebke in das Gespräch ein und stellte das volle Glas, das Gesine ihr anreichte, auf das Tablett. »Doch nicht etwa in *Stormpower*?«

»Wieso denn nicht? Der Bankfuzzi hat gesagt, dass Windenergie eine große Zukunft hat. Vor allem hier im Norden.«

»Das stimmt. Stormpower ist aber kein deutsches Unternehmen, sondern ein höchst spekulativer amerikanischer Nischenwert.«

»Spekulawat?« Hinnerk leerte sein Glas.

»Spekulativ. Stormpower ist ein riskantes Investment, bei dem du dein gesamtes Geld verlieren kannst«, erklärte Wiebke.

»Wieso verlieren? Davon war nie die Rede.«

»Bankberater vergessen gerne, auf die Risiken hinzuweisen, und lassen dich stattdessen stapelweise Dokumente unterschreiben, die kein Mensch jemals lesen wird und nach denen jede Verlusthaftung ausgeschlossen ist. An deiner Stelle würde ich die Aktien sofort wieder verkaufen und das Geld in andere Projekte investieren.«

»Wieso das denn?«

»Weil ein Konkurrent den Auftrag für den Offshore-Windpark vor der nordöstlichen US-Küste bekommen wird, den die Stormpower bei ihren Erträgen fest eingeplant hat. Die Analysten gehen davon aus, dass das Unternehmen in Schieflage geraten und schon bald Konkurs anmelden wird.«

»Woher weißt du das alles?« Hinnerk war vollkommen perplex.

»Weil ich nicht nur die Gezeitentabellen lese, sondern auch den Wirtschaftsteil der Zeitung. Ich informiere mich täglich im Internet über die aktuelle Börsenentwicklung. Mama, jetzt schau nicht so überrascht. Solange die mickrigen Zinsen auf dem Sparbuch nicht einmal die Inflation ausgleichen, verliere ich jeden Tag etwas mehr von meinen Ersparnissen.«

»Und was soll ich jetzt machen?« Hinnerk fuhr sich nachdenklich über seinen gewaltigen Bart, den er an diesem Abend zu einem Zopf geflochten hatte.

»Erst einmal in Ruhe dein Tüdelbräu trinken.«

»Gute Idee.«

Der Tischler trank in großen Schlucken, als könnte er seine Verunsicherung damit runterspülen.

»An deiner Stelle würde ich das Geld in regionale Umweltprojekte stecken. Sieh dir das hier mal an.« Wiebke zog einen in der Mitte gefalteten Flyer aus ihrer hinteren Jeanstasche und reichte ihn Hinnerk. Dieser betrachtete die Aufnahme eines restaurierten Gutshofs, vor dem eine lachende Familie posierte. Ein Hund tollte im Vordergrund durch das Bild. Die Sonne schien von einem wolkenlosen Himmel, in dem in leuchtend gelben Buchstaben der Firmenname stand.

»Friesenklima? Was soll das sein?«

»Das ist ein norddeutsches Unternehmen, das klimaneutrale Ferienanlagen in der Küstenregion baut. Damit förderst du Firmen aus der Gegend. Vielleicht kannst du bei der Friesenklima AG sogar Aufträge für deine Tischlerei an Land ziehen.«

»Dann arbeitet mein Geld also nicht für mich?« Hinnerk machte ein langes Gesicht.

»Sieht so aus«, bestätigte Joris. »Du solltest die feinen Fummel besser ausziehen und dich wieder an die Werkbank stellen.«

»Echt jetzt?«

»Jo.«

»Schiet ok.«

»Jo.«

»Friesenklima finde ich prima. Den Prospekt kannst du behalten.« Wiebke grinste und reichte ihm die Broschüre.

»Wo hast du das Ding her?« Ihre Mutter stellte ein weiteres Glas mit frisch gezapftem Tüdelbräu auf das Tablett.

»Patrick hat es mir gestern gegeben. Er war auf einer Infoveranstaltung des Unternehmens.«

»Hat er dem Friesenklima auch seine Ersparnisse anvertraut?«

»Mama, der würde seine Scheine am liebsten unter das Kopfkissen legen, so misstrauisch ist der.«

»Kann ich gut verstehen. Ich würde unsere eiserne Reserve auch keinem Unbekannten überlassen.«

»Mareke Renken ist keine Unbekannte, sondern Vorstandsvorsitzende der Friesenklima AG und Geschäftsführerin eines Vereins, der sich für die Förderung eines umweltbewussten Tourismus an der Nordseeküste einsetzt.«

»Friesenklima wird von einer Frau geleitet?« Hinnerk war überrascht. »Dann werde ich mein Geld lieber weiterhin in Aktien stecken.«

»Wieso das denn?« Die Friesenbrauerin beugte sich etwas vor.

»Weil Frauen ...«

»... keine Führungspositionen bekleiden können?«

»Gesine, ich meine ... nee ... aber dennoch ...« Der Tischler stolperte über die Worte, als wären sie im Weg liegende Steine.

»Sabbel halten, sonst gibt es Ärger.« Joris schaute von Wiebke zu Gesine, die Hinnerk beide mit missbilligenden Blicken anschauten.

»Besser ist das«, ließ sich die Friesenbrauerin vernehmen. Der Tischler sah auf seine Uhr. »Ich muss jetzt los und den Börsenkurs von Stormpower checken.« Er stand auf und verließ den Kroog.

»Hoffentlich schmiert diese Dingsdafirma nicht ab, bevor Hinnerk seine Aktien verkauft hat. Was sind das nur für

Banker, die ahnungslosen Kunden einen Kredit gewähren, damit diese mit dem Geld an der Börse zocken können?« Die Friesenbrauerin stellte ein weiteres frisch gezapftes Bier auf das Tablett. Wiebke griff danach und brachte es zu einem der Stehtische, an dem der beleibte Wattführer Sören Gebhard mit anderen Sünnumern stand und lauthals schnackte.

»Was hältst du von der ganzen Sache?«, wollte Gesine von dem ausgemusterten Kapitän wissen.

»Ich bin unsicher, ob Frauen Unternehmen führen sollten. Im Vergleich zur männlichen Intelligenz ist das weibliche Denkvermögen rudimentär entwickelt und …«

»Ik schiet di wat mit rudimentär entwickeltem weiblichem Denkvermögen.« Gesine drohte ihrem alten Freund spielerisch mit der Faust. Joris lachte, wurde dann aber wieder ernst. »Ich werde mein Geld auf dem Sparbuch lassen. Dort bringt es zwar kaum Zinsen, dafür muss ich allerdings auch keinen Verlust befürchten. Vielleicht sind wir inzwischen zu alt für die modernen Formen der Geldanlage.«

»Wen genau meinst du mit … *wir*?« Die Friesenbrauerin zog die Buchstaben des letzten Wortes wie Kaugummi auseinander.

»Na, wen wohl? Ich bin ein pensionierter Kapitän und du …«

»Wenn du jetzt *alte Frau* sagst, bekommst du lebenslanges Lokalverbot«, fiel ihm Gesine ins Wort.

»Das würde ich niemals wagen. Meine liebste Tüdelbüdel, du bist in der Blüte deiner Jahre. Dein Lächeln strahlt heller als die Sonne, der Klang deiner Stimme ist Gesang in meinen Ohren. Deine Worte sind wie süßer Honig. Deine zierliche Figur ist …«

»Mein Tüdelbräu hat dir anscheinend nicht nur den Blick, sondern auch den Verstand vernebelt«, unterbrach Gesine den Redeschwall ihres alten Freundes.

»Habe ich mit meinen Komplimenten übertrieben?«

»Nee, du hast mich äußerst treffend beschrieben. Nur bei der Figur hätte ich die Bezeichnung *anmutig* vorgezogen. Ich wusste nicht, dass du so poetisch sein kannst.«

»Das bin ich keinesfalls. Das Gesülze habe ich mal in einem Buch gelesen.«

»So etwas hatte ich mir schon gedacht.«

Die Friesenbrauerin stellte ein neues Glas unter die Zapfanlage. Dabei ließ sie den Blick durch die Schankstube schweifen, in der sie unzählige Stunden ihres Lebens mit den Dorfbewohnern verbracht hatte – die für sie keine Gäste, sondern Freunde waren. Für die Welt mochte Sünnum ein bedeutungsloses Kaff im Niemandsland sein, aber für sie würde dieser Ort immer ihre Heimat bleiben. Wirklicher Reichtum war Gesines Meinung nach kein prall gefülltes Bankkonto, sondern ein erfülltes Leben.

»Du siehst so nachdenklich aus. Gehst du die Möglichkeiten durch, mit denen du dein Vermögen am besten anlegen kannst?«

»Meinen Notgroschen werde ich weder in Aktien noch in Unternehmen stecken, die ich nicht kenne. Die ständige Jagd nach mehr Geld bringt doch nichts.«

»Da ist was dran«, stimmte Joris ihr zu und fuhr dann fort. »Ich bin allerdings auch jemand, der nie genug bekommen kann. Wie du weißt, will ich immer mehr ...«

»... Tüdelbräu«, ergänzte Gesine.

»Kannst du Gedanken lesen?« Joris grinste.

INSELFLUCHT

Enno Prester hetzte durch die Nacht. Seine Füße versanken bei jedem Schritt im lockeren Sand des Strandes, der um diese Zeit menschenleer war. Einen Moment überlegte er, sich hinter einem der zahlreichen Strandkörbe zu verstecken, entschied sich aber dagegen.

Wenn ihn sein Verfolger entdeckte, war er ein toter Mann. Die Frau, die im Hintergrund die Strippen zog, hatte seinen Tod längst befohlen. Sie konnte ihn unmöglich verschonen, dazu wusste Enno einfach zu viel.

Verdammt, er hätte vorsichtiger sein müssen. Wenn er die Sünnumer nicht rechtzeitig warnte, würden die Dorfbewohner einen hohen Preis zahlen.

Prima Friesenklima.

Der Werbespruch des Unternehmens blinkte wie eine Reklametafel in seinem Kopf auf. Was für ein verlogener Slogan! *Friesendrama* wäre besser gewesen, denn hinter der glitzernden Fassade des Umweltschutzes verbarg sich ein von Ehrgeiz zerfressener Mensch, der für den Erfolg auch über Leichen ging.

Auf der heutigen Infoveranstaltung des neuen Projektes *Menatur* war Enno endlich an die Beweise gelangt. Leider hatte ihn Renken dabei erwischt.

Nun rannte er um sein Leben.

Das silberfarbene Licht des Mondes verwandelte Norderney in ein Schattenreich, in dem sich dunkle Gestalten in der Finsternis verbargen.

»Stehen bleiben!«

Enno hörte die Stimme des Verfolgers etwas deutlicher. Sein Vorsprung war geschrumpft.

Er ignorierte die Aufforderung und beschleunigte das Tempo, obwohl er schon jetzt vollkommen außer Puste war.

Das Herz schlug wie verrückt in seiner Brust, der Atem ging stoßweise. Die schulterlangen Haare wehten in einem böigen Nachtwind, der Schaumkronen auf den Wellen tanzen ließ und den Sand hochpeitschte.

Seine Beine, die sich wie geölte Kolben einer Maschine bewegten, würden bald unter ihm nachgeben. Wenn er stürzte, würde seine Flucht am Weststrand der Insel enden.

Wie sein Leben.

Enno biss die Zähne zusammen und zwang die übersäuerte Oberschenkelmuskulatur zum Weiterlaufen.

Er umrundete einen Strandkorb wie eine Slalomstange, wich einem im Sand liegenden Eimer aus und … erblickte seinen Gegner, der urplötzlich direkt vor ihm aufgetaucht war.

Wie war das möglich? Arbeitete sein Widersacher mit einem Komplizen zusammen? Egal, denn zunächst kam es nur darauf an, lebend an diesem dürren Kerl vorbeizukommen. Der hatte eine Kapuze über den Kopf gezogen, unter der sein Gesicht verborgen war. Reglos und schweigend versperrte er ihm den schmalen Pfad zwischen zwei Strandkörben.

Warum bewegte er sich nicht? War er einer dieser Karatetypen, die nur auf den perfekten Augenblick für einen tödlichen Angriff warteten?

Ennos Gedanken rasten. Mit einem Ausfallschritt konnte er ausweichen und rechts oder links an den Strandkörben vorbeilaufen, aber bei seinem Tempo würde er im Sand wegrutschen und hinfallen. Wenn er in den Angreifer hineinlief, musste er mit einem Fausthieb oder Handkantenschlag rechnen, der ihn von den Füßen holte. Vielleicht verbarg sich unter der Jacke ein Messer, das ihm der Unbekannte ins Herz rammen würde.

Innerhalb von Sekundenbruchteilen entschied sich Enno für die einzige Option, die ihm sinnvoll erschien.

Er ballte die Hände zu Fäusten, senkte den Kopf wie ein angreifender Stier und rannte mitten hinein in seinen Gegner. Er bekam einen Schlag gegen die Stirn, der ihn aufstöhnen ließ. Zu seiner Überraschung wehrte sich sein Widersacher nicht, sondern kippte nach hinten um und blieb reglos liegen. Enno strauchelte und konnte erst im letzten Moment einen Sturz verhindern. Aus den Augenwinkeln erhaschte er einen Blick auf eine Schaufel, die auf einer Jacke lag. Ein Urlauber hatte das Ding in den Sand gerammt und in eine Garderobe verwandelt, die auf den ersten Blick wie ein Mensch mit über den Kopf gezogener Kapuze ausgesehen hatte.

»Gleich habe ich dich.«

Die Stimme des Verfolgers ertönte direkt hinter ihm. Er hatte weiter aufgeholt. Bald schon würde Enno seinen heißen Atem im Nacken spüren.

Er spurtete los.

Falls er es bis zum Yachthafen schaffte, konnte er von dort aus mit Renkens Motorboot fliehen. Den Schlüssel dazu hatte er bereits gestohlen. Vom Weststrand aus waren es knapp drei Kilometer Fußweg. Wenn er sich abseits der Straße hielt und in den Gärten der Häuser Deckung suchte, würde er seinem Verfolger entwischen. Zudem waren bestimmt noch Nachtschwärmer unterwegs, die in den Kneipen und Bars im Inselzentrum gefeiert hatten und sich nun auf dem Heimweg befanden. Obwohl die Urlauber Enno nicht schützen konnten, würde ihn sein Verfolger sicherlich nicht vor Zeugen umbringen. Mit etwas Glück traf er sogar auf eine Polizeistreife, die in der Nacht für Ruhe und Ordnung sorgte.

Enno schlug einen Haken, er wollte Richtung Strandpromenade. Dabei rutschte er mit dem rechten Bein weg und wäre gefallen, wenn er sich nicht im letzten Moment an einem Strandkorb festgehalten hätte. Obwohl er damit einen Sturz verhindern konnte, kostete ihn die Aktion wertvolle Sekunden.

Sein Verfolger raste hinter ihm her und war nur noch wenige Meter entfernt. Enno zwang sich zu einem weiteren Sprint. Dabei schienen seine Füße immer tiefer im Sand zu versinken, als wollte ihn die Insel an einer Flucht hindern. Jeder Schritt kostete mehr Kraft, seine Wadenmuskulatur war hart wie Stein und schmerzte.

Enno wusste, dass er seine Leistungsgrenze inzwischen weit hinter sich gelassen hatte und längst auf Reserve lief. Wenn die ebenfalls erschöpft war, würde er umfallen – wie eine Spielzeugfigur mit defektem Akku.

Game over.

Aber noch war es nicht so weit.

Enno rannte zwischen Strandkörben hindurch und hielt seinen Verfolger auf Abstand. Auf der Promenade entdeckte er drei Männer, die lauthals miteinander redeten. In ihren Händen hielten sie Bierflaschen.

»Hilfe!«, schrie Enno und fuchtelte mit den Armen, aber die Zecher hörten ihn nicht. Dafür hatte er mit dem Rufen seinen Atem vergeudet, der ihm beim Laufen fehlte.

Sekunden später rammte ihm sein Verfolger die Fäuste in den Rücken. Einen Moment lang konnte Enno sich noch auf den Beinen halten, dann stolperte er und fiel auf die Knie. Sofort rappelte er sich wieder auf, war aber zu langsam. Der Gegner warf sich auf seinen Rücken und drückte sein Gesicht in den Sand.

Enno schloss die Lider und kniff die Lippen zusammen. Trotzdem drangen Sand und winzige Muschelstückchen in Mund und Nase.

Er hielt die Luft an. Wenn er nicht ersticken wollte, durfte er keinesfalls atmen.

Das Herz pumpte wie ein außer Kontrolle geratener Motor Blut durch seinen Körper – der keinen Sauerstoff mehr bekam. Lichtblitze zuckten vor seinen Augen.

Er durfte nicht ohnmächtig werden.

Enno spannte alle Muskeln gleichzeitig an und drehte sich ruckartig auf die linke Seite. Damit schien er seinen Gegner überrascht zu haben, denn der Druck wurde weniger.

Enno hob den Kopf und atmete tief ein. Dann hieb er den rechten Ellenbogen nach hinten und hörte einen erstickten Laut. Schnell rollte er sich zur Seite, stemmte die Füße in den Sand und sprang auf.

Keine Sekunde zu früh, denn sein Widersacher warf sich erneut auf ihn. Aber dieses Mal war er darauf vorbereitet und rettete sich mit einem Ausfallschritt. Der Angreifer sprang ins Leere und Enno konnte sein Gesicht sehen.

»Du?«

Einen Moment starrte er fassungslos auf seinen Widersacher. Dann hetzte er zur Strandpromenade.

Die trinkfreudigen Urlauber schienen von dem Kampf nichts mitbekommen zu haben, sie waren verschwunden.

Enno hastete weiter.

Den Weg zum Hafen legte er wie in Trance zurück. In der Nähe der Segelschule verlangsamte er das Tempo, rang nach Atem und versteckte sich hinter einem am Seitenstreifen geparkten Lieferwagen. Das Herz klopfte so laut wie eine Trommel, das Blut rauschte in seinen Ohren.

Vorsichtig linste er auf die Straße. Niemand war zu sehen. Enno atmete erleichtert auf. In wenigen Minuten würde er Norderney mit dem Motorboot verlassen. Er zwang seine Beine zu einer letzten Anstrengung und lief zum Hafen.

Den Knall hörte er erst, als es bereits zu spät war. Die Kugel holte ihn von den Füßen, und er fiel rücklings auf einen schmalen Grünstreifen neben der Straße. Enno verspürte einen stechenden Schmerz, der sich rasend schnell in seinem Körper ausbreitete. Dann fühlte er nichts mehr.

SONNENWIND

Die Friesenbrauerin öffnete das Fenster. Eine laue Brise wehte ins Zimmer und bauschte die Vorhänge auf. Das Licht der aufgehenden Sonne überzog Sünnum an diesem Sonntagmorgen wie ein honiggelber Zuckerguss. Gesine liebte die frühen Stunden, in denen der Tag voller Verheißungen vor ihr lag. Sie atmete tief ein, füllte die Lungen mit der sauerstoffhaltigen Luft. Nach mehreren Atemzügen schlurrte sie in die Küche, goss Leitungswasser in den Kessel und stellte ihn auf den Herd. Während das Wasser aufkochte, löffelte sie Kaffeepulver in einen Porzellanfilter.

Gesine mochte keine Pads, Kapseln und Vollautomaten. Ihrer Meinung ging nichts über einen von Hand aufgebrühten Kaffee.

Wiebke schlief zu dieser frühen Stunde noch, wie die meisten Menschen des Dorfes – mit Ausnahme der Biobäuerin Hilke Dekker, die ihr jeden Tag frische Backwaren vor die Tür stellte, die Gesine in ihrem *Lädchen*, wie der Tante-Emma-Laden in Sünnum genannt wurde, verkaufte.

Obwohl das Geschäft nur die Größe eines Wohnzimmers hatte, fanden die Dorfbewohner in den bis zur Decke reichenden Regalen fast alle Artikel des täglichen Bedarfs.

Vor der Kühltheke stapelten sich Kisten mit frischem Obst und Gemüse. Auf dem hölzernen Tresen stand immer ein mit bunten Zuckerfischen gefülltes Glas, das auf den ersten Blick wie ein Aquarium aussah. Verkauft wurden die süßen Meeresbewohner in sogenannten *Herings-*

schwärmen. Zunächst hatten sich nur die Kinder des Dorfes für die Nascherei begeistert. Inzwischen verlangten immer mehr Erwachsene nach der Leckerei – allen voran Sören Gebhard, der sich am liebsten nur von diesen Dingern ernähren würde. Auch Joris ließ sich immer wieder einen Heringsschwarm geben, den er mit einer Flasche Tüdelbräu herunterspülte, um die Fische in seinem Bauch schwimmen zu lassen.

Da Gesine während der Öffnungszeiten nicht ständig im Laden sein konnte, bedienten sich die Einheimischen während ihrer Abwesenheit selbst und trugen die Einkäufe in eine auf dem Verkaufstresen liegende Kladde ein. Bezahlt wurde bei der nächsten Besorgung oder im Kroog. Obwohl die Kneipe erst ab neunzehn Uhr offiziell öffnete, ließ die Friesenbrauerin auch tagsüber niemanden verdursten und verkaufte notfalls nach Ladenschluss noch Shampoo, Wärmflaschen oder andere Utensilien, deren Erwerb nicht bis zum nächsten Tag warten konnte.

Gesine trank eine Tasse Kaffee, machte sich im Bad fertig und zog sich an. Der morgendliche Strandspaziergang war seit vielen Jahren ein fester Bestandteil ihres Lebens, auf den sie nur dann verzichtete, wenn es aus Eimern schüttete oder ein Sturm über Sünnum wütete.

Sie trat durch die Hintertür in den Innenhof ihres hufeisenförmig angelegten Gebäudes. Hortensien, Rosensträucher und Wildblumen wucherten in leeren Bierfässern, die sie in Pflanzentröge verwandelt hatte. Dazwischen standen aus alten Schiffsplanken gezimmerte Bänke und Tische, an denen sich Dorfbewohner in lauen Sommernächten auf ein Bier und einen Klönschnack trafen.

Die Friesenbrauerin durchquerte den Innenhof und trat

vor das Anwesen, dessen mittlerer Teil den Kroog beherbergte. Rechts befand sich das Wohnhaus, auf der linken Seite das Lädchen. Vor den weiß gekalkten Wänden standen Sonnenblumen, die ihre Köpfe etwas hängen ließen. Gesine füllte eine Gießkanne aus dem fast leeren Regenfass und goss zunächst die Pflanzen im Innenhof und danach die Sonnenblumen.

In den letzten Wochen hatte es wenig geregnet.

Obwohl es auch in der Vergangenheit immer wieder heiße Sommer gegeben hatte, zweifelte Gesine keine Sekunde daran, dass die Trockenheit eine Folge des menschengemachten Klimawandels war.

Prima Friesenklima.

Der Werbeslogan ging ihr durch den Kopf. Vielleicht sollte sie Wiebkes Rat doch folgen und mit ihren Ersparnissen umweltfreundliche Projekte in der Region unterstützen. Auf dem Sparbuch nützte das Geld niemandem etwas.

Gesine spazierte an der vor dem Kroog stehenden Holzbank vorbei, deren dunkelblaue Farbe inzwischen derart verblasst war, dass diese kaum noch zu erkennen war.

In Gedanken notierte sie: *Bank streichen* auf ihrer ellenlangen To-do-Liste und marschierte mit großen Schritten zum Deich. Dort wurde sie von blökenden Schafen empfangen, die hinter der Absperrung grasten. Sie schritt mitten durch die Herde, wobei sie einige Tiere streichelte, und war wenige Minuten später am Strand. Der Leuchtturm, in dem Joris Harms wohnte, ragte neben ihr auf.

Die Friesenbrauerin schlüpfte aus ihren Schuhen und spazierte barfuß durch den Sand, der an diesem frühen Morgen noch kühl war. Inzwischen schien die Sonne von einem strahlend blauen Himmel, über den Schäfchenwolken zogen. Das Wattenmeer lag beim jetzigen Niedrigwasser wie ein feuchter Teppich vor ihr. Im Watt war eine orangefarbene Boje zu sehen und ... ein weißes Motorboot?

Gesine blieb verwundert stehen und rieb sich über die Augen, als würde es sich dabei um eine Fata Morgana handeln – aber die Yacht war weiterhin zu erkennen.

Um ein solches Schiff vor Sünnum trockenfallen zu lassen, musste der Skipper entweder betrunken oder dämlich gewesen sein. Wahrscheinlich handelte es sich um einen jener dusseligen Freizeitkapitäne, die ihren Bootsführerschein auf dem Bodensee oder ähnlichen Pfützen gemacht hatten und sich nun für Seebären hielten, die jedem Sturm trotzten. Im Vergleich zu den Binnengewässern mussten die Schiffsführer auf der Nordsee aber nicht nur die Gezeiten beachten, sondern auch Strömungen und Sandbänke.

Die Friesenbrauerin legte die Hände trichterförmig vor den Mund und rief: »Ist da jemand?«

Sie wartete auf eine Antwort, aber außer den Schreien der Möwen und den Rufen der Austernfischer war nichts zu hören.

»Hallo?«, versuchte sie es erneut, erhielt aber auch jetzt keine Reaktion. Eine Wolke schob sich vor die Sonne.

Gesine fröstelte. Sie zog die blaue Strickjacke enger um ihren Körper und betrachtete das Boot einen Moment unschlüssig. Musste sie die Polizei einschalten?

Wiebke konnte sie jetzt nicht benachrichtigen, da ihr Mobiltelefon auf dem Nachttisch lag. Sollte sie nach Sünnum zurückkehren und ihre Tochter wecken?

Wenn jemand auf dem Motorboot Hilfe brauchte, würde sie damit wertvolle Zeit verlieren. Entschlossen krempelte Gesine die Hosenbeine hoch und marschierte ins Watt.

Schlick quoll mit schmatzenden Geräuschen zwischen ihren Zehen hindurch, und nach wenigen Schritten waren ihre Füße bis zu den Knöcheln schlammverschmiert.

»Hört mich jemand?«

Gesine machte sich erneut bemerkbar, allerdings reagierte auch jetzt niemand auf ihre Zurufe. Bei jedem zurückgelegten Meter wurde ihr etwas kälter, als wäre das Boot für den Temperaturabfall verantwortlich. Obwohl die Friesenbrauerin wusste, dass die Abkühlung nur an der fehlenden Sonne und dem auffrischenden Wind lag, schien eine eisige Kälte von innen in ihre Glieder zu kriechen, als würde sich auf dem Schiff etwas Böses verbergen.

»Was bist du nur für eine Bangbüx«, schimpfte Gesine mit sich und legte die restliche Strecke mit strammen Schritten zurück. Vor dem Motorboot blieb sie stehen.

Sonnenwind stand in verschnörkelten Buchstaben auf der zum Watt geneigten Seite des Rumpfes.

»Ich komme jetzt an Bord«, sagte sie laut, ohne sich Hoffnung auf eine Reaktion zu machen. Wer auch immer das Schiff gesteuert hatte, war entweder verschwunden, lag sturzbetrunken in einer Ecke, war verletzt oder … tot.

Der letzte Gedanke wirkte wie eine eiskalte Dusche.

Die Friesenbrauerin holte tief Luft, griff nach der Reling und zog sich an Deck. Dort sah sie sich um – was nicht einfach war, denn durch die Schieflage musste sie sich immer irgendwo festhalten. Wenige Minuten später hatte sie das Deck inspiziert, aber niemanden entdecken können.

Gesine kämpfte sich bis zur Tür vor, hinter der eine Treppe in die Kajüte führte. Auf den Holzstufen waren dunkle Flecken erkennbar, als hätte dort jemand mit einem Farbeimer hantiert. Sie ging in die Hocke, fuhr mit dem rechten Zeigefinger durch eine der münzgroßen Lachen und betrachtete ihre verschmierte Fingerkuppe.

»Keine Farbe. Blut.« Sie merkte nicht einmal, dass sie die Worte flüsterte, als wäre die grauenvolle Erkenntnis weniger schlimm, wenn sie leise sprach.

Die Friesenbrauerin verharrte einen Moment in der unbequemen Haltung. Das Verlangen, so schnell wie möglich zu verschwinden, war derart übermächtig, dass sie ihm am liebsten nachgegeben hätte. Wenn sich ein Mörder unter Deck verbarg, würde sie sein nächstes Opfer sein. Andererseits konnte sich dort auch eine verletzte Person befinden, die dringend Hilfe benötigte.

Gesine richtete sich wieder auf und hangelte sich die restlichen Stufen hinab. Da durch die Bullaugen kaum Licht ins Innere fiel, waren diese nur schemenhaft zu erkennen.

Unten angekommen, tastete sie an den Wänden neben der Tür nach einem Schalter, und wenige Augenblicke später erhellten Deckenspots das Innere der Yacht. Auf der rechten Seite befand sich eine Sitzbank mit einem schmalen Tisch, gegenüber war die Kombüse. Durch die Schieflage waren einige Teller und anderes Geschirr von der Tischplatte und der Anrichte gerutscht und lagen in Scherben auf dem Boden. Die Schranktüren waren geschlossen. Der Erbauer dieser Yacht hatte die Einrichtung sturmfest konstruiert.

Überall waren Blutspuren erkennbar.

Die Friesenbrauerin kraxelte zum hinteren Teil des Schiffs, der mit einer Tür gesichert war. Sie öffnete sie und erblickte ein Schlafzimmer, in dem ein breites Bett stand. Kopfkissen und Decke lagen auf dem Boden.

Das Laken war blutverschmiert.

Sie musste Wiebke sofort benachrichtigen. Gesine drehte sich um und wollte das Schiff gerade verlassen, als sich hinter ihr quietschend eine Schranktür öffnete.

Hatte sich dort jemand versteckt?

Gesine hastete zur Treppe, eilte die Stufen empor und kletterte über die Reling ins Watt. So schnell es auf dem matschigen Untergrund möglich war, lief sie zum Strand.

Auf ihrem Weg drohte sie immer wieder auszurutschen, aber davon ließ sie sich nicht beirren. Lieber würde sie schlammverkrustet nach Sünnum zurückkehren, als ihr Leben im Watt auszuhauchen.

Auf dem Deich blieb sie erstmals stehen und schaute sich um. Hinter ihr war niemand.

Natürlich nicht.

Sie hatte zu viele Krimis gesehen. Wenn sich im Schrank wirklich ein Mörder versteckt hatte, hätte er sie längst erwischt. Gesine drängte sich zwischen den friedlich grasenden Schafen hindurch und war wenige Minuten später im Zimmer ihrer Tochter.

»Aufwachen!«

»Mama, was ist denn los?« Wiebke setzte sich im Bett auf.

»Auf dem Schiff ist überall Blut.«

»Schiff? Blut?«

Wiebke sah sie mit schlaftrunkenen Augen an, und die Friesenbrauerin erzählte, was sie auf der *Sonnenwind* gesehen hatte.

»Ich kümmere mich sofort darum.« Wiebke, nun ganz Polizistin, schwang die Beine aus dem Bett. »Warst du so durch den Wind, dass du die ganze Strecke barfuß gelaufen bist?«

Gesine sah an sich herab und erblickte zwei schlammverkrustete Füße, mit denen sie auf ihrem Weg durch die Wohnung dreckige Spuren hinterlassen hatte.

»Ich wollte dich so schnell wie möglich benachrichtigen.«

»Du hättest mich auf dem Handy erreichen können.« Mit einem Kopfnicken deutete Wiebke auf ihr Gerät, das auf dem Nachttisch lag.

»Ich hatte mein Mobiltelefon nicht dabei. Du solltest nicht ohne Verstärkung zum Schiff gehen.«

»Wenn dort ein Mord geschehen ist, wird der Täter längst das Weite gesucht haben. Dennoch werde ich Gesner benachrichtigen, schließlich könnte es sich dabei um einen Tatort handeln, den wir entsprechend sichern müssten.« Wiebke griff nach ihrem Handy und tippte auf einen im Kurzwahlverzeichnis hinterlegten Namen. Wenige Augenblicke später hatte sie ihren Vorgesetzten informiert, der sich sofort auf den Weg machen wollte. Nach dem Telefonat verschwand Wiebke im Bad und verließ das Haus wenige Minuten später. Die Friesenbrauerin sah ihr sorgenvoll nach.

AUFTRAG

»Prester ist mit der *Sonnenwind* entkommen?«

Sie schaute ihn mit jenem Blick an, unter dem er jedes Mal zu schrumpfen schien und sich in ihrer Gegenwart wie eine Ameise fühlte, die sie mit Leichtigkeit zertreten konnte.

»Der Kerl muss auf der Norderneyer Veranstaltung den Schlüssel geklaut haben.« Er senkte den Kopf und betrachtete seine Fußspitzen.

»Was ist mit den Informationen?«

»Du willst wissen, ob er die Konten gehackt hat?«

»Nee, ich interessiere mich für seine Schuhgröße.«

»Sorry, war eine dämliche Frage.«

»Kann man so sehen.«

»Jo.«

»Jo … *was*?« Sie stemmte die Hände in die Seiten.

»Ich habe Prester überrascht, als er sich die Finanzdaten runtergeladen hat. Er muss das Passwort geknackt haben.«

»Hat er die Daten kopiert und irgendwo gespeichert?«

Er überlegte einen Moment und schüttelte dann den Kopf.

»Ich denke nicht. Als er mich bemerkte, ist er direkt geflohen. Ich bin ihm nachgelaufen und habe ihn mit einer Kugel erwischt, aber …«

»… du hast ihn nicht erledigt«, beendete sie den Satz.

»Könnte sein.«

»Warum hast du es nicht zu Ende gebracht?«

»Wegen des Pärchens, das plötzlich aufgetaucht ist. Außerdem dachte ich, dass Prester tot sei.«

»Du *dachtest*? Wann kapierst du endlich, dass dein Gehirn mit derart komplexen Vorgängen überfordert ist?«

»Ich bin nicht doof«, verteidigte er sich kleinlaut.

»Wie lautete dein Auftrag?« Ihre Stimme war kalt wie Eis.

»Prester eliminieren.«

»Hast du ihn ausgeführt?«

»Nee … Jo … Weiß nicht.«

»Du weißt es nicht?«

»Selbst wenn er entkommen ist, wird er die Verletzung nicht überlebt haben.«

»Er könnte vor seinem Tod etwas ausgeplaudert haben.«

»Hm.«

»Ist das alles, was du dazu zu sagen hast?«

»Verdammt, was willst du denn von mir hören?«, schrie er sie an und ballte die Hände zu Fäusten – was sein Gegenüber nicht im mindesten beeindruckte.

»Dass du die Sache im Griff hast und keinen Mist mehr bauen wirst. Du solltest … warte, da muss ich rangehen.«

Sie drehte sich zum Schreibtisch um, auf dem ihr dort liegendes Mobiltelefon klingelte. Nach einem kurzen Gespräch wandte sie sich ihm wieder zu.

»Die *Sonnenwind* wurde im Watt vor Sünnum gefunden.«

»Was ist mit Prester?«

»Der wurde nicht erwähnt.«

»Er wird während der Fahrt über Bord gegangen sein. Wahrscheinlich ist der Schnüffler längst Fischfutter.«

»*Wahrscheinlich* reicht mir nicht. Ich will Gewissheit, ist das klar?«

»Jo.«

»Dann wirst du dich sofort auf den Weg nach Sünnum machen. Prester könnte sich dort an Land gerettet haben.«

»Sünnum?«

»Das ist ein Kaff im Nirgendwo.«

»Wird mein Navi schon finden.«

»Nee, das Dorf ist auf keiner digitalen Landkarte verzeichnet. Ich erkläre dir den Weg.«

»Woher kennst du den denn?«

»Weil auch dort Menschen leben, die ihre Ersparnisse für eine gute Sache opfern wollen.«

»Damit meinst du sicherlich den Umweltschutz.« Er grinste und entblößte dabei gelbliche Zähne.

»Richtig. Entschuldige, dass ich dich vorhin so hart rangenommen habe. Du weißt, dass ich dich mehr liebe als mein Leben.«

»Du bist die einzige Frau, die mir jemals etwas bedeutet hat.«

Er verabschiedete sich und eilte zu seinem Wagen. Sie sah ihm nach. Wenn Prester geredet hatte, konnte die Sache außer Kontrolle geraten. Und *das* würde sie keinesfalls zulassen.

HERINGSSCHWÄRME

»Das Motorboot gehört der Friesenklima AG?«

Gesine, die das Glas mit Zuckerfischen auffüllte, sah ihre Tochter überrascht an. Wie an den meisten Sonntagen nutzte sie auch heute die morgendlichen Stunden, um im Lädchen Ordnung zu schaffen, bevor sie den Kroog zum beliebten Frühschoppen öffnete.

»Nicht dem Unternehmen, sondern deren Vorstandsvorsitzenden Mareke Renken«, präzisierte Wiebkes Vorgesetzter, Steffen Gesner, der mit ihr in das Lädchen gekommen war. »Wir haben bereits mit Renken gesprochen. Ihrer Aussage nach wurde das Boot in der letzten Nacht aus dem Norderneyer Yachthafen gestohlen.«

»Was ist mit dem Blut?« Die Friesenbrauerin schraubte das Glas zu.

»He, was soll das?«, beschwerte sich Joris, der vor dem Verkaufstresen auf einem hölzernen Klappstuhl hockte. »Ich habe heute noch keine roten Fische gegessen.«

»Dafür hast du von allen anderen Farben mehr als genug genascht. In deinem Magen dürfte ein buntes Durcheinander herrschen.«

»Beim Frühschoppen muss ich ordentlich Tüdelbräu trinken. Die Fische können sonst nicht richtig schwimmen.«

»Artgerechte Haltung von Zuckerfischen?« Gesner grinste.

»Kann man so sagen.«

»Was ist denn jetzt mit dem Blut? Konnte man es schon einer Person zuordnen?«, hakte Gesine nach.

»Noch nicht. Die Spurensicherung nimmt das Schiff gerade unter die Lupe. Bald wissen wir hoffentlich mehr.«

»Hat Renken einen Verdacht?« Die Friesenbrauerin stützte sich auf den Tresen und beugte sich vor.

»Leider nicht. Da die *Sonnenwind* auf Norderney entwendet wurde, suchen die Inselpolizisten vor Ort nach dem Täter und unterstützen uns bei den Ermittlungen.«

»Der Gauner muss den Bootsschlüssel während der gestrigen Infoveranstaltung aus Renkens Handtasche genommen haben«, ergänzte Wiebke.

»Was ist mit ihren Wertsachen? Wurden die ebenfalls gestohlen?«

»Davon hat Renken nichts erzählt.«

»Findet ihr das nicht komisch?«

»Mama, wieso das denn?«

»Warum hat der Dieb nur den Bootsschlüssel und nicht die ganze Tasche mitgenommen? Da war doch bestimmt der Geldbeutel mitsamt den Kreditkarten drin.«

»Wir stehen mit unseren Ermittlungen noch am Anfang«, wich Gesner einer Antwort aus.

»Mit anderen Worten: Ihr habt keine Ahnung.«

»Mama, ist gut jetzt. Kann ich ein paar Zuckerfische bekommen?«

»Du wirst nie erwachsen, oder?« Wiebkes Mutter lächelte verschmitzt.

»Joris ist älter als ich und futtert ständig Heringsschwärme«, beschwerte sich Wiebke.

»Der ist auch ein Kindskopf.«

»Das kann man so nicht sagen. Ich bewege mich gelegentlich zwar etwas außerhalb der gesellschaftlich vertretbaren Konventionen und bin darüber hinaus …«

»Halt den Sabbel.«

Joris blickte von Gesine zu Wiebke, die die Worte gleichzeitig ausgesprochen hatten.

»Das habt ihr vorher einstudiert!«, grummelte er.

Die Friesenbrauerin zwinkerte ihrer Tochter zu und füllte einen Heringsschwarm in eine Papiertüte.

»Ähem.« Gesner hob den rechten Zeigefinger wie ein Schüler, der auf sich aufmerksam machen wollte.

»Was hat dir denn die Sprache verschlagen?«, fragte Wiebke.

»Ich hätte auch gerne einen Heringsschwarm.«

»Die Fische müssen aber ordentlich schwimmen, sonst ist das Tierquälerei.« Joris strich über seinen Bauch.

»Dann werde ich Kaffee dazu trinken.«

»Koffeinhaltige Getränke vertragen die Viecher nicht.«

»Wie wäre es mit Wasser?«

»Herr Kommissar, die Fische brauchen eine hopfenhaltige Umgebung, sonst werden sie qualvoll verenden. Das ist empirisch bewiesen.«

»Welches Institut hat die Studien denn durchgeführt?«

»Jahrelange Selbstversuche.«

»Ich werde es trotzdem mit Kaffee probieren.« Gesner schlug dem alten Kapitän kumpelhaft auf die Schulter und nahm von Gesine eine Tüte mit Zuckerfischen entgegen.

Die Friesenbrauerin winkte den Polizisten zum Abschied zu und wandte sich dann an Joris.

»Was hältst du von der ganzen Sache?«

»Zuckerfische brauchen Tüdelbräu.«

»Du Döspaddel, das meine ich doch nicht. Findest du es

nicht auch seltsam, dass der Dieb nur den Bootsschlüssel geklaut hat?«

»Weiß nicht.« Joris strich nachdenklich über seinen weißen Bart. »Wichtiger scheint mir die Frage zu sein, wo der Kerl abgeblieben ist. Sollte das sein Blut auf dem Boot sein, wird sich der Dieb verletzt haben, möglicherweise schwer.«

»Der Verbrecher könnte auf dem Schiff jemanden umgebracht und die Leiche ins Wasser geworfen haben, bevor er selbst von Bord gegangen ist«, wandte Gesine ein und fügte dann hinzu: »Die Tat könnte auch von einer Frau verübt worden sein.«

»Wäre möglich. Das herauszufinden ist aber Aufgabe der Polizei.« Joris stand auf. »Zeit für meinen sonntäglichen Frühschoppen. Ich gehe schon mal zum Kroog.« Er humpelte aus dem Lädchen.

Gesine füllte Regale. Wenige Minuten später stürmte der kleine Jan in den Verkaufsraum. Auch heute trug er Piratenkleidung. In seinem Gürtel steckten ein Plastikschwert und eine Schleuder, die aus einer Astgabel bestand, zwischen die er ein Gummiband gespannt hatte. Auf dem Kopf trug er einen schwarzen Hut, auf dessen Vorderseite ein Totenkopf mit darunter gekreuzten Knochen zu sehen war. In der rechten Hand hielt er einen Stoffbeutel.

»Papa hat gesagt, ich soll schnell Milchbrei für Lisa holen.«

»Wie geht es deiner kleinen Schwester denn?«

Die Friesenbrauerin holte eine Packung aus dem Regal, die sie extra für die Familie Gebhard eingekauft hatte, und reichte sie dem Jungen.

»Ganz gut, denke ich.« Er zuckte mit den Schultern, als sei damit alles gesagt, und kramte in seiner Hose. »Für das restliche Geld darf ich mir einen Heringsschwarm kaufen.«

Er hielt Gesine eine Handvoll Münzen entgegen.

»Mal sehen, ob das reicht.« Sie zählte nach und nickte dann. »Dafür bekommst du eine kleine Tüte Zuckerfische.«

»Nur eine kleine Tüte?« Jan zog eine Flunsch.

»Hast du deine Murmeln dabei?«

»Klar.« Er griff in seine andere Hosentasche und förderte zwei Murmeln zutage – eine rubinrote und eine blaue.

»Lass uns wieder spielen. Wenn du gewinnst, bekommst du einen riesigen Heringsschwarm. Solltest du verlieren, musst du den Laden fegen. Was meinst du?«

Die Augen des Kindes leuchteten. »Gegen mich hast du keine Chance.«

»Du solltest deinen Gegner nicht unterschätzen, vor allem, wenn es eine Frau ist. Wir spielen nach der alten Regel: Wer die Milchkanne am Ende des Ganges zuerst trifft, hat gewonnen.«

Jan kniete sich vor den Verkaufstresen und visierte das Ziel an. Dann ließ er die rubinrote Murmel rollen. Die kullerte wie von einer Schnur gezogen auf die Milchkanne zu. Kurz vorher wurde sie von einem im Weg liegenden Steinchen abgelenkt und trudelte zwischen zwei Mehlsäcke.

»Hier muss dringend gefegt werden.« Die Friesenbrauerin kniete sich neben den Jungen auf den Boden, wobei ihr linkes Knie protestierend knackte. Er gab ihr die blaue Murmel.

Gesine rieb die keine Glaskugel zwischen den Händen und schickte sie dann auf die Reise. Die Murmel beschrieb einen Bogen und landete neben den Obstkisten.

»Zweiter Versuch.« Jan sprang auf und kickte das Steinchen aus dem Weg. Dann sammelte er die Murmeln ein und reichte eine der Friesenbrauerin. Wenige Augenblicke später ließ der junge Freibeuter seine rote Glaskugel erneut rollen. Wie beim ersten Mal kullerte sie geradeaus und klackerte nun genau an die Milchkanne.

»Gewonnen!« Er riss die Arme nach oben.

»Noch nicht. Sollte ich die Kanne ebenfalls treffen, ist es unentschieden, und wir müssen eine weitere Runde ausspielen.«

Gesine fixierte das Ziel und ließ die blaue Murmel rollen. Dieses Mal machte sie es besser. Die Glaskugel hatte die Milchkanne fast erreicht, als die Tür geöffnet wurde und sie aus ihrer Bahn brachte.

»Gewonnen.« Jan hüpfte auf und ab wie ein Gummiball.

Die Friesenbrauerin hob den Kopf und erblickte eine zierliche Frau mit modischer Kurzhaarfrisur. Die Kundin trug ein marineblaues Kleid, das ihre Figur sanft umschmeichelte und perfekt zu ihren strahlend blauen Augen passte. Die Füße steckten in cremefarbenen Pumps.

Gesine stützte sich am Tresen ab und drückte sich hoch – wobei ihr Gelenk hörbar knackte.

»Langsam werde ich zu alt für diese Spielchen«, murmelte sie und begrüßte die Frau dann mit einem lauten *Moin*.

»Moin.«

Die elegant gekleidete Dame erwiderte den Gruß und ließ den Blick so interessiert durch den Verkaufsraum schweifen, als wäre sie in einem Museum.

»Das Lädchen ist sehr authentisch gestaltet. Mir gefällt der Retro-Look dieser Einrichtung. Die Säcke und Kisten sind echte Hingucker und wunderbar Old School.«

»Retro-Look? Old School?« Gesine runzelte die Stirn.

»In Ihrem Geschäft scheint die Zeit stillgestanden zu sein. Sie müssen mir unbedingt verraten, welcher Innenarchitekt dieses wundervolle Kleinod gestaltet hat. Ich suche einen Fachmann, der meine Villa wieder auf Vordermann bringt. Die bisherigen Kandidaten waren entweder unkreativ oder wollten die Räume mit einem zu modernen Ambiente ruinieren. Einige von ihnen haben noch immer nicht kapiert, dass der Landhausstil so was von out ist. Sitzmöbel aus Rattangeflecht gehen gar nicht. Hier hingegen ist alles perfekt. Bitte entschuldigen Sie, ich habe mich bisher nicht vorgestellt. Mein Name ist Mareke Renken.«

Sie reichte Gesine die Hand.

»Gesine Felber.«

»Felber? Dann sind Sie die berühmte Friesenbrauerin. Ich habe schon von Ihrem Tüdelbräu gehört. Wurde der Kroog auch so authentisch restauriert wie dieses Geschäft?«

»Bekomme ich jetzt meinen Heringsschwarm?« Jan blickte Gesine mit großen Augen an.

»Natürlich. Ich gratuliere dir zum Sieg.« Sie trat hinter den Verkaufstresen, öffnete das Glas und füllte Zuckerfische in die größte Tüte, die sie finden konnte. »Sag deinem Vater, die sind nur für dich. Wenn er die wieder auffuttert, bekommt er eine Woche lang kein Tüdelbräu.«

»Die verstecke ich in meiner Schatzkiste.« Jan stopfte die Süßigkeiten und den Milchbrei in seinen Stoffbeutel und stürmte aus dem Laden. Dabei riss er die Tür so ungestüm auf, dass das Glöckchen darüber wie verrückt bimmelte und herunterzufallen drohte.

»Kinder sind wundervoll, finden Sie nicht auch? In Sünnum können sie so behütet aufwachsen wie in Bullerbü.«

»Woher kennen Sie unser Dorf und den Kroog denn?«

»Nach dem Bierwettbewerb gab es im Internet und den Zeitungen einige Berichte über Sünnum. Nun scheint wieder jene himmlische Ruhe eingekehrt zu sein, nach der sich viele Menschen sehnen. Die Bewohner der Ballungszentren sind ständigem Lärm ausgesetzt und einem zunehmenden Zeitdruck, der sie immer schneller ausbrennen lässt. An der Nordseeküste ...«

»Sie sind sicherlich nicht nach Sünnum gekommen, um meinen Laden und das Dorf über den grünen Klee zu loben. Was wollen Sie wirklich hier?«

Renken verstummte mitten im Satz und musterte die Friesenbrauerin mit kühlem Blick.

»Ursprünglich hatte ich nur die Absicht, mein Boot zu holen. Da die Spurensicherung die *Sonnenwind* aber noch nicht freigegeben hat, würde ich die Zeit gerne nutzen, um den Sünnumern die Vorzüge meines neuen Projektes *Menatur* zu erläutern. Hinsichtlich der Kapitalisierung des Vorhabens und unter Berücksichtigung der Renditeaspekte ...«

»Sabbeln Sie nicht so ein Fachchinesisch. Das versteht hier kein Mensch.« Gesine wedelte mit der Hand.

»Wie Sie meinen.« Renken presste die Lippen aufeinander, als wollte sie die weiteren Worte in sich einsperren.

»Haben Sie einen Verdacht, wer Ihr Boot gestohlen haben könnte?«, wechselte die Friesenbrauerin das Thema.

»Leider nicht.«

»Wann haben Sie den Verlust des Schlüssels denn bemerkt?«

»Nach der Veranstaltung. Woher wissen Sie überhaupt von dem verschwundenen Schlüssel?« Renken zog die zu einem perfekten Rundbogen gezupften Augenbrauen hoch.

»In Sünnum gibt es keine Geheimnisse«, antwortete Gesine ausweichend. Sie ärgerte sich über die Frage, die

ihr rausgerutscht war, ohne dass sie zuvor darüber nachgedacht hatte.

»Aha.« Renken wirkte nicht überzeugt. »Können Sie …?«
Der restliche Satz ging im Bimmeln des Türglöckchens
unter, das wieder einen Heidenlärm machte und gefährlich wackelte. Hinnerk Gravenhorst stiefelte in das Lädchen. Statt der vornehmen Kleidung hatte er ein an den
Ärmeln aufgekrempeltes Flanellhemd an. Dazu trug er eine
speckige Jeans. Die Füße steckten in Schuhen mit Stahl-
kappen.

»Ich brauche Brot und ein paar Eier.« Er baute sich vor
dem Verkaufstresen auf.

»Im Lädchen sagt man erst einmal *Moin*.« Gesine musterte ihn wie eine strenge Lehrerin.

»Moin. Kann ich jetzt meine Sachen bekommen? Ich
habe Hunger.«

»Sie müssen Tischler sein.« Renken reichte Hinnerk die
Hand, die in seiner rechten Pranke verschwand.

»Woher wissen Sie das?« Hinnerk runzelte die Stirn.

»Ein Krabbenfischer hätte sicherlich keine Sägespäne in
seinem Bart. Sind Sie für diese wundervolle Inneneinrich-
tung verantwortlich?«

»Nee, die gab es schon, als ich ein kleiner Junge war und
hier meine Heringsschwärme gekauft habe.«

»Sie sind in Sünnum aufgewachsen?«

»Kann man so sagen.«

»Das ist fantastisch.«

»Wieso das denn?« Hinnerk fuhr sich mit der linken
Hand über die Glatze.

»Die meisten Menschen würden Sie für das ursprüng-
liche Leben beneiden.«

»Ursprüngliches Leben?«

»Damit will dir Frau Renken sagen, dass du ein einfältiges Landei bist.«

»Echt jetzt?«

»Jo.«

»Renken? Die Tussi vom Friesenklima?« Erst jetzt schien Hinnerk den Namen registriert zu haben.

»Jo.«

»In meinen Augen sind Sie kein einfältiges Landei. Ich schätze Menschen, die einer handwerklichen Arbeit nachgehen. Sie können meine Hand jetzt übrigens loslassen.«

»Oh, tut mir leid.«

»Das muss es nicht.« Ihre perfekt geschminkten Lippen verzogen sich zu einem Lächeln.

»Schuftest du wieder in der Schreinerei? Was ist denn mit der Idee, dein Geld für dich arbeiten zu lassen?«

»Tüdelbüdel, hör mir auf damit«, winkte Hinnerk ab. »Die Aktie ist schneller abgeschmiert, als ich *Moin* sagen konnte. Die Uhr werde ich wieder verkaufen. Dieser ständige Zeitdruck und der permanente Blick auf die Kurse haben mich ganz kirre gemacht. Jetzt habe ich den blöden Kredit an der Backe und nur noch wenig Kohle, die ich …«

»… bei der Friesenklima AG gewinnbringend anlegen kann. Wir garantieren Ihnen eine mindestens siebenprozentige Verzinsung des eingesetzten Kapitals und eine Prämie von hundert Euro bei Vertragsunterzeichnung.«

»Wie jetzt?«

»Darf ich Sie zu einem Kaffee einladen, um die Sache in Ruhe zu besprechen? Kennen Sie in Sünnum ein nettes Café, wo man einen Latte macchiato oder Cappuccino trinken kann?«

»Nee, hier gibt es nur den Kroog. Beim Frühschoppen können Sie ein Tüdelbräu bekommen«, wandte die Friesenbrauerin ein.

»Dann werden wir dort miteinander reden. Ich lasse das Bier auf meinen Deckel schreiben.«

»Hinnerk, welchen Deckel meinst du? Bei mir stapeln sich die Dinger.«

»Ich weiß. Wenn ich die Prämie von Friesenklima bekommen habe, zahle ich meine Zeche. Versprochen.«

»Das ist eine gute Idee. Ich räume hier schnell auf und komme dann nach.«

»Danke, das ist nett.« Renken nickte Gesine zu und schritt Richtung Ausgang.

Hinnerk eilte hinterher.

»Was ist denn mit deinem Brot und den Eiern?«, rief Gesine ihm nach.

»Ich habe keinen Hunger mehr.«

Die Friesenbrauerin schüttelte den Kopf. Dass der Tischler seinen Appetit verloren hatte, war ein schlechtes Zeichen, denn dann war er entweder krank oder verliebt.

Sie erinnerte sich an die dralle Blondine, die Hinnerk vor einigen Jahren den Kopf verdreht und danach abserviert hatte. Der arme Kerl hatte sich sieben Wochen ausschließlich von Tüdelbräu ernährt und war nur noch ein Schatten seiner selbst gewesen. Gesine hoffte daher auf eine fiebrige Erkältung.

SCHATTENMANN

»Hast du Prester inzwischen gefunden?«

»Nee. Wenn er über Bord gegangen ist, haben wir sowieso keine Chance, ihn tot oder lebendig zu erwischen.«

»Du musst mir seinen Tod bestätigen.«

»Wie soll ich das denn anstellen?«

»Das ist nicht mein Problem. Wenn du deinen Job vernünftig erledigt hättest, würden wir jetzt nicht in diesem Schlamassel stecken.«

Er senkte den Kopf, wie immer, wenn sie etwas an ihm auszusetzen hatte – selbst bei einem Telefonat.

»Keine weiteren Fehler, hast du das verstanden?«

»Ist klar.«

»Wenn Prester es mit der *Sonnenwind* bis nach Sünnum geschafft hat, müssen wir damit rechnen, dass er mit den Einheimischen geredet hat.«

»Soll ich etwa das ganze Dorf eliminieren?«

»Du musst tun, was immer nötig ist. Wenn jemand von unserem Geheimnis erfährt, sind wir geliefert. Willst du den Rest deines Lebens im Gefängnis verbringen?«

»Natürlich nicht.«

»Dann sind wir uns also einig. Da die Dorfbewohner beim Frühschoppen fast alle im Kroog sind, kannst du dich in Ruhe in Sünnum umsehen. Er könnte sich in seinem eigenen Haus oder bei einem Freund verstecken.«

»Mit seiner Verletzung müsste er sich in einem Krankenhaus behandeln lassen.«

»Wir haben die Kliniken in der Umgebung doch schon alle abgeklappert. Prester ist nirgendwo aufgetaucht. In Sünnum gibt es einen Tierarzt. Der könnte ihn zusammengeflickt haben.«

»Woher weißt du das alles?«

»Weil ich meine Hausaufgaben gemacht habe. Los jetzt, worauf wartest du noch?«

Sie beendete das Gespräch ohne ein Wort des Abschieds.

Er steckte sein Mobiltelefon in die Hosentasche und lugte über die Hecke, hinter der er sich versteckt hatte. Von dort aus war der Kroog gut zu sehen.

Zwei Dorfbewohner saßen auf der Bank vor der Kneipe und rauchten. Sie schienen so in ihr Gespräch vertieft zu sein, dass sie nicht einmal eine fliegende Kuh bemerkt hätten.

Seine Finger tasteten über die Pistole, die in einem Schulterholster unter der Jacke steckte. Dann machte er sich auf die Suche nach dem Mann, den er unbedingt zum Schweigen bringen musste.

FRÜHSCHOPPEN

»Wo warst du denn so lange?«

Hinnerk, der beim sonntäglichen Frühschoppen auf einem Barhocker an der Theke des Kroogs saß, sah Mareke Renken fragend an. Unter seinem hünenhaften Körper wirkte das Möbelstück wie aus einem Puppenhaus.

»Ich musste kurz für kleine Mädchen. Danach bin ich zum Wagen und habe einige Unterlagen aus dem Kofferraum geholt. Als die *Sonnenwind* im Watt von Sünnum entdeckt wurde, habe ich Norderney mit der nächsten Fähre verlassen und bin sofort hergefahren.« Sie stellte einen Aktenkoffer neben ihren Barhocker.

»Ist das deine persönliche Anlageberaterin?«

Der Wattführer Sören Gebhard schlug Hinnerk auf die breite Schulter und deutete mit einem Kopfnicken auf Renken. Dann wandte er sich an Gesine.

»Ich könnte ein Tüdelbräu vertragen.«

Die Friesenbrauerin hielt ein Glas unter die Zapfanlage und ließ den Blick durch den Kroog schweifen, der sich zunehmend füllte. Dabei entging ihr nicht, dass Renken die Hand auf Hinnerks Unterarm gelegt hatte.

»Nee, das ist Mareke«, beantwortete der Tischler Sörens Frage nach der Anlageberaterin.

»Kiek an, kiek an. Das ist doch die Frau vom Friesenklima. Ich habe ein paar Bilder von Ihnen im Internet gesehen.« Sören deutete mit einem Kopfnicken auf Renken und wandte sich dann wieder an Hinnerk.

»Willst du dein Geld jetzt bei ihr anlegen?«

»Jo. Sie hat mir von ihrem Projekt erzählt, diesem Mena-dings.«

»*Menatur*«, korrigierte Mareke und schenkte Sören ein strahlendes Lächeln. »Wenn Sie einen Moment Zeit haben, würde ich Sie gerne über die Vorzüge einer Investition in die Friesenklima AG informieren.«

»Das interessiert mich ebenfalls«, ließ sich Monika Nansen vernehmen, die auf einem der Barhocker saß und das Gespräch mitbekommen hatte.

Ihre Mutter war neben Gesine hinter der Theke und spülte Gläser. Der Rollstuhl, den Renate Nansen seit ihrem Schlaganfall gebraucht hatte, war inzwischen gegen einen Rollator getauscht worden. Den nutzte sie nun als Sitzbank, um sich einige Schlucke Tüdelbräu zu genehmigen. Alles andere als ladylike wischte sie sich den Schaum vom Mund und verkündete lauthals: »Ich will meine Rente auch anlegen. Dann kann ich nächstes Jahr endlich eine Kreuzfahrt machen.«

»Mama, du hast kein Geld zum Investieren.«

»Wieso? Die Kaffeedose ist doch voller Münzen.«

»Das reicht nicht einmal für eine Fahrkarte nach Borkum.«

»Sie können bei uns auch kleinere Beträge anlegen«, nahm Renken der Krankenschwester den Wind aus den Segeln.

»Was soll das werden? Eine Werbeveranstaltung?«, grummelte Joris und ließ die Zuckerfische in einem weiteren Schluck Tüdelbräu schwimmen. »Ich will hier mit den Leuten schnacken und mir keinen Vortrag anhören.«

»Alter, mach dich mal locker.«

»Ik schiet di wat mit Alter«, polterte Joris Richtung Hinnerk. »Hast du aus dem Verlust deiner Aktienanlage denn nichts gelernt?«

»Mareke hat das voll drauf.«

Gesine reichte Sören das frisch gezapfte Bier und wandte sich dann an Hinnerk: »Das verstehe ich nicht. Gestern hast du noch lauthals verkündet, dass Frauen wegen mangelnder Intelligenz keine Unternehmen führen können.«

»Das habe ich so nicht gesagt.«

»Doch, das hast du«, bestätigte Joris.

»Bist du etwa einer von den sozialen Neandertalern, für die Emanzipation noch immer ein Fremdwort ist?« Monika stemmte die Hände in die Seiten.

»Ich hatte dich für einen netten Kerl gehalten und nicht für einen selbstverliebten Macho.« Mareke bedachte Hinnerk mit einem Blick, der Wasser binnen weniger Sekunden hätte gefrieren lassen.

Gesine schmunzelte. Vielleicht hatte sie Renken wegen ihres eleganten Auftretens und der gewählten Ausdrucksweise falsch eingeschätzt. Ihr gefiel die Art, wie sie sich Hinnerk gegenüber behauptete.

»Nee, natürlich nicht. Ich meine … dachte … wie auch immer. Du bist jedenfalls die rühmliche Ausnahme«, versicherte Hinnerk der Unternehmerin.

»Bin ich ebenfalls eine Ausnahme?«

»Jo. Monika, du hast es auch voll drauf.«

»Und was ist mit mir?«, ließ sich Renate vernehmen.

»Du bist … weiß nicht … Könnt ihr mich nicht in Ruhe lassen?«

»Nee«, antwortete die alte Dame und bewaffnete sich mit einer Spülbürste. »Ich werde dir damit so lange den Kopf schrubben, bis du keine dummen Sprüche mehr machst.«

»Ist angekommen!« Hinnerk griff nach seinem Glas und trank einen Schluck.

Ohne vorherige Absprache sahen sich die vier Frauen an und nickten einander zu – wie langjährige Freundinnen, die sich in einem Kampf bewährt hatten.

»Dann erzähl uns mal was über dein Projekt«, sagte der Krabbenfischer Tammo Friese, der mit Josef Bergmüller und Michael Tapken an einem der drei Stehtische stand und sein Tüdelbräu schlürfte.

»Ist das okay?« Renken blickte Gesine fragend an.

»Ja, denn das interessiert mich ebenfalls. Ich schalte die Musik aus.«

»Wunderbar. In der Zeit werde ich die Prospekte verteilen.« Renken holte die Werbematerialien aus der Ledertasche und reichte jedem der Anwesenden ein Exemplar.

»Wie Sie vielleicht schon wissen, werden wir ein Hotel in Bensersiel bauen. Die Finanzierung des Projektes *Friesenbrise* ist abgeschlossen, die Bauarbeiten haben bereits begonnen. Die Investoren verdienen viel Geld, und jetzt haben Sie die einmalige Chance, mit dem aktuellen Vorhaben *Menatur* ebenfalls auf die Sonnenseite des Lebens zu gelangen. Diese Ferienanlage wird neue Maßstäbe setzen. Wie Sie der Beschreibung auf der ersten Seite entnehmen können ...«

»Lauter«, bölkte Tammo Friese.

»Ab auf die Theke mit dir.«

»Tüdelbüdel, das ist eine gute Idee.« Bevor Renken reagieren konnte, hatte Hinnerk sie bereits gepackt und wie eine Puppe auf die Theke gestellt.

»Wie ich schon sagte ...« In den nächsten zwanzig Minuten erklärte die Vorstandsvorsitzende das Konzept, nach dem die Friesenklima AG eine Ferienanlage bauen würde, die sich vollkommen autark versorgen konnte. Das galt nicht nur für die Energie, die über kleinere Windräder und Solaranlagen erzeugt werden würde, sondern auch für die Nahrung, die von eigenen Feldern und artgerecht gehaltenen Tieren kam. Da der Müll komplett recycelt wurde, war diese Anlage ein in sich geschlossenes System, das ökologische und ökonomische Interessen gleichermaßen berücksichtigte.

Während der Vorstellung war es im Kroog ungewöhnlich ruhig. Keiner machte eine dumme Bemerkung, niemand fiel der Vortragenden ins Wort. Renken erläuterte gerade die Renditeaspekte, als die Tür aufging und Wiebke in den Kroog marschierte.

Renken sah die uniformierte Polizistin erschrocken an und machte einen Schritt zurück, als hätte sie vergessen, dass sie auf der Theke stand. Sie trat ins Leere und ruderte in dem Versuch, das Gleichgewicht zu halten, mit den Armen. Hinnerk sprang so schnell auf, als hätte ihn eine Sprungfeder vom Barhocker katapultiert, und packte ihre linke Hand. Gerade noch rechtzeitig, denn Renken kippte bereits nach hinten.

Gesine und Renate, die beide die Arme ausgestreckt hatten, um die Frau aufzufangen, atmeten erleichtert auf.

»Puh, das war knapp.« Hinnerk half Renken von der Theke.

»Ist alles okay?«, fragte Wiebke besorgt.

»Nichts passiert.« Der Vorstandsvorsitzenden stand der Schreck noch ins Gesicht geschrieben.

»Sind Sie wegen Ihres Bootes hier?«

»Ja, aber ich kann erst wieder an Bord, wenn die Spurensicherung die *Sonnenwind* freigegeben hat.«

»Genug gesabbelt«, ließ sich Hinnerk vernehmen. »Ich werde mein restliches Geld beim Friesenklima anlegen.«

»Das mache ich auch.« Sören klatschte in die Hände, als wollte er sich selbst applaudieren.

»Ich bin ebenfalls dabei.« Renate stützte sich auf ihren Rollator.

»Mama, du hast kein Geld zum Anlegen.« Monika Nansen schüttelte den Kopf.

»Das ist schon okay.« Renken blickte von der Tochter zur Mutter. »Ich möchte niemanden ausschließen. Heute kann jeder einen Vertrag abschließen und das Geld direkt online überweisen. Ich freue mich, dass die Sünnumer meine Arbeit für ein besseres Klima unterstützen. Jeder Abschluss wird neben der Prämie von hundert Euro mit einem Tüdelbräu besiegelt. Die Rechnung zahle ich!«

»Dat is jo fein«, freute sich Renate.

»Prima«, stimmte Monika zu. »Dann werde ich jetzt hundert Verträge mit einer Anlage von jeweils zehn Euro unterschreiben. Auf diese Weise verdiene ich heute Abend zehntausend Euro und bin von dem ganzen Tüdelbräu ordentlich angeschickert.«

»Das ist eine gute Idee!« Der Krabbenfischer rieb sich die Hände.

»Jeder der Anwesenden kann nur einen Vertrag unterzeichnen«, stellte Renken klar und holte Unterlagen und ein Tablet aus ihrer Tasche. Eine Stunde später hatten bis auf Gesine alle Anwesenden einen Vertrag unterschrieben und ihre Einlage online direkt an die Friesenklima AG überwiesen.

»Wo ist Hauke? Der hätte längst hier sein müssen.« Joris blickte in die Runde.

»Keine Ahnung. Wahrscheinlich wurde er zu einem Notfall gerufen. Die Rindviecher kennen schließlich keinen Feierabend«, suchte Gesine nach einer Lösung.

»Ich werde auf dem Heimweg bei ihm vorbeischauen.« Sören leerte sein Glas und verabschiedete sich. »Ich hatte Leefke versprochen, nicht lange im Kroog zu bleiben.«

Der Wattführer winkte zum Abschied und verließ die Gaststätte. Gesine schaltete die Musik wieder ein, und bald war die Kneipe erfüllt von Stimmengewirr und Gelächter.

»Haben Sie einen Verdacht, wer das Boot gestohlen haben könnte?«, fragte Wiebke.

»Nicht so förmlich. Ich bin Mareke.« Sie reichte der Polizistin die Hand, die diese ergriff.

»Wiebke.«

»Freut mich. Ich habe deinem Kollegen schon gesagt, dass ich keine Ahnung habe, wer das Boot geklaut hat.«

»Nach ersten Erkenntnissen könnte sich auf der *Sonnenwind* ein Verbrechen ereignet haben. Hast du Feinde? Gibt es Konkurrenten, die dir schaden wollen?«

»Die Friesenklima hat viel Gegenwind. So ist die Küstenbank nicht gut auf uns zu sprechen, weil wir in Norddeutschland beträchtliche Gelder eingesammelt haben, die nicht auf ihren Konten landen. Es gibt Handwerker, die bei Aufträgen nicht bedacht wurden und deshalb sauer sind. Dann gab es einige Drohungen, die ich zunächst nicht ernst genommen habe.« Den letzten Satz flüsterte Renken, als wäre sie unsicher, ob er auch gehört werden sollte.

»Denkst du dabei an eine bestimmte Person?«, hakte die Polizistin sofort nach.

»Juliane Bender.« Renken hielt einen Moment inne. »Sie ist Tourismusmanagerin und organisiert in der Küstenregion Kurzurlaube, Ausflüge und andere Events. *Wellentanz*, sagt dir der Name etwas?«

»Nie gehört.« Wiebke schüttelte den Kopf.

»Ist auch egal. Jedenfalls wollte Bender unsere Projekte vermarkten, aber wir möchten nichts mehr mit ihr zu tun haben.«

»Wer ist … *wir*?«

»Meine Mutter und ich. Genauer gesagt ist Ingrid meine Stiefmutter, als solche habe ich sie aber nie angesehen. Wir haben die Friesenklima AG zusammen gegründet, wusstest du das denn nicht?«

»Nee, das ist mir entgangen.«

»Mama ist in der Öffentlichkeit kaum in Erscheinung getreten. Die alte Lady mag es lieber etwas ruhiger. Sie hätte sicherlich viel Spaß mit deiner Mutter und … wie heißt die Frau mit dem Rollator noch?«

»Renate Nansen.«

»Renate, richtig. Hoffentlich kann Mama eines Tages auch im Kroog ein Tüdelbräu trinken.«

»Warum ist sie denn nicht hier? Auf den Fotos deiner Auftritte, die im Internet kursieren, ist sie ebenfalls nicht zu sehen.«

»Sie hatte vor einigen Wochen einen Nervenzusammenbruch und war eine Weile in stationärer Behandlung. Jetzt ist sie im *Friesenstift* in Greetsiel. Ich habe keine Ahnung, ob sie sich jemals wieder vollständig erholen wird.«

»Renate war vor einiger Zeit ebenfalls dort. Ist deiner Stiefmutter die Arbeit über den Kopf gewachsen?«

»Irgendwie schon. Die Anfeindungen haben ihr dann den Rest gegeben.«

»Welche Anfeindungen?«

»Zuerst waren es nur Anrufe, bei denen jemand sofort wieder auflegte, sobald sie am Telefon war. Dann kamen die Mails.« Mareke holte tief Luft, als bereitete ihr das Sprechen große Mühe.

»Was stand darin?«

»Morddrohungen.«

»Warum seid ihr damit nicht zur Polizei gegangen?«

»Das sind wir! Aber da konnte oder wollte man uns nicht helfen. Die Bullen werden doch immer erst aktiv, wenn ein Verbrechen geschehen ist. Tut mir leid, war jetzt nicht so gemeint.«

»Schon gut. Ich werde mit meinen Kollegen reden. Bei welcher Polizeidienststelle seid ihr denn gewesen?«

»In Leer. Jedenfalls hörten die Anrufe und Mails eine Weile auf, und wir dachten, dass nun Ruhe wäre. Aber dann hat Bender meiner Stiefmutter auf dem Heimweg aufgelauert und sie zu Tode erschreckt. Seitdem ist sie ein Nervenbündel, sie zittert ständig, als wäre ihr kalt. Das Schlimmste ist …« Renkens Stimme versagte, und es dauerte einen Moment, bevor sie fortfuhr: »… ihr Lachen. Es ist verschwunden, wie ein Licht, das ausgeknipst wurde. Früher war meine Stiefmutter ein Energiebündel, nichts konnte ihr den Tag verderben. Jetzt hockt sie in ihrem Zimmer und starrt die Wand an.«

»Habt ihr diesen Vorfall der Polizei gemeldet?«

»Klar, aber die Sache ist im Sande verlaufen.«

»Warum das?«

»Bender hat die Begegnung nicht abgestritten, behauptet aber, dass meine Stiefmutter sie grundlos angeschrien hätte. Da es keine Zeugen gibt, steht Aussage gegen Aussage.«

»Hat es danach weitere Drohungen gegeben?«

»Bisher nicht. Nach Mamas Nervenzusammenbruch wollte ich zunächst aufgeben, aber dann hätte dieses Miststück gewonnen. Da ich ihr diesen Triumph keinesfalls gönnen wollte, habe ich weitergemacht.«

»Demnach könnte Bender hinter dem Diebstahl stecken«, fasste Wiebke das Gesagte zusammen.

»Wäre möglich, aber ich habe keine Ahnung, was sie sich davon verspricht.«

»Ich werde der Sache nachgehen. Kennst du die Telefonnummer, von der die Drohanrufe gekommen sind?«

»Nein, denn die Anrufe erfolgten mit unterdrückter Nummer. Die Mailadresse ist mir aber bekannt. Ich würde dir gerne meine private Handynummer geben. Darüber bin ich jederzeit erreichbar.«

»Das ist eine gute Idee.« Wiebke speicherte Renkens Mobilnummer im Kurzwahlverzeichnis ihres Smartphones ein. »Ich brauche noch eine Liste aller Firmen und Personen, mit denen du in der Vergangenheit gearbeitet hast.«

»Kein Problem. Bis dahin versuche ich …«

Die Unternehmerin verstummte, als die Tür so kraftvoll aufgerissen wurde, dass sie gegen die Wand knallte. Sören stürmte in den Kroog.

»Beim Tierarzt wurde eingebrochen. Wiebke, du musst sofort kommen.«

»Bin schon unterwegs.« Die Polizistin eilte hinaus.

SEGELTÖRN

Wiebke und Sören rannten zum Haus des Tierarztes Hauke Peters. Die Eingangstür stand offen.

»Hauke?«, rief Wiebke, bekam aber keine Antwort.

»Hast du ihn gesehen?«, raunte sie Sören zu.

»Nee, nur das eingeschlagene Fenster.« Mit einem Kopfnicken deutete Sören auf die Scherben, die wie scharfkantige Zähne im Rahmen neben der Tür steckten. »Ich habe gerufen. Als Hauke darauf nicht reagiert hat, bin ich sofort zurück zum Kroog.«

»Gut, dass du nicht den Helden gespielt hast.« Wiebke zog ihr Mobiltelefon hervor und rief ihren Vorgesetzten Gesner an, der schon zum Norder Polizeikommissariat gefahren war. Er versprach, sofort nach Sünnum zurückzukehren.

»Willst du nicht nachsehen?«, drängte Sören zur Eile.

»Ohne Verstärkung …«

»Hauke könnte verletzt sein, wir dürfen keinesfalls warten.« Wiebke drehte sich zu Hinnerk um, der hinter ihr aufgetaucht war – zusammen mit Renken und einigen Sünnumern, die ihnen vom Kroog aus gefolgt waren.

»Das ist eine polizeiliche Ermittlung. Ihr habt hier nichts verloren. Niemand betritt das Haus ohne meine Einwilligung.«

»Wenn Hauke in Gefahr ist, werde ich ihm helfen.«

Gesine marschierte zur Tür.

Wiebke versperrte ihr den Weg. »Mama, das ist eine polizeiliche Angelegenheit. Der Täter könnte Hauke als Geisel genommen haben und jeden umbringen, der das Haus betritt. Wir haben keine Ahnung, welche Gefahren darin auf uns lauern.«

»Dann werden wir das herausfinden. Ich lasse Hauke keinesfalls im Stich, und das solltest du ebenfalls nicht.«

»Willst du mir etwa meinen Job erklären?«

»Du kannst mit mir reingehen oder auf Verstärkung warten.« Gesine ließ sich nicht beirren.

»Mama, sei doch vernünftig.«

»Deine Mutter hat recht. Wir dürfen keine Minute länger warten.« Hinnerk schob die Polizistin so mühelos zur Seite, als wäre sie ein im Weg stehender Kleiderständer, und betrat den Flur. Gesine folgte ihm.

»Raus, aber sofort.«

Statt der Aufforderung nachzukommen, schlichen die beiden weiter ins Haus.

»Dammich nochmol«, fluchte Wiebke, zog die Dienstwaffe aus dem Holster und folgte ihnen.

»Lasst mich vorangehen.«

»Wir sollten uns aufteilen«, regte Joris an.

Wiebke drehte sich zu dem alten Kapitän um, der, wie die anderen Dorfbewohner, nun ebenfalls im Flur stand.

»Was soll das werden? Ein Sünnumer Wandertag?«, wetterte die Polizistin und scheuchte die Meute mit einer Handbewegung nach draußen. Aber niemand reagierte auf ihre Aufforderung. Zu allem Überfluss hörte sie die Stimme von Renate Nansen, die im Eingang stehend lauthals verkündete: »Ich will auch mitkommen.«

Bei der Vorstellung, wie die alte Lady einen bewaffneten Kriminellen mit der Spülbürste ausschalten wollte, schüttelte Wiebke entnervt den Kopf. Manchmal waren die Dorfbewohner undisziplinierter als eine Klasse Grundschüler.

Jetzt war *manchmal*.

Da sie aus Erfahrung wusste, dass eine Diskussion mit den Sturköpfen sinnlos war, ließ sie den Blick über die drei Türen gleiten, die vom Flur aus abgingen. Eine Treppe führte ins Obergeschoss.

»Mama, Hinnerk. Ihr werft einen Blick in die Küche. Alle anderen sehen in der Gästetoilette nach. Ich nehme mir das Wohnzimmer vor. Sagt Bescheid, wenn ihr etwas entdeckt. Bleibt aber in Deckung, habt ihr das kapiert?«

»Jo«, bestätigte Hinnerk.

»Der Einbrecher wird bestimmt nicht auf der Schüssel hocken. Ich sehe oben nach.« Joris schlurfte zur Treppe.

Das durfte doch nicht wahr sein.

»Nein!«, rief Wiebke. »Wir müssen …«

»Nicht so laut«, fuhr ihr Gesine in die Parade. »Wir sollten leise sein, sonst können wir den Einbrecher nicht überraschen.«

Die Polizistin verdrehte entnervt die Augen. »Der weiß doch längst, dass wir hier sind. Bei dem Lärm, den ihr veranstaltet habt, wird er entweder geflohen sein oder sich auf unser Auftauchen vorbereitet haben.«

»Ich will auch mitmachen!«, plärrte Renate erneut.

»Mama, halt den Sabbel.« Der Stimme nach schien Monika Nansen ebenfalls langsam die Nerven zu verlieren.

»Du kannst …«

Monika – und mit ihr alle anderen – verstummten, als urplötzlich das Motorengeräusch eines Wagens erklang. War das ein Unbeteiligter, oder arbeitete der Verbrecher mit einem Komplizen zusammen?

Wiebke durfte kein Risiko eingehen.

»In Deckung!«, schrie sie und drückte sich an eine Wand. Hinnerk und Sören taten es ihr gleich. Die anderen rannten wie aufgescheuchte Hühner hin und her. Gesine lugte neugierig durch das kaputte Flurfenster.

Das Motorengeräusch wurde immer lauter. Dann verstummte es abrupt, und eine Fahrertür wurde geöffnet.

»Renate, was suchst du in meiner Hecke?«

Haukes Stimme war deutlich zu hören. Wiebke atmete erleichtert auf und trat aus dem Haus. Die anderen folgten ihr.

»Was ist denn hier los?« Der Tierarzt schaute die Dorfbewohner, die nach und nach aus dem Haus kamen, fragend an.

»Bei dir wurde eingebrochen.« Die Polizistin deutete auf das zerschlagene Fenster.

»Schiet ok. Wer war das?«

»Das wollten wir herausfinden«, ließ sich Gesine vernehmen.

»Das ganze Dorf?«

»Jo.« Joris nickte bestätigend. »Wir hatten Angst, dass dir etwas passiert ist oder du in der Gewalt eines Kriminellen bist. Wo warst du denn?«

»Ich bin gestern mit meinem Segelboot rausgefahren und habe die Nacht auf der Nordsee verbracht.«

»Dann weißt du nichts von dem Motorboot?«

»Was für ein Boot?«

»Meine *Sonnenwind*«, erklärte Mareke Renken.

»Wer sind Sie denn? Kann mir einer mal erzählen, was hier los ist?« Hauke schaute in die Runde.

Gesine fasste die Geschehnisse der letzten Stunden zusammen. »Wir wissen nicht, ob der Einbruch und der Diebstahl etwas miteinander zu tun haben.«

»Dann will ich mir den Schaden mal ansehen.«

»Das geht leider nicht. Dein Haus ist ein Tatort. Niemand betritt es ohne polizeiliche Genehmigung.« Wiebke hob die Hand.

»Du solltest mal eine andere Platte auflegen.«

»Mama, du kannst nicht ständig alle Regeln ignorieren. Da kommt Gesner. Der war aber flott unterwegs.«

Die Polizistin deutete auf einen Streifenwagen. Zu ihrer Überraschung stieg nicht ihr Chef, sondern ihr Kollege Patrick Meiners aus.

»Was ist hier los?«

Der junge Polizist strich sich über die gegelten Haare. Auch heute wirkte er wie aus dem Ei gepellt. Sein Hemd war gebügelt, die Uniform ohne Falten.

»Wo ist Gesner?«

»Der sitzt auf dem Beifahrersitz. Dem ist so schlecht, dass er mir beinahe den Wagen vollgekotzt hätte. Anscheinend hat er einen ganzen Heringsschwarm aufgefuttert. Habt ihr eine Ahnung, was damit gemeint ist?«

»Jo.« Alle Dorfbewohner nickten wie auf ein unsichtbares Kommando hin gleichzeitig.

»Hat er die Fische in Tüdelbräu schwimmen lassen?«

»Joris, das denke ich nicht, denn er hatte Kaffee auf dem Schreibtisch stehen.«

»Dann sind die armen Tiere elendig eingegangen. Kein Wunder, dass Gesner Magenschmerzen hat. Dabei habe ich ihm ausdrücklich gesagt, dass die Fische eine hopfenhaltige Umgebung brauchen. Aber der Herr Kommissar will partout nicht auf die Ratschläge eines alten Seebären hören.«

»Kapier ich nicht.« Patrick schüttelte den Kopf und wandte sich an Wiebke. »Habt ihr das Haus schon durchsucht?«

»Natürlich nicht. Wir haben alle auf die Verstärkung gewartet. Ganz vorschriftsmäßig.« Gesine nickte so ruckartig wie ein pickender Vogel – als wollte sie ihren Worten damit eine größere Bedeutung verleihen.

»So muss das. Wiebke, wir gehen jetzt rein.« Patrick zog seine Waffe, deutete mit Zeige- und Mittelfinger auf seine Augen und rannte in den Flur.

Die Polizistin seufzte vernehmlich. Zuerst meinte jeder Sünnumer den Hilfssheriff spielen zu müssen, und nun benahm sich ihr Kollege wieder wie ein testosterongesteuerter Held in einem Actionfilm. Heute blieb ihr nichts erspart.

SCHIMMELREITER

»Weiß Hauke schon, ob etwas gestohlen wurde?«

Die Friesenbrauerin, die hinter der Theke stand, sah in die Runde. Eine Stunde nach dem Auftauchen des Tierarztes hatten sich die Sünnumer mit Ausnahme von Hauke wieder im Kroog versammelt. Da die *Sonnenwind* seitens der Spurensicherung erst später freigegeben wurde, war Renken zu ihrer Stiefmutter ins Pflegeheim nach Greetsiel gefahren. Die alte Dame wartete schon sehnsüchtig auf ihren Besuch.

»In dem Chaos hat er noch keinen Überblick. Der Dieb scheint etwas gesucht zu haben, denn alle Zimmer wurden verwüstet und die Schränke ausgeräumt.«

»Insa hat sich bereits auf den Weg gemacht, um ihrem Vater zu helfen. Sie müsste am späten Nachmittag ankommen«, ließ Patrick, der mit der Medizinstudentin liiert war, die Dorfbewohner wissen.

Gesner, der neben Joris auf einem Barhocker saß, hatte die rechte Hand auf den Bauch gelegt. Seinem Gesichtsausdruck nach zu urteilen, quälte ihn der Heringsschwarm noch immer.

»Zwischen dem Einbruch und dem Blut auf dem Boot besteht bestimmt ein Zusammenhang. Dieb und Einbrecher könnten ein und dieselbe Person sein.«

»Mama, dieser Spur werden wir nachgehen. Wenn die Experten das Motorboot gründlich unter die Lupe genommen haben, können wir anhand des Bluts die DNA zuordnen. Sollte es eine Übereinstimmung in der Datenbank geben, werden wir umgehend nach der Person suchen und …«

Der restliche Satz ging in einem Aufschrei unter. Fassungslos starrte Wiebke auf den blutverschmierten Mann, der in den Kroog taumelte. Vor der Theke gaben die Beine unter ihm nach, und er brach zusammen. Für einige Augenblicke schien die Zeit stillzustehen.

Keiner regte sich, niemand sagte ein Wort.

Dann sprangen alle wie auf ein unsichtbares Kommando hin auf und schrien durcheinander.

»Das ist Enno!«

Wiebke hatte den ersten Schrecken überwunden und kniete sich neben den Verletzten. Die langen Haare waren verdreckt und hingen wie ein schmutziger Vorhang vor seinem Gesicht. Sein kariertes Hemd hatte sich mit Blut vollgesogen. Die Hose war an den Knien aufgerissen, die Hände bis zu den Unterarmen von einer dunkelroten sandigen Kruste umgeben.

»Ney. Isenima.«

»Ich verstehe dich nicht.« Die Polizistin senkte den Kopf, sodass ihr Ohr direkt über seinem Mund war.

»Ey. Oot«, stammelte Enno. Seine Lider flatterten.

»Wir brauchen einen Rettungswagen. Sofort!«, rief Wiebke.

»Schon unterwegs.« Monika steckte ihr Mobiltelefon nach dem Notruf wieder ein und kniete sich neben die Polizistin. Wenig später hatte sie die Ursache für die Blutung gefunden.

»Enno hat einen Bauchschuss. Keine Ahnung, was die Kugel in seinem Körper alles angerichtet hat. Dem Blutverlust nach grenzt es an ein Wunder, dass er überhaupt noch lebt. Ich brauche frische Tücher, schnell.«

»Üdelüdel.«

»Tüdelbüdel? Willst du mit ihr sprechen?«

Ennos Kopf ruckte vor und zurück, was Wiebke als ein Nicken interpretierte.

»Mama, komm her.«

»Bin schon da.«

Gesine kniete sich ebenfalls neben Enno und bettete seinen Kopf in ihren Schoß. Sie strich die Haare aus seinem Gesicht und beugte sich über ihn. Seine Haut war wachsbleich, die Lippen blutleer.

»Ney. Isenima.«

»Norderney?«

Enno bewegte den Kopf wenige Millimeter nach oben und unten.

»Fisenima.«

»Friesenklima?«

Ein erneutes Nicken.

»Er darf nicht reden und sich nicht bewegen«, ordnete Monika an. Sie griff nach den frisch gewaschenen Küchentüchern, die Joris ihr anreichte, und presste diese fest auf die Wunde.

»Oot. Ney. Ünnum.«

»Du bist mit dem Boot von Norderney nach Sünnum gefahren?«

Enno ruckte erneut mit dem Kopf.

»Er hat offenbar die *Sonnenwind* gestohlen, aber warum?«

»Keine Ahnung. Seid bitte alle ruhig, damit ich ihn besser hören kann.«

»Fisenima. Etug.«

»Friesenklima im Zug?«

Enno bewegte den Kopf ganz leicht von rechts nach links.

»Etrug.«

»Betrug? Macht die Friesenklima AG krumme Geschäfte?«

Wieder eine Kopfbewegung, die ein Nicken sein sollte.

»Eise.«

»Du warst auf einer Reise?«

»Beise.«

»Beweise? Du hast Beweise für den Betrug?«

Ein erneutes Nicken.

»Immeleiter.«

»Himmelsleiter?« Gesine runzelte die Stirn.

»Immerweiter?«, versuchte Wiebke das Gesagte zu entschlüsseln.

»Immeleiter. Aut.«

»Irgendwas mit Auto.« Gesine blickte ratlos auf und strich Enno sanft über die Wange.

»Tut mir leid, aber ich verstehe dich nicht.«

»Immereiter.«

»Schimmelreiter?«

Enno riss die Augen auf und bewegte den Kopf kaum merklich vor und zurück.

»Wiebke, darauf wäre ich nie gekommen«, lobte Gesine.

»Aut.« Die Stimme des Verletzten wurde schwächer und war kaum noch zu verstehen.

»Aufhören, sofort.« Monikas Stimme duldete keinen Widerspruch.

»Er will etwas sagen.«

Enno tastete nach der Hand der Friesenbrauerin. Sie ergriff seine kalten Finger und hielt sie fest.

»Klaut.« Im Gegensatz zu dem bisherigen Flüstern war dieses Wort gut zu hören.

»Klaut?«

Ein Lächeln huschte über Ennos Lippen. Dann fiel sein Kopf zur Seite.

»Nein. Bleib bei mir.«

Monika suchte seinen Puls. Als sie keinen fand, begann sie sofort mit lebensrettenden Maßnahmen.

Gesine, die noch immer Ennos Hand hielt, liefen Tränen über die Wangen.

»Verdammtes Herz, jetzt schlag doch endlich!«

Monika legte die Hände übereinander und begann erneut mit der Herzdruckmassage. Zwischendurch hauchte sie ihm immer wieder ihren Atem ein.

Die Sünnumer verfolgten die Wiederbelebungsversuche mit fassungslosem Entsetzen. Es war im Kroog so still, dass man eine Stecknadel hätte fallen hören können. Die einzigen Geräusche kamen von Monika.

Die Zeit hatte jede Bedeutung verloren. Niemand konnte sagen, ob Minuten oder Stunden vergangen waren, als die Rettungskräfte endlich in der Gastwirtschaft eintrafen.

Aber auch sie konnten nichts mehr ausrichten.

»Tut mir leid, hier kommt jede Hilfe zu spät.« Einer der beiden Sanitäter schüttelte bedauernd den Kopf.

Gesine, die die ganze Zeit über Ennos Hand gehalten hatte, schluchzte auf. Dann wischte sie sich mit dem Handrücken die Tränen aus dem Gesicht und schloss seine Augen.

Auch die anderen Sünnumer ließen ihrer Trauer um

Enno Prester, der viele Jahre im Dorf gelebt und jeden gekannt hatte, freien Lauf. Keiner schämte sich seiner Tränen. Selbst Hinnerk, der nichts und niemanden fürchtete, heulte wie ein Schlosshund. Der wenig später eintreffende Notarzt bestätigte Ennos Tod.

Die Dorfbewohner schwiegen in ihrer Trauer, als könnten die Worte seine Totenruhe stören. Nachdem die Leiche abtransportiert worden war, schritt Gesine wieder hinter die Theke und verkündete lauthals: »Wer für seinen Tod verantwortlich ist, wird dafür bezahlen. Ich werde nicht eher ruhen, bis der Mörder im Gefängnis sitzt.«

»Die Ermittlung ist Sache der Polizei. Du hältst dich da raus. Das gilt für euch alle, ist das klar?« Wiebke schaute in die Runde.

»Nee! Ich werde dem Mörder zeigen, dass man sich niemals mit den Sünnumern anlegen sollte.« Hinnerk schlug mit der rechten Faust in die linke Handfläche.

»Keine Selbstjustiz«, mahnte Gesner.

»Enno war einer von uns«, brüllte Sören.

»Das gibt euch nicht das Recht, der Polizei ins Handwerk zu pfuschen.« Der Kommissar stand auf. »Ich brauche keine Bürgerwehr.«

»Du kannst uns keinesfalls aufhalten.«

»Joris, sei doch vernünftig. Auch ich habe mit Enno einen Freund verloren und werde alle Hebel in Bewegung setzen, um den Fall so schnell wie möglich aufzuklären.« Wiebke schritt nach draußen, Patrick und Gesner folgten ihr.

Die Friesenbrauerin wartete, bis die Tür hinter den Ordnungshütern ins Schloss gefallen war, und wandte sich dann an die Dorfbewohner: »Enno scheint bei der Friesenklima AG einen Betrug aufgedeckt zu haben. Dabei wird er erwischt worden sein und musste deshalb sterben. Wenn wir davon ausgehen, dass er auf Norderney entdeckt wurde und mit dem Boot fliehen konnte, frage ich mich, warum er nicht direkt ins Dorf gekommen ist.«

»Er wird ohnmächtig gewesen sein«, vermutete Monika.

»Warum haben wir ihn nicht gefunden?«, fragte Sören.

»Weil keiner nach ihm gesucht hat. Alle haben sich nur auf das Boot konzentriert«, mutmaßte Hinnerk.

»So einfach ist das nicht«, widersprach Gesine. »Sörens Einwand ist durchaus berechtigt. Wenn Enno auf dem Weg nach Sünnum zusammengebrochen wäre, hätte ich ihn auf meinem Spaziergang entdecken müssen. Ich gehe davon aus, dass er sich von Bord geschleppt und versteckt hat.«

»Warum hat er sich nicht sofort um Hilfe gekümmert?«, fragte Joris.

»Sein Mörder könnte ihn mit einem anderen Boot verfolgt haben. Vielleicht hat der Killer Ennos Ziel gekannt, und ein Komplize hat ihm am Strand aufgelauert.«

»Gesine, könnte der Einbrecher Enno in Haukes Haus vermutet haben?«.

»Das wäre denkbar. Auch als Tierarzt hätte er eine Erstversorgung vornehmen können.«

»Findet ihr es nicht seltsam, dass Enno erst nach Renkens Verschwinden aufgetaucht ist?«, überlegte Sören laut.

»Was soll das denn bedeuten?« Hinnerk runzelte die Stirn.

»Dass Renken ihn keinesfalls sehen durfte. Sollte Enno mit seiner Anschuldigung recht haben, könnte sie hinter der ganzen Sache stecken.«

»Ich denke nicht, dass Mareke krumme Dinger dreht.«

Er sah in die Runde. »Eine erfolgreiche Geschäftsfrau wie sie hat viele Feinde.«

»Möglich. Dennoch kann sie etwas mit Ennos Ermordung zu tun haben.«

»Das glaube ich nicht. Mareke hat …«

»… dir den Kopf verdreht, aber so richtig.«

»Renate, davon hast du doch keine Ahnung.«

»Keine Ahnung? Von wegen! Als junge Frau habe ich Kerle wie dich innerhalb weniger Minuten um den kleinen Finger gewickelt.«

»Von einer alten Schachtel wie dir lasse ich mir doch nichts sagen!«

»Hinnerk, wie hast du mich genannt?«

»Schluss jetzt!« Die Friesenbrauerin klatschte in die Hände. »Keinem ist damit geholfen, wenn wir uns gegenseitig in die Pfanne hauen. Falls wir den Mord an Enno aufklären wollen, müssen wir zusammenhalten und herausfinden, welche Informationen er über die Friesenklima AG zusammengetragen hat. Dieses Wissen könnte uns zum Täter führen. Hat jemand von euch eine Ahnung, was die Begriffe *Schimmelreiter* und *klaut* bedeuten könnten?«

»Dabei könnte es sich um Worte aus dem Roman handeln, wobei die Zeilen- und Seitenangaben Koordinaten eines Ortes sind, an dem Enno die Beweise versteckt hat.«

»Puh, das ist ziemlich weit hergeholt, findest du nicht?«

»Hast du einen besseren Vorschlag?« Joris giftete Hinnerk an.

»Hinter den Buchstaben könnten sich eine Telefonnummer verbergen oder ein Tresorcode.«

»Wir werden das Geheimnis lüften.« Gesine gab sich zuversichtlicher, als sie es in diesem Moment war. »Joris'

Idee mit den Zeilen- und Seitenangaben ist gut, nur wissen wir leider nicht, welche Ausgabe Enno gemeint hat. Da es neben gebundenen Romanen auch Taschenbücher und Schullektüren gibt, müssen wir das Buch kennen, mit dem Enno gearbeitet hat.«

»Wie willst du das herausfinden?«, fragte der alte Kapitän.

»Indem wir seinen letzten Unterschlupf durchsuchen, aber den müssen wir erst einmal finden. Enno ist kurz nach dem Tod von Kerstin Burmeister aus Sünnum verschwunden. Seitdem habe ich nichts mehr von ihm gehört. Hat er sich bei jemandem von euch gemeldet?«

»Nee. Nicht bei mir.«

»Ich weiß ebenfalls nichts.«

Alle Anwesenden verneinten Gesines Frage.

»Dann müssen wir zunächst Ennos letzten Wohnort ausfindig machen. Mit etwas Glück entdecken wir dort seine Ausgabe des *Schimmelreiters*. Vielleicht hat Enno in dem Buch sogar Markierungen vorgenommen, die uns weiterhelfen. In seiner Wohnung könnten wir andere Hinweise oder belastendes Material entdecken.«

»Wie willst du seine letzte Adresse denn ermitteln?« Renate stützte sich auf ihren Rollator.

»Das ist nicht schwer, weil er seinen Wohnsitz umgemeldet haben muss. Wiebke könnte seine neue Anschrift mit Leichtigkeit herausfinden. Ich werde später mit ihr sprechen«, versprach Gesine.

»Wir sollten Renken zur Rede stellen. Nach Ennos Tod traue ich der Frau nicht mehr. Ich will mein Geld zurück«, warf Sören ein.

»Ich habe auch kein gutes Gefühl bei der Sache. Bevor

wir mit ihr sprechen, sollten wir uns aber so viele Informationen wie möglich beschaffen.«

»Da ist was dran. Ich muss jetzt nach Hause. Leefke und die Kinder warten auf mich.« Er verabschiedete sich, und alle anderen machten sich ebenfalls mit gesenkten Köpfen und schweren Herzen auf den Heimweg. Nachdem auch Joris aus dem Kroog gehumpelt war, wischte Gesine den Blutfleck vom Boden. Den Tränen, die ihr dabei über die Wangen rannen, ließ sie freien Lauf.

STANDPAUKE

»Was soll das heißen, du hast ihn nicht erwischt?«

Sie stemmte die Hände in die Seiten und funkelte ihn wütend an.

»Ich habe das Haus des Tierarztes auf den Kopf gestellt, aber dort war Prester nicht.«

»Er wird sich keinesfalls in Luft aufgelöst haben.«

»Das hat er nicht. Er war im Kroog.«

»Willst du mir ernsthaft erzählen, dass ein schwerverletzter Mann ein Motorboot stiehlt, damit nach Sünnum fährt und dann in die Kneipe geht, um ein Tüdelbräu zu trinken?«

»Ich denke nicht, dass er in seinem Zustand ein Bier vertragen hätte.«

»Das war ironisch gemeint.«

»Aha.«

»Warum hast du ihn dort nicht erledigt?«

»Weil er nicht allein war.«

»Dann hättest du die Friesenbrauerin auch töten müssen.«

»Ich kann doch nicht das ganze Dorf ausradieren. Du musst dir aber keine Sorgen machen, denn Prester ist tot.«

»Warum bist du dir so sicher?«

»Weil er in einem Zinksarg aus dem Kroog transportiert wurde.«

»Und du weißt genau, dass Prester darin lag?«

»Wo sollte er sonst gewesen sein?«

»Irgendwo anders. Ein leerer Sarg ist ein beliebter Trick, um einen Tod vorzutäuschen.«

»Ich denke nicht, dass er seine Verletzung überlebt hat.«

»Selbst wenn Prester im Kroog gestorben ist, wissen wir nicht, was er davor noch ausgeplaudert hat.«

»Und was soll ich deiner Meinung nach jetzt machen?«

»Du wirst die Friesenbrauerin im Auge behalten. Felber zieht im Dorf die Strippen, von daher ist sie die Person, die wir beobachten müssen.«

»Soll ich ständig in ihrer Nähe sein?«

»Nee, das wäre zu auffällig. Sollte sie etwas wissen, werden wir sie mit einer List direkt zu dir führen.«

»Wie willst du das anstellen?«

Sie erklärte ihm ihren Plan.

»Das ist ein wahrhaft teuflisches Vorhaben. Auf diese Weise kann ich sie vor ihrem Tod noch aushorchen.«

»Wir müssen unbedingt herausfinden, was Prester im Kroog erzählt hat und wer uns mit diesem Wissen schaden kann. Sollte er unser Geheimnis verraten haben, wirst du neben der Friesenbrauerin jeden töten, der uns in die Quere kommt. Ist das klar?«

»Ja.«

»Worauf wartest du dann?«

»Bin schon unterwegs.«

ERMITTLUNGSANSATZ

»Hast du schon die Auswertung der Spurenanalyse bekommen?«

Wiebke, die am Sonntagabend im Norder Polizeikommissariat an ihrem Schreibtisch saß, schaute ihren Vorgesetzten fragend an. Nach Ennos Tod hatte sie sich trotz ihres freien Wochenendes sofort mit Patrick und Gesner in die Ermittlungen gestürzt.

»Die Experten haben ihre Arbeit auf dem Boot erst vor drei Stunden beendet. Du weißt genau, dass wir einige Tage auf das Ergebnis warten müssen.«

»Das sollte schneller gehen. Kannst du bei den Kollegen Druck machen?«

»Das bringt nichts, da sie wegen der dünnen Personaldecke ohnehin am Limit sind. Bis zum Vorliegen anderer Informationen gehen wir zunächst davon aus, dass Prester das Motorboot gestohlen hat und damit allein nach Sünnum gefahren ist.«

»Wie weit sind die Inselpolizisten mit ihren Ermittlungen?« Patrick lugte hinter den gestapelten Akten hervor, die seinen Arbeitsplatz wie eine Mauer umgaben.

»Keine Ahnung. Bisher weiß ich nur, dass Prester auf Norderney gewesen ist.« Gesner zuckte mit den Schultern.

»Was ist mit dem Einbruch in Haukes Haus?«

»Inzwischen ist ein Team vor Ort, um nach Fingerabdrücken und anderen Spuren zu suchen. Da die Dorfbewohner sich darin aber wie eine Horde Vandalen benommen haben, bezweifle ich stark, dass die Experten brauchbare Spuren entdecken können. Nicht auszudenken, was passiert wäre, wenn sich der Mörder im Haus versteckt und wild um sich geschossen hätte.«

»Da ist was dran«, gab sich Wiebke reumütig.

»In Sünnum scheinen eigene Gesetze zu gelten. Wie deine Mutter halten sich viele Dorfbewohner nicht an die Spielregeln und machen, was sie wollen.« Gesner war sichtlich angefressen.

»Wenn Mama sich etwas in den Kopf gesetzt hat, ist sie wie ein Sturm. Den kannst auch du nicht bändigen.«

»In ihrem Alter dürfte es sich eher um ein laues Lüftchen handeln«, witzelte Patrick.

»Du solltest Gesine niemals unterschätzen.« Der Kommissar hob mahnend den Zeigefinger. »Diese Frau ist so unberechenbar wie ein Orkan. Das weiß ich aus eigener Erfahrung.«

Wiebke, die einer Diskussion über ihre Mutter aus dem Weg gehen wollte, wechselte rasch das Thema. »Neben der Mordermittlung müssen wir die Friesenklima AG unbedingt wegen des Betruges unter die Lupe nehmen, von dem Enno gesprochen hat. Vielleicht kann uns Juliane Bender etwas dazu sagen.«

»Bender? Wer soll das sein?« Der Kommissar zog die Augenbrauen hoch.

»Eine Tourismusmanagerin.« Wiebke berichtete von dem Gespräch mit Mareke Renken.

»Warum hast du uns das bisher verschwiegen?«

»Patrick, seit dem Einbruch hatten wir alle Hände voll zu tun und konnten kaum einen klaren Gedanken fassen.«

»Du solltest nicht von dir auf andere schließen. Frauen

und Denken sind wie sich abstoßende Magnetpole, die finden nie zusammen.«

»Mit dummen Sprüchen solltest du dich heute besser zurückhalten«, meinte Gesner nach einem Blick auf Wiebke, die ihren Locher mit der Hand fest umklammert und den rechten Arm zum Wurf gehoben hatte.

»Ich bin schon ruhig.« Patrick tauchte hinter seiner Aktenmauer ab.

»Besser ist das.« Wiebke stellte den Locher auf den Schreibtisch zurück.

»Bis zum Ergebnis der Spurenauswertung wird Patrick Presters jüngste Vergangenheit durchleuchten. Hoffentlich finden wir dort einen Hinweis auf seinen Mörder.«

»Und wie soll ich das anstellen?«

»Zunächst einmal mit dem Daddelkasten da.« Der Kommissar deutete auf den Computer und wandte sich dann an Wiebke. »Du wirst dich über Juliane Bender informieren.«

»Und was machst du in der Zeit?«

»Nachdenken. Auf diese Weise habe ich bisher die meisten Fälle gelöst.«

»Kann ich das morgen machen? Ich muss heute ins Training.«

»Patrick, echt jetzt? Wir haben einen Mord aufzuklären, und du willst in die Muckibude?« Wiebke schüttelte den Kopf.

»Was ist mit meinem Feierabend?«

»Der wird auf unbestimmte Zeit verschoben«, ordnete Gesner an.

»So geht das nicht.«

»Doch, das geht. Hier wird so lange gearbeitet, bis wir Ennos Mörder gefasst haben«, ließ sich Wiebke vernehmen.

»Das kann eine Weile dauern.«

»Ein Grund mehr, sich anzustrengen.«

»Ich will …«

»… *was*?« Der Tonfall der Polizistin klang wie das Knurren eines Hundes. Eines verdammt wütenden Hundes.

»Arbeiten.« Patrick hämmerte auf die Tastatur ein.

»So muss das. Ich versuche in der Zeit, das Rätsel des Schimmelreiters zu entschlüsseln.« Gesner breitete die Unterlagen, die er bisher zu dem Fall angelegt hatte, vor sich auf dem Schreibtisch aus.

Wiebke gab die Begriffe *Juliane Bender* und *Tourismusmanagerin* in eine Internetsuchmaschine ein. Wenige Augenblicke später wurden ihr einundzwanzig Treffer angezeigt. Sie öffnete den ersten Link.

Wellentanz stand in verschnörkelten Buchstaben auf der Website, die eine Dünenlandschaft zeigte, hinter der die Nordsee zu sehen war. Schäfchenwolken zogen über einen tiefblauen Himmel. Am oberen Rand waren die Reiter *Über mich, Veranstaltungen, Referenzen* und *Kontakt* zu sehen.

Wiebke klickte auf den ersten Reiter und schaute wenige Augenblicke später auf das Foto einer Frau in den Dreißigern, die wie ein typisches Küstenkind aussah.

Die halblangen dunkelblonden Haare erinnerten von der Farbe an ein Weizenfeld im Sonnenuntergang. Ihre Haut hatte den Teint eines Menschen, der an der Nordsee aufgewachsen ist. Einzig die grünen Augen passten nicht zu der nordischen Erscheinung. Mit ihren dunkelrot nachgezogenen Lippen lächelten sie Wiebke vom Monitor aus an. Sie überflog den Lebenslauf. Bender war in Emden aufgewachsen und lebte heute mit ihrem Mann, zwei Kindern und einem Hund in Greetsiel.

Unter dem Reiter *Veranstaltungen* fand Wiebke sieben touristische Angebote, wie Fahrten zu Seehundsbänken, Inselausflüge und Wattwanderungen.

Der Reiter *Referenzen* listete Personen und Firmen auf, mit denen Bender bisher zusammengearbeitet hatte und die entweder die Organisation, ihre Kompetenz, das Preis-Leistungs-Verhältnis oder ihre Freundlichkeit lobten. Unter *Kontakt* gab es ein Feld, in dem Interessenten ihre Mailadresse angeben konnten. Am unteren Seitenrand standen Benders Anschrift sowie eine Telefonnummer.

Wiebke notierte sich beides und klickte auf einen weiteren Link. Sie arbeitete so konzentriert, dass sie zusammenfuhr, als der hinter ihr stehende Gesner das Wort an sie richtete.

»Hast du etwas entdeckt?«

»Juliane Bender führt ein Bilderbuchleben. Den Informationen im Internet nach zu urteilen, ist sie seit vielen Jahren glücklich verheiratet, liebevolle Mutter und eine erfolgreiche Unternehmerin. Sie engagiert sich für den Naturschutz und karitative Projekte. Juliane Bender scheint kein Mensch, sondern eine Figur aus einem Schnulzenroman zu sein. Das Getue ist bestimmt eine glänzende Fassade, hinter der sich menschliche Abgründe auftun.«

»Warum kann sie nicht eine glückliche Frau sein?«

»Ihr Leben erscheint mir wie eine Torte mit dickem Zuckerguss. Sieht toll aus, aber nach dem Essen ist dir schlecht.«

»Wie nach einem Heringsschwarm.«

»So ähnlich. Wir sollten Bender sofort vernehmen.« Wiebke gähnte.

»Das werden wir. Aber nicht mehr heute Abend. Hast du

etwas zu Enno herausgefunden?« Mit dieser Frage wandte er sich an Patrick.

»Ich habe unsere Datenbanken und das Internet durchforstet, aber seit seinem Weggang aus Sünnum ist er wie vom Erdboden verschluckt. Bis dahin war er in den sozialen Netzwerken aktiv, hat zu Demonstrationen aufgerufen oder sich mit Umweltschützern zu Projekten verabredet. Aber danach ... nichts mehr.«

»Keine neue Meldeadresse?«

»Keine Wohnung, keine Autozulassung. Auch keinen Telefonanschluss, weder Festnetz noch Mobil. Kein Internetanschluss, keine Kreditkarten. Prester wird sich in den Untergrund zurückgezogen haben. Entweder hat er undercover gearbeitet oder Dreck am Stecken.«

»Oder Angst davor, von den falschen Leuten gefunden zu werden«, gab Wiebke zu bedenken.

»Das wäre möglich.« Patrick fuhr sich über die brennenden Augen. »Ich bin total groggy.«

»Geht nach Hause und ruht euch aus.«

»Wir haben einen Mord aufzuklären, schon vergessen?«, erinnerte Wiebke ihren Vorgesetzten.

»Deshalb brauche ich wache Kollegen und keine schlafwandelnden Beamten.«

Die Polizisten verabschiedeten sich, und Wiebke schlurfte zu ihrem himmelblauen Mini. Ennos Tod lastete wie ein unsichtbares Gewicht auf ihren Schultern.

Sie öffnete die Wagentür und setzte sich hinter das Steuer. Den Weg nach Sünnum legte sie wie auf Autopilot geschaltet zurück und parkte den Wagen vor dem Kroog.

Die Tür war geöffnet – aber Wiebke hörte weder Stimmen noch Gelächter. Sie stieg aus und trat in den Schankraum.

Joris saß auf seinem Stammplatz. Ihre Mutter stand hinter der Theke und lehnte sich an das Wandregal. Mit nach vorn gezogenen Schultern und den schlaff herabhängenden Armen wirkte sie wie ein aufblasbares Spielzeug, aus dem jemand etwas Luft abgelassen hatte.

»Habt ihr den Täter schon festgenommen?« Gesine blickte auf und sah sie mit geröteten Augen an.

»So schnell geht das nicht. Kann ich einen Schlummertrunk bekommen?«

»Natürlich.«

Wiebke erklomm einen Barhocker und stützte die Unterarme auf die Theke.

»Enno war kein schlechter Mensch, auch wenn er damals seine Frau betrogen hat. So einen Tod hat er nicht verdient.« Joris sprach derart leise, dass die Polizistin unsicher war, ob er nur vor sich hin brabbelte oder mit ihr redete.

»Habt ihr etwas über ihn in Erfahrung gebracht?«

»Leider nicht. In letzter Zeit hat er wie ein Geist gelebt. Wir haben keine Ahnung, was Enno seit seinem Weggang gemacht und mit welchen Leuten er sich eingelassen hat.«

»Mit der Renken vom Friesenklima, das ist doch klar.«

»Wir werden der Sache nachgehen.«

»Dein Tüdelbräu.« Die Friesenbrauerin reichte ihr ein frisch gezapftes Bier. Wiebke nahm das Glas entgegen und trank in großen Schlucken. Wenig später stand sie auf und verabschiedete sich. Schlafen konnte sie in dieser Nacht allerdings nicht.

FRIESENSTIFT

Gesine kehrte die Gaststube an diesem Abend so gründlich aus wie nie zuvor, als könnte sie mit dem Dreck auch die grauenvollen Ereignisse des Tages hinausfegen. Nach getaner Arbeit stellte sie den Besen in eine Ecke und ging zu Bett.

Am frühen Montagmorgen stand sie auf und machte sich einen Kaffee, zu dem sie eines der Rosinenbrötchen aß, die ihr Hilke Dekker vor die Tür gestellt hatte.

Die restlichen Backwaren brachte Gesine zum Lädchen, damit die Sünnumer auch an diesem Tag nicht auf ihr Frühstück verzichten mussten. Sie legte die Kladde zum Eintragen der Einkäufe auf den Tresen und schwang sich auf ihr Hollandrad.

Sie würde Marekes Stiefmutter Ingrid Renken im Friesenstift einen Besuch abstatten. Von der alten Dame würde sie hoffentlich etwas über die Friesenklima AG erfahren und Informationen zu den Anfeindungen von Juliane Bender bekommen.

Die Suche nach Ennos Mörder war für Gesine etwas Persönliches, da er viele Jahre lang wie ein Familienmitglied gewesen war.

Die etwas über dreißig Kilometer bis nach Greetsiel legte sie strampelnd zurück. Da Gesine keinen eigenen Wagen hatte und Wiebke sie nicht zum Friesenstift fahren würde, der Bus nur am späten Nachmittag fuhr und ein Taxi zu teuer war, blieb ihr keine andere Möglichkeit.

Glücklicherweise spielte das Wetter mit. Die Sonne schien, und eine leichte Sommerbrise wehte.

Gesine erreichte den einzigen Hafenort an der Leybucht gegen zehn Uhr. Auf dem Parkplatz des Friesenstifts stieg sie vom Rad und betrachtete die alte Burg, die in den letzten Jahren vollständig restauriert worden war.

Das historische Gebäude war in eine parkähnliche Gartenanlage eingebettet. Betagte Menschen flanierten über gepflasterte Wege, wobei sich einige von ihnen auf Rollatoren oder Gehstöcke stützten. Auf einer Bank saßen zwei Männer und redeten miteinander. Ein Bediensteter schob eine alte Dame im Rollstuhl auf die Burg zu.

Gesine lehnte ihr Fahrrad an einen Baum und schritt durch das Anwesen, wobei sie den geschwungenen Wegen folgte. Obwohl sie außer Puste war und am liebsten eine Pause eingelegt hätte, wollte sie keine Zeit verlieren.

Von Wiebke wusste sie, dass die Aufklärung eines Verbrechens mit jedem verstreichenden Tag immer schwieriger wurde. Aber wie sollte sie Ingrid Renken in diesem Disneyland für betuchte Rentner finden, wenn sie nicht einmal ihr Aussehen kannte?

Gesine ärgerte sich über ihre mangelnde Vorbereitung.

Statt einer spontanen Eingebung zu folgen, hätte sie vorher im Internet nach Renken suchen müssen. Dort hätte sie sicherlich ein Foto von ihr gefunden. Dieses hätte sie sich auf das Mobiltelefon spielen und die Bewohner des Friesenstifts damit abgleichen können.

Hätte. Hätte. Hätte.

Da sie auf dem Smartphone kein mobiles Internet hatte, konnte sie das Versäumte nicht nachholen und musste improvisieren. Gesine folgte den gewundenen Wegen, die zwischen üppigen Blumenbeeten und blühenden Sträuchern entlangführten. Bei jedem Schritt sah sie sich suchend um – als würde Renken ein Namensschild um den Hals tragen.

Namensschild.

Die Friesenbrauerin musterte die Pflegekräfte, die weiße Kittel trugen, an denen Namensschilder prangten. Mit einem solchen Kleidungsstück könnte sie sich unauffällig zwischen den Patienten bewegen, unter dem Vorwand eines Termins nach Renken fragen und diese im Rahmen einer Physiotherapie aushorchen. Gesine hatte keine Ahnung, wie sie das ohne Behandlungsraum anstellen sollte, aber ihr würde schon etwas einfallen. Notfalls ließ sie Renken Dehnübungen im Freien machen. Sport war an der frischen Luft ohnehin gesünder.

Dieses Vorgehen erschien ihr weniger verfänglich, als an der Information nach einer vermeintlichen Freundin zu fragen und von Renken später abgewiesen zu werden.

Der Gefahr, dass sich die Kollegen des Friesenstifts untereinander kannten und sie daher auffallen würde, konnte sie entgehen, indem sie sich als Mitarbeiterin einer Zeitarbeitsfirma ausgab, die kurzfristig eingesprungen war. In den Personalräumen würden hoffentlich Kittel von Bediensteten hängen, die momentan nicht arbeiteten.

Gesine marschierte zum Haupteingang und drückte die Holztür auf, deren Griff aus einem geschnitzten Anker bestand. Wenige Augenblicke später stand sie in einer pompösen Eingangshalle, die von einer Rezeption aus Mahagoniholz dominiert wurde. Eine Treppe führte in die oberen Stockwerke.

Ein bulliger Kerl in einer dunkelblauen Uniform, auf der in roter Schrift *Security* stand, versperrte ihr den Weg.

Gesine verfluchte ihre mangelnde Vorbereitung erneut. Dabei war die Idee so gut gewesen: Hinfahren. Reden. Mörder ermitteln. Täter von Wiebke festnehmen lassen.

Das mit dem Hinfahren hatte gut geklappt, aber schon das Reden war schwieriger als gedacht, wenn man nicht einmal wusste, wie der Gesprächspartner aussah.

»Moin.«

Sie blickte ihr Gegenüber mit großen Augen an, als sei damit alles gesagt.

Der Wachmann blieb reglos vor ihr stehen. »Was wollen Sie hier?«

»Arbeiten. Ich bin Physiotherapeutin.«

»So sehen Sie aber nicht aus.« Er betrachtete Gesine aus zusammengekniffenen Augen wie ein exotisches Tier.

»Wie sieht Ihrer Meinung nach denn eine richtige Physiotherapeutin aus?«

»Weiß nicht. Jedenfalls nicht so alt und irgendwie kräftiger.«

»Tut mir leid, dass ich Ihrem Ideal nicht entspreche. Würden Sie mich trotzdem durchlassen?«

»So einfach ist das nicht. Wie heißen Sie überhaupt?«

»Ähm … Sabine Lamarsch.«

»Lahm-Arsch?«

Er grinste – was Gesine ihm nicht verdenken konnte, denn über den Namen der Romanfigur, die ihr spontan eingefallen war, hatte sie damals auch lachen müssen.

»Sehr witzig. Die Betonung liegt auf der ersten Silbe. Kann ich jetzt endlich arbeiten?«

Die Friesenbrauerin versuchte, ihr Gegenüber mit einer herablassenden Art einzuschüchtern, in der Hoffnung, dass er sie dann unbehelligt gehen ließ. Leider klappte das ebenfalls nicht. Statt klein beizugeben, drückte der Wachmann die Brust raus wie ein Soldat. »Dürfte ich bitte Ihre Karte sehen?«

»Was für eine Karte?«

»Die Mitarbeiterkarte des Friesenstifts.«

Mitarbeiterkarte. Das durfte doch nicht wahr sein.

»Ich bin von einer Zeitarbeitsfirma abgestellt.«

»Dann hätten Sie eine Gastkarte bekommen müssen.«

»Habe ich aber nicht. Lassen Sie mich endlich vorbei, die Patienten warten bereits.«

»So einfach geht das nicht. Hier muss alles seine Ordnung haben. Im Personalbüro kann man Ihnen nach Rücksprache mit Ihrem Arbeitgeber eine solche Karte ausstellen.«

So ein Mist, fluchte sie innerlich und sagte: »Das können wir später nachholen. Mich kennt hier fast jeder. Moin, Jutta!« Gesine winkte einer älteren Dame zu, die aus dem Aufzug stieg und einen Rollator vor sich herschob. Diese bedachte die Friesenbrauerin mit einem missbilligenden Blick und trottete dann durch die Eingangshalle.

»Haben Sie diese Frau schon einmal gesehen?« Der Wachmann winkte die betagte Patientin zu sich und deutete auf Gesine.

»Wer soll das sein?«

»Ich bin Frau Lamarsch. Deine Physiotherapeutin.«

»Kenne ich nicht.«

Die ältere Dame trippelte mit kleinen Schritten, bei denen sie sich auf den Rollator stützte, zum Ausgang.

»Jutta ist leider nicht mehr ganz fit im Oberstübchen. Wenn sie ihre Aussetzer hat, ist sie so durch den Wind, dass sie sich nicht an ihren eigenen Namen erinnert.«

»Ich denke eher, dass Sie mich anlügen.«

»Das ist eine unverschämte Unterstellung. Lassen Sie mich sofort durch, oder ich werde mich bei Ihrem Vorgesetzten beschweren.« Gesine war in ihrer gespielten Empörung lauter geworden als beabsichtigt.

»Gibt es ein Problem?«, wollte die blondierte Empfangsdame wissen, die mit einem dunkelblauen Kostüm bekleidet war.

»Jo. Diese impertinente Person behauptet, von einer Zeitarbeitsfirma zu kommen. Sie hat keine Gastkarte bei sich.«

»Kein Problem«, flötete die Angestellte. »Ich bringe Sie zum Personalbüro. Dort können die Kollegen … he, wo wollen Sie denn hin?«

Die Frage galt der Friesenbrauerin, die sich umgedreht hatte und zur offenstehenden Tür rannte. Sie flitzte hindurch und bog auf den geschotterten Weg ein, der zum Parkplatz führte. Hinter sich hörte sie den Wachmann rufen.

»Stehen bleiben!«

Einige Patienten musterten sie mit großen Augen und machten ihr Platz. Die ältere Dame, die Gesine als Jutta angeredet hatte, schob ihren Rollator vor Aufregung in ein Rosenbeet. Gesine sprintete weiter.

Sie war schnell.

Aber nicht schnell genug.

Ein Stoß in den Rücken ließ sie taumeln. Einen Sturz konnte sie auf diese Weise zwar verhindern – dadurch war sie allerdings so langsam geworden, dass der Verfolger ihren Arm packen und festhalten konnte.

»Hab mir doch gleich gedacht, dass du eine von den diebischen Elstern bist.«

Gesine blieb stehen und funkelte den Wachmann wütend an.

»Lass mich los, aber sofort.«

»Nichts da. Ich werde dir die Flügel rupfen und dich in einen Käfig sperren.«

Beim Anblick der Burg wurde Gesine mulmig. Gab es im Friesenstift etwa Katakomben, in denen man Gefangene einkerkern konnte? Existierten tief unter der Erde Räume mit mittelalterlichen Folterinstrumenten? Hinter dicken Steinmauern würde niemand ihre Schreie hören …

Sie schüttelte den Kopf, um die grauenvollen Gedanken zu vertreiben, und versuchte sich aus dem Griff zu befreien, aber vergeblich.

»Ich habe nichts verbrochen«, zischte sie.

»Sie wollten sich hier einschleichen, um aus den Patientenzimmern Wertgegenstände zu entwenden.«

»Das ist Blödsinn.«

»Warum sind Sie sonst hier?«

»Ich bin eine verdeckte Ermittlerin.«

»Verdeckte Ermittlerin? Wollen Sie mich verarschen?«

»Nicht so laut. Meine Tarnung darf keinesfalls auffliegen. Ich werde Ihnen jetzt eine Telefonnummer geben, unter der meine Identität bestätigt werden kann.«

Der Securitymitarbeiter zückte sein Handy. Die Friesenbrauerin nannte ihm eine Zahlenfolge, die er mit der linken Hand eintippte, ohne sie dabei loszulassen.

Wenige Augenblicke später gab er ihren Arm frei und reichte ihr das Mobiltelefon. »Ihre Vorgesetzte will mit Ihnen sprechen.«

Gesine nahm das Gerät entgegen.

»Moin.«

»Verdeckte Ermittlerin? Lahm-Arsch? Mama, hast du noch alle Latten am Zaun?«

»Ich kann es dir erklären.«

»Was machst du im Friesenstift? Sag mir nicht, dass du dort mit Ingrid Renken sprechen wolltest.«

»Sie könnte wichtige Informationen haben.«

»Welchen Teil von ›*Misch dich nicht in unsere Ermittlungen ein*‹ hast du nicht verstanden?«

»Ich kann dich nicht hören. Die Verbindung ist so schlecht.«

»Wag es ja nicht, jetzt aufzulegen. Ich musste deinetwegen … hallo … hallo?«

Die Friesenbrauerin beendete das Telefonat und reichte dem Wachmann sein Mobiltelefon.

»Tut mir leid, dass ich Sie zu Unrecht verdächtigt habe, aber Ihre Scheinidentität ist nicht sonderlich glaubhaft.«

»Ich weiß.«

Gesine trottete zu ihrem Fahrrad und trat den Heimweg an. Sie ärgerte sich über die überstürzte Aktion. Bevor sie dem Friesenstift einen erneuten Besuch abstattete, würde sie sich besser vorbereiten.

WELLENTANZ

Wiebke warf den Telefonhörer auf den Schreibtisch.

»Was ist denn los?« Gesner schaute von seiner Arbeit auf.

»Mama hat wieder Miss Marple gespielt.«

»Was hat sie diesmal angestellt?«

»Sie war im Friesenstift und wollte dort Ingrid Renken aushorchen.«

»Das glaube ich jetzt nicht.« Der Kommissar hob die Hände, als wollte er göttlichen Beistand erbitten und fragte dann: »Hat sie zumindest etwas herausgefunden?«

»Nee, leider nicht.«

Wiebke überlegte, ihrem Vorgesetzten die ganze Geschichte zu erzählen. Wenn Gesner aber erfuhr, dass ihre Mutter sich als verdeckte Ermittlerin ausgegeben und sie ihre Lüge gedeckt hatte, würde er ausrasten. Die Stimmung im Büro war nach dem Mord ohnehin angespannt genug.

»Wenn deine Mutter wieder Mist baut, müssen wir sie aus dem Verkehr ziehen.«

»Patrick, dich hat niemand nach deiner Meinung gefragt.« Wiebke rollte mit den Augen.

»Damit hat er leider recht.« Gesner seufzte vernehmlich. »Sollte deine Mutter …«

»Ist gut jetzt!« Wiebke schlug mit der flachen Hand auf den Tisch. »Ich werde mit Mama reden. Nun will ich aber kein Wort mehr davon hören.«

»Du hast hier nichts zu melden. Wenn ich …«

»Bist du sicher, dass du dich ausgerechnet heute mit mir

anlegen willst?«, unterbrach Wiebke ihren jungen Kollegen.

Dieser schien im ersten Moment etwas sagen zu wollen, tauchte jedoch wortlos hinter seiner Aktenmauer ab.

»Hast du weitere Neuigkeiten zu Bender gefunden?«, fragte Gesner.

»Leider nicht, obwohl Mareke mir inzwischen die angeforderten Informationen gemailt hat. Da die mysteriösen Anrufe mit unterdrückter Telefonnummer erfolgten, laufen die Ermittlungen an dieser Stelle zunächst ins Leere. Unsere Spezialisten versuchen, die Nummer zu ermitteln, das dauert aber eine Weile. Sollte der Anrufer ein altes Prepaidhandy benutzen, kommen wir an dieser Stelle ohnehin nicht weiter, da man sich beim Kauf einer SIM-Karte erst seit sechs Jahren ausweisen muss.

Bei Überprüfung der Drohmails konnten die Experten noch keine IP-Adresse ermitteln. Wenn der Absender über einen VPN-Anbieter ins Netz gegangen ist oder die Drohungen von einem Internetcafé aus verschickt hat, stehen wir auch hier mit leeren Händen da. Die Kollegen aus Leer, die damals Renkens Anzeige aufgenommen haben, konnten mir in dieser Angelegenheit nicht weiterhelfen. Die Liste der Firmen und Personen, mit denen die Friesenklima AG in der Vergangenheit zu tun hatte, habe ich noch nicht vollständig abgearbeitet. Bisher ist aber auch hier keine Spur erkennbar. Darüber hinaus müssen wir dem Betrugsvorwurf noch nachgehen.«

»Zunächst sollten wir Juliane Bender unter die Lupe nehmen.«

»Jetzt?«

»Jo.«

Gesner schnappte sich den Schlüssel für den Dienstwagen, und die Polizisten verließen das Büro.

Während der Fahrt schaute Wiebke aus dem Beifahrerfenster. Wie in einem Film zogen auf Weiden grasende Kühe und Getreidefelder an ihr vorbei. Dieser wurde immer wieder von Bauernhöfen und kleineren Ortschaften unterbrochen, deren aus Klinker erbauten Häuser wie rote Kleckse in einer Landschaft wirkten, die sich bis zum Horizont erstreckte. An diesem sonnigen Tag präsentierte sich Ostfriesland wie aus dem Werbeprospekt für einen Nordseeurlaub. Aber Wiebke hatte keine Augen für die Schönheiten der Natur, denn in ihrer Erinnerung sah sie immer wieder Ennos Leiche vor sich.

Ohne dass es ihr bewusst war, ballte sie die Hände zu Fäusten. Sie würde nicht eher ruhen, bis sie seinen Mörder gefasst hatte!

In Greetsiel fuhren die Beamten zu der Adresse, die sich Wiebke aus dem Melderegister herausgesucht hatte. Dort stand ein altes Kapitänshaus.

Gesner parkte den Wagen vor einem weiß gestrichenen Holzzaun, hinter dem ein verwilderter Garten zu sehen war.

Ein Klettergerüst stand auf einem Rasen, der dringend wieder gemäht werden musste. Der geschotterte Weg war unkrautübersät. Neben der Haustür erkannten sie ein verwittertes Messingschild, auf dem *Familie Bender* stand. Gesner drückte auf den abgewetzten Klingelknopf darunter.

Im Inneren ertönte ein Gong, dann war Hundegebell zu hören. Kurz darauf wurde die Tür geöffnet, und eine Frau mit verstrubbelten Haaren tauchte auf. Sie trug lilafarbene

Leggings und ein weißes Oversize-T-Shirt mit einer Möwe darauf. Neben ihr bellte ein Golden Retriever.

»Balu, sei ruhig.«

Sie schaute die uniformierten Polizisten besorgt an.

»Ist meinem Mann etwas passiert? Oder den Kindern?«

»Nein, wir haben nur ein paar Fragen im Rahmen einer laufenden Ermittlung. Ich bin Kommissar Gesner, das ist meine Kollegin Wiebke Felber.«

»Ermittlung? Worum geht es denn?«

»Um den Mord an Enno Prester.«

»Sagt mir nichts. Was habe ich damit zu tun?« Sie verschränkte die Arme vor der Brust.

»Können wir reinkommen?«

Ohne eine Antwort abzuwarten, trat Gesner vor.

»Wenn es unbedingt sein muss.«

Bender machte einen Schritt zur Seite und schloss die Haustür hinter den Polizisten.

Die Beamten standen in einem geräumigen Flur. Auf dem Boden lagen Rollerblades, Gummistiefel, Kinderschuhe, Spielsachen und eine Hundedecke. Jacken und Mäntel hingen an einem übervollen Garderobenständer, der jederzeit unter seiner Last zusammenzubrechen drohte.

»Kommen Sie.«

Die beiden folgten Bender in eine Küche, in der es nicht weniger unordentlich war. Krümel lagen neben den Tellern auf dem Esstisch. Ein Trinkbecher mit dem Motiv von *Pu dem Bären* badete in einer Milchpfütze. In der Mitte standen Gläser mit Marmelade, Honig und Schokocreme.

»Bitte entschuldigen Sie das Durcheinander. Ich hatte heute noch keine Zeit zum Aufräumen, weil ich die Kinder in den Hort bringen musste. Mein Mann ist geschäftlich unterwegs, und daher muss ich mich allein durch den Alltag kämpfen. Kann ich Ihnen etwas anbieten? Einen Kaffee? Wasser? Irgendwo müsste ich auch noch Tee haben.«

»Für mich nichts.«

Ohne Bender aus den Augen zu lassen, setzte sich Wiebke auf einen Stuhl – und stand sofort wieder auf. Mit der rechten Hand fuhr sie sich über den feuchten Hintern.

»Der Kleine hat vorhin ein Glas Kakao umgestoßen. Tut mir leid, das hatte ich vergessen zu erwähnen.«

»Kein Problem.« Sie zwang sich zu einem Lächeln und nahm auf einem anderen Stuhl Platz.

»Ich möchte auch nichts trinken.« Gesner blieb vorsichtshalber stehen.

Bender ließ sich auf einen Stuhl fallen, griff nach einer Tasse, in der sich etwas Kaffee befand, und drehte sie in den Händen. »Ich wüsste nicht, wie ich Ihnen helfen könnte. Zudem muss ich …«

Sie verstummte, als Wiebke urplötzlich aufschrie. Der Golden Retriever war hochgesprungen, hatte der Polizistin die Vorderpfoten auf die Oberschenkel gelegt und ihr über das Gesicht geleckt.

»Balu, aus«, rief Bender, aber der Hund ignorierte ihren Befehl. Sie sprang auf, ergriff sein Halsband und befreite Wiebke von dem haarigen Ungetüm. Die Polizistin wischte sich mit dem Handrücken über das Gesicht.

Bender sperrte das Haustier in einen anderen Raum und setzte sich dann wieder. »Bitte entschuldigen Sie. Balu ist normalerweise nicht so zutraulich. Er muss Sie mögen.«

»Balu? Wie der Bär aus dem *Dschungelbuch*?«

»Richtig. Wir haben ihn so genannt, weil er genau so ein Faulpelz ist. Balu liegt am liebsten auf seiner Decke, die er immer quer durchs Haus schleppt. Im Schlafzimmer könnte man ihn glatt für einen lebenden Bettvorleger halten.« Bender lachte, wurde dann aber wieder ernst. »Mit einem Mord haben wir nichts zu tun. Wie hieß das Opfer noch mal?«

»Enno Prester«, antwortete Wiebke.

»Prester, richtig. Den kenne ich nicht.«

»Er war Umweltaktivist. Bei unseren Recherchen sind wir auf die Friesenklima AG aufmerksam geworden.«

»Daher weht also der Wind.«

Jede Freundlichkeit wich aus Benders Gesicht, und sie blickte die Polizisten so gequält an, als hätte sie eine bittere Medizin schlucken müssen.

»Hat mich Mareke verleumdet?«

»Warum hätte sie das tun sollen?« Gesner stützte die Hände auf den Tisch und beugte sich vor.

»Weil sie mich seit der Sache mit Felix überall anschwärzt.«

»Felix?«

»Mein Mann.«

»Ich kann Ihnen nicht folgen.« Der Kommissar zog fragend die Augenbrauen hoch.

Bender atmete tief ein und ließ die Luft langsam entweichen. »Mareke und ich waren früher Freundinnen, richtige BFF.«

»BFF?«

»Best Friends Forever«, beantwortete Wiebke die Frage ihres Vorgesetzten. »Das ist so ein Mädchending.«

»Verstehe.«

»Tust du nicht.«

»Stimmt, aber das ist jetzt egal. Erzählen Sie weiter«, forderte Gesner Bender auf.

»Wie gesagt, in unserer Kindheit waren wir wie Schwestern und haben alles geteilt. Als wir älter wurden, hing Mareke immer öfter mit den *Diven* ab. Das war eine Clique reicher Mädchen, die lieber unter sich blieben. Keine Ahnung, warum die Mareke in ihrem Kreis aufgenommen haben. Ist mir inzwischen auch egal.« Bender zuckte mit den Schultern.

»Ist Renken in ärmlichen Verhältnissen aufgewachsen?«

»Eigentlich nicht. Ihr Vater hatte ein Speditionsunternehmen, mit dem er gut über die Runden kam, sich aber keinen Luxus leisten konnte. Obwohl sie nur wenig Taschengeld hatte, trug Mareke bald nur noch Markenklamotten und teure Schuhe. Keine Ahnung, woher sie die Kohle dafür hatte. Bei den Jungs schien ihr der Status auch wichtiger zu sein als die Gefühle.« Bender trank einen Schluck von dem inzwischen kalt gewordenen Kaffee, bevor sie fortfuhr. »In der Oberstufe war Mareke mit Felix zusammen. Er war ein richtiger Sonnyboy, der von vielen Mädchen angeschmachtet wurde. Ich denke, dass Mareke nur mit ihm ging, weil Felix damals eine Art Statussymbol war. Jedenfalls haben wir uns in dieser Zeit selten gesehen, und so habe ich ihn erst auf einer Abiparty näher kennengelernt. Zwischen uns hat es sofort gefunkt. Zunächst habe ich mich gegen meine Gefühle gewehrt, aber den Kampf habe ich glücklicherweise verloren.« Sie deutete auf ihren Ehering.

»Wie hat Mareke reagiert?«, fragte der Kommissar.

»Die war vor Wut außer sich und hat mir vorgeworfen, dass ich ihr den Freund ausgespannt hatte. Was irgendwie sogar stimmt«, gab sich Bender reumütig. »Ich wollte mit Mareke darüber reden, aber sie hat auf keine Nachricht reagiert und meine Anrufe nicht entgegengenommen. Irgendwann habe ich aufgegeben. Viele Jahre lang herrschte Funkstille, und dann gab es diesen Vorfall mit ihrer Stiefmutter.«

»Ingrid Renken«, warf Wiebke ein.

»Richtig. Die Alte tauchte bei einem Spaziergang plötzlich vor mir auf. Sie hat mich wie eine Verrückte angeschrien und behauptet, dass ich ihr Unternehmen zerstören und sie in den Wahnsinn treiben wollte. Ich habe ihr gesagt, dass ich nichts dergleichen getan habe. Statt mich in Ruhe zu lassen, ist sie wie eine Furie auf mich losgegangen.«

»Mareke behauptet, dass Sie ihrer Stiefmutter aufgelauert haben. Nach der Begegnung hatte die alte Dame einen Nervenzusammenbruch und ist nun im Friesenstift.«

»Das ist eine verdammte Lüge«, ereiferte sich Bender und knallte die Kaffeetasse so fest auf den Tisch, dass etwas von der bräunlichen Flüssigkeit herausspritzte. »Die alte Schachtel hat mir danach sogar die Polizei auf den Hals gehetzt. Leider gab es keine Zeugen, die die Wahrheit bestätigen konnten.«

»Demnach gibt es zu dieser Begegnung zwei widersprüchliche Darstellungen. Mareke Renken hat angegeben, dass Sie die Projekte der Friesenklima AG vermarkten wollten. Ist da was dran?«

Bender nickte. »Das stimmt. Vor dem Vorfall habe ich Mareke angerufen und ihr ein Angebot gemacht. Unsere beiden Firmen würden sich toll ergänzen.«

»Warum wollten Sie nach jahrelanger Funkstille plötzlich mit ihr zusammenarbeiten?«

Bender ließ sich mit der Antwort etwas Zeit.

»Allein im letzten Jahr habe ich sieben Kunden verloren. Die touristischen Orte der Küstenregion vermarkten sich wie die Inseln inzwischen selbst, und viele Betriebe haben eigene Webseiten, auf denen sie ihre Attraktionen bewerben.«

»Ihre Geschäfte laufen also nicht gut.«

»Kann man so sagen. Zunächst wollte ich Mareke nicht ansprechen, aber wir brauchen dringend mehr Geld in der Haushaltskasse. Vielleicht hatte ich insgeheim sogar auf eine Versöhnung gehofft. Ist jetzt auch egal, denn sie hat mich abblitzen lassen.«

»Dürfte ich kurz Ihr Handy sehen?« Gesner streckte die Hand aus.

»Warum das denn?«

»Frau Renken hat behauptet, dass Sie ihre Stiefmutter vor der Begegnung telefonisch bedroht hätten.«

»Jetzt wollen Sie meinen Gesprächsverlauf checken, oder?«

»Jo.« Der Kommissar nickte.

»Kein Problem. Mein Mobiltelefon liegt auf der Anrichte.« Mit einem Kopfnicken deutete Bender zu einem halbhohen Schrank. Gesner holte das Gerät und warf einen Blick auf das Display.

»Würden Sie es bitte entsperren?« Er reichte ihr das Handy.

»Dürfen Sie das überhaupt?«

»Ohne Durchsuchungsbeschluss kann ich Sie rechtlich nicht dazu zwingen, aber je eher wir die Sache aus der Welt schaffen, desto besser.«

»Mit der *Sache*«, Bender zog das Wort in die Länge, »meinen Sie die haltlosen Anschuldigungen gegen mich.«

»Wenn die Verdächtigungen unzutreffend sind, haben Sie nichts zu befürchten.«

Bender nickte grimmig, tippte den Code ein und reichte Gesner das Handy. Dieser sah sich den Gesprächsverlauf an, der recht kurz war.

»Wie lange haben Sie dieses Mobiltelefon schon?«

»Seit etwa drei Wochen. Das alte Gerät wurde mir gestohlen. Ich habe die Nummer sperren lassen und mir einen neuen Vertrag besorgt.«

»War das nach dem Zwischenfall mit Frau Renken?«, mischte sich Wiebke in das Gespräch ein.

»Wollen Sie mir deshalb etwas unterstellen?«

»Ich habe nur gefragt. Könnte natürlich auch Zufall sein.«

Der Kommissar gab Bender das Gerät zurück. »Die bisherige Nummer war auf Ihren Namen registriert, oder?«

»Klar. Sie können gerne beim Mobilfunkunternehmen nachfragen. Ich suche Ihnen schnell den alten Vertrag raus.«

»Das ist nett. Können wir uns bei der Gelegenheit Ihren Computer ansehen?«

»Was glauben Sie dort zu finden? Fotos der Leiche? Bilder vom Tatort? Ein geschriebenes Geständnis?«

»Ingrid Renken wurden auch Mails zugespielt.«

»Herr Kommissar, denken Sie ernsthaft, dass ich diese Nachrichten speichern würde?«

»Und? Haben Sie?«

Bender verdrehte die Augen. »Natürlich nicht. Gehen wir ins Arbeitszimmer.«

Die Polizisten folgten ihr in einen überraschend großen Raum, der von einem Schreibtisch dominiert wurde. Der Computermonitor drohte in einer Papierflut unterzugehen.

»Mein Mann ist leider ein Chaot. Keine Ahnung, wie der bei dem ganzen Papierkram den Überblick behält.«

Wiebke erhaschte einen Blick auf Architekturzeichnungen, die in der dreidimensionalen Darstellung wie Miniaturgebäude wirkten. Auf dem Boden stapelten sich Ordner, auf einem Rollwagen stand ein moderner 3-D-Drucker. An der Wand hinter dem Schreibtisch hing ein maritimes Bild. Die Stirnseite wurde von einem deckenhohen Regal dominiert, das bis oben hin mit Büchern vollgestopft war.

Wiebke steuerte darauf zu, legte den Kopf schief und las sich die Titel durch, unter denen sich neben Krimis überraschend viele Klassikerausgaben befanden. Darunter war auch eine Gesamtausgabe von Theodor Storm.

»*Der Schimmelreiter* ist ein tolles Buch, finden Sie nicht?«

»Ich liebe diese Geschichte und habe sie inzwischen so oft gelesen, dass ich sie beinahe auswendig kenne. Aber Sie sind sicherlich nicht hier, um sich mit mir über Literatur zu unterhalten.«

Eine Viertelstunde später hatten sich die Polizisten die alte Mobilfunknummer aufgeschrieben und die Dateien auf dem Familiencomputer und ihrem Laptop inspiziert – ohne Hinweise auf Prester oder Renken zu finden.

»Möchten Sie auch noch meinen Kleiderschrank durchwühlen oder Ihre Nase in die Vorratskammer stecken?«

»Das wird nicht nötig sein. Ich danke für Ihre Kooperation und entschuldige mich für die Unannehmlichkeiten, die wir Ihnen …«

»Sparen Sie sich den Sermon.« Bender winkte ab und ging zur Haustür. Die Polizisten folgten ihr.

»Eine Frage hätte ich noch.« Wiebke blieb stehen.

»Und die wäre?«

»Wo waren Sie in der Nacht von Samstag auf Sonntag?«

»Darauf habe ich die ganze Zeit gewartet. Warum wollen Sie das erst jetzt wissen? Die Beamten in den Fernsehkrimis klären das meist zu Anfang einer Vernehmung.«

»Und? Wo waren Sie?«

Wiebke ließ ihr Gegenüber nicht aus den Augen. Als erfahrene Ermittlerin wusste sie genau, dass sich viele Verdächtige nicht durch Worte, sondern durch eine unbewusste Geste, wie das Zucken der Mundwinkel oder das Flattern der Lider, verrieten.

»Ich war auf der Geburtstagsparty meiner Nachbarin. Zumnorde, das Eckhaus. Das Alibi können Sie gerne überprüfen. War es das jetzt?«

»Jo.« Gesner trat auf den Schotterweg.

»Wenn Sie mit Mareke reden, richten Sie ihr bitte aus, dass Sie eine echte Bitch ist.«

»Die Klärung persönlicher Auseinandersetzungen ist nicht unsere Aufgabe. Schönen Tag noch.« Wiebke folgte ihrem Vorgesetzten. Hinter ihnen wurde die Haustür mit einem lauten Knall zugeworfen.

Wenige Minuten später hatten sie mit der Nachbarin gesprochen und befanden sich auf dem Heimweg.

»Was hältst du von der Sache?« Der Kommissar bremste vor einer roten Ampel.

»Zumnorde hat Benders Alibi bestätigt. Daher scheidet sie als Täterin aus. Auch wenn sie mit einem Komplizen gearbeitet haben könnte, sehe ich kein Motiv für den Mord an Prester.«

»Was ist mit den Drohanrufen und Mails?«

»Vor dem Hintergrund einer geplanten Zusammenarbeit macht das keinen Sinn. Wir müssen uns auf den *Schim-*

melreiter konzentrieren. Ich bin sicher, dass das Buch bei der Aufklärung des Falls eine entscheidende Rolle spielt.«

»Da ist was dran. Wir sollten mit Germanisten oder Sprachwissenschaftlern reden. Die Experten werden wissen, was *Schimmelreiter, der klaut* bedeutet.«

»Ich werde gleich Kontakte zu entsprechenden Universitäten aufnehmen und das Buch noch einmal lesen. Da Bender als Täterin ausscheidet, sollten wir uns auf Presters Vergangenheit konzentrieren. Hoffentlich hat Patrick inzwischen einige brauchbare Informationen für uns. Außerdem müssen wir den Betrugsvorwurf endlich überprüfen.«

»Deswegen werde ich mit den Experten der Wirtschaftskriminalität sprechen. Zum einen fehlt uns deren Fachwissen, zum anderen können wir mit unserer dünnen Personaldecke nicht in alle Richtungen gleichzeitig ermitteln.«

Die Ampel schaltete auf Grün. Gesner fuhr an.

AUFRUHR

Nach ihrer Rückkehr aus Greetsiel machte sich Gesine im Lädchen an die Arbeiten, die an diesem Vormittag liegengeblieben waren. Während sie die eingetroffenen Lieferungen in Regale verräumte und das Gemüse vom örtlichen Biobauernhof in Kisten sortierte, war sie in Gedanken bei ihrem missglückten Undercovereinsatz.

Verdeckte Ermittlerin. Was für ein Unsinn!

Auf die Schnelle war ihr aber keine andere Erklärung eingefallen. Wenn Wiebke ihre Ausrede nicht bestätigt hätte, würden sie die örtlichen Polizisten noch immer durch die Mangel drehen, weil sie in ihr eine potentielle Diebin vermuteten.

Das Glöckchen über der Tür bimmelte. Gesine schaute auf. Renate trippelte herein, wobei sie den Rollator vor sich herschob. Eine Armlänge vor ihr blieb sie stehen.

»Tüdelbüdel, wir müssen reden.«

»Was ist denn los?«

Gesine bemühte sich um einen lockeren Tonfall. Schließlich musste niemand etwas von ihrem morgendlichen Ausflug wissen.

»Wir wollen unser Geld zurück. Monika sorgt sich nach Ennos Tod um ihre Einlage, und auch ich vertraue Renken nicht mehr.«

»Ich wüsste nicht, wie ich euch dabei helfen könnte.« Gesine drückte den Rücken durch, wobei einige Wirbel vernehmbar knackten. »Warum redet ihr nicht mit ihr?«

»Ich habe bei der Firma schon angerufen, bin aber nur bei einem Anrufbeantworter gelandet. Falls Renken wirklich krumme Geschäfte macht, könnte sie mit unseren Einlagen von der Bildfläche verschwinden. Monika hat ihr ganzes Geld in das Unternehmen gesteckt. Was sollen wir jetzt machen?«

»Ich würde zunächst persönlich um eine Rückzahlung bitten, Ennos letzte Worte dabei aber nicht erwähnen. Auf dem Vertrag müsste die Firmenadresse vermerkt sein. Fahr mit deiner Tochter doch zu ihrem Büro.«

»Kommst du mit?« Renates Stimme hatte etwas Flehendes.

»Warum sollte ich? Von mir hat Renken keinen Cent bekommen. Zudem muss ich unbedingt Ennos Mörder finden.«

Die ältere Dame schaute die Friesenbrauerin einen Moment lang schweigend an. Dann drehte sie den Rollator so schwungvoll herum, als wollte sie einen Tanzpartner über das Parkett wirbeln, und schritt mit erstaunlicher Geschwindigkeit zur Ladentür.

Na toll, dachte Gesine, jetzt habe ich nicht nur Wiebke verärgert, sondern auch Renate gegen mich aufgebracht.

Einen Moment lang überlegte sie, ihr nachzulaufen, entschied sich dann aber dagegen. Da die ältere Dame inzwischen täglich hinter der Theke aushalf, würde sie später in aller Ruhe mit ihr sprechen.

Bis zum frühen Abend werkelte die Friesenbrauerin allein vor sich hin. Nach einer Pause, in der sie in ihrer Wohnung ein Käsebrot gegessen und ein Glas Milch getrunken hatte, öffnete sie den Kroog.

Aber niemand kam.

Mit jeder verstreichenden Minute fühlte sich Gesine etwas mehr wie eine Schauspielerin, die versehentlich in einem falschen Film gelandet war und ihre Rolle nicht kannte.

Nach einer Weile, die ihr wie eine Ewigkeit vorkam, wurde die Tür geöffnet, und Wiebke stürmte in den Schankraum.

»Geheimagentin, geht's noch?« Ihre Tochter stützte die Arme auf die Theke und beugte sich vor.

»Ich freue mich auch, dich zu sehen. Zudem habe ich mich als verdeckte Ermittlerin ausgegeben und nicht als Geheimagentin.«

»Das macht es nicht besser.«

»Stimmt. Ich habe Mist gebaut.«

»Kann man so sagen.«

»Willst du ein Tüdelbräu zur Beruhigung?«

»Dazu brauche ich heute ein ganzes Fass.«

»Das lässt sich einrichten.« Gesine stellte ein Glas unter die Zapfanlage.

Wiebke sah sich um. »Wo sind die anderen denn alle?«

»Keine Ahnung. Langsam mache ich mir Sorgen.«

»Ist in Sünnum etwas passiert?«

»Nicht dass ich wüsste. Renate war heute Nachmittag im Lädchen und hat …« Gesine verstummte, als die Melodie des Liedes *Hoch im Norden* erklang, den Wiebke als Klingelton ihres Handys hinterlegt hatte.

Sie nahm das Telefonat entgegen. Der Anruf dauerte nicht lange, dann steckte sie das Gerät wieder ein.

»Das war Mareke Renken. Die Sünnumer belagern ihr Büro und verlangen die Einlagen zurück. Wenn ich die Dorfbewohner zu einem friedlichen Abzug bewegen kann, will sie auf eine Anzeige wegen Hausfriedensbruch verzichten.«

Wiebke eilte zur Tür.

»Ich komme mit.« Gesine flitzte hinter der Theke hervor.

»Sicher nicht. Für heute hast du genug Blödsinn angestellt.«

»Ich will nur helfen.«

»Helfen? Du machst alles schlimmer.«

»Jetzt warte doch.«

Ihre Tochter ignorierte sie und schritt zu dem himmelblauen Mini, den sie vor dem Kroog abgestellt hatte. Sie öffnete die Fahrertür, stieg ein und ließ den Motor an.

Die Friesenbrauerin riss die Beifahrertür auf.

»Du bleibst hier.« Wiebke fuhr langsam an.

»Nein!« Gesine lief neben der geöffneten Tür her.

»Mama, wenn du stürzt, kannst du dir die Knochen brechen.«

»Dann bleib stehen.«

»Verdammt, du bist so ein Sturkopf.«

Ihre Tochter bremste das Fahrzeug ab. Gesine stieg ein und zog die Wagentür hinter sich zu.

»Worauf wartest du? Fahr los!«

»Anschnallen«, befahl Wiebke und gab Gas.

Eine Viertelstunde später waren sie in Dornum. Ihre Tochter parkte in der Nähe des Marktplatzes. Die beiden stiegen aus und eilten zu Renkens Büro.

Durch das Schaufenster, an dem der Schriftzug *Friesenklima AG* prangte, bei dem die i-Punkte als Sonnen dargestellt waren, konnten sie die Sünnumer sehen, die sich in der Geschäftsstelle drängten.

Gesine riss entschlossen die Tür auf. Niemand schien sie

zu bemerken, denn alle Augen richteten sich auf Renken, die hinter ihrem Schreibtisch saß – der wie ein Bollwerk zwischen ihr und den aufgebrachten Dorfbewohnern stand.

So zornig hatte Gesine die Sünnumer selten erlebt, alle schrien durcheinander und fuchtelten mit den Armen. Die Stimmung im Büro glich einem Pulverfass, bei dem jedes Wort der Funke sein konnte, der eine Explosion herbeiführte.

»Was ist denn hier los?«

Einige Dorfbewohner drehten sich zu Gesine um.

»Wir wollen mit dieser Betrügerin nichts mehr zu tun haben«, erklärte Sören Gebhard, der ihr am nächsten stand.

»Was willst du überhaupt hier?«, wollte Monika Nansen wissen. »Mama hat dich um Hilfe gebeten, aber dir sind unsere Belange anscheinend vollkommen egal.«

»Das stimmt nicht«, verteidigte sich Gesine energisch. »Ich bin immer für euch da.«

»Dann sorg dafür, dass wir unsere Einlagen zurückbekommen.«

»Das kann ich nicht.«

»Raus hier, aber sofort. Das gilt für alle!« Ihre Tochter drängte sich hinter Gesine in den Raum.

»Du hast hier gar nichts zu melden.«

»Sören, als Polizistin bin ich durchaus befugt …«

»Wenn du uns nicht helfen willst, kannst du gleich wieder verschwinden.« Er funkelte Wiebke wütend an.

»Würdest du uns bei einer Weigerung verhaften?«, fragte Joris mit einem Blick auf ihre Uniform.

»Im Gegenteil. Ich will euch einen Haufen Ärger ersparen. Wenn ihr jetzt geht, wird Renken keine Anzeige erstatten. Ist doch so, oder?«

Die Polizistin kämpfte sich zur Unternehmerin durch.

Diese war so blass, dass sich ihre Hautfarbe kaum von der weißen Tapete hinter ihr unterschied. Ihre Lippen bebten. Obwohl sie die Hände gefaltet hatte, als würde sie beten, war das Zittern deutlich zu erkennen.

»Ja«, hauchte sie kaum hörbar.

»Lasst uns gehen.« Gesine klatschte in die Hände.

»Wir sind doch keine Klasse unartiger Schüler, die du zur Räson bringen musst«, grummelte Joris.

»Du hast leicht reden, weil du kein Geld verlieren wirst«, bölkte Sören, dessen Kopf die Farbe einer reifen Tomate angenommen hatte.

»Aber ich habe beim Friesenklima investiert«, sagte Wiebke und versprach: »Wir werden den Betrugsvorwurf prüfen.«

»Bis dahin ist Renken längst über alle Berge.«

»Ich werde mich persönlich um eine ordnungsgemäße und rasche Ermittlung kümmern.«

»Wir wollen unsere Einlagen jetzt zurück«, protestierte Sören.

»Das ist unmöglich.« Renken stand auf.

»Wo ist das Geld?« Hinnerk baute sich drohend vor dem Schreibtisch auf. Seine Sympathie für die Firmenchefin schien verflogen zu sein.

»Auf einem Treuhandkonto. Die Buchung kann ich nachweisen.« Den letzten Satz richtete Renken an Wiebke.

»Das werden wir prüfen.«

»Natürlich.« Renken war sichtlich um Fassung bemüht und wandte sich, nun mit etwas lauterer Stimme, an die Sünnumer. »Niemand wird sein Geld verlieren. Die siebenundzwanzig Millionen Euro, die wir bisher von den norddeutschen Investoren eingesammelt haben, sind für den Bau des *Menatur*-Projektes vorgesehen und werden für Grundstückskäufe und die Handwerker genutzt. Ich werde die Verträge einhalten. Bitte glaubt mir das.«

»Enno hat gesagt …«

»Sei ruhig, das muss niemand wissen«, fuhr Wiebke Hinnerk an und wandte sich dann an alle Dorfbewohner. »Ihr habt sie gehört. Keiner wird sein Geld verlieren.«

»Lasst uns die Sache nicht schlimmer machen, als sie ohnehin schon ist«, versuchte Gesine die Wogen zu glätten.

»Tüdelbüdel, von dir lasse ich mir keine Vorschriften machen.« Hinnerk ballte die Hände zu Fäusten. »Renken hat uns abgezockt.«

»Gesine hat recht.« Joris schlug dem aufgebrachten Tischler auf die Schulter. »Wir sollten gehen.«

»Erst will ich mein Geld zurück.« Renate stützte sich auf ihren Rollator.

»Mama, lass gut sein.« Monika legte ihr die Hand auf den Unterarm.

»Wir sollten die Betrügerin nicht ungeschoren davonkommen lassen«, ließ sich Sören vernehmen.

»Genau!«, stimmte Hinnerk zu.

»Ich fahre jetzt zurück. Im Kroog gibt es heute Abend Freibier für alle, die mich dorthin begleiten«, versprach die Friesenbrauerin.

»Ein Tüdelbräu könnte ich nach der Aufregung schon vertragen.« Joris drängte zum Ausgang.

»Damit ist die Sache noch lange nicht ausgestanden. Ich vertraue darauf, dass du deinen Job machst, ist das klar?« Monika drohte Wiebke mit erhobenem Zeigefinger.

»Das liegt in meinem persönlichen Interesse.«

Wenige Minuten später hatten auch Sören und Hinnerk, die Gesine mit Engelszungen zum Abzug überreden konnte, die Geschäftsstelle verlassen.

EINBRECHER

Da die Friesenbrauerin im Auto von Monika nach Sünnum zurückfuhr, blieb Wiebke zunächst bei Renken.

»Ich habe keine Gelder veruntreut. Du kannst meine Buchhaltung jederzeit prüfen.«

»Darum werden sich die Kollegen von der Wirtschaftskriminalität kümmern.«

»Ich habe auch mit dem Tod von diesem Enno nichts zu tun. Das musst du mir glauben.«

»Bei den Ermittlungen halte ich mich ausschließlich an Tatsachen.«

»Komm her, ich möchte dir etwas zeigen.«

Renken winkte die Polizistin zu sich, und diese trat hinter den Schreibtisch. Von dort aus konnte sie den Monitor einsehen. Die Unternehmerin öffnete ein Programm, das den Bildschirm in vier einzelne Segmente unterteilte. In einem davon erkannte sich Wiebke. Die anderen zeigten den vorderen Eingangsbereich, eine Hintertür und eine kleine Küche.

»Wofür brauchst du die Kameras?«

»Um mich zu schützen. Wie ich dir im Kroog schon sagte, sind nicht alle Leute gut auf die Friesenklima AG zu sprechen. Manche schrecken auch vor kriminellen Handlungen nicht zurück. Schau genau hin.«

Renken klickte mit der Maus auf einen roten Button, und die vier Felder verschwanden – nur um wenige Sekunden danach erneut zu erscheinen.

»Diese Aufnahme wurde in der Nacht von Donnerstag auf Freitag gemacht. Achte auf die Hintertür.«

Wiebke fokussierte sich auf das obere rechte Bild. Einige Augenblicke war dort nur eine Tür zu sehen, dann wurde die im oberen Drittel eingelassene Glasscheibe zerschlagen, und behandschuhte Finger griffen hindurch. Kurz darauf war die Verriegelung gelöst, und eine Gestalt in schwarzer Kleidung drang in den Flur. Auf dem Rücken trug sie einen Rucksack.

Der Einbrecher huschte zum Büro und schaltete den Computer ein. Dabei fiel das Licht des Bildschirms auf sein Gesicht.

»Das ist Enno!«

Fassungslos schaute die Polizistin zu, wie sich der Umweltaktivist am Rechner zu schaffen machte, wobei er immer fester auf die Tasten eindrosch. Dann huschte ein Lächeln über sein Gesicht, und er steckte einen USB-Stick in die dafür vorgesehene Buchse.

»Er kopiert deine Dateien, richtig?«

»Ja. Ich habe keine Ahnung, wie er das Passwort herausbekommen hat. Da er unmaskiert ist, gehe ich davon aus, dass er von den Kameras nichts wusste.«

Während der Computer die Daten übertrug, wühlte Enno in den Schreibtischschubladen herum. Dann zog er den USB-Stick ab, steckte ihn in seine Hosentasche und verschwand durch den Hinterausgang.

»Die ganze Aktion hat keine sieben Minuten gedauert. Enno muss sich auf den Einbruch gut vorbereitet haben.«

»Hast du ihn aus Rache getötet?« Die Polizistin musterte Renken mit eiskaltem Blick.

»Ich war auf einer Veranstaltung, dafür gibt es viele Zeugen.«

»Du könntest mit einem Komplizen zusammenarbeiten.«

»Jetzt reicht es mir aber. Ich bin ein Opfer, keine Täterin.« Der Wutausbruch kam überraschend und war so heftig, als wäre ein Vulkan ausgebrochen. »Anstatt mich zu verdächtigen, solltest du besser die Hintermänner von Prester ausfindig machen und dir Bender vornehmen.«

»Was für Daten befinden sich auf diesem Computer?«

»Alles, was mit Friesenklima zu tun hat. Protokolle, Gesprächsnotizen, Rechnungen und die Unterlagen für das *Menatur*-Projekt.«

»Wurdest du nach dem Diebstahl der Daten erpresst, oder hat jemand gedroht, die Dateien online zu stellen?«

»Bisher nicht.«

»Bei welcher Dienststelle hast du den Einbruch denn gemeldet?«

»Nirgendwo.«

»Willst du mir damit etwa sagen, dass du keine Anzeige erstattet hast?« Wiebke war sprachlos.

»Richtig.« Renken nickte.

»Warum das denn?«

»Wenn die Investoren erfahren, dass ihre Daten bei mir nicht sicher sind, bin ich erledigt. Eine Geldanlage in die Friesenklima AG basiert auf dem Vertrauen der Menschen in die Zukunft des Unternehmens. Der Schutz sensibler Daten gehört dazu.«

»Hast du zumindest eigene Nachforschungen angestellt?«

»Wann hätte ich das denn machen sollen?« Renken lachte freudlos auf. »Ich hetze von einem Termin zum anderen, muss die Präsentationen vorbereiten und mich nebenbei noch um meine kranke Stiefmutter kümmern.«

»Hast du ihr von dem Einbruch erzählt?«

»Nein. Die Arme hatte bereits einen Nervenzusammenbruch und ist psychisch noch immer ziemlich angeschlagen. Einen weiteren Vorfall würde sie nicht verkraften.«

Wiebke blies die Backen auf und ließ die Luft langsam wieder entweichen. »Ich muss den Einbruch bei meinen Ermittlungen berücksichtigen. Darf ich eine Kopie der Daten haben, damit ich sie an unsere Spezialisten weiterleiten kann?«

»Nimm meine externe Festplatte, darauf wird der komplette Datenbestand des Computers gespiegelt.«

Renken zog ein Kabel ab und reichte Wiebke den Datenträger.

»Warum hast du mir die Aufnahmen gezeigt, wenn du solche Angst vor der Öffentlichkeit hast? Woher nimmst du die Gewissheit, dass ich die Dateien nicht an die Presse durchsteche oder im Internet veröffentliche?«

»Ich habe keine Gewissheit. Nur Vertrauen.«

»Wir kennen uns kaum. Zudem muss dir klar sein, dass ich weiterhin gegen dich ermitteln werde.«

»Ich werde alles tun, um dir meine Unschuld zu beweisen. Mit dem Mord habe ich nichts zu tun.«

»Das hoffe ich für dich.«

GEISTERHAUS

»Prima Friesenklima, von wegen. Den ganzen Ärger kann ich nicht einmal mit Tüdelbräu runterspülen.«

Der alte Kapitän leerte sein Glas mit großen Schlucken.

Nach der Rückkehr aus Dornum hatten sich die Sünnumer im Kroog versammelt und über den Mord an Prester und die Rolle, die Renken dabei spielen könnte, diskutiert. Im Laufe des Abends waren immer mehr Dorfbewohner nach Hause gegangen. Nun waren noch Gesine und Joris in der kleinen Kneipe.

»Renken hat Enno auf dem Gewissen.« Er drehte sein Glas in den Händen.

»Sie war zur Tatzeit auf einer Veranstaltung«, wandte die Friesenbrauerin ein und wischte mit einem Lappen über die Theke.

»Eine Frau wie sie macht sich nicht die Hände schmutzig. Jemand wird für sie die Drecksarbeit erledigt haben. Mir geht das Rätsel des *Schimmelreiters* nicht aus dem Kopf.« Joris nahm seine Seemannsmütze ab und fuhr sich über die stoppelkurzen Haare. »Ich habe das Buch quergelesen, auf die Schnelle aber keinen Zusammenhang zwischen Hauke Haien, dem Geisterpferd und einem Diebstahl erkennen können.«

»*Schimmelreiter, der klaut.*« Gesine mahlte mit den Kiefern, als wollte sie die Buchstaben zerkauen.

»Vielleicht finden wir die Antwort nicht in dem Buch, denn dabei könnte es sich um eine Metapher handeln.«

»Wäre möglich. Willst du noch ein Tüdelbräu?« Gesine sah ihren alten Freund fragend an.

»Nee, lass mal. Ich bin erledigt. War ein anstrengender Tag heute.« Er rutschte vom Barhocker und schlurfte zur Tür – die in diesem Moment geöffnet wurde.

Wiebke trat in die Gaststube.

»Du siehst ziemlich fertig aus.«

»Joris, du verstehst es meisterhaft, einer Frau Komplimente zu machen.« Sie grinste schief.

»Wahrscheinlich war ich deshalb nie verheiratet. Holl di munter!« Er verließ den Kroog, und Wiebke ging zur Theke.

»So erschöpft habe ich dich selten gesehen. Warum warst du so lange bei Renken?«

»Ich war danach noch im Polizeikommissariat. Mareke hat mir eine Festplatte mitgegeben, auf der sich der Datenbestand ihres Computers befindet. Ich habe einige der Dateien gesichtet, aber keine Auffälligkeiten feststellen können. Die Experten werden sich die Festplatte und ihren Rechner in den nächsten Tagen genauer vornehmen.«

»Sollte Renken eine Betrügerin sein und im Hintergrund an den Fäden für Ennos Ermordung gezogen haben, wird sie alle Spuren längst verwischt und die Beweise vernichtet haben. Willst du einen Schlummertrunk?«

»Jo.« Wiebke setzte sich auf einen Barhocker. »Ich weiß nicht, was ich von der Frau halten soll. Vielleicht ist das Unternehmen tatsächlich Anfeindungen ausgesetzt, von denen wir keine Ahnung haben. Wusstest du, dass Enno in Renkens Büro eingebrochen ist?«

»Warum das denn?« Gesine hielt ein Glas unter die Zapfanlage.

»Anscheinend hat er Informationen auf ihrem Rechner gesucht.«

»Das könnten die Beweise sein, von denen er gesprochen hat.«

»Wäre möglich. Aber warum ist Enno deshalb kriminell geworden? Er hätte sich mit einem Verdacht doch an mich wenden können. Als Polizistin …«

»… hättest du den Dienstweg eingehalten und ein langwieriges Verfahren eröffnet.«

»Natürlich. Nicht jeder kann als verdeckte Ermittlerin arbeiten.«

Die Friesenbrauerin schaute ihrer Tochter nach dieser Bemerkung tief in die Augen. »Danke, dass du mich nicht verraten hast. Ohne deine Unterstützung wäre ich nicht so glimpflich davongekommen.«

»Sollte das etwa eine Entschuldigung sein?« Wiebke runzelte die Stirn.

»Nee, das war nur ein sentimentaler Anfall. Ist schon wieder vorbei.«

»Dann muss ich mir also keine Sorgen machen.« Die Polizistin nahm das Glas, das Gesine ihr anreichte, entgegen. Sie wollte gerade einen Schluck trinken, als ihr Mobiltelefon klingelte. Wiebke zog das Gerät aus der Hosentasche und warf einen Blick auf das Display.

»Gesner«, informierte sie ihre Mutter und klickte auf *Gespräch annehmen*.

»Patrick hat Nachtschicht«, sagte sie statt einer Begrüßung. Nach einem kurzen Telefonat seufzte sie vernehmlich und steckte das Gerät wieder ein.

»Auf Renkens Villa wurde ein Brandanschlag verübt. Ich muss sofort los.«

Wiebke rutschte vom Barhocker und eilte zur Tür.

In Gesines Kopf schwirrten unbeantwortete Fragen umher wie ein wütender Wespenschwarm.

Wollte der Brandstifter in den Flammen Beweise vernichten, die Renken gegen ihn gesammelt haben könnte? Hatte sie das Feuer selbst gelegt, um den Verdacht auf einen Unbekannten zu lenken? Wie würde der Mörder reagieren, wenn er von dem Geheimnis des Schimmelreiters erfuhr, das Enno den Dorfbewohnern kurz vor seinem Tod anvertraut hatte?

Die Vorstellung, dass jemand Sünnum mitsamt seinen Bewohnern niederbrennen könnte, war zu grauenvoll, um nur einen Moment darüber nachzudenken.

Die Friesenbrauerin musste das Rätsel lösen, bevor noch jemand umgebracht wurde. Vielleicht verbarg sich die Lösung in Ennos Haus, das seit seinem Verschwinden leer stand.

Wiebke und ihre Kollegen hatten noch keine Zeit für eine Durchsuchung gefunden, also würde sie sich dort umsehen.

Gesine war so aufgedreht, dass sie ohnehin nicht schlafen konnte. Sie löschte das Licht im Kroog und eilte in die Wohnung. Dort suchte sie nach einer Taschenlampe und machte sich auf den Weg. Obwohl sie im Tageslicht mehr sehen würde, wollte sie keine Zeit verlieren. Notfalls konnte sie ihre Suche am nächsten Morgen fortsetzen.

Die Nacht hatte alle Farben aus der Natur gewischt. Dunkle Wolken zogen über den Himmel. Das immer wieder aufblitzende Mondlicht sorgte für unheimliche Schatten, die mit klauenartigen Händen nach ihr griffen. Eine leichte Brise wehte und ließ die Blätter der Bäume rascheln.

Die Häuser waren dunkel.

Nur beim Tierarzt, der in der Nähe von Prester wohnte, brannte Licht. Wahrscheinlich waren Hauke und seine Tochter noch immer mit den Aufräumarbeiten beschäftigt. Die Friesenbrauerin zweifelte keine Sekunde daran, dass der Einbruch mit Ennos Tod zu tun hatte – aber warum? War Hauke ins Visier des Täters geraten, weil er Ennos Verletzung hätte behandeln können, oder steckte etwas anderes dahinter?

Konnte Hauke … *nein!*

Gesine merkte nicht einmal, dass sie das Wort laut aussprach. Obwohl sie keinen Gedanken daran verschwenden wollte, hatte sich die Idee, dass Hauke etwas mit dem Mord zu tun haben könnte, wie ein Parasit in ihre Überlegungen gefressen. War er wirklich allein auf einem Segeltörn gewesen? Würde er …?

Die Friesenbrauerin schüttelte den Kopf und schritt entschlossen aus, als könnte sie den finsteren Vorstellungen damit entkommen. Eine Windbö blies ihr ins Gesicht, und sie fröstelte trotz ihrer Strickjacke.

Vor Presters Haus blieb Gesine stehen.

Vor ihrem inneren Auge sah sie Enno, der ihr in der geöffneten Tür stehend zuwinkte. Sie schluckte schwer und drehte sich zu dem Blumentopf um, unter dem er seinen Ersatzschlüssel liegen hatte. Statt prachtvoll blühenden Geranien befanden sich darin jetzt vertrocknete Blumen. Gesine wollte das Behältnis gerade anheben, als die Haustür mit einem leisen Quietschen nach innen aufschwang – als wollte sie das Haus zu einem Besuch einladen.

Die Friesenbrauerin starrte in den dunklen Schlund.

Wollte sie dort wirklich hineingehen? Sollte sie nicht

besser auf Tageslicht warten? Wenn der Mörder darin lauerte …

»Sei keine Bangbüx«, sprach sie sich selbst Mut zu und schob den Schalter am Stab der Taschenlampe vor. Mit klopfendem Herzen trat sie in den Flur und ließ den Lichtstrahl über den Boden gleiten. Der war vollkommen verdreckt. Der Garderobenständer lehnte in einer Ecke und wirkte mit der daran hängenden Jacke auf den ersten Blick wie ein Betrunkener, der Halt suchte.

Gesine öffnete eine Tür und leuchtete in den Raum, der früher das Wohnzimmer gewesen war. Ein Beistelltisch stand in der Mitte, an einer Wand befand sich ein Regal. In der linken Ecke lagen zerfledderte Bücher, die jemand achtlos auf einen Haufen geworfen hatte.

Gesine fixierte die Druckwerke mit der Taschenlampe und ging vor den Büchern in die Hocke, wobei ihr linkes Knie wie üblich knackte.

Im Lichtkegel erkannte sie, dass einige Exemplare so zerfleddert waren, dass sie wie abgestürzte Papiervögel wirkten. Aus vielen Büchern waren zahlreiche Seiten herausgerissen.

Gesine nahm das oberste Werk in die Hand und leuchtete auf den Titel. *Theodor Storm – Novellen* war dort zu lesen.

Sie legte das Buch zur Seite und griff nach einer anderen Ausgabe, bei der es sich um eine Sammlung deutscher Klassiker handelte.

Das Knarzen einer Diele ließ sie innehalten. Die Friesenbrauerin knipste die Taschenlampe aus und hielt die Luft an. *Ruhig, ganz ruhig*, sprach sie sich in Gedanken Mut zu und lauschte – konnte aber nichts hören.

Leise richtete sie sich auf. Nach weiteren bangen Sekunden wagte Gesine den ersten Schritt Richtung Flur und hielt danach wieder inne.

Horchte in die Finsternis hinein.

Nichts.

Das Haus ist alt. Es knackt und quietscht überall, suchte sie nach einer Begründung für das Geräusch, das sie gehört hatte. *Kein Grund, sich zu fürchten.*

Gesine atmete tief durch und schob den Schalter der Taschenlampe wieder nach vorn. Das Licht schnitt einen hellen Streifen in eine Dunkelheit, in der tödliche Gefahren lauern konnten.

Mit klopfendem Herzen durchquerte sie den Flur und trat in die Küche. Die Schubladen der Einbauschränke waren herausgerissen. Einige Schranktüren hingen schief in den Scharnieren. Auf dem Fußboden war ein Durcheinander von zerbrochenem Geschirr, alten Töpfen und Besteck. Auch hier schien jemand etwas gesucht zu haben.

Der Gedanke, dass sie nicht die Erste war, die in diesem Haus nach Hinweisen suchte, ließ ihr einen kalten Schauer über den Rücken laufen. Obwohl Gesine das Haus am liebsten fluchtartig verlassen hätte, zwang sie sich zur Ruhe. Wer auch immer die Räume verwüstet hatte, war längst wieder verschwunden.

Ein erneutes Knarzen ließ sie erstarren.

Sie löschte das Licht.

Die Dunkelheit umgab sie wie eine gallertartige Masse, die ihr die Luft zum Atmen raubte.

Der Stoß kam aus dem Nichts und traf sie vollkommen unvorbereitet. Die Taschenlampe rutschte aus ihren Fingern und fiel polternd zu Boden.

Die Friesenbrauerin machte drei schnelle Schritte rückwärts. Auf diese Weise konnte sie einen Sturz verhindern, aber nun blieb ihr als Fluchtweg nur noch die Treppe ins Obergeschoss.

Ein Schlag streifte ihre Schulter.

Sie schrie auf und rannte polternd nach oben. Dabei stolperte sie über eine Stufe und drohte zu fallen. Erst im letzten Moment konnte sie sich am Geländer festhalten. Wenige Augenblicke später riss sie eine Tür im oberen Stockwerk auf und stürmte hinein. Mondlicht fiel durch die verdreckte Fensterscheibe.

Auf der Treppe hörte sie Schritte, die langsam näher kamen. Der Angreifer hatte keine Eile. Er wusste, dass sie in der Falle saß, und spielte mit ihr wie die Katze mit der Maus.

Gesine sah sich um.

In dem Raum befanden sich ein umgekippter Stuhl und eine Holzkiste. Sie hob das Sitzmöbel auf und rammte es unter die Klinke. Keine Sekunde zu früh, denn nun ruckelte jemand daran. Der Stuhl wackelte einen Moment, blieb aber stehen. Die Friesenbrauerin stürmte zum Fenster und riss es auf. Direkt darunter war ein Beet mit Azaleen.

Einen Sprung aus dieser Höhe konnte sie überleben, aber nur mit viel Glück würde sie dabei unversehrt bleiben. Mit gebrochenem Bein oder verstauchtem Fuß war sie ihrem Peiniger hilflos ausgeliefert. Hektisch sah sie sich um und entdeckte links von ihr eine Regenrinne.

Gesine überlegte nicht lange. Sie kniete sich auf die Fensterbank und packte das Rohr mit beiden Händen.

Hinter sich hörte sie den Stuhl rutschen.

Sie ließ sich fallen.

Ein höllischer Schmerz fuhr wie ein Blitz durch ihre

Schultern. Muskeln und Sehnen drohten zu zerreißen wie dünne Seile. Sie biss die Zähne zusammen und drückte die Innenseiten der Füße gegen das Mauerwerk, um einen besseren Halt zu haben. Dann ließ sie die rechte Hand los und platzierte diese unter der linken. Auf diese Weise robbte sie Handbreit um Handbreit nach unten.

Für eine ältere Lady war sie erstaunlich schnell.

Für den Verfolger war sie zu langsam.

Er stützte sich auf das Fensterbrett und sah nach unten. Da sich wieder eine Wolke vor den Mond geschoben hatte, konnte sie sein Gesicht nicht erkennen.

Sekunden später verschwand er aus ihrem Sichtfeld.

Er würde über die Treppe nach unten rennen, durch den Flur laufen und zur Rückseite des Hauses sprinten.

Die Friesenbrauerin hangelte sich weiter hinab, aber sie kam nur quälend langsam voran. Als Gesine die Haustür hörte, war ihr klar, dass sie es mit Klettern niemals rechtzeitig nach unten schaffen würde. Nun konnte sie sich nur noch auf einem einzigen Weg in Sicherheit bringen. Sie atmete tief ein und ließ sich fallen. Sekundenbruchteile später schrie sie auf. Danach war Stille.

FEUERTEUFEL

»Hast du jemanden erkannt?«

Wiebke sah sich im Arbeitszimmer der alten Villa um, die nur wenige Gehminuten von der Geschäftsstelle der Friesenklima AG entfernt war.

Unter dem Fenster war verbranntes Parkett zu sehen. An einer Wand war ein helleres Rechteck auf der Tapete erkennbar, als hätte dort viele Jahre ein Bild gehangen. Scherben ragten aus dem Löschschaum hervor. Ein verkohltes Stuhlbein und eine rußgeschwärzte Gardine zeugten von dem Brandanschlag, der beinahe in einer Katastrophe geendet hätte. Durch die zerbrochene Scheibe wehte frische Luft herein und vertrieb den beißenden Geruch nach Qualm und Rauch.

»Nein, alles ging unglaublich schnell. Wenn ich geschlafen hätte, wäre das Feuer vom Erdgeschoss aus ins obere Stockwerk gelangt, und ich …« Mareke Renken verstummte.

»Wir werden den Feuerteufel sicherlich bald überführen.« Wiebke gab sich optimistischer, als sie war.

»Was ist mit dem Zeugen?« Gesner wandte sich mit dieser Frage an Patrick.

»Der hat nur eine dunkle Gestalt gesehen und dann die Feuerwehr verständigt. Der arme Mann ist vollkommen durch den Wind, weil sein Hund von den Rettungskräften um Haaresbreite angefahren worden wäre. Ich habe mir seine Kontaktdaten aufgeschrieben und bereits mit dem

Einsatzleiter der Feuerwehr gesprochen. Seiner Aussage nach hat Renken den Brand vorschriftsmäßig gelöscht, sodass er mit seinen Männern gleich wieder abziehen konnte. Steht alles hier!«

Der junge Kollege wedelte mit einem Block.

»Aus dir kann doch noch etwas werden«, zeigte sich sein Vorgesetzter beeindruckt und fragte Renken: »Haben Sie eine Idee, wer hinter dem Brandanschlag stecken könnte?«

»Leider nicht.«

»Warum haben Sie uns den Einbruch von Prester verschwiegen?« Die Stimme des Kommissars hatte jede Freundlichkeit verloren.

Renken sah Wiebke mit einem derart verletzten Blick an, als hätte diese ein intimes Geheimnis verraten.

»Sie sollten in Ihrem eigenen Interesse mit uns zusammenarbeiten. Denken Sie bitte genau nach«, fügte Gesner mahnend an.

»An Ihrer Stelle würde ich mit Bender reden.«

»Wir haben Ihre frühere Freundin bereits vernommen. Sie hat ein Alibi für die Mordnacht.«

»Ich meine ihren Mann. Felix. Er hat sich als Architekt an der Ausschreibung für das *Menatur*-Projekt beteiligt.«

»Das darf doch nicht wahr sein. Was verheimlichen Sie uns denn noch alles?« Der Kommissar war sichtlich angefressen.

»Wann hast du zum letzten Mal mit ihm gesprochen?«, versuchte Wiebke, wieder sachlich zu werden.

»Das war heute Morgen.« Renken senkte den Kopf.

»Das wird der geschäftliche Termin gewesen sein, von dem seine Frau erzählt hat.« Gesner fuhr sich durch die Haare.

»Worum ging es in dem Gespräch?«

»Er war außer sich, weil er den Auftrag nicht bekommen hat, und versuchte, mich umzustimmen.«

»Warum haben Sie uns das nicht sofort erzählt?«

»Ich wollte ihn nicht in Schwierigkeiten bringen. Schließlich waren wir mal ...«

»... ein Liebespaar«, warf Wiebke ein.

»Also hat Juliane alles erzählt. Dann weißt du ja inzwischen, dass mir das Miststück meinen Mann ausgespannt hat.«

»Damals waren Sie nicht verheiratet, oder haben Sie diese Information auch unter den Tisch fallen lassen?«

»Das nicht, aber wir hatten Pläne für eine gemeinsame Zukunft. Felix wollte einen Palast für uns bauen und jeden Raum mit Kinderlachen füllen. Er war schon immer ein Träumer.« Ein scheues Lächeln huschte über ihr Gesicht.

»Haben Sie ein Verhältnis mit ihm?« Gesners Stimme war schneidend.

»Nein. Verheiratete Männer sind für mich tabu. Den Schmerz, den ich damals erlitten habe, möchte ich keiner anderen Frau zumuten.«

»Du konntest Felix aber nicht vergessen, richtig?«, fragte Wiebke mit einfühlsamer Stimme.

»Er war meine erste große Liebe, und es hat viele Jahre gedauert, bis ich über ihn hinweg war. Lange Zeit habe ich nichts von ihm gehört, und plötzlich flatterte mir der Entwurf auf den Schreibtisch. Sein Plan war sogar richtig gut, aber eine Zusammenarbeit mit Felix hätte nur wieder alte Wunden aufgerissen. Das konnte ich unmöglich zulassen.«

»Hatte er mehr als nur ein geschäftliches Interesse?«, hakte Gesner nach.

»Keine Ahnung. Das müssen Sie ihn fragen.« Die Antwort kam etwas zögerlich.

»Das werden wir. Ich denke, wir sind hier fertig.« Gesner nickte seinen Kollegen zu, und wenige Augenblicke später verließen sie die alte Villa. Renken stand an dem zersplitterten Fenster und sah ihnen nach. Hoffentlich hatte sie nicht zu viel verraten. Wenn die Provinzbullen hinter ihr Geheimnis kämen, würde es nicht bei einem Mord bleiben.

FLAMMENENGEL

»Wurdest du gesehen?«

Die Stimme klang durchs Telefon dumpf. Wahrscheinlich hatte sie das Gerät zwischen Schulter und Ohr geklemmt, wie sie es immer machte, wenn sie nebenbei etwas anderes erledigte.

»Nein.«

Er schüttelte den Kopf, bis ihm auffiel, dass diese Geste bei einem Telefonat vollkommen sinnlos war.

»Bist du sicher?«

»Klar.«

»Das Feuer hat keinen großen Schaden angerichtet.«

»Das sollte es auch nicht.«

»Warst du schon in Sünnum?«

»Direkt nach dem Brand. Wie vereinbart.«

»Hast du in Presters Haus etwas gefunden?«

»Leider nicht.«

»Dann musst du weitersuchen. Unser Geheimnis muss unter allen Umständen gewahrt werden.«

»Das wird es. Ich möchte, dass du stolz auf mich bist.«

»Ich liebe dich, das weißt du.«

»Dito.«

»Nicht so. Sag es richtig.«

»Ich liebe dich auch. Keine andere Frau wird dir jemals das Wasser reichen können.«

»Das klingt schon besser. Halte mich auf dem Laufenden, okay?«

»Selbstverständlich.«

»Bis später.«

Gedankenverloren steckte er das Mobiltelefon ein. Inzwischen war ihm klar, dass er ihrer Anziehungskraft unmöglich widerstehen konnte. Seine Versuche, mit anderen Frauen das Glück zu finden, waren kläglich gescheitert. Niemand würde ihn jemals so lieben wie sie. Und dafür war er ihr unendlich dankbar.

UNVERNUNFT

»Tüdelbüdel!«

Hauke Peters beugte sich über die Friesenbrauerin, die rücklings in den Azaleen lag.

»Hilf mir auf.« Sie streckte ihm die Hand entgegen. Er griff zu und zog sie hoch.

»Was ist passiert?«

»Ich bin gestolpert und hingefallen.«

Gesine wollte dem Tierarzt, der im Mondschein nur als dunkle Gestalt sichtbar war, zunächst nichts von ihrer Flucht vor dem Unbekannten erzählen.

»Ach du meine Güte. Hast du Schmerzen?«

»Nee, ich bin nur etwas tüdelig.« Gesine machte drei unsichere Schritte, wobei sie die Arme rotieren ließ.

»Was um alles in der Welt hast du mitten in der Nacht auf Presters Grundstück zu suchen?«

»Das könnte ich dich auch fragen.«

»Ich wollte vor dem Schlafengehen etwas frische Luft schnappen. Dann habe ich einen Schrei gehört und bin hergelaufen.«

»Hast du jemanden gesehen?«

»Warum sollte ich jemanden gesehen haben?« Er musterte Gesine im Mondlicht, das zwischen den Wolken hervorbrach. »Sag mir bitte nicht, dass du hier mitten in der Nacht das Geheimnis des Schimmelreiters lösen wolltest.«

»Woher weißt du vom Schimmelreiter?«

»Das ganze Dorf kennt die Geschichte.«

»Du warst bei Ennos Tod aber nicht im Kroog.«

»Was soll das denn heißen?«

»Nichts.«

»Sören hat mir davon erzählt.«

»Aha.«

»Ist das alles, was du dazu zu sagen hast?«

Gesine ließ sich mit der Antwort etwas Zeit.

Die Gedanken kreisten in ihrem Kopf wie ein Karussell, das beständig an Fahrt aufnahm. War Hauke so schnell bei ihr gewesen, weil er ihren Schrei gehört oder weil er sie angegriffen hatte? Wollte er wissen, was sie herausgefunden hatte, um sie danach …?

Gesine schüttelte den Kopf, als könnte sie die Überlegungen damit auslöschen – wie bei einem Kaleidoskop, das bei jeder Bewegung neue Bilder produzierte.

»Willst du mir nicht endlich die Wahrheit erzählen? Die Zweige der Azaleen sind vollkommen zerdrückt und sehen aus, als hätte ein Walross darauf genächtigt. Zudem fällt man beim Stolpern nach vorn, aber du hast auf dem Rücken gelegen wie ein hilfloser Käfer.«

Gesine überlegte einen Augenblick. Dann entschied sie, ihm die Wahrheit zu sagen – schließlich war Hauke ein langjähriger Freund, dem sie vertrauen konnte.

Vertrauen *wollte*.

»Ich habe in Presters Haus nach Hinweisen zum Schimmelreiter gesucht. Anscheinend war ich aber nicht die Einzige, die auf diese Idee gekommen ist. Jemand hat mir dort aufgelauert. Glücklicherweise konnte ich aus dem Fenster fliehen.«

»Und jetzt hältst du mich für den Angreifer.«

»So ist es nicht«, verteidigte sie sich schwach.

»Ach ja? Und warum hast du mich vorhin angelogen?«

»Weil … weiß auch nicht. Seit Ennos Tod bin ich ziemlich durch den Wind.«

»Dennoch musst du Freund und Feind voneinander unterscheiden können. Eine alte Frau wie du sollte nachts schlafen und sich nicht in Lebensgefahr begeben.«

»Was hast du gerade gesagt?«

»Dass du dich nicht in Lebensgefahr begeben sollst.«

»Das meine ich nicht.«

Hauke wirkte einen Moment lang überrascht. Dann grinste er. »Ich habe dich eine alte Frau genannt.«

»Jo.«

»Das hätte ich keinesfalls sagen dürfen. Lass es mich anders ausdrücken: Die meisten Rindviecher sind vernünftiger als eine Friesenbrauerin, die mitten in der Nacht in leerstehenden Häusern herumschnüffelt. So viel Unvernunft geht auf keine Kuhhaut. Hast du zumindest etwas herausgefunden?«

»Im Haus lagen ein Buch von Theodor Storm und andere Klassikerausgaben auf dem Boden. Ich gehe davon aus, dass der Mörder ebenfalls auf der Suche nach Beweisen ist. Wir müssen ihm zuvorkommen.«

»*Wir* müssen nichts.« Hauke betonte das erste Wort, als wäre Gesine ein begriffsstutziges Kind. »Das ist Sache der Polizei. Du solltest mit deiner Tochter sprechen. Wiebke muss wissen, was heute Nacht passiert ist.«

»Besser nicht.« Bei der Bemerkung dachte sie an ihren peinlichen Auftritt im Friesenstift. Wenn Wiebke von ihrem nächtlichen Abenteuer erfuhr, würde sie ausrasten.

»Warum das denn? Ist sie etwa sauer, weil du dich schon vorher in ihre Ermittlungen eingemischt hast?«

Hauke schien die Friesenbrauerin besser zu kennen, als ihr lieb sein konnte.

»Ich würde es nicht als Einmischung bezeichnen.«

»Was hast du diesmal angestellt?«

»Lange Geschichte«, winkte Gesine ab.

»Du musst mit ihr reden.«

»Ich weiß.«

»Schön, dass wir das geklärt hätten. Ich begleite dich jetzt nach Hause.« Hauke legte ihr die Hand auf den Rücken.

»Das ist nicht nötig. Ich kenne den Weg.«

»Das war keine Bitte, sondern eine Ansage. Wenn es sein muss, bringe ich dich auch ins Bett.«

»Untersteh dich!«

Im ersten Moment wollte sich die Friesenbrauerin widersetzen, aber dann kehrte sie mit Hauke zum Kroog zurück. Inzwischen musste sie sich eingestehen, dass eine weitere nächtliche Suche nicht nur gefährlich, sondern auch nutzlos sein würde.

»Willst du ein Tüdelbräu? Geht aufs Haus.«

Gesine deutete mit einem Kopfnicken zur Kneipentür.

»Verlockendes Angebot, aber ich bin todmüde. Gute Nacht.«

»Schlaf gut.«

Sie winkte ihm zum Abschied zu und schlurfte über die Treppen zu ihrer Wohnung. Jede Stufe schien höher zu sein als die vorherige, und als die Friesenbrauerin endlich oben angekommen war, ließ sie sich auf das Bett fallen und war wenige Augenblicke später eingeschlafen.

LAGEBESPRECHUNG

»Was haben wir bisher?«, wollte Gesner von seinen beiden Mitarbeitern wissen, die in sich zusammengesunken auf den Stühlen hinter ihren Schreibtischen lungerten.

»Warum fragst du? Seit letzter Nacht haben wir keine weiteren Erkenntnisse gewonnen. Vier Stunden Schlaf sind einfach zu wenig.« Patrick gähnte.

»Was ist denn mit dir los? Wir haben Arbeit bis zum Abwinken.« Der Kommissar klatschte mehrmals in die Hände.

»Ich bin doch kein Dressurpferd. Außerdem hast du erst neulich gesagt, dass wir uns ausruhen sollen.«

»Du hattest seit dem letzten Einsatz mehr als fünf Stunden Zeit, um deine Batterien wieder aufzuladen. Wenn du die nicht zur Regeneration nutzt, ist das keinesfalls mein Problem.«

»Sind so kurze Pausen zwischen den einzelnen Schichten arbeitsrechtlich überhaupt zulässig?« Patrick rieb sich über die Augen.

»Ik schiet di wat mit arbeitsrechtlich.« Gesners Stimme donnerte durch das Büro. »Wir suchen nach einem Mörder und einem Brandstifter. Ich will die Verbrecher aus dem Verkehr ziehen, bevor weitere Menschen sterben oder Häuser in Flammen aufgehen.«

»Beide Taten könnten von ein und derselben Person verübt worden sein«, warf Wiebke ein, um den Disput zwischen den Männern zu beenden. Obwohl auch sie nur wenig geschlafen hatte, verspürte sie keine Müdigkeit. Die

Jagd nach Ennos Mörder setzte in ihr eine ungeahnte Energie frei.

»Das wäre möglich«, stimmte Gesner zu. »Könnte jemand aus Sünnum hinter dem Brandanschlag stecken? Die Dorfbewohner waren nach der Aktion in der Geschäftsstelle nicht gut auf Renken zu sprechen und hätten daher ein Motiv.«

»Das war kein Sünnumer.«

»Woher weißt du das so genau?«

»Weil ich unsere Leute kenne.« Wiebke zuckte mit den Schultern, als sei jede weitere Überlegung zu diesem Thema überflüssig.

»Was ist mit Hinnerk? Der ist doch ein richtiger Hitzkopf.«

»Der würde dir in einem Streit einen Satz heiße Ohren verpassen, aber keine Molotowcocktails in ein Haus werfen.«

»Wiebke, die Sünnumer sind dringend tatverdächtig. Kümmerst du dich um die Ermittlungen, oder soll ich die Dorfbewohner vernehmen?« Gesners Tonfall nach handelte es sich dabei nicht um eine Frage, sondern um einen Befehl.

»Ich werde mit ihnen reden.«

»Heute noch!«, ordnete er an, und alle machten sich wieder an die Arbeit. Einige Minuten lang war nur das Klappern der Tastaturen zu hören.

»Das müsst ihr euch ansehen!«

Wiebke winkte ihre Kollegen aufgeregt zu sich. Wenige Augenblicke später schauten die drei Polizisten auf ihren Monitor.

Dort war eine vermummte Gestalt vor einem Haus zu

sehen, hinter dessen Fenster ein Feuer wütete. Dem Winkel nach schien sie das Foto selbst geknipst zu haben.

Darunter stand: *Der Spökenkieker wird eure Lügen in den Flammen der Wahrheit verbrennen. Ab sofort weht in Ostfriesland ein anderer Wind!*

»Das ist doch Renkens Villa.«

»Das sehe ich auch so.« Gesner beugte sich vor und tippte auf das Gesicht am Monitor: »Kann man das Bild vergrößern?«

»Kein Problem.« Wiebke zoomte das Foto heran. Dabei wurde die Person so grobkörnig, dass kaum etwas zu erkennen war.

»Schiet ok, so kommen wir nicht weiter. Ich informiere sofort unsere Spezialisten. Die sollen die Aufnahme analysieren und herausfinden, unter welcher IP-Adresse der Beitrag hochgeladen wurde. Wo hast du das Bild denn gefunden?«

»Auf der Internetseite von *Mien Friesland*. Enno war viele Jahre lang in dieser Umweltschutzgruppe aktiv. Ich hatte gehofft, auf deren Homepage weitere Informationen zu entdecken, und habe dabei …«

»… einen Volltreffer gelandet. Gute Arbeit.« Der Kommissar schlug seiner Kollegin anerkennend auf die Schulter.

»Demnach war es kein Sünnumer«, zeigte sie sich erleichtert.

»Woher willst du das denn wissen?«, hakte Patrick nach. »Hinter dieser Maskerade könnte sich jeder verstecken.«

»Hinnerk ist zu groß und Sören zu dick. Renate kann es ebenfalls nicht sein«, eiferte sie sich.

»Es bleiben immer noch genug Dorfbewohner übrig. Wenn du die Leute nicht vernehmen willst, werde ich …«

»Schon gut«, unterbrach Wiebke ihren Vorgesetzten. »Ich erledige das am besten sofort.«

Sie stand auf und griff nach ihrem Wagenschlüssel. Kurz darauf war sie auf dem Heimweg. Obwohl die Aussicht, in Sünnum noch einmal unter die Bettdecke zu kriechen, verlockend war, durfte sie sich keine Pause gönnen.

Zunächst hatte sie mit dem Gedanken gespielt, Gesner die Befragung zu überlassen. Aber da ihr die Dorfbewohner eher vertrauten als ihm, würde sie hoffentlich mehr erfahren.

Vor dem Kroog parkte Wiebke den Wagen, stieg aus und ging ins Lädchen, in dem sie ihre Mutter vermutete.

Das Glöckchen über der Tür bimmelte beim Eintreten.

Gesine, die frisches Obst in einen Verkaufskorb füllte, blickte sie mit großen Augen an.

»Was machst du denn um diese Zeit hier? Ist etwas passiert?«

»Waren die Sünnumer nach ihrer Auseinandersetzung mit Renken gestern Abend im Kroog?« Wiebke kam direkt zur Sache.

»Warum willst du das wissen?«

»Jemand von ihnen könnte den Brandanschlag auf ihre Villa verübt haben. Der Täter hat davon sogar ein Selfie auf der Webseite von *Mien Friesland* hochgeladen.«

»Du verdächtigst ernsthaft jemanden aus Sünnum?« Die Friesenbrauerin schüttelte entrüstet den Kopf.

»Mama, bei meiner Arbeit muss ich alle Möglichkeiten in Betracht ziehen.« Wiebke war lauter geworden als beabsichtigt.

»Nach unserer Rückkehr waren fast alle Sünnumer im Kroog. Das Freibier wollte sich kaum jemand entgehen lassen.«

»Du sagtest: fast alle. Wer war denn nicht dort?«

»Mal überlegen. Leefke war bei den Kindern. Insa habe ich auch nicht gesehen, und Hauke …« Sie verstummte.

»Was ist mit Hauke?«

»Nichts«, winkte die Friesenbrauerin ab.

»Du verschweigst mir doch etwas.«

Wiebke trat hinter den Verkaufstresen und legte ihrer Mutter die Hände auf die Schultern.

»Enno wurde ermordet. Wir dürfen keine Geheimnisse voreinander haben.«

»Aber nur, wenn du danach nicht sauer bist.«

»Raus mit der Sprache, was hast du angestellt?«

»Ich habe in Ennos Haus nach Hinweisen gesucht.«

»Hast du dich dort verletzt?«

Mit einem Kopfnicken deutete Wiebke auf die blutigen Kratzer auf den Handrücken ihrer Mutter.

»Nicht der Rede wert«, wich sie der Frage aus und drehte die Arme auf den Rücken.

»Was genau ist passiert?« Wiebke schüttelte ihre Mutter, als würde die Antwort aus ihr herauspurzeln.

Die Friesenbrauerin atmete tief ein und ließ die Luft langsam entweichen. Dann erzählte sie ihrer Tochter von den Geschehnissen der letzten Nacht und ihrem Verdacht gegen Hauke. Wiebke, die Gesine vor Wut am liebsten angeschrien hätte, zwang sich zur Ruhe. Mit einem Streit war niemandem geholfen.

»Warst du bei einem Arzt?«

»Nee, mir geht es gut. Ich habe nur einen blauen Fleck an der Hüfte und kleinere Wunden von den Zweigen.«

»Der Kerl hätte dich umbringen können. Versprich mir, so einen Blödsinn nicht noch einmal zu machen.«

»Das kann ich nicht.«

»Es ist leichter, eine Möwe zum Tanzen zu bringen, als dich zur Vernunft.« Wiebke verdrehte die Augen und fuhr dann fort: »Ich werde mich im Haus umsehen und danach mit Hauke reden.«

»Die Zeit kannst du sinnvoller nutzen. Er hat mit dem Mord nichts zu tun, wie alle anderen Sünnumer auch. In der letzten Nacht war ich total neben der Spur und habe mir die unmöglichsten Dinge vorgestellt.« Die Friesenbrauerin ließ den Kopf hängen.

Wiebke schaute ihre Mutter einen Moment lang an, als wollte sie noch etwas sagen, und machte sich dann ohne Abschied auf den Weg.

Eine halbe Stunde später hatte sie sich in Presters Haus umgesehen, aber keinen Hinweis auf einen möglichen Täter gefunden. Bei ihrer Arbeit hatte die Polizistin darauf geachtet, nichts anzufassen, um keine Spuren zu vernichten oder Beweismittel zu zerstören. Die Taschenlampe, die ihre Mutter dort liegengelassen hatte, steckte sie ein. Nach der Durchsuchung informierte sie die Kollegen von der Spurensicherung. Sollte der Unbekannte nur ein einziges Haar oder einige Hautschuppen verloren haben, würde ein Tatortteam das feststellen. Die Spuren, die ihre Mutter im Haus und an den zerknickten Azaleen hinterlassen hatte, würde sie mit einem früheren Besuch erklären.

Die Polizistin trottete zu Hauke Peters. Auf dem kurzen Weg fühlte sich jeder Schritt schwerer an, als würde sie im Treibsand versinken. Die Ermittlung gegen einen Sünnumer kam ihr so falsch vor wie der Verdacht, den sie in einem früheren Mordfall gegen ihren Kollegen Patrick gehabt hatte.

Vor der Eingangstür blieb Wiebke stehen und überlegte, wie sie Hauke vernehmen sollte, ohne dass er sich dabei als Verdächtiger vorkam. Sie legte sich gedanklich eine Gesprächsstrategie zurecht und klingelte.

Wenige Augenblicke später wurde die Tür von Insa geöffnet.

»Ist das ein privater oder dienstlicher Besuch?«, fragte sie mit Blick auf Wiebkes Uniform.

»Moin, Insa. Ich habe ein paar Fragen an deinen Vater. Reine Formsache.«

»Ist es wegen des Einbruchs?«

Die Polizistin nickte, wobei sie sich schäbig vorkam, weil sie Insa anlog.

»Papa ist nicht da.« Haukes Tochter lehnte sich an den Türrahmen und verschränkte demonstrativ die Arme vor der Brust. »Du kannst mit mir reden.«

»Nee, lass mal. Ich war zufällig hier und wollte kurz mit ihm sprechen.«

Insgeheim war Wiebke erleichtert. Wenn Hauke nicht daheim war, konnte sie ruhigen Gewissens ins Polizeikommissariat zurückkehren und die Befragung später nachholen.

»Willst du mich verarschen?«

Die Frage traf sie wie ein Schlag in die Magengrube. Wiebke lächelte gequält und fragte: »Wie kommst du denn darauf?«

»Sag du es mir.«

»Ich weiß nicht, was du meinst.«

»Dann werde ich deinem Gedächtnis mal etwas auf die Sprünge helfen. Mein Vater hat deine Mutter in der letzten Nacht aus Presters Azaleen gefischt. Da er so schnell vor

Ort war, geht Tüdelbüdel anscheinend davon aus, dass Papa der Unbekannte war, der sie durch das Haus gejagt hat.«

»Er hat also mit dir gesprochen.«

»Wir vertrauen einander. Papa ist vollkommen fertig, weil Gesine ihn verdächtigt.«

»Das hat sie ihm gesagt?«

»Nee, aber er kann gut zwischen den Zeilen lesen. Was für eine Polizistin bist du eigentlich? Statt Unschuldige zu drangsalieren, solltest du endlich deinen Job machen und die wahren Verbrecher aus dem Verkehr ziehen.«

»In Ausübung meiner Tätigkeit muss ich jedem Verdacht …«

»Wenn es unangenehm wird, versteckst du dich immer hinter bürokratischen Phrasen und lächerlichen Paragrafen. Das ist erbärmlich. Der kleine Jan hat jetzt schon mehr Courage, als du jemals haben wirst.« Die Worte prasselten wie Hiebe auf Wiebke ein, und sie schnappte nach Luft. Sie fühlte sich wie bei einem Boxkampf, in dem sie von ihrem Gegner ordentlich verdroschen wurde.

»Insa, lass mich doch erklären.«

»Da gibt es nichts zu erklären. Mein Vater war den ganzen Abend hier und hat das Haus nur verlassen, um eine Runde durch das Dorf zu drehen. Dabei hat er einen Schrei gehört und deine Mutter im Beet gefunden. Ende der Geschichte. Weitere Informationen gibt es nur über unseren Anwalt. Ins Haus lasse ich dich nur mit einem Durchsuchungsbeschluss.« Insa knallte die Haustür zu.

Wiebke blieb wie paralysiert stehen, sie musste die Anschuldigung erst einmal verdauen. Einige Augenblicke später drehte sie sich um und schlich mit nach vorn gezogenen Schultern zu ihrem Mini.

Sie hatte die Nase gestrichen voll. Auf eine Vernehmung von Leefke würde sie getrost verzichten. Solange Sören im Kroog gewesen war, konnte ihr nur Jan ein Alibi geben. Da Leefke ihre Kinder niemals allein lassen würde, schied sie als Täterin ohnehin aus.

Wiebke ballte die Hände zu Fäusten. Verdammt, warum mussten die Dinge immer so kompliziert sein?

SANDBURG

Gesine legte die Kladde zum Eintragen der Einkäufe auf den Verkaufstresen des Lädchens und kehrte in die Wohnung zurück. Dort klappte sie den auf dem Küchentisch stehenden Laptop auf und gab *Mien Friesland* in die Maske einer Internetsuchmaschine ein. Wenige Sekunden später betrachtete sie das Bild einer vermummten Gestalt. Diese stand vor einem Haus, hinter dessen Fenster ein Feuer loderte.

Der Spökenkieker wird eure Lügen in den Flammen der Wahrheit verbrennen. Ab sofort weht in Ostfriesland ein anderer Wind!

Die Friesenbrauerin las sich den unter dem Foto stehenden Text durch. Sie war fest davon überzeugt, dass kein Sünnumer Renkens Villa in Brand gesetzt hatte. Wenn die Dorfbewohner als Täter ausschieden, musste jemand anderes eine Stinkwut auf Renken haben. Wer auch immer sich unter der Maske verbarg, konnte mit Enno gegen die Friesenklima AG ermittelt haben und sogar über Informationen verfügen, die bei der Ergreifung des Mörders hilfreich sein würden.

Da das Bild auf der Seite von *Mien Friesland* hochgeladen worden war, über die Enno früher viel gepostet hatte, konnte es sich dabei um einen alten Weggefährten oder einen anderen Umweltschützer handeln. Selbst wenn Gesine sich damit an einen Strohhalm klammerte, wollte sie diese Person unbedingt finden. Die Hoffnung starb bekanntlich zuletzt.

Die Friesenbrauerin klappte den Laptop zu und marschierte zum Leuchtturm. Sie öffnete die nie abgeschlossene Eingangstür und stieg über die gewundene Treppe zu Joris' Wohnung. Dieser saß mit auf dem Bauch gefalteten Händen in seinem Lieblingssessel und starrte auf die Nordsee. Schaumkronen tanzten auf den Wellen, bevor sie sich am Strand brachen. Schleierwolken zogen über einen azurblauen Himmel. Die Sünnumer hätten einen unbeschwerten Sommer genießen können, aber mit Ennos Tod hatte sich ein schwarzes Tuch über das Dorf gelegt, das jede Fröhlichkeit absorbierte und alles Lachen erstickte.

»Tüdelbüdel, was willst du?«, fragte der ausgemusterte Kapitän, ohne aufzusehen.

»Wir müssen nach dem Spökenkieker suchen.«

»Wer ist das?« Er starrte weiterhin auf das Meer.

Sie erzählte ihm von dem Brandanschlag auf Renkens Villa und dem Foto, das sie sich im Internet angesehen hatte.

»Du solltest mit Wiebke reden, nicht mit mir. Das ist eine Sache der Polizei.«

»Ennos Tod ist eine persönliche Angelegenheit. Daher werde ich die Beamten bei der Ermittlung unterstützen.«

»Hat deine Tochter um Hilfe gebeten?«

»Sagen wir es so: Sie hat es nicht verboten.« Gesine trat vor seinen Sessel.

»Hast du sie gefragt?« Joris schaute auf.

»Nicht direkt.«

»Also nicht.«

»Kann man so sagen.«

»Wenn ich dich richtig verstehe, willst du also auf eigene Faust nach einem Unbekannten namens *Spökenkieker* suchen. Wer auch immer sich hinter dem Pseudonym verbirgt, ist ein Krimineller, der Häuser in Brand steckt. Du hast keine Ahnung, wie gefährlich diese Person ist.«

»Sie könnte wichtige Informationen haben.«

»Kann ich dich von deinem Vorhaben abbringen?«

»Ist das eine ernstgemeinte Frage?«

Die Friesenbrauerin runzelte die Stirn, als hätte ihr langjähriger Freund wissen wollen, ob man einer Krabbe das Fahrradfahren beibringen konnte.

»Ich hatte gehofft, dass du mit zunehmendem Alter vernünftiger wirst.«

»Vernunft wird überbewertet.« Sie lächelte kurz, wurde dann aber wieder ernst.

Der alte Kapitän seufzte vernehmlich, legte die Hände auf die Armlehnen und stützte sich auf.

»Du bist dabei?«, freute sich Gesine.

»Wenn ich dir nicht helfe, ziehst du die Sache alleine durch.«

Sie nickte.

»Das dachte ich mir. Da einer auf dich aufpassen muss, werde ich dich begleiten. Ich hole schnell meinen Laptop.«

Wenige Minuten später suchten die beiden im Internet nach weiteren Hinweisen zum Spökenkieker, allerdings erfolglos.

»Wir müssen Kontakt zu anderen Mitgliedern von *Mien Friesland* aufnehmen. Kennst du jemanden von denen?«, fragte die Friesenbrauerin.

»Mir sind nur einige Vornamen bekannt, die uns bei der Suche aber nicht weiterhelfen. Wir sollten mit Robert Sternberg von der Zeitschrift *Deichkieker* reden. Er hat immer ausführlich über die Aktionen der Umweltschützer berichtet.«

»Das ist eine gute Idee.« Gesine rief die Website des regionalen Magazins auf und tippte die dort im Impressum hinterlegte Nummer in ihr Mobiltelefon ein.

»Sternberg«, meldete sich der Journalist nach dem siebten Läuten. Sein Tonfall klang gehetzt.

»Moin. Hier ist Gesine Felber. Ich bin …«

»… die Friesenbrauerin. Ich würde Sie jederzeit an Ihrer Stimme erkennen. Wollen Sie in meiner Zeitung eine Anzeige für das Tüdelbräu schalten? Ich würde mich auch mit Freibier bezahlen lassen.« Er lachte herzhaft.

»Nee, ich möchte gerne mit einigen Mitgliedern von *Mien Friesland* sprechen und hatte gehofft, dass Sie mir dabei helfen können.«

»Warum fragen Sie nicht einfach Enno?«

»Das geht leider nicht, denn der ist vor kurzem verstorben. Ich wollte … hallo?« Gesine drückte das Telefon fester ans Ohr, konnte aber außer Atemgeräuschen nichts vernehmen.

»Ich bin noch da. Sorry, diese Nachricht muss ich erst einmal verdauen. Enno ist … was ist denn passiert? Hatte er einen Unfall?«

»Er wurde ermordet.«

»Ermordet?«

Die Friesenbrauerin hörte Sternberg nach Luft schnappen, als hätte ihn jemand unter Wasser getaucht, und es dauerte einen Moment, bis er weitersprach.

»Enno hat meine Warnung also in den Wind geschlagen.«

»Welche Warnung?«, hakte Gesine sofort nach.

»Sich nicht mit Kriminellen anzulegen. Enno war an einer großen Sache dran, bei der es neben Greenwashing angeblich auch um Finanzbetrug ging. Vor zehn Tagen hat er mich zum letzten Mal angerufen und mir Beweise für eine Enthüllungsstory versprochen.«

»Worum genau ging es dabei?«

»Das darf ich Ihnen nicht sagen. Ich muss meine Informanten schützen.«

»Ihr Informant wurde umgebracht, schon vergessen?«

»Wenn Enno wegen seiner Nachforschungen getötet wurde, könnte der Täter eine Verbindung zu mir herstellen und mich ebenfalls ins Visier nehmen. Journalisten, die sich der Wahrheit verpflichtet sehen, stehen bei Gaunern nicht hoch im Kurs.« Sternbergs Stimme schnappte am Ende leicht über.

»Hatten seine Recherchen etwas mit der Friesenklima AG zu tun?«

»Das Thema war streng geheim. Woher wissen Sie denn davon?«

»Enno hat vor seinem Tod darüber gesprochen. Beweise für angebliche Verbrechen habe ich allerdings nicht. Hat er Ihnen gegenüber mal den Schimmelreiter erwähnt?«

»War das nicht der Kerl mit dem Geisterpferd?«

»Jo.«

»Nee, daran würde ich mich erinnern. Was hat es denn damit auf sich?«

»Keine Ahnung. Ich vermute, dass es ein Hinweis auf das Versteck der Beweise ist. *Schimmelreiter* und *klaut*, das waren Ennos letzte Worte. Haben Sie eine Idee, was er damit gemeint haben könnte?«

»Keine Ahnung. Wie weit ist die Polizei denn mit ihren Ermittlungen?«

»Das wissen wir nicht und …«

»… daher wollen Sie auf eigene Faust recherchieren. Sie sind wirklich so stur, wie Enno immer behauptet hat.«

»War das jetzt ein Kompliment oder eine Beleidigung?«

»Weder noch, sondern eine Feststellung.«

»Jemand muss seinen Mörder doch zur Strecke bringen.«

»An Ihrer Stelle würde ich die Sache der Polizei überlassen. Wenn Enno mit seinen Andeutungen recht hat, haben Sie es mit gefährlichen Gangstern zu tun.«

»Ich will mich nur umhören«, spielte Gesine ihre wahre Absicht herunter.

»Enno hat von einer Pension *Sandburg* gesprochen. An Ihrer Stelle würde ich mich dort umsehen. Das haben Sie aber nicht von mir.«

»Keine Sorge.«

»Mehr kann ich Ihnen leider nicht sagen. Ich muss jetzt Schluss machen. Termine.« Sternberg beendete das Telefonat ohne einen Abschiedsgruß.

»Der hat Angst.« Die Friesenbrauerin steckte das Mobiltelefon ein.

»Die solltest du auch haben. Bist du sicher, dass …? Okay, ich habe schon verstanden. Dein Blick sagt mehr als tausend Worte.« Joris hob die Arme, als wollte er sich ergeben.

»Besser ist das. Wir sollten keine Zeit verlieren und uns sofort auf den Weg zu dieser Pension machen.«

»Wo ist die überhaupt?«

Statt einer Antwort fütterte Gesine die Internetsuchmaschine mit dem Namen *Sandburg* und klickte wenig später auf einen Link. Joris sah ihr dabei über die Schulter.

»In Bensersiel. Sieht aber nicht sonderlich einladend aus.« Sie deutete auf eine Aufnahme, auf dem ein älteres

Gebäude zu sehen war, und schrieb sich die Adresse auf einen Zettel.

»Wie wollen wir denn dorthin kommen? Der Bus Richtung Küste fährt von Sünnum aus so selten, dass wir Stunden für die Reise bräuchten.«

»Wir nehmen die Fahrräder.« Gesine ging zur Treppe.

»Dann brauche ich zur Stärkung einen Heringsschwarm.«

»Den du in hopfenhaltiger Flüssigkeit schwimmen lassen musst.«

»Natürlich. Zuckerfische müssen artgerecht gehalten werden, das weißt du doch.«

Der alte Kapitän folgte Gesine zum Lädchen. Nachdem er einige Zuckerfische aus dem Aquarium geangelt und diese mit einer Flasche Tüdelbräu runtergespült hatte, machten sich die beiden auf den fünfzehn Kilometer langen Weg.

Nach ihrer Ankunft in Bensersiel fuhren sie direkt zur Pension, die in der Friesenstraße lag. Die ehemals weiß gestrichenen Wände hatten eine schmutzig graue Farbe angenommen, den Schriftzug *Sandburg*, der quer über die Außenwand gemalt worden war, konnte man kaum noch lesen.

Vor den Fenstern waren Blumenkästen angebracht, in denen Fuchsien die Köpfe hängen ließen. Statt eines blühenden Vorgartens war eine gepflasterte Fläche vorhanden, die als Parkplatz für die Gäste diente. Ein Lieferwagen und ein alter VW Polo, der Joris an eine Blechdose mit Reifen erinnerte, standen dort. Der Wind wehte eine leere Einkaufstüte über die Steine, die sich in den Zweigen eines Strauchs verfing.

Die Friesenbrauerin marschierte zur Eingangstür. Sie

legte die Hand auf den schmiedeeisernen Griff, der ein Segelboot darstellte, und drückte dagegen.

Mit einem entsetzlichen Quietschen schwang die Tür nach innen auf, und sie traten in einen etwa zehn Quadratmeter großen Vorraum. An der rechten Seite führte eine schmale Treppe mit hölzernen Stufen nach oben. Auf der linken Seite war ein Flur, über den man zu den Zimmern im Erdgeschoss gelangte.

Direkt vor ihnen befand sich eine kleine Rezeption, hinter der eine spindeldürre Frau auf einem Stuhl saß und sie durch den Qualm ihrer Zigarette aufmerksam musterte. Die von grauen Strähnen durchzogenen Haare hatte sie zu einem Pferdeschwanz zusammengebunden. Die Haut war so faltig, als hätte der Schöpfer diese für einen wesentlich größeren – und korpulenteren – Menschen vorgesehen. Um den Hals baumelte eine Brille an einer dünnen Kette.

Hinter ihr stand ein deckenhohes Regal, in dessen Mitte sich zwölf kleine Fächer befanden. In sieben von ihnen lagen Schlüssel.

Die Friesenbrauerin rümpfte angesichts des Miefs, einer Mischung aus Zigarettenrauch, Putzmitteln, altem Essen und anderen Gerüchen, die sie nicht näher ergründen wollte, die Nase.

»Sie haben Glück. Wir haben noch ein Zimmer frei.«

Die Frau erhob sich und legte die brennende Zigarette in einen Aschenbecher. Die Stimme klang so krächzend wie die einer Krähe.

»Moin.« Gesine trat an die Rezeption.

»Das *Liebesnest* im ersten Stock lässt keine Wünsche offen«, sagte die Krähenfrau, ohne dass ihre Besucher einen

Wunsch geäußert hätten. »Zur Ausstattung gehören neben einem französischen Bett ein …«

»Sehen wir etwa wie ein Ehepaar aus?« Joris verzog bei dem Wort *Ehepaar* das Gesicht, als hätte man ihm eine Flasche Tüdelbräu vorgesetzt, in der sich statt Bier Mineralwasser befand.

»Bitte entschuldigen Sie. Ich dachte, bei der reizenden Dame würde es sich um Ihre Frau handeln.«

»Nee, wir sind nicht miteinander verheiratet.« Der alte Kapitän winkte ab.

»Verstehe. Sie können sich auf meine Diskretion verlassen.« Die Krähenfrau zwinkerte ihm verschwörerisch zu und fuhr fort: »Das Liebesnest ist natürlich auch für Gäste, die in ihren alten Tagen den zweiten Frühling erleben und …«

»Alte Tage?« Die Friesenbrauerin unterbrach den Redefluss der Krähenfrau und hob die Augenbrauen. »Wir suchen kein Zimmer, sondern eine Information.«

»Dann sollten Sie bei der Telefonauskunft anrufen.« Die Pensionswirtin griff nach der Zigarette und steckte sie sich zwischen die Lippen, als wollte sie ihren Mund damit versiegeln.

»Deren Mitarbeiter können uns aber nicht weiterhelfen.« Gesine trat näher an den Tresen heran. Dabei stieg ihr der beißende Qualm unangenehm in die Nase. »Wir würden gerne wissen, ob Enno Prester hier gewesen ist.«

»An den Namen erinnere ich mich nicht. Vielleicht können Sie meinem Gedächtnis etwas auf die Sprünge helfen.«

Beim letzten Satz rieb sie Daumen, Zeige- und Mittelfinger aneinander.

Joris, der die Geste nur zu gut verstanden hatte, langte

in seine Hosentasche und förderte einen Fünfzig-Euro-Schein zutage. Die Krähenfrau griff mit ihren klauenartigen Fingern danach und zupfte ihm das Geld aus der Hand.

»He, das ist meine ganze Barschaft. Bekomme ich zumindest einen Teil davon zurück?«

»Ich habe leider kein Wechselgeld.«

»Lass gut sein«, winkte die Friesenbrauerin ab und fragte aufgeregt. »Was ist denn jetzt mit Prester?«

»Den habe ich seit einigen Tagen nicht mehr gesehen.«

»Er hat also hier gewohnt?«

»Prester hat das Zimmer bis zum Ende der Woche im Voraus bezahlt. Wenn er bis dahin nicht wieder auftaucht, werde ich seinen Krempel in den Müll werfen.«

»Können wir uns die Sachen vorher ansehen?« Gesine bemühte sich in ihrer Aufregung um einen lockeren Tonfall, der ihr sogar gelang.

»Meine Pension ist doch kein Museum, in dem man sich alles angucken kann.« Die Krähenfrau nahm einen weiteren Zug an der Zigarette und drückte die Kippe im überquellenden Aschenbecher aus.

»Wir wollen nur kurz einen Blick in sein Zimmer werfen.«

»Nee, das geht gar nicht. Ich schütze die Privatsphäre meiner Gäste.«

»Würden Sie Ihre Entscheidung noch einmal überdenken?« Die Friesenbrauerin legte einen weiteren Fünfzig-Euro-Schein auf den abgewetzten Tresen. Die Krähenfrau musterte die beiden aus zusammengekniffenen Augen.

»Seid ihr Clowns etwa von der Polizei?«

»Dann würden wir mit einem Durchsuchungsbeschluss wedeln. Wir sind Opfer eines Diebstahls geworden und vermuten, dass Prester die Sachen geklaut hat. Wir wollen nur wissen, ob wir damit richtigliegen.« Die Friesenbrauerin bat Enno bei der Lüge, die ihr ohne Nachdenken über die Lippen gekommen war, in Gedanken um Verzeihung.

»Ich muss die Handtücher auswechseln. Bei der Gelegenheit können Sie einen kurzen Blick riskieren, mehr aber nicht.«

Die Krähenfrau steckte den Geldschein in die Hosentasche, drehte sich um und nahm einen Schlüssel aus einem der Fächer. Dann trat sie hinter der Rezeption hervor und verschwand in einem Nebenraum. Wenige Augenblicke später kam sie mit einem Stapel frischer Handtücher wieder heraus und stakste in den Flur, in dem ein abgewetzter blauer Teppich lag. Auf jeder Seite befanden sich drei Türen, die zu den Gästezimmern führten und mit Nummern versehen waren.

Vor der letzten Tür auf der linken Seite blieb sie stehen, fummelte den Schlüssel umständlich ins Schloss und öffnete es. Die Krähenfrau trat in das Zimmer und … schrie überrascht auf.

Gesine, die direkt hinter ihr stand, quetschte sich an ihr vorbei. Joris tat es ihr gleich.

Durch die eingeschlagene Scheibe wehte eine laue Brise in den Raum. Scherben lagen vor dem Fensterbrett. Schränke und Schubladen waren geöffnet und der Inhalt auf dem Boden verteilt worden. Der Einbrecher hatte Kissen und Bettzeug aufgeschnitten. Daunenfedern wirbelten bei ihrem Eintreten im Raum umher. Die Matratze hatte ihr Inneres ebenfalls eingebüßt, und Sprungfedern stachen aus den traurigen Überresten hervor. Ein Bilderrahmen hing mit dem Motiv zur Wand an einem Nagel. Die Rückseite war zerfetzt.

»Dasselbe Chaos wie in Ennos Haus. Auch hier hat jemand nach den Beweisen gesucht«, flüsterte die Friesenbrauerin Joris zu und ließ ihren Blick durch den Raum schweifen.

Als sie ein aufgeschlagenes Buch auf dem Bett entdeckte, warf sie einen Blick auf den Titel. Dabei handelte es sich um eine Taschenbuchausgabe des *Schimmelreiters*.

Da die Krähenfrau gerade das kaputte Fenster inspizierte, ließ Gesine das Buch in die Tasche ihrer Strickjacke gleiten. Keinen Augenblick zu früh, denn nun drehte sich die Pensionswirtin zu ihnen um.

»Ist euer Komplize hier eingebrochen, während ihr mich abgelenkt habt?«

»Natürlich nicht«, entrüstete sich die Friesenbrauerin. »Die Zeit zur Verwüstung hätte niemals ausgereicht. Wie gesagt, wir suchen nach unseren Habseligkeiten.«

»Das ist eine Lüge. Ihr seid doch nicht zufällig hier aufgetaucht. Was habt ihr mit diesem Prester zu schaffen? Raus mit der Sprache.«

»Nichts. Wir gehen jetzt.« Gesine eilte aus dem Zimmer.

Joris folgte ihr auf den Flur.

»Hiergeblieben!«, keifte die Pensionswirtin. »Sie werden der Polizei einige Antworten geben müssen.«

Statt der Aufforderung nachzukommen, hasteten die beiden durch den Flur und rannten zu den Fahrrädern. Sie stiegen auf und strampelten Richtung Sünnum.

»Ich kann nicht mehr!«

Vor dem Kroog lehnte Joris seinen Drahtesel an die

Hauswand. Er stützte die Hände auf den Oberschenkeln ab und rang nach Atem.

Gesines Gesicht war von der Anstrengung gerötet. Auch sie war außer Puste.

»Wir könnten eine Stärkung vertragen.«

Sie lehnte ihr Fahrrad ebenfalls an die Wand, öffnete die Kneipentür, und beide traten ein. Der alte Kapitän ging wie gewohnt zu seinem Stammplatz an der rechten Seite der Theke, und die Friesenbrauerin zapfte Tüdelbräu.

»Ennos Mörder wird das Zimmer durchsucht haben.«

»Davon gehe ich auch aus.« Joris nahm das frisch gezapfte Bier entgegen und trank ordentlich ab.

»Ich finde die Vorstellung, dass der Killer in unserem Dorf und der Pension war, beängstigend.« Gesine, die sich selbst ein Glas eingeschenkt hatte, gönnte sich einen großen Schluck.

»Er könnte uns beobachtet haben.«

»Das wäre möglich.«

»Wenn sich der Täter durch unsere Nachforschungen in die Ecke gedrängt fühlt, werden wir seine nächsten Opfer sein.« Der alte Kapitän drehte das Bierglas nachdenklich in seinen Händen. »Sollten wir die Ermittlungen nicht doch besser der Polizei überlassen?«

»Bist du etwa eine Bangbüx?«

»Ich bin nicht ängstlich, sondern nur realistisch. Sprich mit Wiebke.«

»Was soll meine Tochter deiner Meinung nach denn unternehmen?«

»Sie könnte Personenschutz für uns beantragen. In den Fernsehkrimis …«

»… ist das immer ganz einfach. Aber die Wirklichkeit

sieht leider anders aus«, unterbrach Gesine ihren alten Freund. »Zudem möchte ich keinesfalls, dass Wiebke Tag und Nacht wie ein Schatten an mir klebt.«

»Du könntest um Gesner bitten oder um diesen Jungspund.«

»Der Kommissar würde mich innerhalb weniger Minuten zu Tode nerven, und Patrick ist so schusselig, dass er mir versehentlich eine tödliche Kugel verpassen würde. Vor diesem Hintergrund erscheint mir die Bedrohung durch Ennos Mörder die bessere Wahl zu sein. Vielleicht finden wir in dem Büchlein Hinweise auf den Täter.« Die Friesenbrauerin zog die zerlesene Ausgabe des *Schimmelreiters* aus ihrer Jackentasche und legte die Lektüre auf den Tresen.

Gebannt schauten die beiden auf die Seiten, die sie langsam umblätterte.

»Der Buchstabe ist unterstrichen.« Joris deutete aufgeregt auf ein *T*. »Mal sehen, ob wir weitere Kennzeichnungen finden.«

Zwanzig Minuten später hatten die beiden alle Seiten akribisch durchsucht und mehrere gekennzeichnete Buchstaben gefunden, die Gesine auf einen Zettel geschrieben hatte.

»Trefn an dr Himmelpfote«, las sie den Text vor.

»Anscheinend haben wir einige Buchstaben übersehen. Wir müssen das Buch noch einmal durchgehen.«

»Vielleicht können wir den Text auch so ergänzen. Das erste Wort wird *Treffen* heißen, und aus dr könnte ein *der* oder ein *dir* werden.«

»Treffen an der Himmelpfote. Wo soll das denn sein?«

»Keine Ahnung.« Die Friesenbrauerin beugte sich über den Zettel und dachte angestrengt nach. Dann schüttelte sie den Kopf. »Wenn du keine zündende Idee hast, werden wir das Buch noch einmal durchsehen müssen.«

Eine halbe Stunde später hatten sie zwei weitere Unterstreichungen gefunden, die ihnen bei der ersten Durchsicht entgangen waren.

»Treffen an der Himmelpforte.« Gesine überlegte einen Moment. Dann schlug sie sich mit der rechten Hand gegen die Stirn: »Himmelspforte. Da hätte ich früher draufkommen können.«

»Das kapiere ich nicht. Eine Verabredung im Jenseits macht keinen Sinn.«

»Damit ist doch nicht das Jüngste Gericht gemeint, du Döspaddel.«

»Aber was soll es sonst sein?«

»Eine Aussichtsplattform.«

»Meinst du damit das kaputte Ding am Deich?«

»Jo. Bevor der Orkan die hölzerne Konstruktion zerlegt hat, war die Himmelspforte ein Touristenmagnet. Auf der Plattform war man dem Himmel so nah, dass es den Anschein hatte, als könne man nach den Wolken greifen oder den Mond vom Firmament pflücken. Warst du jemals verliebt?« Bei der Frage huschte ein Lächeln über ihr Gesicht.

Joris blickte derart erschrocken drein, als hätte sie von einer tödlichen – und hochansteckenden – Krankheit gesprochen. »Nee, damit habe ich nichts zu tun.«

»Dann solltest du das irgendwann nachholen. Verliebtsein ist etwas Wundervolles, und dieser Ort war ein magischer Anziehungspunkt für Liebespaare.«

»Tüdelbüdel, willst du mir damit etwas sagen?«

»Das musst du schon selbst herausfinden.« Sie strich ihm sanft über die Wange.

»Lass uns lieber über dieses Himmelsdings reden. Meines Wissens ist das ganze Gebiet inzwischen Brachland, weil die finanziellen Mittel für die Instandhaltung und den Wiederaufbau seit vielen Jahren fehlen.«

»Das stimmt. Da sich heutzutage kaum noch jemand dorthin verirrt, ist die Gegend ein gutes Versteck. Enno könnte uns mit dem Buch einen Hinweis hinterlassen haben. Wir sollten uns dort umsehen, was meinst du?«

»Denkbar ist aber auch, dass er nicht uns, sondern jemand anderem eine Botschaft übermitteln wollte.«

»Wäre möglich. Wir sollten es auf jeden Fall herausfinden.«

»Jetzt?« Er zog die Augenbrauen hoch.

»Wann denn sonst?«

Joris seufzte vernehmlich und leerte sein Glas. Dann schwang er sich wieder auf seinen Drahtesel und radelte mit Gesine zur Himmelspforte, die nur wenige Kilometer von Sünnum entfernt war.

INTERPRETATIONSVERSUCHE

Im Büro des Polizeikommissariats klatschte Steffen Gesner in die Hände. Wiebke und Patrick unterbrachen ihre Arbeiten und schauten auf.

»Ich habe vorhin den Bericht unserer Experten bekommen. Die Fachleute konnten die Aufnahme vor der brennenden Villa zwar vergrößern, aber niemanden hinter der vermummten Gestalt erkennen. Wir haben also noch immer keine Ahnung, wer der geheimnisvolle Spökenkieker sein könnte. Wiebke, hast du die Alibis der Sünnumer überprüft?«

»Jo. Von denen war es niemand.«

Bei der Antwort erinnerte sich die Polizistin an das Gespräch mit Insa, von dem sie ihrem Vorgesetzten nichts erzählt hatte. Die fehlende Überprüfung von Leefke würde sie ebenfalls nicht erwähnen. Die Dorfbewohner waren weder Mörder noch Brandstifter – auch Hauke nicht.

So einfach war das.

»Bist du sicher?«

»Patrick, wenn du mir nicht glaubst, kannst du dich gerne davon überzeugen. Insa wird begeistert sein.«

»Wie meinst du das denn?«

»Sie wird sauer werden, wenn du die Sünnumer durch die Mangel drehst.«

»Verdächtige zu verhören gehört zu meinem Job. Das wird sie verstehen.«

»Ich bin unsicher, ob sie das ebenfalls so sieht.«

»Hört mit der Streiterei auf. Wir müssen endlich mit den Ermittlungen vorankommen. Wiebke, was hast du außer den Alibis bisher herausgefunden?«, fragte Gesner.

»Ennos Haus wurde durchsucht, hier warte ich auf die Ergebnisse der Spurensicherung. Seine letzte Meldeanschrift ist noch immer unbekannt. Er hat keine digitale Fährte hinterlassen, die Überprüfung der Kredit- und EC-Karten haben ebenfalls keine neuen Erkenntnisse geliefert. Bei den Mobilfunkanbietern habe ich nur alte Verträge entdeckt. In den Telefonprotokollen waren keine aktuellen Anrufe verzeichnet. Nach seinem Verschwinden aus Sünnum scheint sich Enno in einen Geist verwandelt zu haben.«

»Oder er ist endgültig zu einem Kriminellen geworden und wegen seiner Verbrechen von der Bildfläche verschwunden.«

»Was meinst du mit ›endgültig zu einem Kriminellen geworden‹?«

»Wiebke, das weißt du genau. Der Verdacht, dass er doch etwas mit dem Mord an seiner Geliebten zu tun hatte ...«

»... wurde mit der Verhaftung der Täterin ausgeräumt«, unterbrach sie ihren Vorgesetzten.

Gesner hielt ihrem wütenden Blick stand und nickte dann. »Lassen wir die Vergangenheit ruhen und konzentrieren uns auf die Gegenwart. Hat dir der Hafenmeister eine Liste der Boote gemailt, die in der Mordnacht im Norderneyer Yachthafen gelegen haben?«

»Ich habe ihn noch nicht kontaktiert.«

»Dann solltest du das so schnell wie möglich nachholen. Stimm dich bei deinen Nachforschungen mit den Inselpolizisten ab. Die können direkt mit den Skippern sprechen.

Vielleicht hat jemand von ihnen etwas gesehen, das uns bei den Ermittlungen weiterhilft.«

»Ich kümmere mich darum. Was ist mit euch?«

»Ich habe inzwischen mit einigen Experten über Presters letzte Worte gesprochen. Aber niemand konnte etwas mit einem *Schimmelreiter* und *klaut* anfangen. Statt einer Lösung des Rätsels habe ich mir stundenlange Vorträge über das Gesamtwerk von Theodor Storm und die Bedeutung des *Schimmelreiters* für den literarischen Realismus anhören müssen. Sollte Prester eine bestimmte Ausgabe des Buches gemeint haben, kommen wir ohne dieses Exemplar nicht weiter. Wenn die Spurensicherung mit der Arbeit fertig ist, werde ich mir die Bücher, die wir in Presters Haus gefunden haben, ansehen«, antwortete Gesner.

»Schimmelreiter könnte die Bezeichnung einer Ferienwohnung sein, oder ein Spitzname«, überlegte Wiebke laut.

»Das ist ein guter Ermittlungsansatz. Was könnte sich noch hinter dem Begriff des Schimmelreiters verbergen?«

»Ein Schiff.«

»Ein Haustier.«

»Ein Verein.«

»Nicht so schnell. Ich schreibe mit.« Der Kommissar griff nach Zettel und Stift.

Zehn Minuten später hatte Gesner eine Liste mit achtzehn Begriffen vor sich liegen. Er zerriss das Blatt in drei Teile, stand auf und reichte Wiebke die obere und Patrick die untere Hälfte. Den mittleren Teil behielt er für sich. Die Polizisten machten sich an die Arbeit, und eine Weile war nur das Klappern der Tastaturen zu hören.

»In der Hafenstadt Husum gibt es eine Kneipe, die sich *Hauke Haien* nennt«, informierte Wiebke ihre Kollegen.

»Das ist in Schleswig-Holstein. Wir sollten uns zunächst auf Ostfriesland konzentrieren.«

»Die Friesenklima AG könnte auch dort Projekte planen, von denen wir nichts wissen.«

»Da ist was dran. Ich verständige die örtlichen Kollegen, die sollen sich dort einmal umsehen.«

»Okay.« Wiebke machte sich wieder an die Arbeit.

»Jackpot!«

Wenige Augenblicke später riss Patrick den rechten Arm in die Höhe und strahlte, als hätte er bei einem Pokerturnier gewonnen. »Ich habe das Rätsel gelöst.«

»Wie denn das?« Gesner blickte interessiert auf.

»Im Internet habe ich einen Zeitungsartikel über einen Mann entdeckt, der mit einem weißen Pferd viele Preise gewonnen hat und …«

»Weißes Pferd, echt jetzt?« Wiebke schüttelte entnervt den Kopf. »Du weißt schon, dass man ein weißes Pferd als Schimmel bezeichnet, und einen Mann, der darauf reitet, als …«

»Schimmelreiter. Schon klar. Dennoch haben wir hier eine Spur, der wir umgehend nachgehen sollten.« Patrick nahm den Arm runter und reckte trotzig das Kinn vor.

Der Kommissar seufzte vernehmlich. »Besteht ein erkennbarer Zusammenhang zwischen diesem … wie heißt der Kerl eigentlich?«

»Moment. Hier steht es. Robert Landner. Er ist …«

Patrick verstummte und senkte den Blick.

»Was ist mit ihm?«, wollte Gesner wissen.

»Er ist 1978 gestorben.«

»Dann solltest du umgehend seine Leiche befragen.«

»Wiebke, dein Sarkasmus hilft uns nicht weiter.«

»Patricks Recherchen aber auch nicht.«

»Schluss jetzt. Ihr redet erst wieder, wenn ihr etwas Sinnvolles beizutragen habt.«

Gesner blickte von Wiebke zu Patrick und schüttelte entnervt den Kopf.

HIMMELSPFORTE

Gesine und Joris strampelten bis zu einem Gelände, das mit einem engmaschigen Zaun, wie sie auf Baustellen verwendet werden, umgeben war. Unkraut und halbhohe Sträucher wucherten durch die Zwischenräume. Zum Deich hin ragten zersplitterte Holzbalken in einen grauen Himmel. Die Wände der danebenstehenden Holzhütte waren mit Graffiti verunstaltet, die Fenster mit Brettern vernagelt. Der Wind hatte während der Fahrt aufgefrischt und schob dunkle Wolken auf die Küstenregion zu. Der alte Kapitän musterte die mannshohe Sicherung.

»Darüber kann ich niemals klettern.«

»Dann müssen wir nach einem Durchschlupf suchen.« Die Friesenbrauerin senkte den Blick und inspizierte das Drahtgeflecht.

»Betreten verboten!« Joris deutete auf ein gelbes Warnschild. »Wir sollten besser umkehren, bevor wir beim illegalen Betreten des Grundstücks erwischt werden. Außerdem bin ich kein Kaninchen, das sich unter Hindernissen durchgräbt.«

»Nee, sondern ein Angsthase.«

»Ich fürchte weder Tod noch Teufel, sondern nur …«

»… Tüdelbüdel.«

Ein Lächeln huschte über ihr Gesicht, aber es verschwand so schnell wie die Sonne, die sich für wenige Sekunden durch die Wolken gestohlen hatte.

»Das kann man so nicht sagen.« Er schob seine Seemannsmütze nach hinten und fuhr sich über die stoppel-kurzen Haare. »Mich ängstigt nur deine Unvernunft.«

»Nennst du die Suche nach Ennos Mörder etwa unver-nünftig?« Gesine stemmte die Hände in die Seiten.

»Natürlich nicht. Ich bin nur der Ansicht, dass wir mit Wiebke über den Hinweis der Himmelspforte reden sollten und … was machst du denn da?«

»Wonach sieht es deiner Meinung nach aus?«

»Nach einem Seehund mit schlechtsitzender Perücke, der in Damenkleidung unter einem Zaun durchrobben will.«

Kopfschüttelnd betrachtete der alte Kapitän, wie sich die Friesenbrauerin an einer Stelle, an der der Maschendraht-zaun zerschnitten und nach oben gedrückt war, zunächst hinkniete und sich dann auf den sandigen Boden legte.

»Ich bin doch kein … autsch«, jammerte Gesine kurz darauf, als sie auf dem Bauch liegend unter dem Zaun hin-durchrobbte.

»Moment, ich helfe dir.«

Joris eilte zu ihr und bog den Maschendraht, der sich in ihrer Kleidung verfangen und den Stoff bis auf die Haut aufgerissen hatte, nach oben. Wenige Augenblicke später war die Friesenbrauerin auf dem abgesperrten Grundstück.

Sie stemmte sich auf alle viere und stand dann auf.

»Los jetzt, worauf wartest du?« Mit dreckverkrusteten Händen winkte sie ihn zu sich.

»Durch das Loch passe ich niemals. Wir scheinen auch nicht die Einzigen zu sein, die sich heimlich auf das Grund-stück schleichen.« Joris deutete auf am Boden liegende Blätter und abgeknickte Zweige eines halbhohen Strauches, der neben dem Loch wucherte.

»Das werden Liebespaare sein, die sich von der romantischen Kulisse der Himmelspforte verzaubern lassen wollen.«

»Romantische Kulisse? Ich sehe nur ein verfallenes Grundstück und dunkle Wolken.«

»Euch Männern fehlt die Fantasie.«

»Tüdelbüdel, weshalb bist du wirklich hier?« Er blickte sie mit weit aufgerissenen Augen an.

»Um einen Hinweis zu finden, der uns zu Ennos Mörder führt.«

»Puh, dann ist gut. Einen Moment lang dachte ich … vergiss es.«

Joris machte eine wegwerfende Handbewegung und griff in die Maschen des Zauns. Mit Gesines Hilfe erweiterten sie das Loch, sodass der alte Kapitän hindurchkriechen konnte. Auf der anderen Seite rappelte er sich auf und blickte an sich hinab.

»Na toll, jetzt ich sehe aus wie ein Sandwurm.«

Er schlug sich den Dreck von der Hose. Dann ging er zu dem Loch im Zaun, holte seine Seemannsmütze, die ihm bei der Aktion vom Kopf gerutscht war, und setzte sie wieder auf.

»Wonach suchen wir eigentlich?«

»Keine Ahnung.« Gesine zuckte mit den Schultern.

»Wie willst du etwas finden, wenn du nicht einmal weißt, wonach du Ausschau halten musst?«

»Sollten wir es sehen, werden wir es wissen.«

»Geht es auch weniger kryptisch?«

Bevor die Friesenbrauerin eine Antwort geben konnte, grummelte der Himmel, und eine Windbö fegte über das Grundstück hinweg.

»Los jetzt. Wir müssen uns beeilen.« Sie drehte sich um

und marschierte über das unwegsame Gelände. Joris folgte ihr.

Vor der zerstörten Aussichtsplattform blieben die beiden stehen. Diese war mit rot-weißem Flatterband umgeben, das als Absperrung diente. Der Himmel grummelte erneut, jetzt etwas lauter.

»Hier ist nichts. Lass uns verschwinden, bevor die Sintflut kommt.« Der alte Kapitän deutete auf die schwarzen Wolken, die so tief hingen, dass sie mit dem Horizont zu verschmelzen schienen.

Gesine ignorierte seine Warnung, drückte das Flatterband nach unten und stieg darüber hinweg.

»Einen Sack Flöhe zu hüten ist leichter, als auf dich aufzupassen.« Er seufzte vernehmlich und folgte ihr.

Mit gesenkten Köpfen suchten beide den Boden ab, aber dort war nichts außer Unkraut, vereinzelten Grasbüscheln und Sträuchern, die vom auffrischenden Wind zerzaust wurden.

»Warte!« Der alte Kapitän deutete auf abgeknickte Zweige und ging in die Hocke. »Die Bruchstellen sind frisch, und da vorn ist das Gras niedergetrampelt. Wer auch immer vor uns durch den Zaun geschlüpft ist, war kürzlich ebenfalls hier.«

»Na und?« Gesine ließ sich nicht beirren und schritt weiter auf die zerstörte Aussichtsplattform zu.

»Ennos Mörder könnte uns auflauern.«

»Der Killer sollte sich besser nicht mit uns anlegen.«

Die Friesenbrauerin schaute bei diesen Worten so grimmig drein, dass Joris keinen weiteren Versuch unternahm, sie umzustimmen. Vernunft und Gesine würden in diesem Leben keine Freunde mehr werden.

Gemeinsam suchten sie weiter nach konkreten Hinweisen, was sich allerdings als schwieriger entpuppte als gedacht. In unmittelbarer Nähe der zerstörten Aussichtsplattform entdeckten sie leere Bierflaschen, ausgetrunkene Coladosen, Schokoladenpapier, Zigarettenkippen und anderen Unrat. Jedes Fundstück konnte ein entscheidender Hinweis sein – oder nur Abfall.

»Wann kapieren die Leute endlich, dass man die Umwelt nicht zumüllen darf?« Sie sah einem Papiertaschentuch nach, das sich wie ein Segel aufblähte und vom Wind davongetragen wurde. »Die Spurensicherung muss das ganze Zeug unter die Lupe nehmen. Die Experten können an dem Müll Fingerabdrücke, Speichelrückstände oder andere Hinweise feststellen.«

»Endlich sind wir einer Meinung. Lass uns verschwinden und mit Wiebke reden. Wir könnten auf Beweisen rumtrampeln.«

»Nicht so hastig. Zunächst müssen wir ...«

Die Friesenbrauerin verstummte, als dicke Tropfen zu Boden klatschten.

»Zum alten Kiosk. Schnell.« Sie eilte auf die baufällige Hütte zu, die drei Meter neben der Aussichtsplattform stand.

Wenige Sekunden später waren beide unter dem Vordach.

Zu früheren Zeiten hatten sich dort Gäste mit einem kühlen Getränk erfrischt, Eis geschleckt oder andere Süßigkeiten genossen. Gerade noch rechtzeitig, denn nun rauschte der Regen wie ein Wasserfall vom Himmel, und es war dunkel wie in tiefster Nacht. Blitze zuckten durch die Finsternis und wurden von den Regentropfen millionenfach reflektiert.

Donner hallte über das Land. Windböen in Sturmstärke peitschten ihnen Wasser ins Gesicht.

»Rein da!« Joris eilte auf die Tür zu, die schief in ihren Angeln hing. Die dunkle Gestalt, die urplötzlich im Türrahmen auftauchte, bemerkte er zu spät.

»Vorsicht!« Gesines Warnung verhallte im strömenden Regen.

Der alte Seebär hatte keine Chance, denn der Angreifer hatte ihm bereits den linken Arm um seinen Hals gelegt. In der rechten Hand hielt er ein Messer, das er Joris mit der Spitze unter das Kinn drückte.

»Herkommen, sonst stirbt er.«

Seine Stimme klang rau, als wäre er erkältet. Die Friesenbrauerin zögerte keinen Augenblick und trat dem Angreifer erhobenen Hauptes entgegen. Dabei versuchte sie einen Blick auf sein Gesicht zu erhaschen, das im Halbschatten der Tür aber weiterhin konturlos blieb. Handelte es sich dabei um den Mann, der sie durch Ennos Haus gejagt hatte?

»Reinkommen!«

Der Unbekannte trat einen Schritt zurück, wobei er Joris wie einen lebenden Schutzschild vor sich hielt.

»Hau ab«, rief er Gesine zu, aber diese schüttelte den Kopf. Sie würde ihren alten Freund niemals im Stich lassen. Sie trat in den Kiosk. Bevor sich ihre Augen an das dämmrige Licht gewöhnen konnten, wurde sie am Arm gepackt und zu Boden geschleudert. Die Tür knallte hinter ihr zu, und der Raum versank in Dunkelheit.

Einige Augenblicke lang war nur der Regen zu hören, dessen Tropfen wie Trommelfeuer auf das Dach hämmerten. Dann zerschnitt ein gleißend helles Licht die Finsternis.

Die Friesenbrauerin rappelte sich auf und hielt die rechte Hand schützend vor die Augen.

»Was wollt ihr hier?«, fragte eine piepsige Stimme, die einer Frau gehörte, die ihr Smartphone zu einer Taschenlampe umfunktioniert hatte.

»Wir haben einen Nostalgietrip zur Himmelspforte gemacht und uns auf schöne Stunden gefreut.«

»Nostalgietrip? Ihr wart doch schon im Seniorenheim, als das Ding gebaut wurde.«

»Dürfen sich alte Leute nicht mehr verlieben?«

»Verlieben?« Joris räusperte sich. »Es ist nicht so, wie es aussieht und …«

»Halt den Sabbel«, verlangte sein Peiniger. »Diesen sentimentalen Blödsinn glaube ich nicht. Ihr steckt mit Renken unter einer Decke. Hat sie euch hergeschickt?«

»Die würde niemals mit Tattergreisen arbeiten.«

Eine weitere Person riss ein Streichholz an und entzündete damit den Docht einer Öllampe. Das grelle Licht der Handytaschenlampe erlosch, und im flackernden Schein erkannte Gesine einen Tisch, auf dem sich neben Lebensmitteln und Getränken auch ein Laptop befand. Auf einem der drei Stühle saß ein Langhaariger mit lockiger Mähne. An der rückwärtigen Wand stand eine ausrangierte Kühltruhe, an der linken Seite lag eine Matratze auf dem Boden. Darauf waren ein Schlafsack und eine zerknüllte Decke.

Der Mann, der Joris das Messer an den Hals hielt, erinnerte Gesine mit dem karierten Hemd und dem Bart, der wie ein Gestrüpp in seinem Gesicht wucherte, an einen kanadischen Holzfäller, der sich nach Ostfriesland verirrt hatte.

Der Gelockte stand auf und trat vor Gesine, die ihn wutentbrannt anfunkelte. »Lasst uns sofort gehen, sonst ...«

»... was?« Die Frau machte einen Schritt auf sie zu, und jetzt erkannte Gesine, dass sie die kurzgeschorenen Haare lila gefärbt hatte und ein Nasenpiercing in Form eines Totenkopfes trug.

»Moment mal. Die kenne ich irgendwoher.« Der Langhaarige beugte sich vor, als wäre Gesine eine Puppe, die er genauer in Augenschein nehmen wollte. »Das ist doch die Friesenbrauerin.«

»Die mit dem Tüdelbräu?«

»Jo«, ließ sich Joris vernehmen.

»Was macht ihr denn hier?« Der Mann in dem Holzfällerhemd lockerte seinen Griff.

»Wie gesagt, wir wollen uns an alte Zeiten erinnern.« Gesine schaute in die Runde.

»Du bist eine Schnüfflerin, ganz klar.«

»Anita, sieh dir das Klappergestell doch an. Die Alte wird schon bei einer leichten Sommerbrise vom Deich geweht, und der Möchtegernseefahrer kann nicht einmal einen Kutter aus dem Hafen steuern, ohne das Ding dabei zu versenken. Renken würde nie mit solchen Deppen arbeiten.« Der Angreifer ließ Joris frei und steckte das Messer in den Gürtel.

»Warum stichst du die Schnüffler nicht ab?«, echauffierte sich die junge Frau.

»Weil wir keine Mörder sind. Zudem hat Enno ihr vertraut. Deshalb werde ich das ebenfalls tun.«

»Ihr kennt Enno?«, fragte Gesine überrascht.

»Er ist ein Mitglied unserer Gruppe und ein guter Freund. Ich bin übrigens Sven. Das sind Hannes und Anita.

Bitte entschuldigt den unfreundlichen Empfang, aber seit Ennos Verschwinden sind wir verdammt vorsichtig.«

»Wann habt ihr ihn zum letzten Mal gesehen?«, hakte die Friesenbrauerin nach.

»Er wollte auf Norderney Beweise gegen Renken sammeln. Seitdem ist er wie vom Erdboden verschluckt.«

Im ersten Moment wollte Gesine vom Tod ihres Freundes erzählen. Da sie aber niemanden aus der Gruppe kannte und daher nicht wusste, ob sie den Leuten vertrauen konnte, behielt sie die Information zunächst für sich und fragte: »Woher kennt ihr Enno?«

»Wir sind uns auf Versammlungen von *Mien Friesland* begegnet. Irgendwann haben wir kapiert, dass man mit Plakaten und Sprüchen nichts ändern kann. Wenn wir etwas erreichen wollen, müssen wir radikalere Methoden anwenden.«

»Was macht ihr dann?«, fragte Gesine.

»Wir befreien Tiere aus Ställen und Laboren und prangern die Quälerei in der Öffentlichkeit an.«

»Warum geht ihr gegen die Friesenklima AG vor?«

»Renken will keine klimaneutrale Ferienanlage bauen. Das *Menatur*-Projekt dient nur ihrer persönlichen Bereicherung, genauso wie das vorherige.«

»Woher habt ihr diese Infos?«, mischte sich Joris in das Gespräch ein.

»Bisher sind es nur Vermutungen. Wenn Enno mit Beweisen zurückkommt, können wir das Unternehmen hoffentlich auffliegen lassen.«

Gesine, die noch immer unsicher war, ob sie der Gruppe vertrauen konnte, sagte: »Vielleicht ist Prester längst wieder in seinem Versteck.«

»In der *Sandburg*? Nee, da haben wir schon nachgefragt.« Sven fuhr sich über den Bart.

Demnach wussten sie von der Pension.

»Sagt euch *Der Schimmelreiter* etwas?«

Soweit es in dem flackernden Licht möglich war, musterte die Friesenbrauerin jeden einzelnen der Umweltaktivisten aus den Augenwinkeln. Den Gesichtsausdrücken nach zu urteilen, schienen alle überrascht zu sein.

»Was ist das denn für eine dämliche Frage?« Anita reckte trotzig das Kinn vor.

»Das ist eine Novelle von Theodor Storm«, antwortete Sven. »Enno hat seine Geschichten geliebt und immer wieder gelesen. Warum ist das wichtig?«

»Weil …« Die Friesenbrauerin verstummte und schaute Joris an, der ihr zunickte.

»… Enno ermordet wurde. Er starb in meinen Armen.«

»Das ist eine Lüge!«, schrie Anita und trat auf Gesine zu. »Damit willst du uns nur verunsichern. Du bist eine von Renkens Lakaien, gib es endlich zu.«

»Es ist die Wahrheit«, ließ sich Joris vernehmen.

»Blödsinn! Blödsinn! Blödsinn!« Die Frau mit dem Nasenpiercing ballte die Hände zu Fäusten und boxte Löcher in die Luft.

»Ruhig, ganz ruhig!« Sven nahm sie in den Arm. »Wir mussten mit dem Schlimmsten rechnen. Ich hätte allerdings nie gedacht, dass Renken so weit gehen würde.«

»Dafür wird sie bezahlen!« Anita befreite sich aus seiner Umarmung und stiefelte zur Tür.

»Wo willst du hin?«

»Die Bitch killen!« Sie trat in den strömenden Regen.

»Bleib hier!«, rief Sven ihr nach, aber Anita reagierte nicht auf seinen Zuruf.

Die Friesenbrauerin überlegte einen Moment und eilte dann der jungen Frau, die im Regen nur als Silhouette auszumachen war, nach. Innerhalb weniger Sekunden war sie vollkommen durchnässt. Die Kleidung klebte an ihrem Körper. Wasser sammelte sich in den Schuhen, und bei jedem Schritt schwappte etwas davon hinaus.

Gesine erwischte die Umweltaktivistin, als die im Schlamm, in den sich die Erde verwandelt hatte, unter dem Zaun hindurchkriechen wollte.

»Wir sollten reden.« Sie legte ihr die Hand auf die Schulter.

»Lass mich in Ruhe. Ich will von dir nicht bemuttert werden. Ich werde Renken …«

»… töten? Hast du ernsthaft vor, wegen Mordes viele Jahre deines Lebens im Gefängnis zu verbringen?«

Anita drehte sich zu Gesine um. Obwohl die Friesenbrauerin im Regen keinesfalls sehen konnte, dass sie weinte, war sie sicher, dass Tränen über ihr Gesicht liefen.

»Meine Zukunft ist mir egal. Was für eine verfluchte Scheiße!«

Anita, die im Schlamm kniete, schlug mit den flachen Händen immer wieder auf den Boden und schrie sich die Seele aus dem Leib. Dreckwasser spritzte auf und beschmutzte ihre Kleidung. Gesine kniete sich neben sie und legte beide Arme um die junge Frau. Einen Augenblick lang spannte sich ihr Körper an, dann ließ sie die Umarmung zu.

Nach einem Moment des Schweigens sagte Gesine: »Wenn wir alle zusammenarbeiten, werden wir Ennos Mörder finden.«

»Dann sollten wir keine Zeit verlieren.« Anita schob Gesines Arme zur Seite, stand auf, und gemeinsam kehrten sie zur Hütte zurück. Die Männer saßen um den Tisch herum.

Als Sven die Ankömmlinge bemerkte, erhob er sich und schlurrte zur Matratze. Dort griff er nach der zerknüllten Decke und dem Schlafsack.

»Ihr müsst aus den nassen Klamotten raus, sonst werdet ihr euch den Tod holen.«

»Danke, das ist nett. Umdrehen.« Gesine deutete zur Wand, und die Männer wandten den Frauen die Rücken zu.

Wenige Minuten später hatte sich Anita in den Schlafsack eingemummelt und saß mit Gesine, die sich in die Decke gehüllt hatte, auf der Matratze. Die anderen hatten ihre Stühle im Halbkreis davor aufgestellt. Der Regen hatte nachgelassen, und neben der flackernden Flamme fiel wieder etwas Licht durch die offenstehende Tür hinein.

»War jemand von euch in den letzten Wochen in Sünnum?« Die Friesenbrauerin sah auf.

»Nein. Enno hat das Dorf gemieden und wollte auch nicht, dass sich jemand von uns dort sehen ließ. Er hatte seine Gründe«, antwortete Sven.

»Ich weiß.« Gesine dachte an den grauenvollen Tod von Ennos heimlicher Liebe, die eine Kette von Ereignissen ausgelöst und mit seinem Verschwinden geendet hatte.

»Wie seid ihr überhaupt auf unser Versteck aufmerksam geworden?«, fragte der mit den langen Haaren. »Normalerweise verirren sich nur ein paar Kids hierher zum Knutschen oder Saufen.«

»Wir haben einen Hinweis in einer Ausgabe des *Schimmelreiters* gefunden, die wir im Zimmer seiner Pension entdeckt haben«, erklärte Joris. »Enno hatte in dem Text einzelne Buchstaben unterstrichen, die uns hierher geführt haben. Habt ihr eine Ahnung, warum er uns diese Geheimbotschaft hinterlassen hat?«

Die drei Aktivisten schauten sich ratlos an.

»Wer sagt denn, dass die Botschaft für euch war?«

Nach der Frage von Sven wechselten Gesine und Joris einen schnellen Blick.

»Darüber haben wir uns bisher keine Gedanken gemacht. Ennos letzte Worte waren: *Schimmelreiter* und *klaut*. Wisst ihr, was er damit gemeint hat, oder kennt ihr jemanden, an den diese Mitteilung gerichtet sein könnte?«

»Nein, aber das werden wir herausfinden«, gab sich Sven kämpferisch. »Wir sollten uns aufteilen. Anita sucht auf Norderney nach Spuren, denen Enno nachgegangen sein könnte. Hannes, du bist der Gelehrte unter uns. Kümmerst du dich um die Hinweise zum *Schimmelreiter*?«

»Nur weil ich Literatur studiert habe, bin ich noch lange kein Theodor-Storm-Experte«, maulte der Langhaarige.

»Dann arbeite dich in die Materie ein. Ich behalte Renken im Auge. Sollte sie für Ennos Tod verantwortlich sein, wird sie dafür bezahlen.« Er fletschte die Zähne wie ein Bluthund.

»Ich will Renken beschatten«, begehrte Anita auf. »Sollte mir die Bitch in die Quere kommen, werde ich sie fertigmachen.«

»Du bist zu emotional.« Sven schüttelte den Kopf.

»Enno wurde ermordet, und du nennst mich emotional? Willst du mich verarschen?«, schrie Anita und sprang auf.

Dabei verhedderte sie sich in ihrem Schlafsack und wäre gefallen, wenn Gesine sie nicht rechtzeitig festgehalten hätte. Unter normalen Umständen hätten sie über die

Aktion, die wie ein verunglücktes Sackhüpfen ausgesehen hatte, gelacht – aber von *normalen Umständen* waren alle so weit entfernt wie ein Pinguin, der sich an einen Nordseestrand verirrt hatte.

»Er hat recht.« Gesine half ihr wieder auf die Matratze. »Wenn wir etwas erreichen wollen, müssen wir unsere Gefühle im Griff haben. Wir sollten mit Renkens Stiefmutter sprechen. Die ist im Friesenstift. Das ist ein Seniorenheim in Greetsiel.«

»Sind Renkens Eltern nicht längst tot?«

»Sven, die Rede ist von ihrer Stiefmutter.«

»Davon weiß ich nichts. Ist die Alte wichtig?«

»Das wäre möglich. Mit etwas Geschick könnte man sie zum Reden bringen.« Bei der Bemerkung dachte Gesine an ihren missglückten Versuch, die alte Dame auszuhorchen.

»Gute Idee, aber zunächst sollten wir uns auf die junge Renken konzentrieren.« Sven wandte sich an die Friesenbrauerin. »Wir bleiben in Verbindung. Hast du ein Handy dabei?«

Sie nickte und zog ihr Mobiltelefon aus der Hosentasche. Sven nannte ihr eine Telefonnummer, die sie zu ihren Kontakten hinzufügte. Nachdem er ihre Rufnummer in sein Gerät eingespeichert hatte, stand Gesine auf, wobei sie die Decke mit beiden Händen fest um ihren Körper gewickelt hielt.

»Wenn ich den Kroog rechtzeitig öffnen soll, müssen wir uns jetzt auf den Heimweg machen. Vorher muss ich noch im Lädchen aufräumen.«

Joris sprang so hastig auf, dass der Stuhl krachend nach hinten fiel. »Dann dürfen wir keine Zeit verlieren.«

Wenige Minuten später verabschiedete sich die Friesen-

brauerin, die wieder ihre noch immer nasse Kleidung an-
gezogen hatte, von den Umweltaktivisten und kehrte mit
Joris nach Sünnum zurück.

SANDSPUREN

»Unsere Ermittlungen sind wie Spuren im Sand, die sofort verweht werden.« Am späten Nachmittag stellte Wiebke die Ellenbogen auf den Schreibtisch und legte den Kopf in die Hände, als sei er ihr nach den Recherchen zu schwer geworden.

»Das klingt wie ein Spruch aus einem Kitschroman.« Patrick verzog das Gesicht zu einer säuerlichen Grimasse. »Statt Ermittlungsberichte solltest du lieber Bücher schreiben. Als Schriftstellerin bist du hoffentlich besser als …«

»… als Polizistin? Wolltest du das sagen?« Wiebke funkelte ihren Kollegen wütend an.

»Viel erreicht hast du bisher nicht.«

»Sehr witzig.«

»Wenn ihr weiterhin streitet, lasse ich euch den *Schimmelreiter* auswendig lernen.« Gesner fuhr sich durch die Haare. Wiebke wollte sich gerade dazu äußern, als ein *Pling* sie auf den Eingang einer neuen Mail hinwies. Sie öffnete die Nachricht vom Hafenmeister des Norderneyer Yachthafens, den sie um eine Aufstellung der Schiffe gebeten hatte, die in der Mordnacht dort gelegen hatten. Sie überflog die Bootsnamen und deren Eigentümer … bis ihr der Atem stockte. Fassungslos blickte sie auf die *Granat*, wie Hauke Peters sein Segelboot genannt hatte.

Ich bin gestern mit meinem Segelboot rausgefahren und habe die Nacht auf der Nordsee verbracht.

Seine Erklärung, warum er in der Mordnacht nicht in

Sünnum gewesen war, hallte in ihrem Kopf nach wie ein Echo.

Hauke hatte gelogen.

Hatte er ihrer Mutter in Ennos Haus aufgelauert? Machte er mit Renken gemeinsame Sache? Kannte er den Mörder, oder war er sogar …?

Wiebke presste die rechte Hand auf den Mund, damit der Schrei, der wie ein Korken in ihrer Kehle steckte, nicht hinauskatapultiert wurde.

Hauke würde so etwas niemals tun. Schließlich kannte sie ihn seit Kindertagen.

Was für eine Polizistin bist du eigentlich? Statt Unschuldige zu drangsalieren, solltest du endlich deinen Job machen und die wahren Verbrecher aus dem Verkehr ziehen.

Nun war Insas Stimme in ihrem Kopf zu hören, so laut und deutlich, als würde sie direkt neben ihr stehen.

Wusste sie von der Lüge ihres Vaters? Arbeitete sie mit ihm zusammen? Steckte Patrick als Insas Freund mit den beiden unter einer Decke? Gab er interne Informationen weiter? War Sünnum kein beschauliches Dorf, sondern eine mörderische Brutstätte?

Wiebkes Gedanken rasten wie Wolken in einen Sturm.

Gab es tatsächlich ein Komplott, oder hatte sie ihren inneren Kompass verloren? Konnte sie *Gut* und *Böse* noch auseinanderhalten, *Freund* und *Feind* unterscheiden?

»Was ist mit dir los?« Gesner stand auf und trat an ihren Schreibtisch. Wiebke klickte die Mail weg. Bevor sie mit ihm über ihren Verdacht sprach, musste sie mehr wissen.

Als Polizistin war sie der Wahrheit verpflichtet, so einfach war das. Und gleichzeitig so schwer, denn manchmal war es leichter, mit einer Lüge zu leben.

»Ich habe rasende Kopfschmerzen.« Sie massierte ihre Schläfen mit den Fingerspitzen.

»Willst du dich hinlegen?«

»Auf die Notliege? Nee, lass mal. Ich mache mich auf den Heimweg und gehe ins Bett. Morgen sieht die Welt wieder anders aus.«

Wiebke fuhr ihren Computer runter, griff nach dem Wagenschlüssel und schnappte sich ihre Jacke.

Wenige Minuten später raste sie nach Sünnum.

Das Gewitter hatte sich inzwischen verzogen. Leider hatte es vergessen, die Wolken mitzunehmen, die noch immer dunkel am Himmel hingen. Die Pfützen auf den Straßen erinnerten an die Wassermassen, die während des Unwetters hinabgerauscht waren. Auf einigen Wiesen hatten sich kleine Seen gebildet.

Schmutzwasser spritzte auf, als sie mit überhöhter Geschwindigkeit in einer Kurve durch eine Wasserlache fuhr.

Urplötzlich verlor der linke Vorderreifen die Bodenhaftung, und der Mini rutschte auf den Graben zu, der parallel zur Straße verlief. Wiebke bremste ab, krallte ihre Hände fest um das Lenkrad und steuerte dagegen, aber der Wagen schlitterte weiter zur Seite – als würde sie auf Eis fahren.

Warum musste sie auch wie eine Verrückte rasen?

Falls sie einen Unfall baute, würde Ennos Tod vermutlich niemals aufgeklärt werden. Keinem war damit geholfen, wenn sie im Krankenhaus oder gar einem Leichensack landete. Sie riss das Steuer herum, aber das Fahrzeug glitt immer weiter auf den Graben zu. Inzwischen trennten sie nur noch fünfzig Zentimeter von dem mit Unkraut überwucherten Abgrund. Wiebke packte das Steuer so fest, dass ihre Knöchel weiß hervortraten.

Vierzig Zentimeter.

Sie trat die Bremse bis zum Anschlag durch.

Dreißig Zentimeter.

Das Hinterrad kam ebenfalls von der Straße ab.

Zwanzig Zentimeter.

Wiebke schrie auf.

Zehn Zentimeter.

Die Räder ruckelten über Steine.

Der Mini machte einen Satz – und war wieder auf der Straße. Die Reifen quietschten, und das Auto drehte sich einmal um die eigene Achse. Dann kam es entgegen der Fahrtrichtung zum Stehen.

Der Motor erstarb.

Wiebke nestelte mit zitternden Fingern am Schlüssel. Der Mini sprang an, nur um wenige Sekunden später wieder abzusaufen. Mit einem Mal tauchte direkt vor ihr ein Lastwagen auf. Er wurde schnell größer, bis er das gesamte Sichtfeld einnahm.

Nur wenige Sekunden trennten sie von einem Crash, der für sie tödlich enden konnte.

»Spring endlich an«, schrie sie und drehte den Schlüssel ein weiteres Mal nach rechts. Einige grauenvolle Augenblicke lang geschah nichts. Der Brummifahrer hupte.

Der Motor des Minis röhrte auf. Im letzten Moment lenkte sie den Wagen auf die Gegenfahrbahn, und der Lastwagen sauste wie ein mörderisches Geschoss an ihr vorbei.

Wiebke zitterte am ganzen Körper.

Sie wendete ihren Mini und kroch im Schneckentempo nach Sünnum. Dort stellte sie ihr Fahrzeug vor dem Kroog ab und stieg aus. Die Tür der Kneipe war geschlossen.

Auf Beinen, die jederzeit unter ihr nachzugeben drohten, stakste sie zum Lädchen. Das Glöckchen über der Tür bimmelte beim Eintreten. Ihre Mutter, die Einmachgläser in ein Regal räumte, drehte sich zu ihr um. Gesine trug einen dicken Pullover und Jeans. Die Frisur war zerzaust, als hätte sie die Haare nach dem Waschen nicht gekämmt.

»Kindchen, was ist passiert? Du zitterst, als hättest du Fieber.«

»Ich bin erledigt und brauche nur etwas Schlaf.« Wiebke, die nicht über den Beinahe-Unfall sprechen wollte, lenkte mit einer Frage ab: »Frierst du etwa?«

Dabei deutete sie mit einem Kopfnicken auf das warme Kleidungsstück, das ihre Mutter sonst nur im Winter trug.

»Joris und ich haben einen Spaziergang gemacht und sind dabei von dem Gewitter überrascht worden. Als ich aus den nassen Klamotten raus bin, war mir kalt.«

»Seit wann macht Joris Spaziergänge? Normalerweise besteht seine tägliche Gehstrecke ziemlich genau aus der Entfernung zwischen seinem Leuchtturm und dem Kroog.«

»Gelegentlich macht er auch Abstecher ins Lädchen.« Die Friesenbrauerin grinste schief und wechselte dann ebenfalls das Thema. »Hast du heute so früh Feierabend gemacht, weil ihr Ennos Mörder geschnappt habt?«

»Nee, leider nicht. Momentan gehen wir verschiedenen Hinweisen nach. Können wir noch einmal über die Nacht reden, in der du in Ennos Haus angegriffen wurdest?«

Gesine runzelte die Stirn. »Darüber hatten wir doch schon gesprochen. Willst du mir deshalb eine weitere Standpauke halten?«

Die Polizistin winkte ab. »Ich möchte mit dir über Hauke reden.«

»Warum das denn?« Die Friesenbrauerin stellte ein Glas mit eingemachten Birnen ins Regal und wandte sich dann ihrer Tochter zu.

»Weil er …« Wiebke stockte.

Einerseits durfte sie mit niemandem über laufende Ermittlungen sprechen, andererseits konnte ihre Mutter im Kroog die Ohren offenhalten. In einer Kneipe wurde schließlich viel geredet.

»… uns angelogen hat«, beendete sie den Satz und erzählte von der Namensliste des Norderneyer Hafenmeisters.

»Das darf doch nicht wahr sein.« Die Friesenbrauerin schlang die Arme um den Körper, als hätte sich die Kälte tief in ihre Knochen gefressen.

»Ich weiß nicht mehr, was ich denken soll. Die Vorstellung, dass ein Sünnumer in den Mord an Enno verstrickt ist, ist so gruselig wie ein Horrorfilm.«

»Hauke könnte die *Granat* verliehen haben«, schlug Gesine eine Lösung vor.

»Wäre möglich, aber warum hat er uns dann angelogen?«

»Weil … keine Ahnung. Wirst du ihn zu einer Vernehmung vorladen?«

»Jo. Da der Hafenmeister die Mail an mich adressiert hat, wissen meine Kollegen noch nichts davon. Bevor ich weitere Schritte unternehme, möchte ich dich um Unterstützung bitten. Im Kroog wird viel geredet. Vielleicht kannst du die Sünnumer …?«

»… aushorchen? Ist dir klar, was du da von mir verlangst?«

»Willst du denn nicht, dass Ennos Mörder gefasst wird?«

»Natürlich. Aber bei den Ermittlungen werde ich keine Einheimischen ausspionieren. Vertrauen ist das Fundament unserer Dorfgemeinschaft. Wenn wir aneinander zweifeln, wird Sünnum zerfallen wie ein marodes Gebäude.«

»Dann werde ich so schnell wie möglich mit Hauke reden. Hast du in der Zwischenzeit etwas erfahren, was uns bei den Ermittlungen helfen könnte?«

Gesine ließ sich mit der Antwort Zeit und sagte dann: »Ich war mit Joris heute bei der Himmelspforte.«

»Was um alles in der Welt wolltet ihr denn auf dem brachliegenden Gelände? Etwa romantische Stunden verbringen? Joris und du, ihr habt doch nichts miteinander, oder?« Wiebke rang nach Luft wie ein Fisch auf dem Trockenen.

»Hat dir die Vorstellung, dass ich ein Liebesleben haben könnte, die Sprache verschlagen?«

»Ja … nein … weiß nicht. Joris …«

»… hat bei dem Gedanken auch Schnappatmung bekommen. Du kannst dich also beruhigen. Sollte ich wieder heiraten, wirst du es als Erste erfahren. Über meine Gefühle wollte ich mit dir jetzt aber nicht sprechen. Wir haben Ennos Unterschlupf ausfindig gemacht.«

»Warum sagst du mir das denn nicht?«

»Das tue ich doch gerade.«

Die Friesenbrauerin erzählte ihrer Tochter von dem Gespräch mit dem Herausgeber des *Deichkiekers*, ihrem Besuch in der *Sandburg* und von der Ausgabe des *Schimmelreiters*, in der sich die geheime Botschaft befunden hatte. Nachdem sie von der Begegnung mit den Umweltaktivisten berichtet hatte, stemmte Wiebke die Hände in die Seite.

»Ist dir klar, in welcher Gefahr ihr gewesen seid? Statt Naturschützern hätte euch auch der Killer auflauern können. Da die Aktivisten bei der Verfolgung ihrer Ziele kriminelle Methoden anwenden, könnte einer von ihnen der Spökenkieker sein. Deiner Schilderung nach würde ich dieser Anita eine Brandstiftung durchaus zutrauen. Hast du auch daran gedacht, dass die Botschaft eine Falle sein könnte, um euch direkt zur Himmelspforte zu führen?«

»Selbst wenn Enno das Buch nicht präpariert hat – woher sollte der geheimnisvolle Unbekannte denn wissen, dass ausgerechnet wir darauf aufmerksam werden würden?«

»Jemand könnte euch ausspioniert haben.«

»Du hast zu viele Agentenfilme gesehen.«

»Mama, du kannst nicht ständig Miss Marple spielen. Die bösen Jungs verstehen keinen Spaß und werden auch eine alte Frau beseitigen, wenn sie ihnen in die Quere kommt.«

»Alte Frau?« Gesine zog die Augenbrauen hoch.

»Du bist nicht nur steinalt, sondern siehst aus wie eine vertrocknete Mumie, die nur durch eine Laune der Natur noch lebt.«

»So etwas hat bisher niemand zu mir gesagt.«

»Dann wurde es Zeit. Wirst du denn nie vernünftig?«

»Das hat Joris auch schon gefragt. Wenn Vernunft bedeutet, den Tod eines Freundes ungesühnt zu lassen, lautet die Antwort: Nein.«

»Das hatte ich befürchtet. Gibst du mir zumindest die Telefonnummer von diesem Sven?«

»Was willst du von ihm?«

»Reden.«

»Das kann ich doch machen.«

»Mama, wir müssen einander vertrauen, das hast du vorhin selbst gesagt.«

Gesine nickte. Dann holte sie das auf dem Verkaufstresen liegende Mobiltelefon und gab ihrer Tochter die eingespeicherte Telefonnummer durch.

Wiebke hatte sich sie gerade notiert, als das Glöckchen über der Tür wie verrückt bimmelte. Die Biobäuerin Hilke Dekker stürmte in den Laden.

»Ich kenne den Mörder von Enno.«

ZAHLENREICH

Mareke Renken kehrte in das Büro zurück.

Ihre Gefühle fuhren seit langer Zeit wieder einmal Achterbahn. Nach dem schmerzhaften Ende ihrer Beziehung zu Felix hatte sie sich in ihr BWL-Studium gestürzt wie eine Süchtige auf ihren Stoff. Im Zahlenreich der Bilanzen und Buchhaltung gab es nur *richtig* oder *falsch*. Kein *vielleicht*, kein *eventuell* und erst recht keine *unerfüllten Hoffnungen*.

Wenn man es genau betrachtete, hatte Felix damals das Fundament der Friesenklima AG gelegt, denn das Ende ihrer Liebe war der Startschuss für die Planungen gewesen, aus denen das Unternehmen entstanden war.

Warum begriff sie erst jetzt, dass er an allen Entscheidungen der letzten Jahre mitgewirkt hatte? Je mehr sie ihn zu vergessen suchte, desto größere Einflüsse hatte er auf ihre Projekte genommen.

Bei jedem Modell, bei jedem Entwurf überlegte sie immer, wie Felix das Bauwerk geplant hätte, und setzte entsprechende Änderungen durch. Wenn sie die Gewerke vergab, suchte sie nach Handwerkern, die er für gut befunden hätte – obwohl sie keine Ahnung hatte, wen er mit dem Bau seiner Objekte betrauen würde.

Da die Familie Bender finanziell in der Klemme steckte, hielt Mareke nun alle Fäden in der Hand und konnte ihn wie eine Marionette zappeln lassen. Sie leckte sich über die Lippen, als wäre ihre Rache ein süß schmeckendes Gift, das sie mit allen Sinnen genießen wollte.

Mareke griff nach ihrem Smartphone und wischte über das Display. Wenige Augenblicke später starrte sie auf den Schnappschuss, den sie beim heutigen Treffen heimlich von ihm gemacht hatte. Sein Lachen zauberte noch immer jene wundervollen Grübchen in sein Gesicht, in die sie sich damals verliebt hatte. Felix Bender war nicht länger Vergangenheit.

HANNIBAL

»Wiebke, bist du sicher, dass wir hier richtig sind?«

Gesner stieg als Letzter aus dem Streifenwagen, den sie auf einem nahegelegenen Feldweg abgestellt hatten. Mit der rechten Hand deutete er auf ein einsames Gehöft, das vier Kilometer von Sünnum entfernt zwischen Weiden und Feldern stand, die bis zum Horizont reichten. Die Kühe wirkten im fahlen Mondlicht, das an diesem späten Abend immer wieder durch die aufgerissene Wolkendecke fiel, wie gespenstische Schatten. Hinter zwei Fenstern war Licht zu erkennen, ansonsten war der Bauernhof dunkel.

»Das ist die Adresse, die mir die Informantin genannt hat. Nach meinen Recherchen wird der Hof seit zwölf Jahren von Vater und Sohn bewirtschaftet. Die Mutter ist früh verstorben.«

»Dann haben wir es also mit zwei Personen der Familie Hoferland zu tun. Vor dem Zugriff sollten wir uns auf dem Gelände umsehen, denn ich will keine unangenehme Überraschung erleben. Patrick, du nimmst dir den Stall vor. Wiebke, du wirfst einen Blick in die Scheune, und ich inspiziere in der Zeit das Grundstück. Danach sehen wir uns im Wohnhaus um.«

»Wieso muss ausgerechnet ich in den Stall?« Patrick schaute auf seine blank geputzten Schuhe. »Kann Wiebke ...?«

»Das war keine Diskussionsgrundlage, sondern eine

Ansage. Wenn du mich weiterhin nervst, werde ich dich mit bloßen Händen im Misthaufen nach Beweisen suchen lassen.«

»Ist ja schon gut. Wir bleiben in Verbindung.«

Der junge Beamte deutete auf sein Funkgerät und rannte in geduckter Haltung auf den Stall zu. Wiebke und Gesner folgten ihm.

Urplötzlich wurde es gleißend hell. Die Polizisten sahen ihren Kollegen mit dem Rücken an der Stallwand stehen – angestrahlt wie ein Schauspieler auf der Bühne.

»Warum muss sich der Idiot ausgerechnet unter einen Bewegungsmelder stellen?« Gesner atmete tief ein und ließ die Luft langsam entweichen.

»Weil er sonst nichts sieht.« Wiebke schaute zu den anderen Gebäuden, aber dort regte sich niemand. Hoffentlich hatte der Besitzer sie trotz des Fauxpas nicht bemerkt.

»Wir müssen vorsichtig agieren. Der junge Hoferland soll ein übler Zeitgenosse sein.«

»Ich sorge mich mehr um Patricks Dusseligkeit.«

»Dann sollten wir die Lage unter Kontrolle bringen, bevor er weiteren Blödsinn macht.«

Wiebke nickte ihrem Vorgesetzten zu und eilte zur Scheune, die neben dem Haupthaus lag. Dabei achtete sie darauf, die im Hof stehenden Landmaschinen als Deckung zu nutzen und keine weiteren Bewegungsmelder zu aktivieren. Vor dem Tor blieb sie stehen und sah sich um. Niemand schien auf sie aufmerksam geworden zu sein.

Zumindest kein Mensch.

Das Bellen klang wie Donnergrollen und kam aus dem Nichts. Pfoten klatschten auf den Boden. Wiebke drückte gegen das Tor, aber das ließ sich nicht öffnen.

»So eine Scheiße«, fluchte sie und schaute über den Hof, der in der Nacht wie eine Schwarz-Weiß-Zeichnung vor ihr lag. Wenn sie es bis auf das Dach des Treckers schaffte …

Sie wollte gerade loslaufen, als der Hund um die Ecke kam. Das haarige Vieh war so schnell, dass es dabei etwas zur Seite rutschte, sich aber sofort wieder fing und weiter auf sie zustürmte. Einen Schritt vor ihr blieb der Schäferhund stehen und knurrte.

Speichel rann aus seinen Lefzen und tropfte zu Boden. Die bernsteinfarbenen Augen glühten im Mondlicht.

»Ruhig, ganz ruhig«, murmelte Wiebke, die mit dem Rücken zum Tor stand, und aktivierte das im Gürtel steckende Funkgerät, das daraufhin leise knackte.

»Hier ist ein Schäferhund. Brauche Hilfe«, sagte sie und hoffte inständig, dass ihre Kollegen sie hörten.

In diesem Moment hätte sie viel dafür gegeben, sich von Balu noch einmal abschlecken zu lecken. Den Sabber konnte sie wegwischen – die Verletzungen, die dieses Tier ihr zufügen konnte, würden hingegen Narben hinterlassen.

Dazu musste sie den Angriff allerdings überleben. Falls sich der Hund in ihre Kehle verbiss, hatte sie keine Chance.

Mit langsamen Bewegungen griff Wiebke zur Waffe, wobei sie darauf hoffte, den Vierbeiner nicht erschießen zu müssen.

Der Schäferhund musterte sie mit starrem Blick, als wüsste er genau, was Wiebke vorhatte. Diese ließ sich davon nicht beirren. Zentimeter für Zentimeter tastete sie sich an die Pistole heran. Sie hatte den Griff schon umfasst, als der Hund zum Sprung ansetzte.

Die Polizistin riss die Waffe aus dem Holster, war aber

zu langsam. Der Schäferhund flog mit aufgerissenem Maul auf sie zu. Instinktiv duckte sie sich … und das Tier segelte über sie hinweg. Dabei streifte es sie mit den Hinterbeinen.

Wiebke taumelte rückwärts – durch das halb geöffnete Tor und landete unsanft auf ihrem Allerwertesten. Irritiert blickte sie auf und guckte in den Lauf eines Gewehres.

»Hannibal, Platz«, befahl eine Männerstimme, ohne Wiebke aus den Augen zu lassen, und fragte dann: »Was machst du auf dem Hof?«

»Nehmen Sie die Waffe runter.«

Wiebke wollte sich aufrichten, aber Hoferland drückte ihr den Gewehrlauf auf die Brust.

»Das ist Widerstand gegen Polizeibeamte.«

»Nee, das ist illegale Schnüffelei. Hast du überhaupt so ein Durchsuchungsdingsda?« Er beugte sich tiefer über Wiebke und hauchte sie mit seinem alkoholgeschwängerten Atem an. Fettige Haare fielen in sein Gesicht, das im Schein zweier Glühlampen, die den Schuppen erhellten, wächsern aussah.

»Im Dienstwagen. Wenn Sie das Gewehr nicht sofort wegnehmen, werde ich …«

»… was? Schätzchen, du scheinst deine Lage falsch einzuschätzen. Ich bin der Mann mit dem Finger am Abzug. Sind noch mehr von euch uniformierten Stümpern auf unserem Land?«

»Ich bin allein.«

»Ich glaube dir kein Wort. Hannibal, such die anderen!«, rief er seinem Hund zu, und das Tier stürmte hinaus.

»Damit machen Sie alles nur schlimmer.«

»Wir sind ohnehin am Arsch. Haben uns die Ökos angeschwärzt?«

»Welche Ökos?«

Mit der Frage versuchte Wiebke Zeit zu gewinnen, denn ihre Kollegen mussten jeden Augenblick hier sein. Das hoffte sie zumindest.

»Diese selbsternannten Weltverbesserer von *Mien Friesland*.«

Ein Klirren ließ ihn verstummen, und Hoferland sah auf. Ein faustgroßer Stein lag zwischen Glasscherben auf dem Boden. Wiebke nutzte den Moment, packte den Gewehrlauf und riss ihn zur Seite. Mit einem Satz war sie wieder auf den Beinen. Die Gestalt, die kurz darauf mit gesenktem Kopf durch die noch immer offenstehende Tür preschte, bemerkte sie zu spät. Bevor sie sich in Sicherheit bringen konnte, rammte ihr der Angreifer mit voller Wucht die Schulter in den Bauch und warf sie zu Boden.

Wiebke japste nach Luft.

Mit schmerzverzerrtem Gesicht rollte sie sich auf die Seite und erhaschte einen Blick auf ihren Gegner.

Patrick Meiners.

Dieser lag, vom Schwung getragen, neben ihr.

»Zwei Vollpfosten in Uniform. Wenn ich die Aktion gefilmt hätte, wärt ihr der Brüller auf YouTube.« Hoferland lachte und richtete den Gewehrlauf nun auf Patrick. »Wie viele Döspaddel laufen noch auf dem Grundstück herum?«

»Niemand. Wir sind zu zweit.« Wiebke setzte sich auf.

»Du hast vorhin auch gelogen. Liegenbleiben.«

»Das Spiel ist aus. Gegen uns haben Sie keine Chance.« Patrick stützte sich auf die Ellenbogen.

»Das sehe ich anders.«

»Ich nicht.«

Hoferland wirbelte herum. Gesner stand in der Tür. Die

linke Hand hatte er in das Halsband des Hundes gekrallt. Dieser hechelte so friedlich wie Balu. Die rechte Hand umfasste den Griff seiner Dienstwaffe.

»Hannibal, fass!«

Der Schäferhund bellte einmal, machte sonst aber keine Anstalten, dem Befehl zu folgen.

»Der Köter ist schlauer als Sie.« Der Kommissar schritt in das Gebäude. »Von der Dressur eines Hundes verstehen Sie anscheinend so viel wie von der Landwirtschaft. Der Hof ist in einem erbärmlichen Zustand.«

»Und im Stall stinkt es bestialisch«, fügte Patrick hinzu.

»Ich wüsste nicht, was Sie das angeht und … autsch.«

Wiebke, die die Ablenkung genutzt hatte und aufgesprungen war, drehte Hoferland den rechten Arm auf den Rücken.

Das Gewehr fiel zu Boden. Wenige Sekunden später klickten die Handschellen.

»Hiermit verhafte ich Sie wegen Mordes an Enno Prester, unerlaubtem Waffenbesitz und tätlichen Angriffs auf eine Vollstreckungsbeamtin. Sie haben das Recht zu schweigen. Alles, was Sie sagen …«

»Mord? Ich habe niemanden umgebracht. Das hier ist ein Luftgewehr. Ich habe die Polizistin auch nicht umgerissen, sondern du.«

»… kann und wird vor Gericht gegen Sie verwendet werden.« Patrick ignorierte den Einwand.

»Den tätlichen Angriff auf Wiebke kannst du ihm nicht anlasten, denn den hast du selbst verbockt. Hatte ich dir nicht gesagt, dass du mit dem Steinwurf warten sollst, bis ich in der Tür stehe?«, wetterte Gesner und steckte seine Waffe ein.

»Das hätte zu lange gedauert.«

»Wie dämlich bist du eigentlich? Um den Gegner mit diesem Trick abzulenken, sind zwei Polizisten notwendig. Einer für den Steinwurf, einer für den Zugriff. Einen Stein durch ein Fenster zu schleudern, um das halbe Gebäude zu rennen und sich dann auf Wiebke zu stürzen, macht keinen Sinn. Hat dir auf der Polizeischule niemand beigebracht, dass man seine Kollegen im Einsatz nicht ausschalten darf?«

»Wenn sie nicht aufgesprungen wäre, hätte ich den Verbrecher überwältigt und dingfest gemacht«, rechtfertigte sich Patrick und klopfte Staub von seiner Uniform.

»Ach, dann ist es also meine Schuld?« Wiebke baute sich vor dem jungen Polizisten auf.

»Wenn du nicht mitten im Weg gestanden hättest …«

»Sabbel halten, das gilt für alle«, brüllte Gesner. »Ihr macht mich wahnsinnig.«

»Was ist denn hier los?«

Ein älterer Mann schlurfte durch die offenstehende Tür hinein. Er hatte die Statur eines Bären – und den Bauchumfang eines Bierfasses. Den gewaltigen Leib verbarg er unter einer ausgebleichten blauen Latzhose, über die er einen Friesennerz gezogen hatte. Die gelbe Farbe war unter dem Schmutz nur zu erahnen. Die Füße steckten in dreckverschmierten Holzclogs. Auf der Nase hatte er eine Hornbrille, mit Gläsern dick wie Lupen. Das spärliche Haar stand wirr vom Kopf ab.

»Hans, wie oft habe ich dir schon gesagt, dass du mit deinen Kumpeln keinen Radau machen sollst?«

»Papa, das sind keine Kumpel, sondern Bullen.«

Der alte Mann blickte von Patrick zu Wiebke und dann

zu Gesner, der den Hund noch immer am Halsband hielt. Dabei reckte er den Hals vor wie eine Schildkröte.

»Klei mi an'n Moors. Was wollen die denn hier?«

»Mich verhaften. Ich soll jemand gekillt haben. Enno …« Er verstummte und blickte den Kommissar fragend an.

»… Prester«, ergänzte dieser.

»Mein Junge kann nicht einmal ein Huhn schlachten, ohne dass ihm dabei schlecht wird. Was ist dieser Prester denn für einer?«

»Ein Umweltaktivist.«

»Einer von diesen Ökos, das hätte ich mir denken können.«

Der Landwirt rief den Hund zu sich. Gesner ließ Hannibal los, der schwanzwedelnd zu seinem Herrchen lief.

»Mein Hans hat niemanden getötet, das kann ich jederzeit bezeugen. Wir haben in den letzten Wochen rund um die Uhr gearbeitet. Für einen Mord hätte er keine Zeit gehabt.«

»Waren Sie am Wochenende auf Norderney?«

»Einen Inselaufenthalt können wir uns keinesfalls leisten. Selbst wenn wir das Geld hätten, müssten wir uns um den Hof kümmern. Die Kühe melken sich nicht von allein.«

»Hatten Sie in letzter Zeit Ärger mit Naturschützern?«

»Ärger?« Der alte Mann lachte freudlos auf. »So kann man es auch nennen. Einige dieser selbsternannten Weltverbesserer haben sich vor ein paar Tagen in unseren Stall geschlichen. Anscheinend wollten sie die Kühe freilassen. Wenn Hannibal nicht gebellt hätte, wären wir niemals darauf aufmerksam geworden. Ich habe die Ökos mit einer Mistgabel vom Hof gejagt, bevor sie Unheil anrichten konnten.«

»Ihr Stall ist total verdreckt«, ließ sich Patrick vernehmen. »Die Kühe stehen darin so eng nebeneinander, dass sie sich kaum bewegen können. Artgerechte Haltung sieht anders aus.«

»Seit wann versteht ein Jüngelchen in Uniform etwas von artgerechter Haltung?«, blökte der Landwirt. »Im Gegensatz zu euch arbeite ich ständig mit Tieren. Jeder will ein billiges Steak, aber niemand möchte die Kosten dafür übernehmen. Inzwischen habe ich sogar Ärger wegen der Gülle. Ja, wo soll ich mit der ganzen Scheiße denn hin?

Diese Besserwisser der Ökofraktion meinen, die Weisheit mit Löffeln gefressen zu haben, dabei können sie keine Ziege von einem Schaf unterscheiden. Anstatt mit uns Betroffenen zu reden, starten sie illegale Aktionen und würden uns am liebsten für jedes abgeknickte Gänseblümchen verklagen. Jetzt brauch ich erst einmal einen guten Tropfen zur Beruhigung.«

Er zog einen Flachmann aus der Tasche seines Friesennerzes, schraubte den Deckel auf und trank einen großen Schluck. Dann wischte er sich mit dem Handrücken über den Mund und steckte das Fläschchen wieder ein.

»War dieser Mann in Ihrem Stall?«

Wiebke zeigte dem Landwirt ein Foto von Prester, das sie auf ihrem Smartphone gespeichert hatte.

»Jo, der war dabei. Zusammen mit drei anderen. Ein Typ hatte einen Bart wie ein Holzfäller, eine andere Person könnte von der Statur her eine Frau gewesen sein. Den Vierten habe ich nicht erkannt.«

»Haben Sie Anzeige wegen Hausfriedensbruchs erstattet?«

»Das bringt doch nichts«, ließ sich der junge Hoferland

vernehmen. »Die Bullen rühren für uns keinen Finger. Sie halten uns im Gegenteil für Verbrecher.«

»Das ist auch richtig. Die Verhaftung …«

»Patrick, wir gehen jetzt.«

»Aber was ist denn mit dem Mord und den anderen Verbrechen?«

»Dafür gibt es keine Beweise. Darüber hinaus haben beide Männer ein Alibi.«

»Welches sie sich gegenseitig gegeben haben. Wir müssen das genauer prüfen«, echauffierte sich Patrick.

»Richtig, aber nicht jetzt. Abflug.«

»Sie haben uns *Bullen* genannt. Das ist eine Beleidigung.«

»Stimmt. Wir verzichten aber auf eine Anzeige, oder, Wiebke?«

»Klar. Kein Problem. Eine Frage hätte ich noch.«

Vater und Sohn blickten die Polizistin mit großen Augen an.

»Sagt Ihnen *Der Schimmelreiter* etwas?«

»Hä?« Der junge Hoferland kratzte sich am Kopf.

»Wir haben keine Pferde«, antwortete der Alte.

»Schon gut«, winkte Wiebke ab.

»Ich will …«

»… mitkommen. Sofort, oder ich lasse dich wirklich den Misthaufen nach Beweisen durchsuchen.«

Im ersten Moment schien Patrick etwas sagen zu wollen, aber dann marschierte er wortlos aus der Scheune.

»Bitte halten Sie sich zu unserer weiteren Verfügung«, ordnete der Kommissar zu Vater und Sohn gewandt an.

»Wäre nett, wenn Sie beim nächsten Mal nicht am späten Abend auftauchen würden. Sie können vorher gerne anrufen, dann biete ich Ihnen Tee und selbstgebackenen

Stuten an.« Der Alte steckte die Hände in die Taschen des Friesennerzes.

»Klingt gut.«

Gesner verabschiedete sich, und die Polizisten kehrten zu ihrem Dienstwagen zurück.

»Was für ein Reinfall!«, schimpfte der Kommissar. »Wiebke, war deine Mutter etwa die geheime Quelle, die Hoferland für Ennos Mörder gehalten hat?«

»Nee. Wieso kannst du eigentlich so gut mit Hunden umgehen?«, wechselte Wiebke das Thema, weil eine Diskussion über die Friesenbrauerin meist im Streit endete.

»Zu Beginn meiner Karriere war ich Hundeführer und habe viele Jahre mit den Vierbeinern gearbeitet.«

»Karriere? Welche Karriere?«, witzelte Patrick.

»Halt den Sabbel.« Gesner bedachte seinen Kollegen mit einem missbilligenden Blick. Patrick ließ sich zwei Schritte zurückfallen. Während der Rückfahrt sagte niemand ein Wort.

NORDERNEY

Gesine wälzte sich in der Nacht ruhelos im Bett umher. In einer ihrer kurzen Schlafphasen träumte sie von Hauke, der sich mit teuflischem Grinsen über sie beugte und ihr ein Messer in die Brust rammte.

Schweißgebadet riss sie die Augen auf. Ihr Herz raste, und sie keuchte, als wäre sie einen Marathon gelaufen. Die Friesenbrauerin wischte sich mit den Handrücken über die Augen, aber der Traum war noch immer so lebendig, als würde sie sich einen Film ansehen.

Gesine warf einen Blick auf den Wecker, der auf dem Nachtschränkchen stand. Es war zwanzig nach fünf. Sie schwang die Beine aus dem Bett und schlurfte in die Küche. Zu ihrer Überraschung saß Wiebke am Tisch, in der Hand hatte sie eine dampfende Tasse Kaffee.

»Du bist schon wach?«

»Ich bin erst vor einer Stunde aus dem Büro gekommen und noch total aufgekratzt.«

»Habt ihr Ennos Mörder verhaftet?«

Die Friesenbrauerin schenkte sich eine Tasse Kaffee aus der auf dem Tisch stehenden Kanne ein und setzte sich zu ihrer Tochter.

»Nein, unsere Aktion war ein totaler Reinfall. Ich hätte Hilkes Tipp vor dem Einsatz besser prüfen müssen. Auch wenn der junge Hoferland ihr gegenüber gesagt haben soll, dass er die Ökos am liebsten mit der Mistgabel töten würde, macht ihn das nicht zu einem Mörder. Gesner war ziemlich angefressen, weil ich ihm die Informantin nicht nennen wollte.«

»Demnach sind die Hoferlands nicht die Täter?«

»Wir müssen die Alibis von Vater und Sohn noch überprüfen, aber ich gehe eher nicht davon aus, dass sie etwas mit Ennos Tod zu tun haben. Es fehlt auch die Verbindung zu Renken. Aller Wahrscheinlichkeit nach gehören die Protestler zu der Gruppe, die du an der Himmelspforte getroffen hast. Das sind keine harmlosen Demonstranten, sondern Kriminelle, die sich mit ihren Befreiungsaktionen strafbar machen. Das ist Hausfriedensbruch.«

»Der Ärger könnte ein Mordmotiv sein.« Die Friesenbrauerin ließ nicht locker.

»Wie gesagt, wir werden dem nachgehen. Zuvor werde ich Hauke vernehmen müssen. Hoffentlich hat er eine vernünftige Erklärung, warum sein Segelboot in der Mordnacht im Norderneyer Hafen lag.«

Gesine trank einen weiteren Schluck Kaffee, und eine Weile schwiegen Mutter und Tochter.

»Ich gehe jetzt zum Kiten, schlafen kann ich momentan ohnehin nicht. Eine frische Brise wird meinen Kopf ordentlich durchlüften.« Wiebke stand auf, packte ihre Sachen und verabschiedete sich.

Die Friesenbrauerin schlurrte zum Fenster und sah ihrer Tochter nach, bis sie hinter einer Kurve verschwunden war.

Gedankenverloren starrte sie auf den Sonnenaufgang, der Sünnum mit einem goldenen Schimmer überzog und den Himmel als Leinwand für ein atemberaubendes Meisterwerk nutzte.

An jedem anderen Tag hätte sich Gesine an dem Naturspektakel, das an diesem frühen Morgen sein farbenfrohes Füllhorn über dem Dorf ergoss, erfreut. Aber seit Ennos Ermordung war ihre Welt nicht mehr bunt, sondern voller Grautöne. Wenn nichts geschah, würde Sünnum bald ein trostloser Ort sein, in dem nur noch Schatten hausten.

Sie musste etwas unternehmen.

Sofort.

Die Friesenbrauerin trank ihren Kaffee aus, ging ins Bad und machte sich fertig. Kurz nach sechs verließ sie das Haus und brachte die in einem Korb vor der Tür stehenden frischen Backwaren ins Lädchen. Sie legte die Kladde zum Eintragen der Einkäufe auf den Verkaufstresen und marschierte zum Haus des Tierarztes.

Gesine wollte mit ihm reden, bevor Wiebke ihn in einer offiziellen Vernehmung durch die Mangel drehte und es in Sünnum deshalb zu Streitigkeiten kam.

Bei dem Gedanken an die Nacht in Ennos Haus lief ihr ein Schauer über den Rücken. Sie schlang die Arme um ihren Körper, aber die Kälte kam nicht vom auffrischenden Wind, sondern steckte tief in ihrem Innern.

Sollte Hauke etwas mit Ennos Ermordung zu tun haben, würde sie sich in tödliche Gefahr begeben. Aber das Risiko musste die Friesenbrauerin eingehen, wenn sie den Zusammenhalt im Dorf bewahren wollte. Misstrauen war ein Parasit, der die Gemeinschaft zerfressen würde. Und *das* konnte Gesine keinesfalls zulassen.

Haukes dunkelroter Kombi stand in der Einfahrt. Das Fahrzeug war eine Spezialanfertigung und glich einer rollenden Apotheke. Da er als Tierarzt nie wusste, was er vor Ort benötigte, befanden sich im hinteren Teil fest eingebaute Boxen mit Medikamenten und medizinischem Material. Ein Klicken, mit dem die Wagentüren geöffnet wurden, ließ Gesine aufblicken.

Hauke trat aus der Haustür. In der linken Hand trug er eine lederne Arzttasche, in der rechten hatte er einen elektronischen Wagenschlüssel.

Er schlurfte in der gebeugten Haltung eines alten Mannes zum Wagen. Da er den Blick zu Boden gerichtet hatte, bemerkte der Tierarzt Gesine erst, als er noch drei Schritte von seinem Kombi entfernt war. Er blieb abrupt stehen und musterte sie argwöhnisch.

»Was willst du denn hier?«

»In Sünnum sagt man erst einmal *Moin*.«

»Moin. Bist du jetzt zufrieden?« Seine Stimme klang feindselig.

»Wir müssen reden.« Sie trat ihm entgegen.

»Ich wüsste nicht, was ich dir zu sagen hätte.«

»Du könntest mir erklären, warum du mit deinem Segelschiff auf Norderney gewesen bist.«

»Spionierst du mir hinterher, oder hat Wiebke dich geschickt, weil sie in meinem Haus nicht mehr willkommen ist? Insa hat mir von ihrem peinlichen Auftritt erzählt.«

»Weder noch. Wiebke macht nur ihren Job.«

»Indem sie unschuldige Leute verdächtigt?«

»Bist du denn unschuldig?«

»Die Antwort wird dir mein Anwalt geben. Verschwinde, ich muss jetzt los. Oder möchtest du, dass wegen deines Misstrauens ein Kalb verendet?«

»Natürlich nicht.« Gesine öffnete die Beifahrertür.

»Was um alles in der Welt machst du denn da?«

»Ich fahre mit. Auf dem Weg können wir uns unterhalten.« Die Friesenbrauerin setzte sich auf den Beifahrersitz und schnallte sich an. »Ich steige erst aus diesem Fahrzeug, wenn wir miteinander geredet haben.«

»Hast du keine Angst, dass ich ein psychopathischer Killer bin und dich auf der Fahrt umbringen werde?«

»Wenn du mich töten wolltest, hättest du das längst erledigt. Steig endlich ein, bevor das Kalb stirbt.«

»Kein Esel ist so stur wie du.«

Hauke stieg in den Wagen, ließ den Motor an und steuerte das Fahrzeug aus der Einfahrt. Wenige Augenblicke später waren sie auf der Landstraße unterwegs. Um diese Uhrzeit kamen ihnen kaum Autos entgegen.

»Hat Insa dir von Norderney erzählt?«

»Wiebke hat es bei ihren Ermittlungen herausgefunden.«

»Verdammt, das hätte nicht passieren dürfen.« Hauke schlug mit dem linken Handballen auf das Lenkrad, das er mit den Fingern der rechten Hand fest umklammerte.

»Willst du mir sagen, was du dort gemacht hast?«

»Nein, das möchte ich nicht. Das ist eine persönliche Angelegenheit.«

»Hat es etwas mit Renken zu tun?«

»Nein. Ich wusste zu diesem Zeitpunkt nicht einmal, dass sie auf der Insel ist.«

»Hat es etwas mit dem Mord an Enno zu tun?«

»Was soll das werden? Eine mörderische Variante des Spiels: Ich-sehe-was-was-du-nichts-siehst-und-das-ist-der-Killer?«

»Du hast meine Frage nicht beantwortet.«

»Weil es eine rein private Sache ist.«

»Damit wird sich Wiebke nicht zufriedengeben.«

»Das ist ihr Problem.«

»Falsch, es ist dein Problem. Um das zu lösen, brauchst

du entweder einen verdammt guten Anwalt, oder du sagst mir jetzt, was auf Norderney passiert ist.«

»So einfach ist das leider nicht.«

»Von *einfach* habe ich nichts gesagt.«

Hauke schwieg einen Moment. Dann erzählte er: »Barbara hat Insa und mich vor vier Jahren verlassen.«

»Das war eine harte Zeit für euch«, erinnerte sich Gesine.

»Es *ist* eine harte Zeit. Zumindest für mich. Insa scheint ihren Frieden damit gemacht zu haben, aber ich kann Barbara nicht vergessen. Dieses bescheuerte Herz, das kann nicht anders, als sie immer noch zu lieben.« Er schlug sich mit der Faust auf die linke Brustseite. »Am Samstag hatten wir unseren Hochzeitstag.«

»Ihr habt auf Norderney geheiratet, wie konnte ich das nur vergessen? Das ganze Dorf hat damals mit euch am Weststrand gefeiert.«

»Wir haben es ordentlich krachen lassen. Barbara und ich haben alle Hochzeitstage auf der Insel verbracht. Zuerst als Paar, dann als Familie.« Hauke lächelte wehmütig, und eine Weile sagte niemand ein Wort.

»Jetzt fährst du alleine dorthin.« Die Friesenbrauerin wandte sich ihm zu.

»Jedes Jahr. Ich kann nicht anders. Keine Ahnung, warum ich mir das antue.«

»Ist schon okay.« Sie legte ihre linke Hand sanft auf seinen rechten Unterarm.

»Ist es nicht. Ich muss einen Schlussstrich unter unsere gemeinsame Vergangenheit ziehen. Wenn ich am Strand spaziere und mir die Augen aus dem Kopf heule, komme ich mir total bescheuert vor. Das muss endlich aufhören!« Hauke hieb wieder mit dem Handballen auf das Lenkrad ein.

»Weiß Insa von deinen Segeltörns nach Norderney?«

Er nickte. »Sie versucht sogar, mich davon abzuhalten. Im letzten Jahr hatte sie während der Zeit einen Städtetrip nach Hamburg gebucht und Karten für ein Musical besorgt, aber ich konnte nicht. Sie ist dann mit einer Freundin gefahren. Insa ist die beste Tochter, die sich ein Vater nur wünschen kann.«

»Das ist sie.« Gesine nickte bekräftigend. »Ich werde mit Wiebke reden.«

»Lass mal, das ist meine Sache. Für die Tatzeit habe ich sogar ein Alibi.« Hauke lachte freudlos auf. »Ich habe mich in einer Kneipe am Kurplatz volllaufen lassen. Der Barkeeper wird sich bestimmt an mich erinnern. Die Vorstellung, dass Enno in der Nähe war und ich ihn hätte retten können, wenn ich nicht im Selbstmitleid gebadet hätte, macht mich wahnsinnig. Obwohl ich ihn nicht umgebracht habe, bin ich dennoch für seinen Tod mitverantwortlich.«

»So etwas darfst du nicht einmal denken.«

»Mag sein, aber … vergiss es. Wir sind da.« Hauke bog auf eine schmale Straße ein, die zu einem Gehöft führte.

»Kann ich dir helfen?«

»Das hast du schon.«

Der Tierarzt parkte das Auto neben einem Lieferwagen und stieg aus. Ein schlaksiger Mann kam aus dem Haus und reichte ihm die Hand. Als sie gemeinsam zum Stall marschierten, bemerkte Gesine, dass Hauke aufrechter ging – als wäre ihm ein Gewicht von den Schultern genommen worden.

WOLKENKUCKUCKSHEIM

Nach ihrer Rückkehr brachte die Friesenbrauerin das Läd-chen auf Vordermann und arbeitete danach in der Braue-rei. In Gedanken war sie jedoch nicht bei ihren Tätigkei-ten, sondern bei Hauke, der in den letzten Tagen einiges durchgemacht hatte. Inzwischen hatte sie mit Wiebke ge-sprochen, die wegen des Tatverdachts eine offizielle Ver-nehmung durchführen musste, diese aber so gestalten würde, dass kein Außenstehender etwas davon mitbekam.

Joris hatte sich seit dem Ausflug zur Himmelspforte nicht mehr sehen lassen. Die Friesenbrauerin wusste nicht, ob es an dem Zusammentreffen mit den Aktivisten lag oder an seiner panischen Furcht vor einer Liebelei. Bei der Er-innerung an die Vehemenz, mit der er eine Liaison mit ihr bestritten hatte, musste sie noch immer grinsen.

Dabei gab es durchaus Momente, in denen sie unsicher war, ob Joris in ihr nur die Brauerin seines Lieblingsbieres sah oder ob ihm die Frau hinter der Theke mehr bedeutete, als er zugeben wollte. Bei ihr war es …

Gesine schüttelte den Kopf. Statt sich mit Gefühlsduse-leien zu beschäftigen, sollte sie lieber über die Lösung von Ennos Rätsel nachdenken. Sie war sicher, dass der *Schim-melreiter* der Schlüssel war – nur wusste bisher niemand, in welches Schloss er passte.

Am späten Nachmittag kehrte sie in ihre Wohnung zu-rück und machte sich ein Omelett, zu dem sie ein Glas Milch trank.

Gestärkt brachte sie ihr im Tagesverlauf ramponiertes Äußeres wieder in Ordnung, zog sich eine frische Bluse an und öffnete den Kroog.

Keine zwei Minuten später schlurfte Joris herein und setzte sich nach einem genuschelten *Moin*, bei dem er die Buchstaben zwischen seinen Zähnen zermalmte, auf seinen Stammplatz.

»Möchtest du ein Bier?«

»Ich will ein Wundermittel, das mich hundert Jahre bei bester Gesundheit, hohem Intellekt, unvorstellbarem Reichtum und vollkommener Schönheit leben lässt.«

»Also ein Tüdelbräu.« Gesine hielt ein Glas unter den Zapfhahn.

»Sagte ich doch.« Er schob seine Seemannsmütze in den Nacken und fuhr sich über die stoppelkurzen Haare. »Wir sollten uns von Sven und seinen Leuten fernhalten. Mir ist der Mann nicht geheuer. Bei einer Meuterei auf hoher See wäre er einer der Rädelsführer, und seine Truppe würde ihm in blindem Gehorsam in den Untergang folgen.«

»Mir gefällt die radikale Ausrichtung der Gruppe ebenfalls nicht. Aber wenn sie uns bei der Suche nach Ennos Mörder helfen, werde ich die Unterstützung gerne annehmen.«

»Er oder ein anderes Mitglied seiner Crew könnte Enno auf dem Gewissen haben.«

»Warum sollten die Protestler jemand aus ihren eigenen Reihen umbringen?« Die Friesenbrauerin reichte ihm ein frisch gezapftes Bier, und Joris trank ordentlich ab.

»Vielleicht wollte Enno aussteigen.«

»Das ist kein Grund für einen Mord.«

»Er könnte zu viel gewusst haben.«

»Wovon denn? Das sind Umweltschützer und keine Schwerstkriminellen.«

»Da wäre ich mir nicht so sicher.«

»Wusstest du, dass er Anita viel bedeutet hat? Sie hätte Enno mit Sicherheit verteidigt.«

»Mag sein, aber Sven könnte mit Renken unter einer Decke stecken.«

»Warum sollte er der Friesenklima AG dann schaden wollen?«

»Weil … keine Ahnung. Ist nur so ein Bauchgefühl.« Joris winkte ab.

»Anscheinend verträgst du mein Bier nicht mehr. Wenn deine Theorien mit jedem Schluck Tüdelbräu abenteuerlicher werden, sollte ich dir besser Wasser servieren.«

»Das kannst du nicht machen.« Joris riss die Augen auf. »Tüdelbräu ist mein Wundermittel.«

»Das Bier macht dich nur wunderlicher.«

»Moin!«

Hinnerk stampfte in seiner Arbeitskleidung in den Kroog und setzte sich auf einen der Barhocker. »Diesen Tag muss ich mit einem Tüdelbräu runterspülen.«

Gesine zapfte ein Glas und reichte es ihm.

In der nächsten Stunde füllte sich die Kneipe, und bald hatten sich viele Sünnumer im Kroog versammelt.

Renate Nansen stand neben der Friesenbrauerin an der Theke und spülte die Gläser. Hinter sich hatte sie den Rollator platziert, auf den sie sich immer setzte, um sich einen Schluck Tüdelbräu zu genehmigen – was ziemlich oft vorkam.

Die Stimmung war nicht so ausgelassen wie zu früheren Zeiten. Die Gespräche wurden leise geführt, kaum einer lachte, und niemand sang die aus den Lautsprechern ertönende Ostfrieslandhymne mit.

Als Hauke Peters mit seiner Tochter Insa den Schankraum betrat, wurde es für einen Moment noch ruhiger. Patrick und Wiebke, die direkt hinter ihnen in Uniform erschienen, brachten alle zum Schweigen.

»Was hat euch denn die Sprache verschlagen?« Die Friesenbrauerin stützte sich auf die Theke auf und schaute in die Runde.

»Nichts. Hauke, schön dass du dich hier mal wieder sehen lässt.« Sören Gebhard schlug dem Tierarzt auf die Schulter. Vater und Tochter wirkten im ersten Moment wie Fremdkörper, aber als der Wattführer den beiden ein Bier spendierte, war alles wieder wie früher. Zumindest beinahe.

»Seid ihr bei euren Recherchen einen Schritt weitergekommen?«, fragte Gesine die Polizisten, die sich an die Theke gedrängt hatten.

»Zu laufenden Ermittlungen dürfen wir keine Auskunft geben.«

»Patrick, in diesem Fall sollten wir alle zusammenarbeiten. Zudem bist du in Sünnum.«

»Na und? Gelten hier etwa andere Gesetze?«

»Jo. Im Kroog regiert Tüdelbüdel. Alles hört auf ihr Kommando.« Joris salutierte.

»So muss das!« Renate hob ihr Glas, und die Gäste stießen miteinander an.

»Trinkst du etwa während der Arbeitszeit Alkohol?«

Patrick deutete auf das Bier, das Gesine ihrer Tochter in die Hand gedrückt hatte.

»Nee, das ist kein Tüdelbräu, sondern ein Wundermittel«, raunte Joris ihm zu. »Seit ich das trinke ...«

»… sabbel ich nur Tüünkram«, beendete Hinnerk den Satz und griente.

»Ik schiet di wat mit Tüünkram«, blökte Joris, musste dann aber ebenfalls grinsen.

»Mama, um auf deine Frage zurückzukommen: »Nein, wir haben keine neuen Erkenntnisse.«

Die Friesenbrauerin überlegte einen Moment.

Dann griff sie nach dem Hanfseil der über der Theke hängenden Glocke und schwang den Klöppel. Da die Glocke nur bei besonderen Anlässen geläutet wurde, verstummten alle Gespräche abrupt, und die Sünnumer schauten zu Gesine.

»Wir müssen endlich das Rätsel um den *Schimmelreiter* lösen. Wenn wir alle zusammen an einer Erklärung arbeiten, können wir das Geheimnis hoffentlich lüften.«

»Das ist eine Angelegenheit der Polizei«, ereiferte sich Patrick.

»Nee, das ist eine Sache des Dorfes. Enno war einer von uns. Möchtest du lieber Teil der Lösung oder weiterhin das Problem sein?«

Überrascht schaute die Friesenbrauerin zu Insa, die neben ihrem Freund stand und seine Hand ergriffen hatte.

»Insa, gut gesprochen.«

Renate wedelte mit der Spülbürste und spritzte dabei Seifenlauge auf die an der Theke sitzenden Sünnumer.

Hinnerk fuhr sich über das feuchte Gesicht. »Super. Jetzt muss ich in dieser Woche nicht mehr duschen.«

»Nichts da. Du müffelst wie eine Güllegrube.« Die neben ihm sitzende Monika Nansen rümpfte die Nase.

»Dieser wundervolle Duft stammt von einem sündhaft teuren Eau de Toilette.«

»Willst du damit Frauen oder Fliegen anlocken?«

»Wie jetzt?« Hinnerk fuhr sich über die Glatze.

»Also, wer hat eine Idee, welches Geheimnis sich hinter den Worten: *Schimmelreiter* und *klaut* verbergen könnte?«

»Woher sollen wir das denn wissen? Das ist ein Rätsel für die studierten Literaturheinis«, ließ sich Sören vernehmen.

»Wir haben bereits mit Professoren und Sprachexperten gesprochen«, erklärte Wiebke und fuhr fort. »Aber niemand kann einen inhaltlichen Zusammenhang zwischen Theodor Storm, dem *Schimmelreiter* und einem Diebstahl herstellen. Die Möglichkeit, dass in einem Buch eine Nachricht oder ein Code versteckt ist, können wir nicht ausschließen. Solange wir aber keine weiteren Hinweise haben, nach welchem Exemplar wir suchen müssen, kommen wir an dieser Stelle nicht weiter.«

»Habt ihr in seinem Haus nachgesehen?«, fragte Hinnerk.

»So schlau war sogar die Polizei. Mit unseren Recherchen haben wir Ennos letzten Aufenthaltsort ausfindig machen können und sein Pensionszimmer durchsucht.« Wiebke schaute bei diesen Worten kurz zu ihrer Mutter, die ihr kaum merklich zunickte, und wandte sich dann wieder an die Sünnumer. »Gefunden haben wir nur eine Ausgabe mit Textmarkierungen, die das Rätsel aber nicht löst.«

»Was hat Enno denn genau gesagt?« Alle Augen richteten sich auf Insa.

»Er war kaum zu verstehen. Die Worte *Schimmelreiter* und *klaut* waren aber deutlich zu hören.«

»Tüdelbüdel, er hat also nicht wörtlich *Schimmelreiter, der klaut* gesagt.«

»Nein, aber nur so ergibt es einen Sinn. *Schimmelreiter,*

die klaut oder *Schimmelreiter, was klaut* kommt nicht in Frage.«

»Das ist richtig. Könnte Enno auch: *Schimmelreiter in der Cloud* gesagt haben?«

»Wie soll er denn etwas in einer Wolke speichern können? Enno lebte doch nicht in Wolkenkuckuckucksheim.« Gesine blickte Insa irritiert an.

»Ich meine damit eine Datenwolke, in der Dateien gespeichert werden. Mit dem Login und dem dazugehörigen Passwort kann man über das Internet jederzeit darauf zugreifen. Ich vermute, dass Enno dort Daten hochgeladen und diese mit dem Code *Schimmelreiter* gesichert hat.«

»Du meinst, dass sich in diesem Wolkendings das Geheimnis des Schimmelreiters verbirgt?«, bemerkte Joris.

»Das wäre möglich.«

»Und wie will man diese Cloud finden? Weltweit gibt es viele Datenspeicher.«

»Unsere IT-Spezialisten werden dafür eine Lösung haben und auch den Login herausbekommen. Das Passwort kennen wir bereits.«

»Dann ist das Geheimnis des *Schimmelreiters* nur einen Mausklick entfernt?« Gesine konnte kaum glauben, dass das Rätsel gelöst sein sollte.

»Das könnte sein. Wir fahren sofort ins Büro und informieren die Kollegen. Patrick, los jetzt«, drängte Wiebke zur Eile, und die Polizisten verließen den Kroog.

NUMMERNKONTO

Am Nachmittag des nächsten Tages wedelte Gesner im Büro des Norder Polizeikommissariats mit einem Computerausdruck. »Die Kollegen haben eine Extraschicht eingelegt.«

»Das wissen wir doch längst. Die IT-Spezialisten haben die Cloud noch in der letzten Nacht gefunden.« Wiebke gähnte herzhaft. »*Schimmelreiter* war tatsächlich das Passwort.«

»Ich meine die Finanzermittler. Die müssen sich sofort auf die Zahlen gestürzt haben.«

»Eine derartige Auswertung dauert normalerweise mehrere Tage, wenn nicht sogar Wochen.« Patrick tauchte hinter seiner Aktenmauer auf. Auch bei ihm hatte die durchgearbeitete Nacht deutliche Spuren hinterlassen.

»Nicht, wenn man früher mit dem Chef gekickt hat.« Gesner griente. Ihm schien der fehlende Schlaf nichts auszumachen.

»Lass mal sehen.« Wiebke stand auf und schlurfte zu seinem Schreibtisch. Patrick tat es ihr gleich.

»Etwas mehr Elan bitte.« Der Kommissar klatschte in die Hände. »Euch kann man beim Gehen die Schuhe besohlen.«

»Wir sind vollkommen erledigt. In den letzten beiden Tagen habe ich nicht mehr als drei Stunden gepennt.«

»Wiebke, diese Unterlagen könnten uns direkt zum Mörder führen. Ich erwarte volle Aufmerksamkeit.«

Die Mitarbeiter traten hinter Gesner, der die Papiere vor sich auf den Schreibtisch gelegt hatte.

»Ich sehe nur Zahlenkolonnen.« Patrick rieb sich über die Augen.

»Das sind Bilanzzahlen, Finanzdaten und Überweisungen«, erklärte der Kommissar und deutete auf Zeilen, die er mit einem roten Stift gekennzeichnet hatte.

»Hier sieht man verschiedene Zahlungen an das Unternehmen *Jorken Holding Limited* mit Sitz auf den Bahamas. In den letzten vier Monaten wurden insgesamt zwölf Millionen Euro dorthin überwiesen. Den Rechnungen nach sind das Abschlagszahlungen für die Hotelanlage *Friesenbrise*. Auffällig ist dabei nicht nur die Höhe der Zahlung, sondern auch der Firmensitz. Ich verwette meine Pension darauf, dass es sich bei der Jorken Holding Limited um eine Briefkastenfirma handelt, die mit Offshore-Konten arbeitet. Diese Nummernkonten werden oft für Geldwäsche oder Steuerhinterziehungen verwendet.«

»Ich habe auch eine Kontonummer. Bin ich deshalb kriminell?«

»Patrick, ich sprach von Nummernkonten und nicht von Kontonummern.« Gesner verdrehte die Augen. »Diese Konten werden mit einer speziellen Nummer gekennzeichnet und ...«

»Wir brauchen keinen Unterricht, das ist doch alles bekannt«, winkte Wiebke ab und fügte mit einem Seitenblick auf Patrick hinzu: »Mir zumindest. Wer ist denn Gesellschafter von diesem Limiteddings?«

»Das haben die Kollegen leider nicht festgestellt. Ich werde daher ein justizielles Rechtshilfeersuchen über die Staatsanwaltschaft beantragen. Das kann allerdings eine

Weile dauern. Manchmal ist das Geflecht der Tarnfirmen auch so dicht, dass die Personen, die hinter dem Unternehmen stehen, nicht ermittelt werden können. Da wir an dieser Stelle momentan nicht weiterkommen, sieht Patrick sich erst einmal die *Friesenbrise* in Bensersiel an.«

»Wieso das denn?«

»Weil ich wissen möchte, wie weit die Handwerker mit dem Bau sind. Bei einer Auszahlung von zwölf Millionen Euro müsste dort inzwischen eine Luxusherberge stehen.«

»Kann Wiebke nicht fahren?«

»Abmarsch!« Der Kommissar deutete zur Tür.

»Immer muss ich die Deppenarbeit machen.« Grummelnd suchte Patrick die Adresse aus dem Internet heraus und stampfte aus dem Büro.

Eine Stunde später kehrte er sichtlich verärgert zurück.

»Da ist nichts«, verkündete er lauthals.

»Was meinst du denn damit?« Gesner blickte auf.

»Ich habe zunächst nach einem fertigen Gebäude und dann nach einem Rohbau Ausschau gehalten, aber unter der angegebenen Adresse ist nur ein mit einem Bauzaun abgegrenztes Grundstück, auf dem ein Klohäuschen steht. Seht euch diese Fotos an.«

Alle betrachteten die Aufnahmen, die lediglich eine umzäunte Wiese zeigten.

»Bist du sicher, dass es sich dabei um das richtige Grundstück handelt?«

»Natürlich. Ich habe sogar das Schild abgelichtet.« Patrick vergrößerte eine Aufnahme auf dem Display, sodass seine Kollegen lesen konnten: *Hier baut die Friesenklima AG eine …* Der Rest des Textes fehlte am unteren Bildrand.

»Das stinkt zum Himmel. Renken wird über Schein-rechnungen Gelder aus dem Unternehmen ziehen und auf Nummernkonten transferieren. Auf diese Weise wird sie die Kapitalgeber um ihre Einlagen prellen. Wir müssen Renkens Büro und ihre Villa sofort unter die Lupe neh-men«, schlug Wiebke vor.

»Dafür brauchen wir einen Durchsuchungsbeschluss, das solltest du eigentlich wissen«, wandte ihr Kollege ein.

»Patrick hat recht. Ich rufe den zuständigen Richter an.« Gesner griff zum Telefon.

»Was ist los?«, fragte Wiebke, nachdem ihr Vorgesetzter den Hörer wieder auf den Tisch gelegt hatte.

»Da geht keiner ran.«

»Der Richter holt sich bestimmt nur einen Kaffee.« Pa-trick nickte seinem Vorgesetzten aufmunternd zu.

»Wir dürfen keine Zeit verlieren«, mahnte Wiebke. »Sollte der Richter nicht erreichbar sein, kann man die An-ordnung nach der Durchsuchung immer noch einholen.«

»Ich weiß. Dennoch …« Gesner wählte die Nummer er-neut, aber auch jetzt nahm niemand den Anruf entgegen.

»Wir müssen sofort los«, drängte Wiebke.

»Nicht ohne amtliches Dokument.« Patrick hob mah-nend den Zeigefinger.

»Das dauert zu lange. Wir sollten uns aufteilen. Wäh-rend ihr das Büro durchsucht, werde ich die Villa im Auge behalten. Auf diese Weise kann ich verhindern, dass ein möglicher Komplize Unterlagen vernichtet.«

Gesner raufte sich die Haare. »Sabbel halten.«

»Was heißt das?«, hakte Wiebke nach.

»Wir fahren. Patrick und ich nehmen uns das Büro vor, und du beobachtest die Villa.«

»Das gibt Ärger«, prophezeite der junge Polizist.

»Gute Entscheidung.« Wiebke schnappte sich den Wagenschlüssel und machte sich auf den Weg zu Renkens Villa, die beiden anderen fuhren zum Büro der Friesenklima AG.

Während der Fahrt sagte keiner ein Wort. Gesner blickte wie versteinert auf die Straße, und Patrick schaute demonstrativ aus dem Beifahrerfenster. Nach ihrer Ankunft überraschten sie Renken, die an ihrem Computer arbeitete.

»Moin. Was führt Sie denn zu mir?« Die Unternehmerin sah auf.

»Eine Hausdurchsuchung. Bitte setzen Sie sich auf diesen Stuhl.« Der Kommissar deutete auf eine vor dem Schreibtisch stehende Sitzgelegenheit, die allem Anschein nach für Besucher vorgesehen war.

»Das kann doch nur ein Scherz sein.« Renken machte keine Anstalten, sich zu erheben, und streckte die rechte Hand aus. »Darf ich den Durchsuchungsbeschluss sehen?«

»Gefahr im Verzug«, entgegnete der Kommissar lapidar.

»Dürfte ich zumindest wissen, was mir überhaupt vorgeworfen wird?«

»Veruntreuung von Firmengeldern. Sie haben in den letzten vier Monaten zwölf Millionen Euro an eine Jorken Holding Limited überwiesen.«

»Das sind Abschlagszahlungen für die *Friesenbrise*.«

»Warum arbeiten Sie nicht mit regionalen Firmen zusammen? Eine Kooperation mit einem auf den Bahamas ansässigen Unternehmen stelle ich mir schwierig vor.«

»Das lassen Sie mal meine Sorge sein. Sie können mir keinesfalls vorschreiben, welche Firmen ich für den Bau beauftragen sollte. Woher wissen Sie überhaupt von den Überweisungen?«

»Wir haben Unterlagen gefunden, die Enno Prester in einer Cloud gespeichert hatte.«

Renken zuckte kurz zusammen, hatte sich dann aber wieder in der Gewalt. »Der Mann ist ein Krimineller.«

»Mag sein. Dennoch möchte ich seinen Mörder finden.«

»Und was hat das alles mit mir zu tun?«

»Um das herauszufinden, sind wir hier. Wie weit sind Sie mit dem Bau der *Friesenbrise*?«

»Ich wüsste nicht, was Sie das angeht.« Ihr Tonfall war schnippisch.

»Wenn ich ein Verbrechen vermute, geht mich das sehr wohl etwas an. Können Sie mir erklären, warum Sie zwölf Millionen Euro an eine Firma auf den Bahamas zahlen, die mit dem Bau nicht einmal begonnen hat?«

»Das sind Zahlungen zum Kauf der Rohstoffe. Das Unternehmen muss in Vorleistung gehen. Sie können die Rechnungen gerne einsehen.«

»Sie wollen mir doch nicht ernsthaft erzählen, dass Sie zwölf Millionen Euro auf die Bahamas überweisen, ohne dafür auch nur einen einzigen Stein zu bekommen.« Gesner war sichtlich angefressen.

»Wagen Sie sich ohne Durchsuchungsbeschluss in dieses Büro, weil Sie mit meinen Geschäften nicht einverstanden sind, oder wollen Sie mir den Mord anhängen?« Ihre Stimme war drei Oktaven höher.

»Wir machen nur unseren Job.« Gesner bemühte sich um Ruhe.

»Mit Ihrer Aktion bewegen Sie sich juristisch auf dünnem Eis. Sie werden einbrechen und untergehen. Wenn ich mit Ihnen fertig bin, können Sie im Polizeiarchiv Akten abstauben. Ich bin gespannt, was meine Anwältin zu der Durchsuchung sagt.«

Renkens Stimme schnappte am Ende leicht über. Sie griff nach dem auf dem Schreibtisch liegenden Smartphone. Nachdem sie ihren Rechtsbeistand angerufen hatte, ließ sie das Gerät unauffällig in die Tasche ihres Blazers gleiten.

»Darf ich kurz für kleine Mädchen, oder soll ich eine Pfütze auf den Teppich machen?«

»Selbstverständlich dürfen Sie austreten. Patrick, begleitest du die Dame zur Toilette?«

»Wenn Sie mir bitte folgen wollen?«

»Du Döspaddel weißt doch nicht einmal, wo hier das Klo ist.«

»Das war Beleidigung eines Vollstreckungsbeamten.«

»Nee, das ist Ihre Berufsbezeichnung.«

Renken drängte in dem kleinen Flur an dem Polizisten vorbei und schloss sich in der Toilette ein. Dort setzte sie sich auf den Klodeckel. Hoffentlich hatte sie die Beamten mit ihrem Auftritt als Dramaqueen derart verunsichert, dass niemand ihr Handy konfiszierte, bevor sie weitere Anrufe gemacht hatte. Sie zog das Gerät aus der Hosentasche, schaltete es mit einem Gesichtsscan frei und scrollte durch das Kurzwahlverzeichnis. Als sie den ersten Namen gefunden hatte, zögerte sie einen Augenblick. Der Anruf würde wie ein umfallender Dominostein eine Kette von Ereignissen auslösen, die sie nicht mehr kontrollieren konnte.

Wollte sie wirklich alles riskieren?

»Scheiß drauf«, murmelte sie wenig damenhaft und drückte auf das Symbol des grünen Hörers.

KNOCKOUT

Wiebke parkte ihren himmelblauen Mini vor Renkens Villa und stieg aus. Einen Moment betrachtete sie die ehemals weiße Fassade, über die sich im Laufe der Jahre ein Grauschleier gelegt hatte.

Die Scheibe des eingeworfenen Fensters war inzwischen erneuert worden. Rußspuren am Rahmen erinnerten an das Feuer, das beinahe in einer Katastrophe geendet hätte.

Die Polizistin schritt über den gekiesten Weg und stieg die Stufen zum Eingang hinauf. Sie drückte gegen die Tür, aber die ließ sich nicht öffnen.

Wiebke ging um das Gebäude herum.

Hinter dem Haus führte eine steinerne Treppe zu einer Kellertür. Daneben war ein verwitterter Bretterverschlag, in dem sich wahrscheinlich Mülleimer befanden. Sie stieg die Stufen hinunter und legte die Hand auf die Klinke.

Die Tür schwang auf.

Reglos blieb sie auf der Schwelle stehen und starrte in einen Kellerraum, in dem grüne Leuchtdioden für ein gespenstisches Licht sorgten.

Hatte Renken das Abschließen der Tür vergessen, oder hatte sich ein Einbrecher Zutritt verschafft? Der Gedanke, dass ihr jemand eine Falle stellen wollte, ließ ihr eine Gänsehaut über den Rücken laufen.

Wenn sich der Unbekannte, der ihrer Mutter in Presters Haus aufgelauert hatte, in diesem Gebäude befand, sollte sie besser auf Verstärkung warten.

Aber wen konnte sie anrufen? Patrick und Gesner waren in Renkens Büro. Wenn sie die Kollegen mitten im Einsatz wegen einer offenstehenden Tür zu sich beorderte, würde sie sich nur lächerlich machen. Sollte jemand im Haus Beweise vernichten, musste sie ohnehin unverzüglich einschreiten.

Mit klopfendem Herzen trat Wiebke ein.

Links von ihr war die Heizanlage, rechts standen Waschmaschine und Trockner. In einem Regal an der Wand befanden sich Waschmittel und ein Plastikeimer mit Wäscheklammern.

Sie durchquerte den Raum und gelangte durch eine Stahltür in einen weiß getünchten Gang, der in einer Treppe endete. Wiebke hastete die Stufen empor und war wenige Augenblicke später im Flur der Villa. Dort war eine halbhohe Kommode, auf der ein Strauß mit Trockenblumen stand.

Links von ihr ging eine Tür ab, die ihrer Erinnerung nach in die Küche führte.

Neben dem Eingang befand sich die Garderobe, an der Jacken und Mäntel hingen. Darunter standen einige Schuhpaare. In der Ecke war eine ausrangierte Milchkanne, in der Schirme steckten.

Ein Rumpeln ließ sie herumfahren. Das Geräusch war vom Ende des Flurs gekommen. Wiebke überlegte erneut, ihre Kollegen zu informieren. Da es sich dabei aber um eine umgefallene Dose, ein aus dem Regal gerutschtes Buch oder etwas ähnlich Banales handeln konnte, verzichtete sie auch jetzt drauf. Sie zog ihre Dienstwaffe und entsicherte sie. Schritt für Schritt schlich sie auf die offenstehende Tür zu und presste sich daneben an die Wand.

Dann wirbelte sie herum und stand, die Pistole in beiden Händen haltend, in der Tür des Arbeitszimmers. Obwohl hier inzwischen saubergemacht wurde, war das verkohlte Parkett an einigen Stellen deutlich zu erkennen. An der Wand prangte das hellere Rechteck auf der im Laufe der Zeit nachgedunkelten Tapete. Der Raum wurde von einem riesigen Schreibtisch dominiert, über den sich eine Papierflut ergossen hatte, aus der ein Computermonitor herausragte.

Neben dem Möbelstück lag eine Zettelbox, die offensichtlich vom Schreibtisch gefallen war und ihren papiernen Inhalt über dem ramponierten Parkett verteilt hatte. Wiebke atmete erleichtert auf und trat in den Raum.

Erst dann wurde ihr klar, dass eine Zettelbox nicht einfach von der Tischplatte hüpfte, sondern heruntergestoßen worden sein musste.

Den Angriff ahnte Wiebke mehr, als dass sie ihn kommen sah. Sie drehte sich herum und riss dabei instinktiv den linken Arm hoch. Aber sie war zu langsam.

Der Schlag erwischte sie an der Schläfe. Sie knickte in den Knien ein und fiel zu Boden. Auch wenn sie sich mit aller Kraft gegen eine drohende Ohnmacht wehrte, konnte sie sie nicht verhindern. Das Letzte, was sie sah, war eine dunkle Gestalt, die sich mit konturlosem Gesicht über sie beugte.

BRUMMSCHÄDEL

Wiebke blinzelte. Das Licht stach wie ein Laserschwert in ihren Schädel und ließ eine Schmerzbombe detonieren, die ihren Kopf zu zerplatzen drohte. Sie presste die Hände an die Schläfen und stöhnte gepeinigt auf.

Obwohl der Wunsch, die Augen zu schließen, übermächtig war, wehrte sie sich mit aller Kraft dagegen. Zunächst nahm sie die Umgebung nur verschwommen wahr, als würde sie durch ein falsch eingestelltes Fernglas sehen. Nach und nach wurde ihr Gesichtsfeld klarer, bis sie ein Zimmer erkannte.

Sie lag auf einem verkohlten Parkettboden. Schräg über ihr war ein Schreibtisch. Daneben lag eine Zettelbox, die ihren Inhalt auf dem Boden verteilt hatte.

Wiebke war … in Renkens Villa.

Die Erinnerung kehrte mit der Wucht eines Vorschlaghammers zurück. Sie drehte sich zur Seite und stützte Hände und Knie auf den Boden. Die Bewegung zündete weitere Schmerzbomben, die allerdings immer mehr von ihrer Sprengkraft verloren.

Einen Moment verharrte Wiebke in dieser Position, dann erhob sie sich. Dabei wurde ihr so schwindelig, dass sie sich an der Schreibtischkante abstützen musste. Das Zimmer drehte sich immer langsamer und stand dann still.

Wiebke schaute sich um, konnte aber niemanden sehen. Sie musste aus dem Haus verschwinden, bevor ihr Gegner oder einer seiner Komplizen zurückkehrte.

Instinktiv tastete sie nach ihrer Dienstwaffe – sie steckte nicht im Holster.

»So eine Scheiße«, murmelte sie und suchte im Zimmer nach der Pistole, aber vergeblich. Da sie die Waffe in der Hand gehalten hatte, als sie niedergeschlagen wurde, hätte sie auf dem Boden liegen müssen.

Der Angreifer musste die Dienstwaffe eingesteckt haben.

Wiebke lugte in den Flur. Niemand war zu sehen.

Eine offenstehende Tür quietschte leise.

Lauerte ihr Widersacher in einem anderen Zimmer, um über sie herzufallen? Obwohl sie keinen Hinterhalt ausschließen konnte, ging Wiebke nicht von einem weiteren Angriff aus. Wenn der Verbrecher sie umbringen wollte, hätte er das längst erledigt.

Sie atmete tief ein und huschte leise durch den Flur.

Nach zwei Schritten zerfetzte das Klingeln ihres Handys die Stille. Panisch rannte Wiebke zur Haustür, riss sie auf und sprintete auf den Gehweg. Dort zog sie das Gerät aus ihrer Hosentasche und schaute auf das Display.

Gesner war darauf zu lesen.

Sie nahm das Gespräch entgegen.

»Wo bist du?«, fragte ihr Vorgesetzter statt einer Begrüßung.

»Vor Renkens Villa.«

»Warum bist du noch immer dort?«

»Noch immer? Was meinst du denn damit?«

»Es ist gleich sieben Uhr, du bist seit über zwei Stunden bei Renken. Hast du im Dienst gepennt?«

»Ich wurde niedergeschlagen.«

»Bist du verletzt?«

»Ich habe einen Brummschädel, aber das wird schon wieder.«

»Hast du den Angreifer zumindest verhaftet?«

»Nee, leider nicht. Ich habe nur eine gesichtslose Gestalt gesehen. Meine Waffe …«

»Was ist damit?«, fiel er ihr ins Wort.

»Sie ist spurlos verschwunden.«

»Hast du überall nachgesehen?«

»Nur im Arbeitszimmer. Der Täter wird sie gestohlen haben.«

»Wie dämlich bist du eigentlich?«, bölkte Gesner. »Bevor wir den Verlust offiziell melden, wirst du das Haus auf den Kopf stellen. Vergiss die Mülleimer nicht.«

»Mülleimer, ist klar.«

»Beeil dich. Wenn Renken herausfindet, dass du in ihr Privathaus eingedrungen bist, wird sie uns die Hölle heißmachen.«

»Okay.«

»Nichts ist okay. Du hast Mist gebaut!« Gesner beendete das Telefonat ohne ein Wort des Abschieds.

Wiebke steckte das Smartphone ein und schaute zur Villa. Das alte Gebäude erinnerte sie an ein Haus in einem Horrorfilm. Die Fenster wirkten wie Augen, denen nichts entging. Die Tür war ein gefräßiges Maul, die Stufen Klauen …

Sie schüttelte den Kopf, um die gruseligen Gedanken zu vertreiben, und eilte zur Eingangstür.

Sie war hinter ihr ins Schloss gefallen und ließ sich nicht mehr öffnen. Wiebke lief zur Kellertür und fand sie ebenfalls verschlossen vor. Im ersten Moment wollte sie eine Fensterscheibe einschlagen, um so ins Haus einzudringen, aber damit würde sie alles noch schlimmer machen. Wenn Renken sie bei einem Einbruch beobachtete, konnte Wiebke ihre Karriere bei der Polizei vergessen.

Die Wahrscheinlichkeit, dass der Verbrecher die Waffe im Haus versteckt hatte, war ohnehin gering.

Sie lief zu dem verwitterten Bretterverschlag, schob den Riegel zurück und drückte die Tür auf. Ein fauliger Geruch wehte ihr entgegen. Wiebke rümpfte die Nase und trat ein.

Drei Mülleimer standen dort. Der Gestank kam aus dem mittleren Abfallbehälter. Sie öffnete den Deckel und erblickte Essensreste, die teilweise verschimmelt waren. Wiebke drehte sich zur Seite, atmete tief ein und hielt die Luft an. Dann machte sie sich an die Arbeit.

BLITZERFOTO

Am nächsten Morgen wurde Wiebke mit einem penetranten Piepen geweckt. Verschlafen rollte sie sich auf die Seite und griff nach dem Smartphone, das neben dem Bett auf dem Nachttisch lag. Sie aktivierte den Schlummermodus und vergrub den Kopf im Kissen.

Als das Piepen erneut ertönte, setzte sie sich auf und schaltete den integrierten Wecker aus. Die Versuchung, sich wieder unter die warme Bettdecke zu kuscheln, war so groß, dass sie ihr beinahe nachgegeben hätte.

Gähnend schwang sie die Beine aus dem Bett und schlurfte ins Badezimmer. Im Spiegel schaute ihr eine gespenstisch aussehende Frau entgegen, die nur entfernte Ähnlichkeit mit der Wiebke hatte, die sie kannte.

Die Beule an der linken Schläfe hatte die Größe eines Taubeneis und eine rötlich-blaue Färbung angenommen. Ihre Haut hatte eine ungesunde wachsbleiche Farbe. Die Lippen waren blass, die Augen glanzlos.

»Moin, du alte Schachtel«, grüßte Wiebke ihr Spiegelbild und machte sich nach einer schnellen Dusche an die grundlegenden Restaurierungsarbeiten, damit sie nicht länger wie eine wandelnde Leiche aussah.

Im Bademantel schlich sie in die Küche. Ihre Mutter hatte bereits eine Kanne Kaffee gekocht. Auf dem Tisch stand ein Brotkorb mit frisch duftenden Rosinenbrötchen.

»Was ist denn mit dir passiert?« Gesine schaute ihre Tochter erschrocken an.

»Ich wurde bei einem Einsatz niedergeschlagen.«

»Kindchen, bist du verletzt?«

»Nur mein Stolz.«

Wiebke ließ sich auf einen Stuhl fallen und schenkte sich eine Tasse Kaffee ein. Dann griff sie nach einem Rosinenbrötchen, schnitt es auf und schmierte Butter auf beide Hälften. Sie biss herzhaft hinein, als brauche sie Kraft, um über die Ereignisse des Vortags berichten zu können. Ihre Mutter unterbrach sie nicht.

»Mein Gott. Der Angreifer hätte dich umbringen können.« Gesine stellte die Tasse, die sie in der Hand hielt, auf den Tisch und umarmte ihre Tochter. »Ich bin so froh, dass dir nichts passiert ist. Hast du dich im Krankenhaus durchchecken lassen?«

»Das ist nur eine Beule«, spielte Wiebke die Folgen der Verletzung herunter. »Was mir mehr Sorgen macht, ist meine verschwundene Dienstwaffe.«

»Nicht auszudenken, wenn du damit erschossen worden wärst. Hast du jemanden erkannt?«

»Nein, ich habe nur einen Schatten gesehen. Gesner ist sauer, weil ich den Einsatz verbockt habe. Ich hätte Verstärkung anfordern müssen«, gab sich Wiebke selbstkritisch. »Durch meine Dusseligkeit konnte der Täter Computer und Festplatten zerstören.«

»Kannst du dich an nichts erinnern? Narbe, Tätowierung, Muttermale und …«

»Mama, nerv nicht. Gesner hat mich gestern schon durch die Mangel gedreht, aber ich habe nur eine dunkle Gestalt gesehen. Zu allem Überfluss droht die Rechtsverdreherin von Renken mit einer Klage, weil die Kollegen ohne Durchsuchungsbeschluss bei ihr aufgetaucht sind.«

»Habt ihr in ihrem Büro denn etwas gefunden, was euch bei den Ermittlungen weiterhilft?«

»Auf den ersten Blick war nichts Verdächtiges zu erkennen. Wir haben die konfiszierten Dateien zur Auswertung an die Finanzermittler weitergegeben und hoffen, dass sie uns so schnell wie möglich weitere Ergebnisse präsentieren.«

»Habt ihr Renken verhaftet?«

»Nee, dazu fehlen uns Beweise. Wenn belastende Unterlagen auf ihrem Heimcomputer waren, sind die jetzt für immer verschwunden.«

»Können euch Ennos Dateien denn nicht helfen? Die Vorstellung, dass sein Tod sinnlos war, ist unerträglich.«

»Egal, was wir herausfinden werden: Sein Tod war sinnlos.«

Wiebke nickte grimmig, griff nach ihrer Tasse und trank einen Schluck Kaffee.

»Damit hast du recht.«

»Ennos Unterlagen belegen bisher nur die Überweisungen an die Jorken Holding Limited. Diese Finanztransfers sind zunächst einmal nicht illegal.«

»Könnte jemand anders hinter den Überweisungen stecken?«

Wiebke schaute ihre Mutter irritiert an. »Du meinst, dass sich jemand in Marekes Konten gehackt hat und das Geld außer Landes bringt?«

»Wäre doch möglich.«

Wiebke blies die Backen auf und ließ die Luft langsam entweichen. »Puh, das ist ziemlich weit hergeholt, findest du nicht? Mareke hätte in einem solchen Fall sicherlich Strafanzeige gestellt.«

»Nicht, wenn sie unter Druck gesetzt wird. Jemand könnte ihre Stiefmutter mit dem Tod bedrohen, damit sie die Überweisungen zulässt.«

»Ich werde dem Verdacht nachgehen.«

Wiebke stand auf, zog sich an und fuhr zum Polizeikommissariat.

Dort wurde sie bereits von Gesner erwartet.

»Gut, dass du endlich kommst. Vor wenigen Minuten habe ich von der Mobilfunkgesellschaft die Einzelverbindungsnachweise von Mareke Renken bekommen. Rate mal, mit wem sie kurz vor der Konfiszierung des Geräts telefoniert hat?«

»Ihrer Anwältin?«

»Richtig. Und danach mit Ingrid Renken und Felix Bender. Ihre Stiefmutter ruft sie täglich an, manchmal sogar mehrfach. Von daher ist das nicht weiter verwunderlich. Aber warum sollte sie Bender anrufen?«

»Um ihn zur Villa zu schicken, damit er dort alle Beweise vernichtet. Die beiden werden unter einer Decke stecken.« Wiebke nickte grimmig.

»Wir werden Bender sofort zu der Sache vernehmen. Los jetzt.«

Der Kommissar eilte, den Wagenschlüssel in der Hand haltend, zum Dienstwagen. Wenige Minuten später waren sie auf einer regennassen Straße unterwegs. Die Scheibenwischer schabten im Nieselregen über die Windschutzscheibe.

»Könnte er dich gestern angegriffen haben?« Gesner steuerte das Fahrzeug durch eine Pfütze.

»Ich weiß nicht. Es ging alles so schnell.«

»Für eine Polizistin hast du dich erstaunlich unprofessionell verhalten. Der Verlust deiner Dienstwaffe wird ein Nachspiel haben.«

»Schiet ok, wie lange willst du mir deshalb denn noch Vorwürfe machen?« Wiebke funkelte ihren Vorgesetzten wütend an und sah dann demonstrativ aus dem Beifahrerfenster.

Die restliche Fahrt verlief schweigend.

Gesner parkte erneut vor dem weiß gestrichenen Holzzaun des alten Kapitänshauses. Die Beamten stiegen aus und marschierten über den geschotterten Weg zur Eingangstür. Wiebke drückte auf den abgewetzten Klingelknopf.

Im Inneren des Hauses ertönte der Gong, und kurz darauf war wieder Hundegebell zu vernehmen.

Wenige Augenblicke später wurde die Tür von Juliane Bender geöffnet. Balu drängte sich schwanzwedelnd neben sie. Als er Wiebke erkannte, machte er einen Satz und sprang so ungestüm an ihr hoch, dass sie nach hinten taumelte und auf dem Allerwertesten landete. Der Golden Retriever leckte ihr freudig über das Gesicht.

»Balu, aus.« Juliane Bender, die heute mit einer gelben Jogginghose und einem hellblauen Sweatshirt bekleidet war, trat in Badelatschen aus dem Haus und packte den Hund am Halsband.

»Tut mir leid. Er muss Sie mögen.«

»Es wäre mir lieber, wenn er mich hassen würde.« Wiebke rappelte sich auf und wischte sich den Sabber aus dem Gesicht.

»Das wollen Sie nicht erleben. Was kann ich denn heute für Sie tun?« Bender zog Balu ins Haus zurück, ohne die Polizisten hineinzubitten.

»Wir würden gerne mit Ihrem Mann sprechen.«

»Wieso das denn? Soll er jetzt der Mörder von diesem … wie war der Name noch?«

»Prester. Enno Prester«, antwortete Wiebke.

»Prester, richtig. Felix hat niemanden getötet, von daher können Sie gleich wieder gehen. Sie haben sicherlich genug zu tun.« Sie kehrte ins Haus zurück.

»Wenn wir nicht hier mit Ihrem Mann sprechen können, werden wir ihn auf die Dienststelle zur Vernehmung vorladen müssen.«

»Na schön, kommen Sie rein. Sie werden sich allerdings etwas gedulden müssen, da Felix die Mädchen gerade in den Hort bringt. Wir haben heute verschlafen.«

»Das ist kein Problem«, sagte Gesner, und die Polizisten folgten Juliane Bender durch einen Flur, der heute noch chaotischer wirkte, in die Küche.

»Setzen Sie sich doch.« Sie deutete auf die Stühle an dem unaufgeräumten Küchentisch.

»Danke. Ich stehe lieber.« Wiebke hatte die Kakaopfütze auf dem Stuhl, in die sie sich beim letzten Besuch gesetzt hatte, nicht vergessen.

Gesner inspizierte das Sitzmöbel gründlich, bevor er darauf Platz nahm.

»Felix hat nichts Unrechtes getan!« Juliane Bender stützte sich auf die Tischplatte und musterte ihre ungebetenen Gäste mit zusammengekniffenen Augen.

»Wir brauchen nur einige Informationen und …«

Das Klacken, mit dem eine Tür geöffnet wird, ließ Gesner verstummen. Felix Bender trat in den Flur und war wenige Augenblicke später in der Küche. Irritiert blickte er von seiner Frau zu den Polizisten.

»Was ist denn hier los?«

»Das sind Kommissar … die Namen habe ich vergessen.« Juliane Bender machte eine wegwerfende Handbewegung. »Ist auch egal. Die Beamten wollen mit dir sprechen.«

»Worüber denn?« Er runzelte die Stirn.

»Gibt es einen Raum, in dem wir ungestört reden können?« Gesner stand auf, ohne Benders Frage zu beantworten.

»Im Arbeitszimmer.«

Die Polizisten folgten ihm in einen chaotisch aussehenden Raum. Auf dem Boden lagen Aktenstapel, Büchertürme und Papierrollen, auf denen Grundrisse und dreidimensionale Ansichten von Gebäuden zu sehen waren. Der Schreibtisch war mit Papieren übersät. Das Buchregal schien noch vollgestopfter zu sein als beim letzten Mal.

Bender schloss die Tür hinter ihnen und lehnte sich von innen dagegen – als wollte er damit verhindern, dass seine Frau ins Zimmer platzte und etwas von ihrem Gespräch mitbekam.

Wiebke stelzte durch die auf dem Boden liegenden Gegenstände und lehnte sich gegen das Regal. Von dort aus musterte sie Bender aus den Augenwinkeln. Dieser knetete seine Finger, als wären sie aus Wachs. Er schien nervös zu sein.

»Was wollen Sie von mir?«

»Reden«, antwortete Gesner in einem derart lässigen Tonfall, als wären sie alte Freunde, die sich auf einen Klönschnack getroffen hätten.

»Das sagen die Bullen in den Filmen immer, bevor sie jemanden verhaften.« Bender versuchte sich an einem Lächeln, das aber gründlich misslang.

»Hätten wir denn einen Grund für eine Festnahme?«

Der Kommissar schritt mit auf dem Rücken verschränkten Händen im Raum zwischen den Hindernissen auf und ab, als wollte er einen Parcours bewältigen. Dann stellte er sich ans Fenster und sah hinaus.

»Natürlich nicht. Also, worum geht es?«

»Wo waren Sie gestern Nachmittag, ab etwa sechzehn Uhr?«

Gesner drehte sich um und fixierte sein Gegenüber.

»Hm, mal überlegen.« Der Architekt kaute auf der Unterlippe, bevor er fortfuhr: »Juliane war mit den Kleinen beim Kinderturnen, und ich habe mit dem Hund eine Runde gedreht.«

»Sie waren nicht mit dem Wagen unterwegs?« Gesner feuerte seine Frage ab wie eine Gewehrkugel.

Bender ließ sich mit der Beantwortung etwas Zeit. Wiebke entging nicht, dass er seine Finger so fest knetete, dass die Knöchel weiß hervortraten.

»Nein.«

»Dann können Sie mir sicherlich erklären, wie Ihr Fahrzeug hinter dem Ortsausgang von einer mobilen Radarfalle erfasst werden konnte. Die Kollegen haben ein hübsches Foto von Ihnen gemacht. Bei Ihrer Geschwindigkeit müssen Sie es eilig gehabt haben.«

»Das kann nicht sein.«

»Dann werde ich mir die Aufnahme auf mein Smartphone schicken lassen. Kleinen Augenblick bitte.« Gesner holte sein Gerät aus der Hosentasche und richtete es wie eine Waffe auf Bender. »An Ihrer Stelle würde ich mir die Aussage noch einmal überlegen. Wenn ich Sie der Lüge überführe, werde ich auch alle anderen Aussagen anzweifeln.«

Gesner tippte auf eine Taste und hielt sich das Handy ans Ohr. »Moin, Peter. Kannst du mir mal eben das Foto raussuchen, über das wir schon gesprochen haben? Das Kennzeichen lautet NOR-FJ-236. Darüber hinaus ...«

Der Kommissar schaute zu Bender, der die Hände gehoben hatte.

»Ich war gestern mit dem Wagen unterwegs. Den Hund habe ich mitgenommen.«

»Ich melde mich später noch mal.« Gesner beendete das Telefonat.

»Warum haben Sie uns angelogen?«

»Meine Frau. Sie darf davon nichts erfahren.«

»Wovon darf Ihre Frau nichts wissen?«

»Von Mareke ... ich meine, Frau Renken.«

»Was ist mit ihr?«

»Ich habe mich um den Auftrag für das *Menatur*-Projekt beworben. Juliane habe ich das verschwiegen, denn Mareke und ich haben eine gemeinsame Vergangenheit.«

»Davon hat uns Ihre Frau bereits erzählt. Haben Sie denn auch eine Zukunft mit Mareke Renken? Immerhin wollte sie gestern mit Ihnen sprechen.« Gesner zog das Telefonprotokoll hervor, ging damit zu Bender und zeigte ihm die Auflistung.

»Die genaue Zeit der Geschwindigkeitsübertretung ist auf dem Blitzerfoto vermerkt. Ich gehe davon aus, dass der Anruf wenige Minuten zuvor erfolgte.«

»Frau Renken hatte mich wegen meiner Planungsunterlagen angerufen. Da gab es Rückfragen, die Sie noch klären wollte. Ich bin ...«

»... zu ihrer Villa gefahren«, beendete Wiebke den Satz.

»Das stimmt, aber Mareke hat die Tür nicht geöffnet. Da

sie auch meine Anrufe nicht entgegengenommen hat, bin ich bei ihrem Büro vorbei. Dort habe ich einen Polizeiwagen stehen sehen und mich auf den Heimweg gemacht. Ist ihr etwas passiert?« Bender klang ernsthaft besorgt.

»Warum haben Sie nicht angehalten und sich vor Ort nach ihr erkundigt? Erschien es Ihnen nicht seltsam, dass Renken im Büro war, wenn sie Sie doch zur Villa bestellt hatte?«

»Weil … weiß auch nicht.«

»Jetzt reicht es mir aber mit Ihren Ausflüchten! Sie wollten die Villa zunächst niederbrennen, um Beweise zu vernichten. Als Ihnen das nicht gelungen ist, sind Sie dort eingebrochen und haben mich niedergeschlagen«, schrie Wiebke, schritt auf Bender zu und baute sich so dicht vor ihm auf, dass ihre Nasenspitzen nur noch eine Handbreit voneinander entfernt waren.

»Kein Grund, gleich laut zu werden.« Gesner hob die Hand. »Ich bin sicher, dass Herr Bender uns nicht anlügt, oder etwa doch?« Bei der Frage schaute er dem Verdächtigen in die Augen.

»Ich habe die Villa nicht angezündet. Dafür ist doch dieser Spökenkieker verantwortlich.« Bender hielt dem Blick stand.

»Sind Sie der Spökenkieker?« Wiebke stellte sich neben ihren Vorgesetzten.

»Nein. Warum sollte ich Mareke etwas antun?«

»Um sie unter Druck zu setzen, damit sie sich für Ihren Entwurf entscheidet. Vielleicht stecken Sie hinter der Jorken Holding Limited und wollten gestern alle Spuren, die zu Ihnen führen könnten, vernichten.«

»Das ist Blödsinn. Am Abend des Brandes war ich beim

Fußballtraining. Mein Alibi können etwa zwanzig Leute bestätigen, die Personalien gebe ich Ihnen gerne. Von der Firma habe ich noch nie gehört, ich wüsste nicht einmal, wie man eine solche Gesellschaft gründet. Davon verstehe ich so viel wie eine Kuh vom Fliegen. Meine Frau kümmert sich um solche Sachen und erledigt auch die Bankgeschäfte.«

»Vertrauen Sie Juliane?«

»Natürlich.«

»Und weshalb haben Sie ihr dann die Einreichung des Entwurfs verheimlicht?«

»Weil sie damit nicht einverstanden gewesen wäre.«

»Das kann ich gut verstehen, schließlich waren Sie früher mit Renken liiert. Wussten Sie eigentlich, dass Ihre Frau sich ebenfalls um eine Zusammenarbeit mit ihr beworben hatte?«

»Das würde Juliane niemals machen.«

»Ich denke, in Ihrer Ehe gibt es zu viele Heimlichkeiten. Sie sollten mal mit Ihrer Frau Klartext reden.«

»Bei allem Respekt, Herr Kommissar, ich muss mir von Ihnen keine Beziehungstipps geben lassen. Wie Sie vielleicht schon herausgefunden haben, verliert Juliane immer mehr Kunden. Ich habe momentan nur kleinere Aufträge, mit denen wir die Familie kaum über Wasser halten können. Deshalb war mir die Zusammenarbeit mit Mareke wichtig.«

»Nur die Zusammenarbeit?«

»Wollen Sie mir auch noch ein Verhältnis unterstellen?«

»Sie müssten sich lediglich ins gemachte Bett legen. Das war natürlich nur symbolisch gemeint«, fügte Wiebke hinzu, wobei sie sich ein süffisantes Grinsen nur mit Mühe verkneifen konnte.

»Mir reicht es jetzt mit Ihren Unverschämtheiten. Auch wenn ich sicherlich kein Engel bin, liebe ich Juliane und würde die Familie niemals verlassen. Entweder verhaften Sie mich jetzt oder verschwinden aus meinem Haus.«

Der Architekt hatte sich so in Rage geredet, dass man ihn durch die Tür hören musste.

»Eine Frage hätte ich noch: Wo waren Sie am letzten Samstag?«

»Bei den Kindern. Juliane war auf der Geburtstagsparty unserer Nachbarin. Ich hatte Kopfschmerzen und war deshalb daheim. Zudem würde ich meine Töchter nie allein lassen. Herr Kommissar, war es das jetzt, oder wollen Sie mich auch noch für andere Verbrechen verantwortlich machen?«

»Wenn Sie mir die Personalien der Zeugen aufgeschrieben haben, sind wir hier fertig.«

Bender schlurfte zum Schreibtisch, griff ein Blatt Papier und schrieb Namen und Adressen seiner Teamkollegen auf, die er nach einem Blick in sein Smartphone um einige Telefonnummern ergänzte.

»Von drei Leuten kenne ich nur die Vornamen. Den Rest werden Sie recherchieren müssen.«

»Vielen Dank. Bitte halten Sie sich zu unserer weiteren Verfügung.« Gesner steckte die Liste ein.

»Wir sollten nach der Waffe suchen. Ich bin sicher, dass er die hier irgendwo versteckt.«

»Wiebke, lass gut sein. Wir gehen jetzt.«

Gesner fasste seine Kollegin am Oberarm und öffnete die Tür. Sie riss sich los und marschierte zum Ausgang, ohne Juliane Bender, die sie überrascht ansah, eines Blickes zu würdigen. Mit verschränkten Armen blieb Wiebke vor dem Dienstwagen stehen.

»Was soll der Scheiß?«, fuhr sie ihren Vorgesetzten an. »Wenn du mich noch einmal wie ein kleines Mädchen behandelst, werde ich …«

»Ich würde den Sabbel halten, bevor du dich um Kopf und Kragen redest. Wir haben außer der Telefonliste nichts gegen Bender in der Hand.«

»Was ist denn mit dem Blitzerfoto? Das …«

»… existiert nicht. Ich habe geblufft.«

Wiebke stieß die Luft so ruckartig aus, als hätte sie einen harten Punch einstecken müssen.

»Echt jetzt? Mit wem hast du denn telefoniert?«

»Ich habe mir selbst auf den Anrufbeantworter gesprochen.«

»Du solltest Schauspieler werden. Sogar ich bin auf deine Show reingefallen. Woher kanntest du denn das Kennzeichen?«

»Bender hat seinen Wagen in der Einfahrt abgestellt.«

»Deshalb hast du aus dem Fenster gesehen.«

»Jo. Wir werden jetzt zurückfahren.«

Der Kommissar entriegelte die Türen, und wenige Augenblicke später waren sie auf dem Rückweg.

»Wir werden Benders Alibis überprüfen.« Gesner bremste an einer roten Ampel. »Allerdings gehe ich davon aus, dass er die Wahrheit gesagt hat.«

»Mag sein, aber gestern hat er mich niedergeschlagen. Bender hat doch zugegeben, bei der Villa gewesen zu sein.«

»Wir werden Renken fragen, warum sie ihn dorthin beordert hat. Aber er wird dich nicht angegriffen haben. Wo hat dein Gegner denn gestanden?«

»Zunächst seitlich. Dann habe ich mich herumgedreht und den Arm hochgerissen, um den Schlag abzublocken.«

»Er hat dich an der linken Seite erwischt.«

»Das ist kaum zu übersehen.« Wiebke fuhr sich mit der Hand über die Beule.

»Demnach ist er Rechtshänder.«

»Ja und?«

»Bender ist Linkshänder. Das hätte dir beim Schreiben der Zeugenliste auffallen müssen. Wenn er dich attackiert hätte, wäre deine Verletzung an der rechten Seite.«

Wiebke rutschte in ihrem Sitz nach unten, als wollte sie im Fußraum verschwinden.

»Da ist was dran. Seit Ennos Ermordung kann ich kaum einen klaren Gedanken fassen.«

»Das ist mir auch schon aufgefallen.«

»Bender könnte mit einem Komplizen arbeiten. Der hat mich ausgeknockt, während er alle Festplatten gelöscht hat.«

»Nicht sehr wahrscheinlich, theoretisch aber denkbar. Wir werden ihn auf jeden Fall im Auge behalten. Obwohl du urlaubsreif bist, kann ich dir jetzt keine freien Tage genehmigen. Dazu haben wir zu viel Arbeit.«

»Ich werde erst dann Urlaub nehmen, wenn wir Ennos Mörder gefasst haben.« Wiebke ballte die Hände zu Fäusten.

»Was hältst du von Kaffee und Fischbrötchen?« Gesner deutete auf einen mobilen Verkaufsstand, der neben einer Ladenzeile auf einem Parkplatz stand.

»Diese Kombination geht gar nicht. Denk an deinen Heringsschwarm, der im Koffein elendig verreckt ist.«

»Bist du sicher, dass mein Magengrummeln am Koffein lag und nicht an den vielen Zuckerfischen?«

»Absolut. Ich bin mit dem Zeug aufgewachsen.«

»Das erklärt manches.«

Gesner grinste und parkte den Streifenwagen. Wenige Augenblicke später hielt jeder von ihnen ein Bier in der einen und ein Fischbrötchen in der anderen Hand. Dass es sich dabei um alkoholfreies Bier handelte, würden die Heringe hoffentlich nicht merken. Während der Dienstzeit musste man schließlich Kompromisse machen, vor allem vormittags.

ERKLÄRUNGSNOT

»Schön, dass ihr euch auch mal hier sehen lasst.«

Patrick streckte den Kopf über seine Aktenmauer, als Gesner und Wiebke in das Polizeikommissariat zurückkehrten.

»Wir waren bei einer Vernehmung.«

»Warum habt ihr damit nicht auf mich gewartet?«

»Weil ein kompetenter Beamter während unserer Abwesenheit hier die Stellung halten muss.« Der Kommissar setzte sich auf seinen Schreibtischstuhl.

»Endlich bekomme ich meine verdiente Anerkennung.« Patrick stützte sich auf die obersten Ordner, woraufhin die Aktenmauer bedrohlich wackelte.

»Nee, das hat mit dir nichts zu tun«, frotzelte Wiebke. »Das war die Arbeitsplatzbeschreibung für einen neuen Mitarbeiter.«

»Sehr witzig.« Patrick tauchte wieder ab.

Wiebke setzte sich an ihren Schreibtisch und griff nach der darauf liegenden Akte, bei der es um einen Ladendiebstahl in Norddeich ging. Trotz der Ermittlungen in ihrem Mordfall mussten auch andere Straftaten aufgeklärt werden. Obwohl sie es sich nicht eingestehen wollte, freute sie sich über die Abwechslung, denn bei Enno hatte sie bisher zu viele Fehler gemacht. Wenn sie sich weiterhin so dösig anstellte, würde sie den Täter niemals überführen. Und *das* würde sie sich nicht verzeihen.

Wiebke stellte die Ellenbogen auf den Schreibtisch und stützte den Kopf mit ihren Händen ab, als sei er ihr zu schwer geworden. In dieser Haltung vertiefte sie sich zunächst in die Aussage eines Zeugen, der den Diebstahl beobachtet hatte. Zumindest hatte sie das vor, aber ihre Gedanken schweiften immer wieder ab, und sie musste den Text mehrfach lesen. Die Buchstaben tanzten vor ihren Augen, und kein Satz ergab einen Sinn.

Kurz vor der Mittagspause tauchte Renkens Anwältin in der Dienststelle auf und drohte Gesner vor seinen Mitarbeitern wegen der Durchsuchung mit einer Dienstaufsichtsbeschwerde, was die Laune ihres Vorgesetzten keinesfalls verbesserte.

Nachmittags war der Kommissar so reizbar wie ein Stier in der Arena. Um ihn etwas zu beruhigen, sagten weder Patrick noch Wiebke ein Wort, und im Büro war lediglich das Klappern der Tastaturen zu hören, das immer wieder vom Klingeln des Telefons unterbrochen wurde.

Als Gesners Drucker geräuschvoll Papier ausspuckte, blickte Wiebke auf. Der Kommissar nahm die Ausdrucke an sich und überflog den Text.

»Das darf doch nicht wahr sein!«, schimpfte er lauthals, strich etwas darin an und stand auf. Mit schweren Schritten stampfte er zu Wiebkes Arbeitsplatz und knallte ihr den Papierstapel auf den Schreibtisch.

»Wann wolltest du mir davon erzählen?« Seine Stimme zitterte vor Wut.

Offenbar hatte Wiebke ihn verärgert, obwohl sie keine Ahnung hatte, was sie angestellt haben könnte.

»Wovon hätte ich dir erzählen sollen?«, fragte sie in einem bemüht freundlichen Tonfall.

»Von der Überweisung. Die Finanzermittler haben schon einen Teil von Renkens Datenmaterial ausgewertet.

Mir fehlen die Worte, um dir zu sagen, wie enttäuscht ich von dir bin.«

»Ich habe keine Ahnung, wovon du redest.«

Wiebke griff nach dem Papier und warf einen Blick drauf. Dabei handelte es sich um eine Aufstellung, auf der mehrere Überweisungen verzeichnet waren.

»Kommt dir diese Kontonummer bekannt vor?«

Gesner beugte sich vor und deutete auf eine Zahlenreihe, hinter der *Wiebke Felber* stand.

»Ja, das ist mein Konto. Ich verstehe nicht …«

Sie verstummte und legte die Hände auf ihren Bauch, der sie urplötzlich derart quälte, als hätten sich ihre Eingeweide in ein Schlangennest verwandelt.

»Was ist denn los?« Patrick tauchte neben dem Kommissar auf.

»Wiebke hat sich nicht nur die Einlage bei der Friesenklima AG wieder auszahlen lassen, sondern auch noch zehntausend Euro Provision bekommen.«

»Hatte Renken nicht gesagt, dass sie keine Rückzahlungen machen könnte?«

»Für Wiebke hat sie eine Ausnahme gemacht. Ich frage mich nur, für welche Gegenleistung die Provision geflossen ist.«

Bei dem Wort *Provision* malte Gesner zwei imaginäre Gänsefüßchen in die Luft.

»Ich kann mir das alles nicht erklären.« Wiebke hob die Hände, als wollte sie göttlichen Beistand erbitten. »Warum rufen wir Mareke nicht an? Sie kann uns bestimmt etwas dazu sagen.«

»Mareke. Das klingt eher nach einer alten Freundin als nach einer Verdächtigen. Wie lange seid ihr schon per du?«

»Seit dem Tag, an dem ihr Boot in Sünnum gefunden wurde.«

»Dann wirst du deine Freundin jetzt anrufen. Das Telefon stellst du bei dem Gespräch auf Lautsprecher, damit wir alle mithören können. Du wirst Renken nicht darauf hinweisen, ist das klar?« Gesner richtete den Zeigefinger seiner rechten Hand wie einen Dolch auf seine Mitarbeiterin.

»Okay.«

Wiebke griff nach ihrem Smartphone und suchte sich die im Kurzwahlverzeichnis gespeicherte Telefonnummer heraus.

»Sieh mal einer an. Du hast sogar ihre Privatnummer.« Der Kommissar nickte grimmig.

Wiebke ignorierte die Bemerkung, tippte die Ziffernfolge in das Bürotelefon und stellte das Gerät auf laut. Ein Tuten hallte durch das Büro. Wenige Augenblicke später wurde der Anruf entgegengenommen.

»Renken.«

»Moin, Mareke, hier ist Wiebke.«

»Schön, von dir zu hören. Was ich von deinen Kollegen leider nicht behaupten kann. Diese Amateure haben gestern ohne Durchsuchungsbeschluss nach Wildwest-Manier mein Büro gestürmt. Ich bin froh, dass du bei der peinlichen Aktion nicht dabei gewesen bist. Können wir später telefonieren? Ich habe gleich einen Kundentermin.«

»Ich habe nur eine kurze Frage.«

»Worum geht es denn?«

»Um das Geld, das du mir überwiesen hast.«

»Was ist damit? Willst du die Provision neu verhandeln?«

»Um die Höhe geht es nicht. Ich würde gerne wissen, warum du mir überhaupt etwas überwiesen hast.«

»Ich verstehe deine Frage nicht. Du hast mich ausdrücklich darum gebeten, wie die anderen Sünnumer auch. Ihr seid deshalb doch bei mir im Büro gewesen. Da ich nicht alle auszahlen kann, wollte ich zumindest dir nichts schuldig bleiben. Die Provision habe ich für deine Hilfe in den letzten Tagen gezahlt. Das hatten wir doch so besprochen.«

»Ich habe dich persönlich weder um Rückzahlung noch um eine Provision gebeten. Ich wüsste auch nicht, wobei ich dir geholfen haben sollte.«

»Du hast mich wegen der Rückzahlung geradezu angefleht. Die Provision ist für die wertvollen Tipps, die du mir in den letzten Tagen gegeben hast. Das weißt du doch.«

»Tipps?« Wiebke hatte das Gefühl, als würde ihr der Boden unter den Füßen weggezogen.

»Informationen, die mir den Arsch gerettet haben, wenn ich das so sagen darf.«

»Worüber soll ich denn mit dir geredet haben?«

»Wiebke, das weißt du genau. Was für eine Show ziehst du hier ab?«

»Keine Show, ich will endlich wissen … hallo … hallo?«

Wiebke schüttelte den Hörer, als könnten die Worte herausfallen, aber ihre Gesprächspartnerin hatte das Telefonat beendet.

»Du hast Renken mit ermittlungsrelevanten Infos versorgt. Ich fasse es nicht.« Gesner schlug die Hände vor sein Gesicht, als könnte er den grauenvollen Verdacht damit ausblenden. Nach einigen Augenblicken nahm er die Hände wieder runter und blickte Wiebke ernst an. »Nun wird mir nicht nur klar, warum wir bisher keine tatrelevanten Hinweise gefunden haben, sondern auch, weshalb du dich bei der Arbeit in letzter Zeit so dämlich angestellt und offensichtliche Zusammenhänge übersehen hast. Bisher habe ich das auf deine psychische Belastung zurückgeführt. Inzwischen muss ich leider davon ausgehen, dass du deine Dusseligkeit vorgetäuscht hast, um Spuren zu verwischen und uns auf falsche Fährten zu führen.«

»Chef, Wiebke ist …«

»Patrick, halt den Sabbel, ich bin hier noch nicht fertig. Wegen deines Verrats gehe ich davon aus, dass die Finanzermittler keine auffälligen Buchungen finden werden. Unsere IT-Experten konnten bisher ebenfalls keine Unregelmäßigkeiten bei der Friesenklima AG feststellen, weil du Renken zuvor mit Informationen versorgt hast.«

»Das stimmt nicht«, verteidigte sich Wiebke. »Du weißt genau, dass ich dich niemals hintergehen würde.«

»Bisher habe ich das auch gedacht. Jetzt wird mir erst klar, warum du bei der Bürodurchsuchung nicht mitmachen wolltest, sondern stattdessen zu Renkens Villa gefahren bist. Du hast dort alle Daten gelöscht und dafür gesorgt, dass wir nichts mehr finden. Die Verletzung wirst du dir selbst zugefügt haben, um die Geschichte von dem Unbekannten glaubhafter zu machen. Ich nehme an, dass du deinen Kopf gegen einen Türrahmen gerammt hast, war es nicht so?«

»Nein!«

Wiebke sprang so abrupt auf, dass der Stuhl krachend nach hinten fiel. Die Anschuldigungen fühlten sich an wie eine ordentliche Tracht Prügel.

»Wo ist deine Waffe?« Ihr Chef war so zornig wie nie zuvor.

»Die wird der Angreifer eingesteckt haben.«

»Du willst ernsthaft an der Geschichte mit dem Unbekannten festhalten? Für wie bescheuert hältst du mich eigentlich? Denkst du wirklich, dass ich dir das Märchen mit der offenstehenden Kellertür abnehme? Deine Geschichte war von Anfang an löchrig wie ein Sieb, aber ich habe dir geglaubt, weil ich dir vertraut habe.« Gesner schien mit seiner Schimpftirade fertig zu sein und atmete tief durch, als hätte er eine schweißtreibende Sporteinheit hinter sich.

»Der Verdacht gegen dich ist so schwerwiegend, dass du mit sofortiger Wirkung suspendiert bist. Dir ist hoffentlich klar, dass ich eine interne Ermittlung in die Wege leiten muss. Pack deine Sachen und verschwinde.«

Seine Stimme glich einem Donnergrollen.

»Aber ich …«

»Raus, und zwar sofort!« Er deutete zur Tür.

Wiebke öffnete die oberste Schreibtischschublade, holte ihren Autoschlüssel heraus und trottete mit gesenktem Kopf zu ihrem Mini. Wenige Augenblicke später ließ sie den Motor an und fädelte sich in den laufenden Verkehr ein.

Die Fahrt nach Sünnum legte sie wie ferngesteuert zurück. Wiebke parkte den Mini vor dem Kroog, zog den Zündschlüssel ab und löste den Sicherheitsgurt. Zum Aussteigen fehlte ihr die Kraft. Die Tränen, die sie bisher mühsam zurückgehalten hatte, rannen ihr über die Wangen, und ihr Körper erbebte unter Schluchzern.

»Kindchen!«

Gesine, die aus dem Haus gekommen war, riss die Wagentür auf. Sie beugte sich ins Innere und legte die Arme um ihre Tochter. Eine Weile sagte niemand etwas, denn es gab keine Worte, die diese innige Verbindung zwischen Mutter und Kind besser ausdrücken konnten als eine feste Umarmung. Nach und nach versiegten die Tränen, und auch die Schluchzer wurden seltener.

»Geht schon wieder.« Wiebke löste sich aus den Armen ihrer Mutter und putzte sich die Nase.

»Was ist passiert?«

»Mareke will mich in die Pfanne hauen. Gesner hat mich suspendiert und wird eine interne Ermittlung einleiten.«

»Warum das denn?«

»Das ist eine längere Geschichte.«

»Ich habe Zeit.« Gesine half ihr aus dem Wagen. Sie hakte sich bei Wiebke unter und schloss die Kneipentür hinter sich. »Hier können wir in Ruhe reden.«

»Hast du denn nichts zu tun?«

»Die Arbeit kann warten. Meine Tochter nicht.«

»Oh, du hast heute aber früh geöffnet.« Joris latschte in die Kneipe.

»Geschlossene Gesellschaft.« Die Friesenbrauerin deutete auf Wiebke und dann auf sich. »Du kannst später wiederkommen.«

»Aber ich …«

»… wollte gehen und im Lädchen aufräumen. Das Obst muss noch verstaut und die Einmachgläser ins Regal geräumt werden. Wenn du damit fertig bist, kannst du durchfegen und die Kladde auf den Verkaufstresen legen. Sag den anderen Sünnumern, dass der Kroog heute später öffnen wird.«

Der alte Kapitän schaute von Gesine in Wiebkes vom Weinen verquollenes Gesicht, das mit der farbenprächtigen Beule wie eine schief sitzende Gruselmaske wirkte. Dann schlurfte er aus dem Kroog, schloss die Tür hinter sich und ließ Mutter und Tochter allein.

»Erzähl, wenn dir danach ist. Wir haben alle Zeit der Welt.«

»Die Dorfbewohner werden irgendwann den Kroog stürmen.«

»Das lass mal meine Sorge sein.«

Wiebke wusste nicht, wo sie anfangen sollte.

Die Worte tröpfelten zunächst stockend aus ihrem Mund, als müsse sie danach suchen. Dann strömten sie aus ihr heraus wie ein Bächlein, das sich seinen Weg durch Geröll und andere Hindernisse bahnt und später zu einem mächtigen Fluss wird. Als Wiebke fertig war, trank sie einen Schluck Tüdelbräu aus dem Glas, das ihre Mutter zwischenzeitlich gezapft hatte. Durch das Reden hatte sie einen trockenen Hals bekommen. Gesine, die sie kein einziges Mal unterbrochen, sondern nur zugehört hatte, sah ihre Tochter sorgenvoll an.

»Hast du Renken Informationen verkauft?«

»Nein.«

»Ich glaube dir. Von Gesner hätte ich mehr Menschenkenntnis erwartet. Deinem Vorgesetzten hätte doch klar sein müssen, dass du ihn niemals hintergehen würdest.«

»Er steht unter großem Druck. So gestresst habe ich ihn noch nie erlebt.«

»Das rechtfertigt keine Suspendierung. Was wirst du jetzt unternehmen?«

»Ich werde ins Bett gehen, mir die Decke über den Kopf ziehen und schlafen. Beim Aufwachen stelle ich dann hoffentlich fest, dass dieser Tag nur ein Albtraum gewesen ist.«

»Du kannst nicht vor dir selbst davonlaufen.«

»Ich weiß, aber im Moment kann ich keinen klaren Gedanken fassen. Danke fürs Zuhören.« Wiebke leerte ihr Glas und schlurfte zur Tür. Als sie sie geöffnet hatte, blieb sie überrascht stehen. Vor dem Kroog standen Joris, Hinnerk, Sören, Hauke und Renate, die sich auf ihren Rollator stützte.

»Ihr könnt jetzt reingehen.«

»Wir sind nicht wegen des Tüdelbräus hier«, ließ sich der alte Kapitän vernehmen.

»Wieso denn dann?« Wiebke zog die Augenbrauen hoch.

»Weil dir anscheinend etwas Schlimmes passiert ist und wir das wieder in Ordnung bringen werden.«

»Hinnerk, das ist lieb von euch, aber das könnt ihr nicht.«

»Da wäre ich mir nicht so sicher.« Er ballte seine riesigen Hände zu Fäusten, die an seinen muskulösen Armen wie Hämmer wirkten.

»Er hat recht«, bestätigte Sören.

»Wer immer dir etwas angetan hat, dem werden wir gehörig den Kopf waschen.«

Bei der Vorstellung, wie Renate den Kommissar mit dem linken Arm in den Schwitzkasten nahm und ihm mit der Spülbürste den Kopf schrubbte, musste Wiebke trotz des grauenvollen Tages, den sie hinter sich hatte, grinsen.

»Danke, aber diese Sache werde ich alleine regeln.«

Wiebke ließ die Dorfbewohner stehen und trottete mit gesenktem Kopf in die Wohnung. Sie zog die Uniform aus, hängte sie auf einen Bügel und schlüpfte unter die Decke.

Sie schloss die Augen, aber statt der ersehnten Ruhe tobte hinter ihren geschlossenen Lidern ein Gedankensturm. Bilder des toten Enno zerflossen mit Aufnahmen von Marekes Besuch im Kroog, dem Brand in der Villa und dem gesichtslosen Angreifer zu einem Kaleidoskop sich ständig ändernder Eindrücke. Das alles zog sie in einen Strudel aus wirbelnden Farben, die immer dunkler wurden, bis Wiebke vollkommen in die Finsternis eintauchte.

VERBÜNDETE

»Wir können unmöglich das ganze Dorf ermitteln lassen.«

Die Friesenbrauerin stützte sich mit den Armen auf die Theke und beugte sich vor. Bis auf Joris, der auf seinem Stammplatz im Kroog saß, waren alle anderen Sünnumer an diesem Abend bereits nach Hause gegangen.

Die Gespräche hatten sich bis auf wenige Ausnahmen um Wiebke und ihre Suspendierung gedreht. Jeder Dorfbewohner wollte Gesines Tochter beim Beweis ihrer Unschuld helfen und Ennos Mörder überführen. Die Vorgehensweisen wurden mit jedem Glas Tüdelbräu etwas abenteuerlicher. Da die meisten Sünnumer tagsüber ihrer Arbeit nachgehen mussten und Renate mit ihrem Rollator keine Verbrecher verfolgen konnte, scheiterten viele Ideen an der praktischen Umsetzung.

»Warum denn nicht?«, antwortete Joris mit einer Gegenfrage.

»Weil es zu gefährlich ist. Ennos Mörder kann jederzeit wieder zuschlagen.«

»Die Leute sollen doch nur Augen und Ohren offenhalten und nicht James Bond spielen. Jede Information kann uns weiterhelfen.«

»Das ist richtig. Selbst wenn die Dorfbewohner nichts anderes zu tun hätten und keiner Gefahr ausgesetzt wären, bräuchten wir eine Kommandozentrale, in der alle Fäden zusammenlaufen. So ein Vorhaben muss vernünftig koordiniert werden.«

»Der Kroog ist ein ideales Hauptquartier. Da ich als ehemaliger Kapitän eine Crew führen kann, werde ich hier die Stellung halten und den ganzen Tag …«

»… Tüdelbräu trinken«, fiel ihm die Friesenbrauerin ins Wort.

»Nicht nur. Ich würde auch Heringsschwärme essen, um bei Kräften zu bleiben. Dich würde ich zu meiner ersten Offizierin ernennen. Da ich eine so wichtige Position noch nie mit einer Frau besetzt habe, ist das eine große Ehre für dich.«

»Welche Aufgaben hätte ich denn als erste Offizierin?« Gesine zog die Augenbrauen hoch.

»Du müsstest dich um mein leibliches Wohlergehen kümmern, mich während meiner Abwesenheit vertreten und meine ausgeklügelten Strategiepläne mit den Sünnumern in die Praxis umsetzen.«

»Dann bin ich also Dienstmädchen und Laufbursche.«

»Es kann nun einmal nicht jeder das Sagen haben.« Der alte Kapitän zuckte mit den Schultern.

»Damit hast du vollkommen recht.« Gesine nickte.

»Dann sind wir uns also einig?«

»Nicht so ganz, ich lasse mir ungern Vorschriften machen, vor allem nicht im Kroog. Hier tanzt jeder nach meiner Pfeife, das müsste dir eigentlich klar sein.«

Joris stellte sein leeres Glas so fest auf die Theke, dass es zu zerbrechen drohte.

»Wieso musst immer nur du bestimmen?«

»Wie meinst du das denn?«

»Wie ich es sage. Ständig müssen alle deinem Willen folgen. Die anderen Sünnumer wollen Wiebke auch unterstützen. Du kannst sie nicht vor den Kopf stoßen, indem du ihre Hilfe ablehnst.« Er stand auf und trottete zum Ausgang.

»Joris, ich will doch nur, dass niemandem etwas geschieht«, rief sie ihm nach.

»Hast du mal daran gedacht, dass es Leute gibt, die nicht wollen, dass *dir* etwas geschieht?«

»Wie meinst du das denn?«

»Merkst du nicht, dass du ständig dieselbe Frage stellst?« Joris knallte die Tür hinter sich zu.

Gesine seufzte. Auf einen Streit mit dem alten Seebär konnte sie momentan gut verzichten. Sie würde die Angelegenheit so schnell wie möglich in Ordnung bringen müssen, denn ein Leben ohne Joris war … *was?*

Sie wusste es nicht. Vielleicht sollte sie sich auch darüber Gedanken machen, aber das konnte sie später immer noch. Die Friesenbrauerin ließ ihren Blick durch die leere Kneipe wandern, die für viele Sünnumer zu einem zweiten Wohnzimmer geworden war. Hier wurde geredet, gelacht, gesungen und … gestorben.

Gesine schaute auf die Stelle, an der Enno in ihren Armen seinen letzten Atemzug getan hatte. Obwohl sie das Blut längst vom Boden geschrubbt hatte, würde sie seine Leiche immer wieder dort sehen. Gesine zweifelte keine Sekunde daran, dass Renken nicht nur bei Wiebkes Suspendierung, sondern auch bei Ennos Ermordung ihre schmutzigen Finger im Spiel gehabt hatte. Eine Frau wie sie war eine eiskalte Managerin, die jeden Gegner aus dem Weg räumte – notfalls mit Gewalt.

Sich mit ihr anzulegen konnte den Tod bedeuten.

Da Gesine keinen weiteren Sünnumer verlieren wollte und unmöglich allein gegen Renken vorgehen konnte, würde sie sich mit den einzigen Menschen verbünden, die ihr in der jetzigen Situation helfen konnten. Sie griff nach dem Mobiltelefon und tippte auf eine im Kurzwahlverzeichnis hinterlegte Nummer.

Nach dem siebten Klingeln wurde der Anruf entgegengenommen. Statt eines Namens oder einer Grußformel hörte sie nur Atemgeräusche.

»Sven?«

»Wer will das wissen?« Der Tonfall klang abweisend.

»Gesine. Können wir reden?«

»Um diese Zeit? Du hast mich geweckt.«

»Tut mir leid, ich wusste nicht, dass Leute …«

»… um Mitternacht schlafen?« Er lachte rau, wurde dann aber sofort wieder ernst. »Ist etwas passiert?«

»Kann man so sagen.«

»Worum geht es?«

»Nicht am Telefon.«

»Du hast Angst, abgehört zu werden? Wow, dann muss es echt heftig sein. Treffen wir uns am alten Ort?«

»Gerne. Ich radle sofort los.«

»Jetzt?«

»Wir dürfen keine Zeit verlieren.«

»Entweder bist du vollkommen paranoid, oder du steckst mächtig in der Scheiße.«

»Das wirst du bald erfahren.«

Gesine beendete das Telefonat und steckte das Gerät in die linke Hosentasche. Sie verließ den Kroog und eilte in die Wohnung. Dort zog sie sich die blaue Strickjacke über, nahm den Fahrradschlüssel vom Haken und warf einen Blick in Wiebkes Zimmer. Ihre Tochter schlief tief und fest. Sie würde ihre Abwesenheit nicht einmal bemerken.

Gesine eilte in den Innenhof. Sie schwang sich auf ihr Hollandrad und radelte zur Himmelspforte.

Die Nacht hatte wieder alle Farben aus der Natur radiert und ein gespenstisches Schattenreich erschaffen. Ein Nordwestwind blies der Friesenbrauerin entgegen, und sie musste kräftig strampeln. Wolkenfelder zogen über den Himmel und knipsten das Mondlicht immer wieder an und aus.

Der Radweg glich einer Buckelpiste. Schlaglöcher und durch Wurzeln hochgedrückte Steine erschwerten das Fahren. Manche Hindernisse bemerkte Gesine wegen der schlechten Lichtverhältnisse erst so spät, dass sie nicht mehr ausweichen konnte und aus dem Sattel katapultiert wurde. Glücklicherweise konnte sie stets das Gleichgewicht halten und einen Sturz vermeiden.

Erst jetzt wurde ihr die Einsamkeit der Gegend bewusst. Falls sie verletzt liegen blieb, würde es Stunden dauern, bis sie gefunden wurde. Wenn überhaupt, schließlich wusste niemand, wo sie sich befand …

»Sei keine Bangbüx«, sprach sich Gesine Mut zu und radelte weiter. Als sie den engmaschigen Zaun, der das brachliegende Gelände umgab, erreicht hatte, schnaufte sie wie eine alte Dampflok.

Sie ließ den Drahtesel ins hohe Gras fallen, stützte die Hände auf die Oberschenkel und rang nach Luft. Wenige Augenblicke später war sie wieder zu Atem gekommen und suchte das Loch im Zaum.

Als sie es endlich fand, musterte sie den Durchschlupf argwöhnisch. Er schien deutlich schmaler zu sein. War sie an einer falschen Stelle? Sollte sie weitersuchen?

Die Friesenbrauerin überlegte einen Moment.

Dann griff sie nach den Drähten und drückte diese so weit wie möglich hoch. Wenn die scharfkantigen Enden ihren Rücken zerkratzten, konnte sie sich bei der Krabbelei verletzen. Sollte sie nicht besser umkehren? Die Zusammenarbeit mit radikalen Umweltschützern war ohnehin eine Schnapsidee. Vor allem mitten in der Nacht.

Gesine beäugte den nun größeren Durchschlupf, nickte dann, als hätte sie eine nicht gestellte Frage beantwortet, und kniete sich auf die Erde. Sie stützte sich mit den Armen ab und robbte bäuchlings auf die Kuhle zu, die unter dem Zaun hindurchführte. Sie hatte Kopf und Nacken gerade durchgeschoben, als sie vor sich einen Maulwurfshügel entdeckte, der beim letzten Mal nicht dort gewesen war. Der Erdhaufen wirkte aus ihrer Perspektive riesig. Sie versuchte, seitlich daran vorbeizukommen, aber dazu war die Kuhle zu schmal. Da ihr nur der Weg über das Hindernis blieb, hob sie den Kopf an und robbte weiter. Dabei bohrte sich ein Draht zwischen die Schulterblätter. Der Schmerz trieb ihr Tränen in die Augen.

Gesine versuchte, sich fester auf den Boden zu pressen, aber das war wegen der Erhebung unmöglich. Sie biss die Zähne zusammen und kämpfte sich weiter voran. Dann blieb sie liegen. Der Draht schnitt wie ein Messer in ihre Haut, und nun konnte sie weder vor noch zurück.

Joris hätte ihr jetzt aus der Patsche helfen können, aber der saß wahrscheinlich in seinem Leuchtturm und schlief mit auf dem Bauch gefalteten Händen in seinem Lieblingssessel.

In der linken Hosentasche war ihr Handy. Damit konnte sie Sven anrufen und um Hilfe bitten.

Gesine schob den rechten Arm zur Seite, um danach zu

greifen, aber sie konnte ihn nur eine Handbreit abwinkeln. Der Versuch, den Arm parallel zum Körper nach hinten zu schieben, funktionierte aufgrund der Enge ebenfalls nicht.

Sie wand sich wie ein Aal, konnte die Hände aber nicht einmal in die Nähe der Hosentasche bringen. Als das Handy klingelte und in ihrer Tasche vibrierte, stieß sie einen Schrei aus, als könnte sie auf diese Weise eine Verbindung herstellen. Aber damit schreckte sie nur einige Krähen auf, die sich lauthals über die Störung der Nachtruhe beschwerten und davonflogen.

Irgendwann hörte das Klingeln auf und das Mobiltelefon bewegte sich nicht mehr. Eine Weile war es ganz still, nur das Rauschen des Windes war zu hören. Und das Knurren eines Wolfes, der sich langsam näherte.

KALEIDOSKOP

Wiebke schreckte aus einem Albtraum auf. Das Bettzeug lag zerknüllt am Fußende, das Laken war zerwühlt. Schweißgebadet schwang sie die Beine aus dem Bett. Das Herz hämmerte wie verrückt in ihrer Brust. Traumsequenzen und Realität setzten sich wie bei einem Kaleidoskop immer wieder zu neuen Visionen zusammen. Nach und nach verblassten die Fantasiebilder, und sie blickte sich hektisch im Zimmer um, als würde dort jemand lauern.

»Hier ist niemand.«

Die eigene Stimme zu hören wirkte beruhigend. Wiebke stand auf und stakste ins Bad. Nachdem sie sich erleichtert und kaltes Wasser ins Gesicht gespritzt hatte, machte sie sich auf den Weg zur Küche.

Dort warf sie einen Blick auf die an der Wand hängende Uhr. Es war halb eins. Demnach hatte sie ein paar Stunden geschlafen. Sie öffnete den Kühlschrank, nahm eine Flasche Milch heraus und trank in gierigen Schlucken. Sie wollte die Flasche gerade wieder zurückstellen, als sie eine Tür quietschen hörte.

Wiebke schrie auf und ließ die Milchflasche fallen.

Sie zersplitterte auf den Bodenfliesen. Scherben und Milch verteilten sich in der Küche. Weiße Flecken sprenkelten Schränke und Wände und bildeten eine Lache auf dem Fußboden. Wiebke ignorierte das Chaos und lauschte.

Als das Quietschen erneut zu hören war, schlich sie in den Flur und drückte sich an die Wand, wie sie es bei Einsätzen auch machte. Mit Seitwärtsschritten schob sie sich bis zum Ursprung des Geräusches vor. Vorsichtig lugte sie durch die offenstehende Tür zum Schlafzimmer ihrer Mutter. Diese bewegte sich in einem Luftzug, der durch das gekippte Fenster kam. Sie linste hinein. Das Bett war leer.

Wiebke atmete erleichtert auf. Gesine würde sicherlich noch im Kroog sein. Bis ihre Mutter nach Hause kam, wollte sie die Sauerei in der Küche beseitigt haben.

Sie klaubte die Scherben auf und warf sie in die Mülltonne. Dann füllte sie einen Eimer mit Wasser, tat etwas Reinigungsmittel hinein und schnappte sich den Wischmopp. Zehn Minuten später hatte sie alles aufgewischt.

Im ersten Moment wollte Wiebke wieder zu Bett gehen, entschied sich dann aber dagegen, schließlich hatte sie – wenn auch unfreiwillig – keinen Dienst und konnte am nächsten Morgen ausschlafen. Außerdem würde ihr etwas Gesellschaft guttun. Sie zog sich an und polterte die Treppe hinunter. Kurz darauf war sie in der Kneipe.

Niemand war dort.

Ihre Mutter würde in der Brauerei sein.

Wiebke durchquerte die Gaststube und ging zur Tür, die in den Keller führte. Sie öffnete diese und sah in einen dunklen Schlund.

»Mama?«

Keine Antwort. Sie knipste das Licht an und stieg die Treppe hinunter, aber ihre Mutter war nicht im Keller. Was hätte sie in der Dunkelheit auch dort machen sollen?

Wiebke wurde unruhig.

Als sie Gesine auch im Lädchen nicht fand, eilte Wiebke wieder in die Wohnung und schaute in alle Räume – allerdings vergebens. Sie kehrte in ihr Zimmer zurück, nahm das Mobiltelefon vom Nachttisch und rief ihre Mutter an.

Aber die nahm ihren Anruf nicht entgegen.

KOMMANDOZENTRALE

Joris saß in seinem Sessel und blickte auf die Nordsee.

Vom Leuchtturm aus hatte er einen wundervollen Blick über den Strand bis zum Meer, das in dieser Nacht wie ein lauerndes Raubtier vor ihm lag. Mondlicht spiegelte sich auf der kräuselnden Oberfläche.

Aus Erfahrung wusste der alte Kapitän nur zu gut, dass sich die Nordsee innerhalb kürzester Zeit in eine alles verschlingende Bestie verwandeln konnte, die sich mit ihrer nassen Zunge Land und Menschen einverleibte.

Seit vielen Jahren hatte er keine Nacht mehr durchgeschlafen. Nach dem Schicksalsschlag war er noch ins Bett gegangen und hatte sich schlaflos auf dem Laken gewälzt. Irgendwann hatte er eingesehen, dass es keinen Sinn machte, und sich in seinen Sessel gesetzt. Das Wolkenkino war spannender als jede Fernsehunterhaltung.

Zwischendurch nickte er immer wieder ein. Sein Körper schien sich daran gewöhnt zu haben, denn tagsüber war er zwar nicht fit wie ein Turnschuh, schlich allerdings auch nicht wie ein Schlafwandler durch die Gegend.

Wie so oft schickte er seine Gedanken mit den Wolken auf Reisen. Wenn Gesine die Sünnumer an den Nachforschungen nicht beteiligen wollte, würden sie Wiebkes Unschuld eben ohne die Friesenbrauerin beweisen und mit allen verfügbaren Kräften nach Ennos Mörder Ausschau halten.

Dass die Dorfbewohner ihrer Arbeit nachgehen mussten, war kein Hinderungsgrund. Mit geschickter Planung konnte man alle Beteiligten so einsetzen, dass immer jemand verfügbar war. Die Kommandozentrale würde er kurzerhand in den Leuchtturm verlagern. Im Kühlschrank hatte er noch eine eiserne Reserve Tüdelbräu. Wenn er sich diese vernünftig einteilte, kam er damit eine Weile über die Runden. Zudem konnten seine Besucher immer wieder ein paar Flaschen mitbringen. Die Dorfbewohner würden Gesine schon zeigen, dass sie auch allein zurechtkamen.

WOLFRISSE

Gesine starrte den Wolf an. Seine gelben Augen schienen in der Dunkelheit zu leuchten, als würde hinter ihnen eine Flamme lodern. Die Berichte über streunende Wölfe, die Schafe und andere Nutztiere rissen, kamen ihr in den Sinn. Der Deichschäfer hatte deswegen einen besseren Schutz für seine Tiere gefordert. Umweltschützer, Landwirte und Jäger standen sich in der Debatte über Wolfsrisse teilweise unversöhnlich gegenüber. Obwohl in der Nähe von Sünnum schon vereinzelte Wölfe gesichtet worden waren, hatte sich Gesine nie ernsthaft von den Raubtieren bedroht gefühlt.

Bis jetzt.

Das Tier kam langsam näher.

»Hau ab«, rief sie.

Mit aufgestellten Ohren blieb der Wolf stehen, als denke er über ihre Aufforderung nach. Dann bleckte er die Zähne und schlich auf leisen Pfoten weiter.

Die Friesenbrauerin versuchte sich an alles, was sie jemals über Wölfe gehört hatte, zu erinnern. Aber ihr Gedächtnis war wie ein schwarzes Loch.

Der Wolf öffnete das Maul. Geifer lief aus seinen Lefzen und tropfte zu Boden. Inzwischen war das Tier keinen Meter mehr von Gesine entfernt.

»Geh weg!« Ihre Stimme überschlug sich.

Verzweifelt versuchte sie, sich aus ihrer misslichen Lage zu befreien, aber jede Bewegung verursachte grauenvolle Schmerzen.

Der spitze Draht hatte sie aufgespießt.

Warum hatte sie sich nur allein auf den Weg gemacht?

Joris wäre sicherlich mitgekommen, wenn sie ihn darum gebeten hätte. Statt sich von ihm helfen zu lassen, hatte sie ihn verärgert.

Das Knurren ging ihr durch Mark und Bein.

Urplötzlich fiel ihr ein Zeitungsartikel ein, den sie vor längerer Zeit einmal gelesen hatte. Dem Text nach konnte man einen Wolf vertreiben, indem man sich möglichst groß machte, etwas nach dem Tier warf und in die Hände klatschte. Leider nützte ihr diese Information nichts, denn die Arme lagen neben ihrem Körper, und in die Hände zu klatschen oder etwas nach dem Tier zu werfen war in ihrer Situation so unmöglich, wie Ballett zu tanzen. Groß machen konnte sie sich auch nicht, denn sie lag zusammengekauert vor dem Wolf.

Ein perfektes Opfer.

Der Wolf kam näher und blieb eine Handbreit vor ihr stehen.

Senkte den Kopf.

Riss sein Maul auf.

Gesine schrie aus Leibeskräften.

Sekundenbruchteile später explodierte die Welt.

Zumindest kam es ihr so vor, denn direkt neben ihr knallte eine mit kleinen Steinen gefüllte Coladose auf den Boden und machte einen Höllenlärm.

Eine dunkle Gestalt stand hinter dem Wolf und klatschte wie verrückt in die Hände. Dabei brüllte sie das Tier an.

Das Raubtier zog den Schwanz ein und lief davon.

»Was ist passiert?« Sven tauchte vor ihr auf. Der wild wuchernde Bart verdeckte die untere Hälfte seines Gesichts.

»Ich habe mich im Draht verfangen.«

»Kleinen Augenblick, das haben wir gleich.«

Der Umweltschützer beugte sich über Gesine, zog den Draht aus ihrer Haut und bog das spitze Ende nach oben. Mit seiner Hilfe robbte sie das letzte Stück durch die Kuhle. Er reichte ihr die Hand und half ihr auf die Beine. Die Aufregung stand der Friesenbrauerin ins Gesicht geschrieben.

»Puh, das war Rettung in letzter Sekunde. Wenn du nicht gekommen wärst …« Sie verstummte.

»Ich gehe keinesfalls davon aus, dass der Wolf dich gefressen hätte.«

»Warum das denn?«

»Zu hager. Viele Knochen, wenig Fleisch unter der faltigen Haut.« Er lachte rau.

Die Friesenbrauerin klopfte sich Erdkrumen und Staub von der Kleidung. Als sie sich dabei bückte, verzog sie schmerzvoll das Gesicht und drückte den Rücken durch.

»Bist du allein?«

»Jo.«

»Wo ist denn der alte Mann, der dich begleitet hat?«

»Im Bett, hoffe ich.«

»Weiß jemand, dass du hier bist?«

»Nein. Ist die Fragestunde jetzt beendet?«

»Ich muss wissen, wer sich noch auf diesem Gelände rumtreibt, schließlich haben wir hier unseren Unterschlupf. Die Bullen dürfen keinen Wind davon bekommen.«

Seine Stimme ließ jede Freundlichkeit vermissen.

»Ich werde nichts verraten.« Sie zog einen imaginären Reißverschluss über ihren Lippen zu.

»Da die Polente noch nicht aufgetaucht ist, scheinst du

bisher dichtgehalten zu haben. Lass uns zur Hütte gehen. Dort kann ich mir deine Wunde ansehen.«

Er drehte sich um und marschierte los.

Gesine folgte ihm. Das fahle Mondlicht ließ die zersplitterten Holzbalken der zerstörten Plattform wie bleiche Knochen wirken.

Sven verschwand in dem alten Kiosk.

Sie trat in die Dunkelheit, die wenige Augenblicke später vom flackernden Licht dreier Kerzen erhellt wurde.

»Zieh deine Strickjacke und den Pullover aus.«

»Lass mal, so schlimm ist das nicht«, winkte Gesine ab.

»Der Draht war am unteren Ende blutig. Ich möchte zumindest die Wunde verarzten.«

»Hast du Verbandszeug hier?«

»Nur Pflaster und ein paar Mullbinden, aber das wird reichen. Bei unseren Aktionen müssen wir immer mit Blessuren rechnen.«

Sven schritt zur ausrangierten Kühltruhe an der rückwärtigen Wand, schob den Deckel zur Seite und holte einen Erste-Hilfe-Kasten heraus.

Gesine zögerte. Konnte sie diesem Mann vertrauen?

Sie kannte ihn kaum – aber wenn er ihr etwas antun wollte, hätte er sie bestimmt nicht vor dem Wolf gerettet. Sie wischte ihre Zweifel beiseite und drehte ihm den Rücken zu. Dann zog sie die Strickjacke aus und den Pullover über den Kopf.

»Du hast Glück gehabt. Ist nur eine kleine Wunde, aber die ist tief. Du solltest sie im Auge behalten.«

Er klebte ein Pflaster auf die Verletzung, und sie zog Pullover und Strickjacke wieder an. Beide setzten sich an den Tisch, auf dem neben den Kerzen ein Tetrapak Apfelsaft, eine Flasche Wasser und eine aufgerissene Packung Müsli standen. Auf der Matratze lagen ein leerer Schlafsack und ein Laptop.

»Bist du alleine hier?«

»Anita ist auf Norderney, und Hannes ist kurz nach eurem Besuch abgehauen. Er hatte Angst, dass Renkens Killer ihn ebenfalls umbringen werden. Keine Ahnung, wo er sich jetzt rumtreibt.«

»Renken ist gefährlich. Ich bin sicher, dass sie Enno auf dem Gewissen hat. Meine Tochter hat sie mit einer Lüge kaltgestellt.«

»Das verstehe ich nicht.«

»Wiebke ist Polizistin und …«

»Deine Tochter ist bei den Bullen?«, polterte Sven los. »Warum hast du mir das nicht gleich gesagt?«

»Hätte das etwas geändert?«

»Irgendwie schon.«

»Du kannst mir vertrauen.« Gesine legte ihre Hand auf seine. »Immerhin bin ich mitten in der Nacht ohne jede Begleitung zu dir gefahren. Wiebke ist auf unserer Seite.«

»Demnach weiß sie von diesem Versteck?«

»Jo.«

»Wie abgefuckt ist das denn?« Er sprang auf. »Verschwinde! Mir dir will ich nichts mehr zu tun haben.«

»Wenn ich gegen dich arbeiten würde, wäre die Polizei bereits hier gewesen.«

Die Friesenbrauerin blieb sitzen und sah ihm in die Augen. Sven hielt ihrem Blick einige Sekunden lang stand, dann nahm er wieder Platz.

»Worüber wolltest du mit mir reden?«, fragte er unwirsch.

»Wir müssen Renken aus dem Verkehr ziehen. Gemeinsam können wir das schaffen.«

»Und wie stellst du dir das vor?«

»Indem wir jeden ihrer Schritte zunächst überwachen. Wir müssen uns Informationen aus ihrem direkten Umfeld besorgen. Irgendwann wird sie einen Fehler machen. Mit etwas Glück führt sie uns sogar zu einem Komplizen.«

»Das hat Enno auch versucht und dafür mit dem Leben bezahlt. Er war wie ein Bruder für mich.« Sven legte die rechte Hand auf sein Herz. »Hast du seit unserer letzten Begegnung etwas Neues erfahren?«

»Wir haben das Geheimnis des *Schimmelreiters* gelüftet.« Gesine erzählte von den in der Cloud gefundenen Dateien und den bisherigen polizeilichen Ermittlungen.

»Voll krass.« Sven klappte der Kiefer runter.

»Ich gehe davon aus, dass Renken oder ein Komplize hinter der Jorken Holding Limited steckt und das Geld der Anleger mit Scheinrechnungen außer Landes bringt. Wenn wir den Gesellschafter der Firma kennen, könnte uns das zum Mörder von Enno führen. Leider sind Auskünfte von den Bahamas schwierig zu bekommen.«

»Es gibt private Händler, die derartige Informationen verkaufen.« Sven grinste verschmitzt.

»Davon weiß ich nichts.«

»Ich bin der böse Junge von uns, schon vergessen? Mal sehen, was ich mit dem Daddelkasten …«, er warf einen Blick auf den Laptop, »… alles erreichen kann.«

»Dort wirst du sicherlich wichtige Informationen finden.« Gesine gab sich zuversichtlicher, als sie es war.

»Hast du schon mal darüber nachgedacht, dass es sich bei den Rechnungen um Schmiergeldzahlungen handeln könnte? Manche Beamte lassen sich Baugenehmigungen und andere Zusagen teuer bezahlen. Unser bürokratisches System ist so korrupt wie das einer Bananenrepublik.«

»Das wäre denkbar. Wir müssen allerdings noch eine weitere Möglichkeit in Betracht ziehen, obwohl mir allein der Gedanke daran Unbehagen bereitet.«

»Was meinst du damit?« Sven wuschelte durch seinen Bart, der danach wie eine drahtige Bürste aussah.

»Enno könnte hinter dem Nummernkonto stecken. Vielleicht hat er Renken erpresst und …«

»Er würde so etwas niemals machen. Du wirst sein Andenken nicht mit derartigen Anschuldigungen besudeln, ist das klar?«

Gesine, die von Svens Wutausbruch überrascht war, schaute betreten zu Boden. Hatte sie mit dem Verdacht gegen Enno ihren moralischen Kompass endgültig verloren?

»Du hast recht. Bitte entschuldige«, lenkte Gesine ein, obwohl sie nicht hundertprozentig überzeugt war, und fragte dann: »Wann beginnen wir mit Renkens Überwachung?«

»Gleich morgen früh. Ich werde Anita anrufen. Sie wird uns helfen.«

»Bist du sicher, dass sie bei Renkens Anblick nicht die Beherrschung verliert und uns auffliegen lässt?«

»Nee, das kann ich keinesfalls garantieren. Sie ist extrem impulsiv.« Sven schüttelte den Kopf.

»Dann sollten wir Wiebke fragen.«

»Ich arbeite nicht mit einer Polizistin zusammen. Das kannst du vergessen.« Er wedelte mit der Hand, als wollte er eine lästige Fliege verscheuchen.

»Sie steht auf unserer Seite«, beschwor Gesine.

»Einmal Bulle, immer Bulle.«

»Dumme Sprüche helfen uns nicht weiter.«

Sven schwieg einen Moment. Dann atmete er tief ein und ließ die Luft langsam entweichen.

»Könnt ihr euch zunächst allein um Renkens Überwachung kümmern? Ich werde in den nächsten Stunden das Internet durchforsten und mich kurz aufs Ohr hauen.«

»Okay.« Die Friesenbrauerin stand auf. »Ruf mich an, wenn du etwas herausgefunden hast. Egal wann.«

»Geht in Ordnung.«

»Wir bleiben in Verbindung.« Gesine stand auf und eilte zur Tür.

»Ich bringe dich bis zur Abzäunung. Kann sein, dass sich der Wolf noch auf dem Gelände herumtreibt.«

Am Zaun vergrößerte Sven das Loch, damit Gesine auf allen vieren hindurchkrabbeln konnte.

»Pass auf dich auf.«

Er legte die Arme um sie und drückte sie fest an sich. Gesine war über die vertrauliche Verabschiedung zunächst überrascht, aber dann erwiderte sie die Umarmung. Einen Moment später trat er einen Schritt zurück und betrachtete die Friesenbrauerin, als sähe er sie zum ersten Mal.

»Du bist die verrückteste Oma, die ich je getroffen habe.«

»Wie hast du mich genannt?« Sie musterte ihn mit einem missbilligenden Blick.

»Verrückt.«

»Das meine ich nicht.«

»Oma?«

»Jo.«

»Für eine alte Lady bist du noch ganz gut in Schuss.« Sven grinste und drückte sie erneut.

»Schon besser. Bis bald.«

Sie löste sich aus der Umklammerung, krabbelte durch die Öffnung und strampelte nach Sünnum.

VERTRAUEN

Auf dem Heimweg von der Himmelspforte klingelte das Mobiltelefon der Friesenbrauerin erneut. Sie stieg vom Fahrrad und zog das Gerät aus der Hosentasche. Dabei fiel ihr der Anruf wieder ein, den sie in der Aufregung vergessen hatte.

Sie sah auf das Display. Wiebke grinste ihr von einem Foto entgegen. Gesine nahm das Gespräch an.

»Mama, wo bist du?«, fragte diese statt einer Begrüßung.

»Auf dem Heimweg. In zwanzig Minuten müsste ich in Sünnum sein.«

»Wo um alles in der Welt treibst du dich mitten in der Nacht rum?«

»Ich war an der Himmelspforte.«

»Was machst du da? Bist du etwa mit Joris dort? Habt ihr beiden …?«

»… was? Nee, ich bin allein unterwegs.«

»Du kannst doch nicht mitten in der Nacht ohne Begleitung durch die Gegend fahren. Ich komme dir mit dem Wagen entgegen.«

»Wie willst du mein Fahrrad denn in deinem Mini transportieren? Lass mal, ich brauche nicht mehr lange. Wir sehen uns gleich.«

Gesine beendete das Telefonat.

Damit hatte sich ihr Plan, Wiebke erst am nächsten Morgen in das Vorhaben einzuweihen, erledigt. Da die Anspannung der letzten Stunden nachgelassen hatte, spürte sie die

Müdigkeit nun wie ein bleiernes Gewicht in den Knochen. Zu allem Überfluss schmerzte die Wunde am Rücken mehr, als sie sich eingestehen wollte.

Gesine biss die Zähne zusammen und trat fest in die Pedale. Als sie den Kroog endlich erreichte, war sie vollkommen erledigt. Aber an Schlaf war keinesfalls zu denken. Wiebke, die auf der blauen Bank vor der Kneipe gesessen hatte, marschierte mit strammen Schritten auf sie zu. Dem Gesichtsausdruck nach schien sie ziemlich angefressen zu sein.

»Du hättest einen Zettel schreiben oder zumindest zurückrufen können.«

»Daran habe ich nicht gedacht.« Die Friesenbrauerin stieg vom Fahrrad und lehnte es an die Wand.

»Ich war krank vor Sorge. Was machst du nur für einen Blödsinn?«

»Ich mache keinen Blödsinn. Lass uns reden.« Gesine setzte sich auf die Bank, und Wiebke tat es ihr gleich. In den nächsten Minuten erzählte sie ihrer Tochter von dem Treffen mit Sven und der geplanten Zusammenarbeit. Die Verletzung erwähnte sie ebenso wenig wie die Begegnung mit dem Wolf.

Die Schramme war schließlich kaum der Rede wert, und die Erwähnung des Raubtiers hätte die Angst um ihre Mutter nur verschlimmert.

Wiebkes Augen schienen mit jedem Wort etwas größer zu werden. »Was um alles in der Welt hast du dir dabei nur gedacht? Und wie kommst du dazu, Sven von unseren Ermittlungen zu erzählen? Wenn das rauskommt, bin ich beruflich erledigt. Ich hätte nicht einmal mit dir darüber sprechen dürfen, das weißt du doch.«

»Sven ist kein Fremder. Zumindest für mich nicht.«
Bei diesen Worten erinnerte sich Gesine an die herzliche
Umarmung. »Er will Renken für Ennos Tod ebenfalls zur
Rechenschaft ziehen, und wir müssen deine Unschuld be-
weisen. Warum sollten wir also nicht mit ihm zusammen-
arbeiten?«

»Du hättest mich vorher fragen müssen!« Wiebke funkelte sie wütend an.

»Ich will doch nur helfen.« Gesine, die von der Reaktion
ihrer Tochter überrascht war, hob in einer hilflosen Geste
die Hände. Wenn sie so weitermachte, hatte sie bald das
ganze Dorf gegen sich aufgebracht.

»Mama, ich bin kein Kind mehr.«

»Ich weiß.« Gesine ließ den Kopf hängen. »Dann willst
du also nichts unternehmen?«

»Das habe ich nicht gesagt. Ich möchte nur mitentschei-
den, das ist alles. Hat dieser Sven auch einen Nachnamen?«

»Bestimmt, aber den kenne ich nicht.«

»Wenn er Ennos Freund gewesen ist, werde ich schon
mit ihm klarkommen. Da du ihm ohnehin alles erzählt
hast, bleibt mir nichts anderes übrig. Vertraust du ihm?«

»Jo.«

»Dann werden wir Renken gemeinsam auf die Pelle rücken. Da Sven nun alles weiß, können wir die Sachen auch
zusammen durchziehen. Dabei habe ich allerdings eine
Bedingung.« Wiebke blickte ihre Mutter ernst an.

»Und die wäre?«

»Keine weiteren Alleingänge, ist das klar?«

»Unter gegebenen Umständen …«

»Ob das klar ist, will ich wissen.«

»Okay.« Gesine nickte.

»Das sollten wir mit einem Tüdelbräu besiegeln.«

Die Friesenbrauerin stand auf. »Gute Idee. Ich hole uns einen Schlummertrunk.«

»Beeil dich, sonst wird es ein Frühschoppen.«

Wenige Minuten später saßen die Frauen auf der Bank, stießen miteinander an und schmiedeten Pläne für den nächsten Tag.

OBSERVIERUNG

Nach einer kurzen Nacht, in der sie trotz aller Ereignisse wie ein Stein geschlafen hatte, stand Gesine auf und reckte sich. Die Wunde am Rücken schmerzte bei jeder Bewegung, allerdings würde die Schramme sie nicht von ihrem Vorhaben abbringen.

Sie verrenkte sich, um das Pflaster abzuziehen und die Verletzung neu zu verarzten, aber es saß genau zwischen den Schulterblättern. Sie würde Wiebke später um Hilfe bitten.

Gesine ging zum Fenster und öffnete es.

Eine Windbö fegte herein. Majestätische Wolkenschiffe zogen wie von einer unsichtbaren Schnur gezogen über den Horizont. Die Sonne ließ die Natur in kräftigen Farben erstrahlen. Der Wind spielte mit ihren von der Nacht noch strubbeligen Haaren und legte sich wie ein kühles Tuch auf ihre Haut.

Die morgendliche Frische ließ sie frösteln. Gesine schloss das Fenster und schlurfte ins Bad. Dort machte sie sich für den Tag zurecht und zog sich an. Das Loch in der blauen Strickjacke, das der Draht in die Rückenpartie gerissen hatte, würde sie bei Gelegenheit ausbessern.

Momentan gab es Wichtigeres zu tun.

In der Küche füllte sie Wasser in den Kessel und stellte ihn auf den Herd. Wenige Minuten später zog der köstliche Duft von frisch gebrühtem Kaffee durch den Raum.

Gesine schlüpfte in ihre Clogs und trottete nach unten.

Sie hob den Korb mit den frischen Backwaren auf und brachte ihn zum Lädchen. In der nächsten halben Stunde erledigte sie alle anfallenden Arbeiten und legte die Kladde zum Eintragen der Einkäufe auf den Tresen. Da die Sünnumer bis auf wenige Ausnahmen an einem Samstag gerne etwas länger schliefen, störte sie niemand bei ihren Tätigkeiten.

Die Friesenbrauerin steckte drei Rosinenbrötchen in eine Papiertüte und kehrte damit in die Wohnung zurück. Dort legte sie die Leckereien in einen Brotkorb, deckte den Tisch ein und öffnete die Tür zu Wiebkes Zimmer. Ihre Tochter lag im Bett, die Augen geöffnet.

»Hast du gut geschlafen?« Gesine setzte sich auf die Bettkante. Mit zärtlicher Geste strich sie Wiebke eine Haarsträhne aus dem Gesicht, wie sie es gemacht hatte, als ihre Tochter noch ein kleines Mädchen gewesen war.

»Nee, ich bin total gerädert. Ich werde wohl erst wieder zur Ruhe kommen, wenn wir Mareke überführt haben.«

»Dann sollten wir uns direkt nach dem Frühstück an die Arbeit machen. Ich habe im Lädchen alles vorbereitet, damit die Sünnumer ohne mich zurechtkommen.«

»Was ist mit dem Kroog?« Wiebke schwang die Beine aus dem Bett.

»Die Kneipe öffne ich erst heute Abend. Bis dahin wissen wir hoffentlich mehr.«

Nach dem Frühstück verständigten sich Mutter und Tochter darauf, zunächst zu Renkens Villa zu fahren. Wenn diese den Samstag auch etwas langsamer angehen ließ, würden sie die Unternehmerin dort antreffen.

Die Überlegung erwies sich als richtig, denn ihr roter Aston Martin stand in der Einfahrt.

Wiebke parkte den Mini schräg gegenüber auf dem Seitenstreifen, direkt hinter einem blauen Kombi. Von dort aus hatten sie einen guten Blick auf das Grundstück, ohne von Renken gesehen zu werden, wenn sie aus der Einfahrt fuhr. Eine Weile saßen die Frauen schweigend im Wagen, sahen aus den Fenstern und hingen ihren Gedanken nach.

Gesine rutschte auf dem Sitz hin und her, spielte mit ihren Haaren und nestelte an den Knöpfen der Strickjacke.

»Was machen wir eigentlich, wenn sie das Haus nicht verlässt?«

»Warten.« Wiebke trommelte mit den Fingern auf das Lenkrad. »Wenn sie sich nicht sehen lässt oder den Hinterausgang benutzt, haben wir Pech gehabt.«

»Können wir uns nicht in den Garten schleichen und die Villa von dort aus observieren?«

»Klar können wir das. Über den Keller kommen wir sogar direkt ins Haus.«

»Worauf warten wir dann noch?« Die Friesenbrauerin legte die rechte Hand auf den Türöffner.

»Wenn man mich dabei erwischt, kann ich meinen Job bei der Polizei endgültig vergessen. Das Risiko werde ich keinesfalls eingehen.«

»Dann sehe ich mir die Villa aus der Nähe an. Diese Warterei macht mich ganz hibbelig.«

»Das merke ich.« Wiebke verdrehte die Augen. »Keine Alleingänge, das hattest du mir versprochen.«

»Aber ich …«

»Da vorne ist sie.«

Gesines Tochter deutete auf Renken, die aus der Haustür kam und in ihren Wagen stieg. Wenige Augenblicke später fuhr der Sportwagen auf die Straße.

Wiebke ließ den Motor an und folgte dem flotten Flitzer bis zur nächsten Ampel.

»Kindchen, fahr nicht so dicht ran.«

»Was soll ich denn machen? Wenn ich einen zu großen Abstand zwischen den Fahrzeugen lasse, können wir sie aus den Augen verlieren.«

Bei der Grünphase folgte Wiebke dem Aston Martin, wobei sie darauf achtete, dass sich immer ein oder zwei andere Wagen zwischen Renkens Auto und ihrem Mini befanden.

»Das hätten wir uns denken können.«

Wiebke stellte ihr Auto auf dem Parkplatz des Friesenstiftes in der letzten Reihe ab.

»Warum nimmt Renken den Aktenkoffer mit?«

Gesine schaute der Verdächtigen nach, die mit einem ledernen Koffer in der Hand auf das imposante Gebäude zuging.

»Keine Ahnung. Vielleicht will sie etwas Geschäftliches mit ihrer Stiefmutter besprechen.«

»Wenn sich die alte Dame von einem Nervenzusammenbruch erholt, sollte sie heitere Romane und keine Geschäftsberichte lesen.«

»Mama, in dem Koffer könnte alles Mögliche drin sein.«

»Nicht nummerierte Scheine oder Goldbarren zum Beispiel. In den Krimis transportieren die Ganoven damit Bestechungsgelder oder Zahlungen aus schmutzigen Geschäften. Bei dem Friesenstift könnte es sich in Wirklichkeit um die geheime Kommandozentrale eines verbrecherischen Syndikats handeln. Die alten Leute dienen nur der Tarnung, und die Wachmänner arbeiten alle für die Mafia.«

Wiebke seufzte vernehmlich. »Du hast eindeutig zu viele Krimis gesehen.«

»Ik meen dat ernst. Die Pfleger stopfen die Alten mit Beruhigungsmitteln voll, damit sie von den illegalen Machenschaften nichts mitbekommen. Guck dir mal die beiden Männer an, die bewegen sich so langsam, als hätten sie zum Frühstück eine Wagenladung Schlafmittel bekommen.«

Wiebke folgte dem Fingerzeig ihrer Mutter und erblickte zwei weißhaarige Patienten, die sich, auf Rollatoren gestützt, mit Trippelschritten vorwärts bewegten.

»Die sind langsam, aber das ist bei alten Menschen ganz normal. Die Männer werden Rheuma, Gicht, Arthrose oder Ähnliches haben. Nicht jeder kann in einem so knackigen Alter sein wie du.«

»Kindchen, das war ein wundervolles Kompliment. Ich fühle mich auch noch richtig jung.«

»Damit meine ich, dass deine Gelenke bei jeder Bewegung knacken.« Wiebke griente.

»So eine Gemeinheit hätte ich mir denken können. Aber sieh dir nur ihre Augen an. Die Pupillen sind groß wie Wagenräder. Die wurden bestimmt unter Drogen gesetzt.«

»Die Pupillen kannst du von hier aus gar nicht sehen. Außerdem wirken Augen hinter dicken Brillengläsern immer größer.«

»Die Alten wurden ...«

»... *was?*«, unterbrach Wiebke ihre Mutter genervt. »Von Aliens entführt? Hypnotisiert, sodass sie sich bei einem Schlüsselwort in Killermaschinen verwandeln? Als menschliche Versuchskaninchen für die Pharmaindustrie missbraucht?«

»Erst nimmst du mich auf den Arm, und jetzt nimmst du mich nicht ernst.« Gesine zog einen Schmollmund.

»Nicht, wenn deine Fantasie mit dir durchgeht. Das hier ist ein Seniorenheim und keine Brutstätte für Mörder.«

»Aber Renken ist doch auch hier.«

»Deshalb sind noch lange nicht alle Patienten Kriminelle.«

»Dennoch wäre es möglich …«

Gesine verstummte und deutete auf Renken, die mit einer älteren Frau auf den Parkplatz kam. Die trug ein dunkelblaues Kleid, in dem sie wie ein lebender Kleiderständer wirkte. Die Füße steckten in eleganten Schuhen mit flachen Absätzen. Die weißen Haare hatte sie zu einem strengen Dutt gebunden. Die Haut war für ihr Alter erstaunlich straff, das Make-up dezent aufgetragen.

»Die habe ich im Friesenstift gesehen.«

Die Friesenbrauerin erinnerte sich an die ältere Dame, die sie als *Jutta* angesprochen hatte, um den Wachmann von ihrer Rolle als Physiotherapeutin zu überzeugen. Damals hatte die alte Lady einen Rollator vor sich hergeschoben. Heute schien sie wesentlich vitaler zu sein.

In der linken Hand hielt sie den Aktenkoffer, mit dem rechten Arm hatte sie sich bei Renken untergehakt.

»Die entführt ihre eigene Stiefmutter. Wir müssen sofort einschreiten.«

»Mama, die beiden werden eine Spazierfahrt machen, essen gehen oder sonst etwas zusammen unternehmen. Mareke scheint sich rührend um die alte Dame zu kümmern.«

»Dürfen die Patienten das Gelände denn verlassen?«

»Warum nicht? Ein Seniorenstift ist doch kein Gefängnis.«

Die beiden beobachteten, wie Renken ihrer Stiefmutter

auf den Beifahrersitz half. Als sie zur Fahrertür ging, blieb sie mit einem Mal stehen und blickte genau in ihre Richtung. Wiebke duckte sich instinktiv, und Gesine rutschte in ihrem Sitz nach unten. Einen Augenblick lang hatte es den Anschein, als hätte Renken die heimlichen Ermittlerinnen bemerkt. Aber das schien nicht der Fall zu sein, denn sie stieg in ihren Wagen und fuhr vom Parkplatz.

Wiebke folgte dem Aston Martin zu Renkens Villa. Mareke stieg mit ihrer Stiefmutter aus, und die Frauen verschwanden im Haus.

Die Geduld von Mutter und Tochter wurde auf eine harte Probe gestellt, denn die Haustür öffnete sich erst am späten Nachmittag wieder.

Wiebke war zu diesem Zeitpunkt mit den Nerven am Ende. Ihre Mutter hatte ständig neue Dönkes über Geheimgänge, Spionagetätigkeiten und Drogenlabore ersonnen. Wenn man ihren Geschichten Glauben schenkte, war Mareke eine Superschurkin, die nach der Weltherrschaft strebte.

Fünf Mal hatte Wiebke eingreifen müssen, um Gesine am Aussteigen zu hindern. Jede von ihnen war einmal zu einem Bistro am Ende der Straße gehuscht, um sich dort zu erleichtern und einen Kaffee zum Mitnehmen zu kaufen.

Wiebke folgte dem Aston Martin dieses Mal mit größerem Sicherheitsabstand, da sie das Ziel der Reise erahnte. Sie sollte recht behalten, denn auf dem Parkplatz des Friesenstiftes stiegen die Frauen aus und schritten auf das Gebäude zu.

»Jetzt holen wir uns den Koffer. Da sind bestimmt geheime Dokumente drin!«

»Mama, wir wissen nicht einmal, wo der sich befindet.«

»In der Villa, ist doch klar. Fahr los.« Gesine drängte zum Aufbruch.

»Das ist ein großes Haus. Für eine Durchsuchung werden wir Stunden brauchen, vielleicht sogar Tage. Die Zeit haben wir nicht.«

»Der Koffer könnte noch im Wagen sein. Ein Auto lässt sich schnell aufbrechen. Dazu muss man nur einen Draht durch das Seitenfenster einführen und dann …«

»Ich sollte nicht Mareke, sondern dich überwachen. Deine kriminelle Energie finde ich besorgniserregend.«

»Ach was«, winkte die Friesenbrauerin ab. »Um an Informationen zu gelangen, muss man mitunter unkonventionelle Wege gehen.«

»Damit meinst du illegale Wege.«

»Legalität ist lediglich eine Frage der Perspektive.«

»Das stimmt keinesfalls. Entweder hält man sich an die Gesetze oder nicht.«

»Gelegentlich sollte man auch die Sinnhaftigkeit der gesetzlichen Regelungen hinterfragen und sich nicht sklavisch an den Wortlaut halten. Als ich jung war …«

»… gab es in Deutschland einen Kaiser und Pferdekutschen«, unterbrach Wiebke ihre Mutter und rieb sich die Schläfen. »Bitte verschone mich heute mit deinen Erinnerungen an längst vergangene Zeiten.«

»Wie du willst. Ich werfe nur kurz einen Blick in den Flitzer. Bin gleich wieder zurück.«

»Mama, nein.«

Wiebke streckte den Arm nach ihrer Mutter aus, war aber zu langsam. Gesine riss die Tür auf und hechtete hinaus. Dabei machte sich die Wunde mit einem stechenden Schmerz bemerkbar. Sie ignorierte die Verletzung und huschte in geduckter Haltung zu dem Sportwagen. Dort drückte sie die Nase an die Scheibe der Beifahrerseite und schirmte den Kopf mit den Händen ab.

»Komm sofort zurück«, rief Wiebke ihr zu. Die Friesenbrauerin missachtete die Aufforderung und schaute auch durch das Fenster an der Fahrerseite.

»Hinter dir.«

Gesine drehte sich nach Wiebkes Zuruf um und erblickte Mareke Renken, die keine fünf Meter mehr entfernt war und mit gesenktem Kopf über den Parkplatz schlurfte. In geduckter Haltung lief Gesine zum Mini und warf sich auf den Beifahrersitz.

Die Unternehmerin schien sie nicht bemerkt zu haben, denn sie öffnete die Fahrertür, stieg ein und fuhr vom Parkplatz.

Wiebke folgte ihr bis zur Villa und stellte ihren Wagen wieder hinter dem Kombi ab.

Gesine schaute auf die Uhr am Armaturenbrett.

»Ich sollte bald nach Sünnum zurückkehren und den Kroog öffnen. Hoffentlich kann Sven weiter observieren.«

Die Friesenbrauerin zog ihr Smartphone hervor und suchte sich die Nummer des Umweltschützers aus dem Kurzwahlverzeichnis heraus. Dieser nahm das Gespräch sofort entgegen, als hätte er darauf gewartet.

»Habt ihr schon etwas entdeckt?«, fragte er statt einer Begrüßung.

»Renken hat ihre Stiefmutter aus dem Friesenstift abgeholt. Mit einem Aktenkoffer. Da waren … he, was soll das?«, beschwerte sich Gesine, als Wiebke ihr das Mobiltelefon aus der Hand nahm.

»Moin. Hier ist Wiebke Felber.«

»Die Polizistin.« Er spie das letzte Wort aus wie einen Schleimbatzen.

»Hast du ein Problem damit?«

»Unter normalen Umständen würde ich nie mit Bullen arbeiten. Deine Mutter hat gesagt, dass ich dir vertrauen kann, also werde ich das tun. Immerhin verfolgen wir ein gemeinsames Ziel. Was habt ihr bisher beobachtet?«

»Mareke hat ihre Stiefmutter aus dem Friesenstift abgeholt und zu sich nach Hause gebracht. Keine Ahnung, was die beiden in der Villa gemacht haben. Jedenfalls ist die alte Renken jetzt wieder in Greetsiel, und wir stehen vor Marekes Haus. Ende der Geschichte.«

»Sie hatte einen verdächtigen Aktenkoffer dabei«, krakelte Gesine und nahm das Handy wieder an sich. »Damit könnte sie etwas ins Zimmer des Friesenstifts geschmuggelt haben.«

»Wäre möglich, aber wie willst du das herausfinden?«, hakte Sven nach.

»Indem ich mich als Patientin ausgebe. Das hat schon einmal …«

»… nicht funktioniert«, fiel ihr Wiebke ins Wort und grabschte nach dem Telefonhörer.

»Setz meiner Mutter bloß keine Flausen in den Kopf. Die macht ohnehin schon genug Unfug.«

»Was wollt ihr denn jetzt unternehmen?«

»Ich bringe Mama nach Sünnum. Kannst du in der Zeit hier die Stellung halten?«

»Kein Problem. Ich mache mich sofort auf den Weg.« Sven beendete das Gespräch.

Eine halbe Stunde später tauchte ein alter VW Golf mit knatterndem Motor vor der Villa auf, und ein bärtiger

Mann, der ein kariertes Baumwollhemd und eine schwarze Jeans trug, stieg aus.

»Das ist Sven«, sagte die Friesenbrauerin, und Wiebke machte mit Lichthupe auf sich aufmerksam. Er lief zu ihrem Auto und klopfte an die Scheibe, die Gesine herunterließ.

»Ich übernehme jetzt.«

»Wiebke und ich lösen dich später wieder ab. Hast du wegen der Gesellschafter dieser Jorken Limiteddings etwas erreicht?«

»Leider nicht. Die Unternehmen, die solche Auskünfte geben, wollen vorab über eine Kreditkarte bezahlt werden. Dabei würde ich digitale Spuren hinterlassen, daher mache ich das nicht.«

»Du kannst meine Karte nutzen«, bot sich die Friesenbrauerin an. »Ich bringe sie beim nächsten Treffen mit, dann können wir uns gemeinsam darum kümmern.«

»Das ist gut. Seht mal, was ich in den sozialen Netzwerken gefunden habe.«

Er zückte sein Smartphone und zeigte den beiden Frauen Bilder, auf denen Mareke Renken im Bikini und Abendgarderobe zu sehen war.

»Ratet mal, wo die Fotos aufgenommen wurden.«

»Auf den Bahamas.« Die Friesenbrauerin nickte grimmig.

»Richtig. Die Schnappschüsse sind zwei Jahre alt. Das Miststück muss den Finanzbetrug längere Zeit geplant haben. Dafür wird sie bezahlen.« Er ballte die Hände zu Fäusten und kehrte zu seinem Wagen zurück.

Wiebke ließ den Motor an und machte sich mit ihrer Mutter auf den Heimweg.

»Mir ist der Typ unheimlich. Ist er wirklich vertrauens-würdig?«

»Absolut.«

Bei der Antwort dachte Gesine nicht nur an den Wolf, den Sven vertrieben, und an den Zaun, aus dem er sie befreit hatte, sondern auch an die Umarmung.

Am frühen Abend waren sie wieder in Sünnum.

Wiebke stellte den Mini vor dem Kroog ab. »Ich bin total erledigt und werde mich einen Moment hinlegen. Bis wir Sven ablösen, werde ich etwas schlafen. Du bist ziemlich blass und solltest auch zur Ruhe kommen.«

»Mir geht es gut. Außerdem muss ich den Kroog öffnen. An einem Samstagabend kann ich die Kneipe unmöglich geschlossen lassen.«

»Kommst du eine Weile alleine klar?«

»Natürlich. Leg dich hin, war ein aufregender Tag heute.«

Die Friesenbrauerin ging zunächst ins Lädchen. Seltsamerweise war der Brotkorb noch immer voll, ebenso die Kisten mit Obst und Gemüse. Sogar das Aquarium mit den Zuckerfischen war unberührt. Sie warf einen Blick in die Kladde, in die sich am heutigen Tag niemand eingetragen hatte.

»Seltsam«, murmelte Gesine.

PLANMÄSSIG

Mareke Renken hatte den himmelblauen Mini der Polizistin am Vormittag von einem der oberen Fenster in der Villa bemerkt. Mit einem Fernglas hatte sie Wiebke und ihre Mutter hinter der Windschutzscheibe entdeckt.

Bei der Fahrt nach Greetsiel hatten sie den Wagen im Rückspiegel gesehen und dafür gesorgt, dass Wiebke sie nicht aus den Augen verlor.

Als sie die Friesenbrauerin dabei beobachtete, wie sie in ihren Aston Martin geblickt hatte, hatte sie sich ein Grinsen nicht verkneifen können.

Wenn sich die Felbers bei einer Überwachung derart stümperhaft anstellten, waren sie noch größere Vollpfosten als der junge Polizist, der ihr bei der Durchsuchung des Büros auf die Pelle gerückt war. Da die Observierung in Wiebkes Privatwagen, an den sie sich bei ihrem Besuch in Sünnum erinnern konnte, erfolgte, schienen die beiden undercover zu ermitteln. Wahrscheinlich war Wiebke nach dem Telefonat mit ihr suspendiert worden.

Wenn Mareke jetzt keinen Fehler machte, konnte sie die Geschehnisse zu ihren Gunsten wenden. Sie trat vom Fenster zurück und machte sich an die Arbeit. In dieser Nacht gab es viel zu tun.

LEUCHTTURMGESPRÄCH

Die Friesenbrauerin stand im Kroog hinter der Theke und polierte ein Glas. Ohne die Seemannslieder, die aus den Lautsprechern erklangen, wäre es in der Kneipe totenstill gewesen.

Sie blickte auf die digitale Zeitanzeige ihres Smartphones – zum vierten Mal innerhalb der letzten Viertelstunde. Inzwischen war es halb neun, und bisher hatte kein Sünnmeer den Schankraum betreten.

Wir können unmöglich das ganze Dorf ermitteln lassen.

Der Satz hallte in ihrem Kopf wie ein Echo.

Nach dem Streit mit Joris hatte sich kein Dorfbewohner sehen lassen. Weder im Lädchen noch im Kroog. Erst jetzt fiel Gesine auf, dass ihr auch auf den Straßen niemand begegnet war. Wollten die Sünnmeer etwa nichts mehr mit ihr zu tun haben?

In den letzten Tagen kam ihr das Leben wie die Fahrt auf einer Achterbahn vor, die sie immer wieder in die Tiefe katapultierte und sie in enge Kurven schleuderte. Gesine musste darauf achten, dass sie die Orientierung nicht verlor. Hatte sie sich so sehr auf die Ergreifung von Ennos Mörder konzentriert, dass sie andere Menschen nicht mehr ernst genommen hatte?

Wir können unmöglich das ganze Dorf ermitteln lassen.

Warum eigentlich nicht?

Die Friesenbrauerin überlegte nicht lange. Wenn die Sünnmeer nicht zu ihr kamen, würde sie eben zu ihnen gehen. Da die Dorfbewohner den Samstagabend sicherlich nicht allein vor dem Fernseher verbrachten, würden sie sich irgendwo getroffen haben. Notfalls musste sie bei jedem Haus vorbeischauen. Zunächst aber wollte sie den Streit mit Joris aus der Welt schaffen. Ohne ihn war alles … *sinnlos*?

Das war natürlich heillos übertrieben und dennoch … Schiet ok, warum mussten die Dinge immer so kompliziert sein?

Gesine stellte das Glas zur Seite, hängte das Spültuch auf den Haken und marschierte mit strammen Schritten zum Leuchtturm. Sie öffnete die Tür und trat in den runden Bauch des Gebäudes, in dem eine Wendeltreppe nach oben führte.

Dort konnte sie leises Stimmengemurmel vernehmen. Da sich die Dorfbewohner bei Joris getroffen zu haben schienen, musste sie nicht erst alle Häuser abklappern.

Gesine stieg die Treppe empor.

Das Gemurmel wurde etwas lauter und ihre Stimmung immer bedrückter. Sie musste die Einheimischen ordentlich vor den Kopf gestoßen haben, wenn diese sich lieber hier als im Kroog trafen.

Jede Stufe schien höher zu sein als die vorherige. Sie keuchte, und ihr war schwindelig. Die Friesenbrauerin ruhte sich einen Moment aus, legte dann die Hand auf das Geländer und zog sich hoch. Die Anstrengungen der letzten Tage waren offensichtlich doch zu viel gewesen. Dennoch durfte sie sich gerade jetzt keine Pause gönnen. Auf dem obersten Treppenabsatz blieb sie stehen und atmete tief durch.

Hier waren die Stimmen deutlich zu vernehmen.

»Tüdelbüdel muss immer alles bestimmen. Das nervt.«
Dem Tonfall nach war Hinnerk ziemlich sauer.

»Warum berücksichtigt sie unsere Vorschläge nicht?
Wir sind doch keine Vollpfosten.« Sören schien nicht minder verärgert zu sein.

»Wir kommen auch ohne sie zurecht.« Sepp war an seinem bayrischen Dialekt, den er nach vielen Jahren nicht abgelegt hatte, gut zu erkennen.

»Sie hat mich ernsthaft verdächtigt, Enno umgebracht zu haben. Ist das zu fassen?«, empörte sich Hauke Peters. Er schien noch immer unter der falschen Anschuldigung zu leiden.

»Sie meint es nur gut«, warf Joris ein.

»Gut gemeint ist die kleine Schwester von Scheiße gemacht. Ich kann auf mich allein aufpassen und brauche keine Ersatzmutter.« Insa war auf Krawall gebürstet.

»Manchmal schießt sie etwas über das Ziel hinaus«, lenkte der Kapitän ein und wechselte das Thema. »Wir sind aber nicht hier, um über Tüdelbüdel zu lästern, sondern um Wiebke zu helfen und Ennos Mörder zu überführen. Irgendwelche Vorschläge?«

Bevor jemand antworten konnte, gab sich die Friesenbrauerin einen Ruck und trat in den Raum.

»Moin!«

Die Gespräche verstummten, und alle schauten sie an.

Gesine sah sich um. Hinnerk, Sören und Sepp saßen auf dem Sofa, Joris in seinem Sessel. Renate hatte es sich auf dem Sitz ihres Rollators bequem gemacht, und die anderen hockten auf Stühlen oder lehnten an der Wand.

»Was willst du hier?«, bölkte Hinnerk.

»Reden.«

»Du möchtest uns doch nur wieder rumkommandieren«, rief ihr Sepp mit hochrotem Kopf entgegen.

»Wir schaffen das ohne dich.« Diese Worte aus Joris' Mund zu hören schmerzte wie eine tiefe Wunde.

»Aber ich nicht ohne euch. Ich habe Dinge gesagt, die ich nicht so gemeint habe und niemals hätte äußern dürfen, und das tut mir leid.«

»Du hast unsere Vorschläge ständig abgelehnt«, echauffierte sich Sepp. »Nichts war dir gut genug.«

»Das ist leider richtig. In den letzten Tagen habe ich Mist gebaut und sogar Hauke verdächtigt, ein Mörder zu sein. Dafür könnt ihr mir ordentlich den Kopf waschen, denn das habe ich verdient.«

»Das übernehme ich!«, ließ sich Renate vernehmen und erntete damit einige Lacher.

»Zu Joris habe ich gesagt, dass wir unmöglich das ganze Dorf ermitteln lassen können«, fuhr Gesine fort, wobei sie ihrem alten Freund in die Augen sah.

»So ein Spruch geht gar nicht.«

»Das stimmt, Joris. Denn nur wenn wir das ganze Dorf ermitteln lassen, können wir Ennos Mörder überführen.«

»Was meinst du damit?«, hakte Sören nach.

»Ich habe eine Idee.«

»Nicht schon wieder«, ließ sich Renate vernehmen.

»Für dich sind wir doch nur Spielfiguren, die du nach Belieben einsetzen und auswechseln kannst.«

Die Friesenbrauerin stieß Luft aus, als hätte ihr jemand in den Magen geboxt. Wenn die Sünnumer sie so einschätzten, hatte sie ein ernsthaftes Problem.

»Das stimmt keinesfalls. Ich würde jedem von euch mein Leben anvertrauen.«

»Das ist etwas dick aufgetragen, findest du nicht?«

»Das ist meine volle Überzeugung, Insa.« Gesine blieb beharrlich.

»Was hast du jetzt wieder ausgeheckt?« Der alte Kapitän beugte sich im Sessel vor.

»Tüdelbüdel will sich nur wichtigmachen«, polterte Sepp, dessen Kopf noch immer eine tiefrote Farbe hatte.

»Wir sollten sie zumindest anhören.«

»Joris, du hast hier gar nichts zu melden.«

»Du sitzt in meinem Wohnzimmer, schon vergessen?«

»Dann verschwinde ich eben.« Hinnerk stand auf. »Kommt jemand mit?«

»Stopp!« Die Friesenbrauerin stellte sich ihm in den Weg. »Ich möchte nur, dass ihr mir zuhört.«

»Na denn man tau.«

Gesine warf Joris einen dankbaren Blick zu und berichtete von allen Ereignissen der letzten Tage, wobei sie weder den Wolfsangriff noch ihre Verletzung ausließ. Nachdem sie ihre Karten auf den Tisch gelegt hatte, erläuterte sie ihren Vorschlag.

»Du gehst ernsthaft davon aus, dass Renken das Zimmer ihrer Stiefmutter für schmutzige Geschäfte nutzt?« Der ausgemusterte Kapitän blickte Gesine mit großen Augen an.

»Das Friesenstift ist eine perfekte Tarnung. Dort werden wir bestimmt Beweise für illegale Aktivitäten finden. Vielleicht nutzt Mareke Renken das Zimmer sogar als Büro für alle kriminellen Vorhaben und geht über das WLAN des Seniorenheims ins Internet. In dem Koffer, den sie zu den Besuchen ihrer Stiefmutter mitnimmt, werden sich Papiere und Dokumente befinden, mit denen sie dort arbeitet. Mit etwas Glück entdecken wir sogar Beweise, die uns zu Ennos Mörder führen.«

»Wenn wir nicht mitmachen, ziehst du die Sache allein durch?«

»Mein lieber Seebär, das werde ich zumindest versuchen.«

»Wie willst du ohne unsere Unterstützung unbemerkt ins Zimmer von Ingrid Renken kommen?«

»Keine Ahnung.«

»Solltest du mit deiner Vermutung recht haben, kann es gefährlich werden.«

»Wenn Mareke so skrupellos ist, wie ich annehme, kann es sogar tödlich enden.«

»Was ist mit Wiebke?«, wollte Hauke wissen.

»Sie würde ihren Job verlieren, wenn sie bei dem Einsatz dabei wäre. Daher werde ich ihr davon nichts erzählen.«

»Und Sven ist ein wichtiges Puzzleteil deines Vorhabens?«, hakte er nach.

»Ohne ihn wird mein Plan scheitern.«

»Der Polizei können wir uns nicht anvertrauen, weil du keine Beweise für deinen Verdacht hast und Gesner deshalb keinen Durchsuchungsbeschluss erwirken kann?«, fragte Sepp.

»Ich weiß nicht, ob er das kann oder nicht. Sicher ist nur, dass Renken alle Beweise vernichtet, wenn sie von einer Polizeiaktion im Friesenstift erfährt. Sie könnte sich auch ins Ausland absetzen, die Bahamas wären mehr als naheliegend. Da in der Villa alle Festplatten gelöscht wurden, während Gesner und Patrick Renkens Büro durchsuchten, gehe ich davon aus, dass sie einen Komplizen hat, vielleicht sogar bei der Polizei. Wir haben keine Ahnung, wie gut sie vernetzt ist. Sollten die Beweismittel verschwinden, könnte

Ennos Mord ungesühnt bleiben. Das möchte ich keinesfalls.«

»Könnte Wiebke nicht doch mit Mareke zusammenarbeiten?« Nach der Frage von Insa herrschte Schweigen.

Gesine wollte gerade etwas sagen, als Joris' Stimme ertönte. »Wiebke mag ein Sturkopf sein wie ihre Mutter und uns mit ihrer Paragrafenreiterei immer wieder auf die Nerven gehen, aber so etwas würde sie niemals machen.«

»Das denke ich ebenfalls«, ließ sich Renate vernehmen.

»Nee, nicht Wiebke.« Hinnerk schüttelte den Kopf, und auch die anderen Sünnumer verneinten Insas Frage. »Dann müssten aber Gesner oder Patrick die undichten Stellen sein.«

»Ein Maulwurf bei der Polizei ist nur eine Vermutung. Dennoch sollten wir die Aktion geheim halten, bis die Beweise gesichert sind. Das klappt aber nur, wenn alle mit an Bord sind. Wer von euch ist dabei?«

Auf Gesines Frage sagte zunächst niemand etwas. Dann hob Joris die Hand, und wenig später hatte sie die Unterstützung des Dorfes. Sogar Insa sprach sich dafür aus.

»Das freut mich. Dann sollten wir uns jetzt darüber unterhalten, wie wir diese Aktion am besten durchführen. Mir ist …«

Der Raum begann sich um Gesine zu drehen. Sie versuchte, sich irgendwo festzuhalten, aber um sie herum war nur ein Wirbel aus bunten Farben, in denen keine feste Struktur existierte.

»Vorsicht!«, hörte sie Joris wie durch Watte rufen, und dann wurde es still.

Nach einer Weile drangen leise Stimmen an ihr Ohr.

Die Friesenbrauerin öffnete die Augen und blickte in

verschwommene Gesichter, die allmählich Konturen annahmen.

Joris, Monika und Insa beugten sich über sie.

»Was ist passiert?«

Gesine wollte sich aufrichten, aber Insa, die neben ihrem Medizinstudium als Sanitäterin arbeitete, drückte sie auf den Boden zurück.

»Liegenbleiben. Du bist ohnmächtig geworden. Wenn Joris dich nicht aufgefangen hätte, wärst du auf das Parkett geknallt. Ich wusste gar nicht, dass der alte Kapitän noch solche Reflexe hat.«

»Ik schiet di wat mit alter Kapitän«, grummelte Joris.

»Wie lange war ich weg?«

Gesine versuchte, sich auf die Ellenbogen zu stützen. Dabei spannte sie den Rücken an, was ihr einen Schmerzensschrei entlockte.

»Keine zwei Minuten. Was ist denn los?«, fragte Monika.

»Mein Kratzer tut weh. Ist aber nicht der Rede wert.«

»Lass mich das ansehen.« Monika half Gesine in eine sitzende Position. Dann zog sie ihr die Strickjacke aus und schob die Bluse nach oben.

»Muss das sein? Vor allen Leuten?«

»Stell dich nicht so an, wir sind unter uns«, ließ sich Joris vernehmen.

Die Krankenschwester blickte auf Gesines Rücken.

»Hat Sven das Pflaster aufgeklebt?«

»Jo.«

»Wer hat sich deine Verletzung danach angesehen?«

»Niemand. Um die Wunde auf dem Rücken neu zu verarzten, brauche ich Tentakel und keine Arme. Was schaut ihr so besorgt drein? Das ist doch nur ein Kratzer.«

»Den geröteten Wundrändern nach zu urteilen, hat sich die Wunde entzündet. Ich hole schnell meinen Sanitätskoffer.« Insa sprang auf.

»Bring ein Antibiotikum mit«, rief ihr Hauke hinterher.

»Das für die Rindviecher?«

»Jo. Wir haben hier ein Prachtexemplar vor uns.«

»He, das war eine Beleidigung.«

»Tüdelbüdel, das ist die Wahrheit. Manchmal bist du das größte Rindvieh Ostfrieslands.« Joris schüttelte den Kopf.

»Du hast mir schon nettere Komplimente gemacht.«

»Kann ich mich nicht dran erinnern.«

Insa kehrte wenige Minuten später mit ihrer Sanitätsausrüstung und einer Tablettenpackung zurück.

»Ich ziehe jetzt das Pflaster ab. Auf drei. Eins. Zwei.«

»Autsch! Du hast gesagt auf drei.«

»Ich muss mich verzählt haben.«

»Die Wunde sieht nicht so schlimm aus wie befürchtet. Ich werde sie jetzt desinfizieren. Das könnte etwas wehtun.«

Die Friesenbrauerin verzog das Gesicht, als Monika die Verletzung mit einem Antiseptikum versorgte. Nachdem sie ein frisches Pflaster aufgeklebt hatte, drückte Insa Gesine die Packung mit den Antibiotika in die Hand.

»Das ist eine Arznei von meinem Vater. Am besten nimmst du jetzt direkt eine Tablette und morgen früh eine weitere. Damit sollte es dir bald bessergehen.«

»Danke.«

Gesine zog die Bluse wieder herunter und ihre Strickjacke um den Körper. Dann schluckte sie eine Tablette mit etwas Wasser, das Insa ihr anreichte.

»Setz dich auf das Sofa. Du siehst so klapprig aus wie ein Skelett mit Haut über den Knochen.« Sepp stand auf.

Gesine, die noch wacklig auf den Beinen war, ließ sich auf das Sofa fallen – zwischen Hinnerk und Sören, von denen jeder einen Arm um ihre Schultern legte.

»Damit du es dir nicht doch noch anders überlegst.« Die Männer grinsten.

»Lasst uns darüber reden, wie wir den Friesenstift am besten aufmischen können.« Joris klatschte in die Hände, und wenige Minuten später waren alle Sünnumer in ein Gespräch vertieft.

TREUHANDKONTO

»Die Friesenbrauerin weiß zu viel.« Seine Stimme überschlug sich vor Aufregung.

»Bleib ruhig. Wir müssen nur noch den morgigen Tag überstehen, danach können wir über das Geld aus dem Treuhandkonto verfügen.«

»Wenn die Bullen dahinterkommen, sind wir erledigt.«

»Keine Sorge. Wiebke ist bereits kaltgestellt, und die anderen uniformierten Vollpfosten wurden von meiner Anwältin an die Leine gelegt. Bis die uns auf die Schliche kommen, sind wir längst verschwunden.«

»Wir sollten sofort abhauen.«

»Willst du ernsthaft auf siebenundzwanzig Millionen Euro verzichten?« Ihre Stimme war so scharf wie ein Skalpell und zerschnitt sein Selbstbewusstsein in dünne Scheiben des Zweifels.

»Keinesfalls. Können wir die Transaktion nicht auch vom Ausland aus machen?«

»Theoretisch schon. Sie wird unser Verschwinden allerdings bemerken und die Polizei benachrichtigen. Dann wird das Konto eingefroren, das weißt du genau.«

»Klar, aber die Friesenbrauerin kann uns echt gefährlich werden.«

»Dann werden wir sie eliminieren. Hör gut zu.«

Er lauschte ihren Worten. Aus Erfahrung wusste er, dass man sie besser nicht unterbrach.

»Was hältst du von meiner Idee?«

»Klingt gut.« Obwohl ihm ihr Vorschlag nicht behagte, fügte er sich ihrem Willen – wie so oft in den vergangenen Jahren. »Wir sehen uns später. Gute Nacht.«

»Hast du nicht etwas vergessen?«

»Ich liebe dich.«

»So ist es gut. Bald werden wir für immer vereint sein.«

Sie beendete das Telefonat und legte das Smartphone vor sich auf den Tisch. Die Aussicht, die Heimlichtuerei endlich beenden und Deutschland verlassen zu können, zauberte ein seltenes Lächeln auf ihr Gesicht.

PROPHEZEIUNG

Die Friesenbrauerin hastete auf das Zimmer von Ingrid Renken zu, das sich am Ende des Flurs befand. Das Herz raste, sie keuchte wie eine alte Dampflok. Wenn sie jetzt schlappmachte, hatte der Mörder leichtes Spiel.

Wie hatte sie nur so leichtsinnig sein können? Der Plan war eine Schnapsidee gewesen. Hatte sie ernsthaft geglaubt, dass die Sünnumer ihr helfen konnten?

Urplötzlich wurde direkt vor ihr eine Tür aufgerissen. Gesine schrie überrascht auf und machte einen Ausfallschritt. Dabei rutschte sie auf dem blankpolierten Parkett aus und wäre gestürzt, wenn sie sich nicht im letzten Moment an der gegenüberliegenden Wand abgestützt hätte. Das Klappergestell, das, mit einem schwarzen Anzug bekleidet und auf einen Stock gestützt, aus der Tür trat, lachte höhnisch.

Sie ignorierte den spindeldürren Mann mit dem bleichen Gesicht und beschleunigte ihre Schritte wieder. Der Flur schien endlos zu sein und die Wände nicht parallel, sondern leicht zulaufend, sodass sie in einen Trichter rannte, an dessen Ende sich ein weiteres Zimmer befand.

Erneut wurde eine Tür geöffnet, und wieder konnte sie erst im letzten Moment ausweichen. Jetzt trat eine Frau in schwarzem Kleid heraus, das Gesicht hinter einem dunklen Schleier verborgen. Auch sie stützte sich auf einen Stock und lachte so schauerlich, dass es Gesine kalt über den Rücken lief.

Die Friesenbrauerin biss die Zähne zusammen und ignorierte den Schmerz ihrer übersäuerten Muskulatur. Das Ziel fest im Blick, sprintete sie auf die letzte Tür zu.

Schweiß rann über ihre Stirn und lief in die Augen. Hinter sich hörte sie das unheimliche Gelächter und das *tock, tock, tock* der Stöcke, die im Stakkato auf das Parkett klackten. Sie warf einen Blick über die Schulter und sah, dass die beiden Gestalten in rasender Geschwindigkeit näher kamen.

Gesine rannte noch schneller. Die Sehnen ihrer Beine fühlten sich an wie ausgeleierte Gummibänder, die jeden Moment unter ihr nachgeben konnten.

Wenn sie es in Renkens Zimmer schaffte, konnte sie die Tür hinter sich schließen und die unheimlichen Angreifer aussperren. Das *tock, tock, tock* nahm eine aberwitzige Geschwindigkeit an. Mit letzter Kraft erreichte sie ihr Ziel und riss die Tür auf. Sekundenbruchteile später spürte sie eine kalte Hand auf ihrer Schulter. Die Friesenbrauerin wollte sie abschütteln, aber die knochigen Finger hatten eine erstaunliche Kraft. Sie schrie und wehrte sich mit Händen und Füßen – allerdings vergebens. Gesine wurde ordentlich durchgeschüttelt und … erwachte.

»Mama, endlich.« Wiebke saß neben ihr.

»Was ist los?«

»Du hast geschrien und dich wie eine Furie gebärdet.« Gesine blickte an sich herunter, und im ersten Moment hatte sie keine Ahnung, wo sie sich befand. Dann sickerten die Erinnerungen langsam wieder in ihr Gedächtnis.

Observierung. Renken. Villa. Mini.

Sie befanden sich in Wiebkes Wagen, den sie auch jetzt auf dem Parkstreifen gegenüber dem Haus abgestellt hatte.

»Ich bin eingeschlafen und hatte einen Albtraum.«

»Das schien eher ein Horrortrip gewesen zu sein.«

»Wie lange war ich denn weg?«

»Etwas mehr als vier Stunden.«

»Warum hast du mich nicht geweckt?«

»Das habe ich doch gerade gemacht.«

»Habe ich etwas verpasst?«

»Nee.« Wiebke reckte sich und gähnte. »In der Villa war alles ruhig, auch kein Licht hinter den Fenstern. Während wir uns die Nacht um die Ohren schlagen, wird Mareke selig schlummern.«

»Nicht mehr lange.« Die Friesenbrauerin lächelte schmal-lippig.

»Was meinst du damit?«

»Dass die Gerechtigkeit siegen wird.«

Gesine wich einer direkten Antwort aus, da Wiebke von der für nachmittags geplanten Aktion der Sünnumer nichts wissen sollte. Glücklicherweise hakte ihre Tochter nicht nach.

Sven löste sie um neun Uhr ab.

Da es nichts zu berichten gab, verabredeten sie einen erneuten Wachwechsel um sechzehn Uhr und machten sich auf den Heimweg.

Nach ihrer Rückkehr schaute Gesine kurz im Lädchen vorbei. Joris hockte wie abgesprochen hinter der Verkaufstheke. In der linken Hand hielt er einen Schwarm Zuckerfische.

»Willst du die Fische etwa schon am frühen Morgen in Tüdelbräu schwimmen lassen?«

»Artgerechte Haltung ist wichtig.« Er deutete auf eine geöffnete Bierflasche. »Dafür fällt der heutige Frühschoppen aus. Heute Nachmittag brauchen wir alle einen klaren Kopf.«

»Besser ist das.«

»Hat sich Renken blicken lassen?« Er schob sich ein rotes Prachtexemplar in den Mund.

»Nee, die hat das Haus nicht verlassen. Wenn du hier die Stellung hältst, kann ich mich noch etwas hinlegen.«

»Kein Problem.«

Sie nahm drei Rosinenbrötchen aus dem Korb mit den frischen Backwaren, winkte ihm zu und verließ das Lädchen. Wiebke hatte bereits den Tisch eingedeckt. Statt Kaffee – keiner wollte vor dem Schlafengehen einen Koffeinkick zu sich nehmen – gab es ein Glas Milch, das zu den Leckereien hervorragend schmeckte. Nach dem Frühstück zog sich Wiebke in ihr Zimmer zurück.

Gesine sah ihr sorgenvoll hinterher. Weder Gesner noch Patrick hatten sich seit der Suspendierung bei ihr gemeldet. Mit etwas Glück würde sie heute die Anschuldigung gegen ihre Tochter entkräften und Ennos Mörder überführen.

Doch im schlimmsten Fall konnte der Albtraum, an den sie sich noch bruchstückhaft erinnerte, eine Prophezeiung sein. Die Friesenbräuerin zweifelte keine Sekunde daran, dass es sich bei den dunklen Traumgestalten um Renken und ihren Komplizen gehandelt hatte.

Die entscheidende Frage war nur, was sie hinter der verschlossenen Tür finden würde. Der Plan, den alle Dorfbewohner gemeinsam ausgeheckt hatten, führte sie genau in dieses Zimmer. Dort war Gesine auf sich allein gestellt.

FISCHBRÖTCHEN

Die Friesenbrauerin blickte auf die Küchenuhr. Inzwischen war es zwanzig nach zwei, und sie hatte drei weitere Stunden geschlafen, ohne von Albträumen geplagt zu werden. Für ihr Vorhaben war der Sonntagnachmittag bestens geeignet, denn um diese Zeit waren viele Besucher im Friesenstift, um sich mit ihren Liebsten einen schönen Tag zu machen.

Das Wetter war perfekt. Die Sonne schien von einem azurblauen Himmel, über den Schleierwolken zogen.

Bei dem Gedanken an einen *schönen Tag* lachte Gesine freudlos auf. Für sie konnte es ein *gefährlicher Tag* oder sogar ein *tödlicher Tag* werden.

Wollte sie die Aktion wirklich durchziehen? War es nicht doch besser, die Polizei zu informieren?

»Nein!«

»Wie jetzt?« Die am Küchentisch sitzende Monika Nansen schaute sie fragend an.

»Ich habe mit mir selbst gesprochen.«

»Muss ich mir deshalb Sorgen machen?«

»Nicht mehr als sonst.«

Gesine setzte sich ebenfalls an den Tisch und warf einen Blick auf das Smartphone. Sven hatte sich bisher nicht gemeldet. Wenn ihre Überlegungen richtig waren, würde Renken auch heute mit dem Koffer zum Friesenstift fahren.

Wenn nicht …

Gesine stand auf, trottete zum offenstehenden Fenster und blickte hinaus. Sünnum lag wie ausgestorben vor ihr.

Nach einem Moment drehte sie sich um, lief um den Küchentisch und trat wieder ans Fenster. Sekunden später drehte sie eine weitere Runde um den Tisch.

»Deine Rennerei macht mich wahnsinnig. Setz dich hin.« Monika deutete auf die freien Stühle.

Gesine nahm Platz und warf einen erneuten Blick auf das Smartphone. »Wollen wir nicht schon mal losfahren?«

»Wir hatten doch vereinbart, uns erst nach Svens Anruf auf den Weg zu machen. Wenn Renken heute nicht zum Friesenstift fährt, können wir die Aktion abblasen.«

»Ich weiß, aber trotzdem …« Gesine stand wieder auf und begann mit einem erneuten Rundgang.

»Setzen!«

»Ich will nur kurz aus dem Fenster schauen.«

Der Klingelton des Mobiltelefons ließ beide Frauen derart zusammenzucken, als wären sie an eine Starkstromleitung angeschlossen.

»Ist er das?« Monika blickte zum Smartphone, das auf der geblümten Tischdecke lag.

Gesine warf einen Blick auf das Display und nickte dann.

»Willst du nicht rangehen?«

Die Friesenbrauerin griff mit zitternden Fingern nach dem Gerät und nahm das Gespräch entgegen.

»Moin, Sven.« Sie bemühte sich um einen lockeren Tonfall, der ihr sogar einigermaßen gut gelang. »Gibt es etwas Neues?«

»Renken kommt in diesem Moment mit dem Aktenkoffer aus der Villa. Sie wird bestimmt zu ihrer Stiefmutter fahren. Ich folge ihr und melde mich dann wieder.«

»Pass auf, dass sie dich nicht bemerkt.«

»Keine Sorge.« Er beendete das Telefonat.

»Wir sollten uns auf den Weg machen.«

Gesine und Monika traten in den Flur.

Dort griff die Friesenbrauerin nach dem auf der Kommode liegenden Wagenschlüssel für den Mini und schrieb ihrer schlafenden Tochter eine kurze Notiz, dass sie allein zur Ablösung zum Friesenstift fuhr. Dann nahm sie den breitkrempigen Hut vom Haken, mit dem sie sich im Sommer vor der Sonne schützte. Monika schlüpfte derweil in eine Jacke von Wiebke und zog die Kapuze über den Kopf.

»Wenn du jetzt noch ihre Sonnenbrille aufsetzt, werden dich alle für meine Tochter halten. Zumindest aus der Entfernung, aber das müsste reichen.« Gesine musterte ihre Freundin mit kritischem Blick.

»Wann hast du das letzte Mal nach ihr gesehen?«

»Vor einer halben Stunde. Sie schläft tief und fest.«

»Dann sollten wir verschwinden, bevor sie aufwacht.«

Die Frauen verließen die Wohnung und eilten die Treppe hinunter. Die als Wiebke verkleidete Monika startete wenige Augenblicke später den Motor und fuhr mit dem Mini Richtung Friesenstift.

Unterwegs meldete sich Sven, um Gesine mitzuteilen, dass er auf dem Parkplatz stehe und Renken mit dem Aktenkoffer auf dem Gelände verschwunden sei.

Am Zielort steuerte Monika den Mini in die letzte Reihe, in der es glücklicherweise zwei freie Plätze gab.

Auf dem Parkplatz herrschte reger Betrieb.

Familien mit Kindern waren ebenso zu sehen wie jüngere Paare und ältere Menschen. Viele hielten Blumen oder kleine Präsente in den Händen.

»Du bleibst im Wagen, damit wir notfalls schnell fliehen können. Solltest du bedroht werden, kannst du dich mit dem Pfefferspray wehren, das Wiebke im Handschuhfach aufbewahrt.«

»Ich komme schon klar. Pass auf dich auf, okay?« Monika ergriff Gesines Hand und drückte sie fest.

Die Friesenbrauerin nickte und stieg aus. Sie ließ den Blick über den Parkplatz schweifen, konnte Svens Rostlaube aber nirgendwo erkennen.

Wenn Renken nicht im Friesenstift war, würde der Plan schon im Ansatz scheitern. Sie schritt über den Parkplatz, wobei sie möglichst unauffällig die abgestellten Fahrzeuge musterte.

Der VW Golf war nirgends zu sehen. Wahrscheinlich war Sven bereits gefahren, da er in dem regen Verkehr, der auf dem Parkplatz herrschte, nicht auffallen wollte.

Gesine zog den Hut tiefer ins Gesicht und marschierte zum Eingang der restaurierten Burg. In der parkähnlichen Gartenanlage spazierten viele Menschen auf den Wegen, alle Bänke waren belegt.

Zwischen den farbenprächtigen Blumenbeeten und blühenden Sträuchern konnte man sich wie auf einer Gartenparty fühlen. Erst bei genauerem Hinsehen bemerkte der aufmerksame Beobachter die vielen Rollstühle, Rollatoren und Spazierstöcke. Stimmengewirr vermischte sich mit dem Gesang der Vögel zur Melodie eines unbeschwerten Tages, den die meisten Bewohner des Friesenstifts in guter Erinnerung behalten würden.

Das Klingeln ihres Handys riss Gesine aus ihren Gedanken. Sie nahm das Gerät aus der Hosentasche und blickte auf das Display.

Wiebke.

Sie würde aufgewacht sein und den Zettel gelesen haben. Nach der Rückkehr würde Gesine ihrer Tochter alles erklären und um Verzeihung bitten, aber jetzt musste sie sich auf Renken konzentrieren. Sie drückte das Gespräch weg, steckte das Mobiltelefon wieder ein und sah sich um.

Zwischen den sommerlich gekleideten Menschen erkannte Gesine Pfleger in strahlend weißer Arbeitskleidung, die sich um die Einsamen kümmerten, die von niemandem besucht wurden. Die Sünnumer, die seit dem späten Vormittag vor Ort waren und auf ihren Einsatz warteten, hatten sich so harmonisch in das Geschehen des sonntäglichen Familientages eingefügt, dass sie Gesine erst bei genauerer Betrachtung auffielen.

Hauke, der sich mit nach vorn gebeugtem Oberkörper auf einen Stock stützte, kam mit Trippelschritten auf sie zu. Insa hatte sich bei ihm eingehakt, als wollte sie ihrem Vater Halt geben. Die beiden flanierten an ihr vorbei, und Hauke raunte Gesine zu: »Renken ist mit dem Koffer ins Gebäude gegangen. Hinnerk erwartet dich beim Brunnen.«

Sie nickte ihm zu und schritt dorthin.

Hinnerk saß auf einer Bank. Neben sich hatte er einen leeren Rollstuhl. Als er Gesine bemerkte, stand er auf und schob das Gefährt auf einen Nebenweg.

»Setz dich!«, wisperte er.

Gesine schaute sich um. Da niemand sie zu beobachten schien, kam sie der Aufforderung schnell nach und zog den Hut noch tiefer in die Stirn.

»Wo hast du den Rollstuhl denn her?«

»Das Ding stand in dem Pavillon da drüben.« Mit einem Kopfnicken deutete er in die angegebene Richtung.

»Hast du den Rolli etwa geklaut?«

»Nee, der ist nur geliehen. Ich stelle ihn später zurück. Jetzt müssen wir dich damit ins Friesenstift bringen.«

»Habt ihr die Zimmernummer von Renken herausgefunden?«

»Zimmer 17. Das ist im Erdgeschoss. Links daneben ist eine Abstellkammer, in der die Reinigungskräfte ihre Putzsachen aufbewahren. Frag mich nicht, woher Renate diese Informationen hat.«

»Sie hat eine Weile hier gewohnt, schon vergessen? Zudem wird sie einige Leute von früher kennen.«

»Könnte sein und …« Gesine friemelte das klingelnde Handy erneut aus der Hosentasche. Als sie einen Schnappschuss ihrer Tochter auf dem Display erblickte, drückte sie das Gespräch wieder weg.

»Wer war das?«

»Wiebke. Sie wird sauer sein.«

»Kann ich verstehen. Wir hätten mit ihr sprechen sollen.«

Hinnerk marschierte mit kräftigen Schritten zum Haupteingang und drückte die Holztür auf. Wenige Augenblicke später schob er die Friesenbrauerin in eine pompöse Eingangshalle. Einige Gäste standen an der Rezeption und redeten gleichzeitig auf die Mitarbeiterin ein.

Der bullige Wachmann in seiner blauen Uniform musterte die Neuankömmlinge aufmerksam. Einen Moment lang schien er unschlüssig zu sein, dann musste er Gesine erkannt haben, denn er marschierte mit strammen Schritten auf den Rollstuhl zu.

»He, Sie da!«, ertönte plötzlich eine laute Stimme, und Sören erschien auf der Bildfläche. »Ich will sofort zu meiner Mutter, haben Sie das verstanden?«

Der Sünnumer baute sich mit seinem massigen Leib direkt vor dem Wachmann auf.

»Derartige Auskünfte wird Ihnen die Dame an der Rezeption gerne erteilen.«

»Bis ich bei dem Andrang eine Information bekomme, ist meine Mutter längst mumifiziert. Statt sich hier wichtigzumachen, sollten Sie der Kollegin lieber helfen.«

»Meine Aufgabe besteht darin …«

»… sich um das Wohlergehen der Gäste zu kümmern.

»Keinesfalls. Ich bin für die Sicherheit des Hauses verantwortlich.« Der Wachmann warf sich in die Brust.

»Dann sollten Sie diesem Mann besser seine Frage beantworten, denn wenn der sauer wird, zerlegt er die Burg im Alleingang in seine Einzelteile.« Hinnerk stellte sich vor den Rollstuhl und verdeckte dem Wachmann damit vollends die Sicht auf Gesine.

»Das werde ich zu verhindern wissen!« Der Uniformierte nahm militärische Haltung an.

»Kennen Sie den Mann etwa nicht? Der kommt aus einem reichen Adelsgeschlecht. Die haben Geld wie Heu und Einfluss bis ganz nach oben. Diese Leute sind es gewohnt, dass man ihre Wünsche erfüllt. Einfach so.« Hinnerk schnippte mit den Fingern.

»Und wie heißt die Familie?«

»Hammersbald.«

»Hammersbald? Nie gehört.«

»Sie kennen meine Mutter nicht?«, plärrte Sören und trat so nah vor den Sicherheitsbeauftragten, dass sich ihre Bäuche berührten. Gesine nutzte die Ablenkung, stand auf und eilte an der Treppe vorbei in den hinteren Bereich der Empfangshalle.

Dort gingen zwei Gänge in entgegengesetzte Richtungen ab. Schilder wiesen den Weg. *Zimmer 1–17* stand auf dem linken, *Zimmer 18–35* auf dem anderen Messingschild.

Gesine drückte auf den Türöffner und trat in den linken Flur. An jeder Seite waren acht Türen, Zimmer siebzehn befand sich am Ende des Ganges.

Wie in ihrem Traum.

Einen Moment lang blieb sie wie erstarrt stehen. Dann gab sie sich einen Ruck, denn nun musste es schnell gehen.

Gesine eilte durch den Gang, wobei sie inständig hoffte, dass Renken nicht ausgerechnet jetzt aus der Tür kam.

Hastig schob sie den Vorhang links neben der Tür zur Seite und quetschte sich zwischen Putzwagen, Wischmopps und einem Regal voller Papierhandtücher in die schmale Kammer.

Als das Handy erneut klingelte, riss sie es aus der Tasche und drückte Wiebkes Anruf ein weiteres Mal weg. Gesine stellte das Mobiltelefon auf *stumm,* was sie bisher nicht getan hatte, um keine Nachrichten der Sünnumer zu verpassen. Da das ständige Klingeln sie aber verraten konnte, würde sie öfter auf das Display schauen müssen.

Sie öffnete *WhatsApp* und gab bei den *Bagaluten,* wie Joris die Gruppe, in der alle Sünnumer vertreten waren, genannt hatte, das Codewort ein.

Fischbrötchen.

Nun konnte sie nur noch warten.

Zwei quälende Minuten lang geschah nichts, und Gesine befürchtete, dass die Nachricht wegen des schwachen Signals ihrer mobilen Daten nicht rausgegangen war. Sie wollte gerade eine neue Mitteilung abschicken, als der Feueralarm mit einem Höllenlärm losging.

Sirenen heulten. Rote Lampen blinkten auf und tauchten das Heim in ein gespenstisches Licht.

Von Renate wusste sie, dass bei einem Feueralarm alle Patienten die Zimmer verlassen und sich auf dem Parkplatz einfinden mussten. Ärzte, Pfleger und anderes Personal würden die Räume kontrollieren und allen Bewohnern, die nicht allein nach draußen konnten, helfen.

Gesine schob den Vorhang einen Spaltbreit zur Seite und linste hindurch. Sie musste nicht lange warten, bis Mareke Renken die Tür öffnete und auf den Flur hetzte. Ihre Mutter folgte wenige Augenblicke später. Da auch andere Patienten aus ihren Zimmern gekommen waren, wuselten nun viele Leute durch den Gang. Aus der Empfangshalle hörte sie Sören rufen: »Alle raus hier.« Wie verabredet würden nun auch die anderen Sünnumer Patienten und Angehörige zum Parkplatz scheuchen und dabei notfalls Hilfestellung leisten.

Bis die Leute den falschen Alarm erkannten, hatte Gesine Zeit, sich in dem Zimmer umzusehen. Zunächst musste sie die Tür am Zufallen hindern, denn wie sie von Renate wusste, war ein Zutritt nur mit einer Chipkarte möglich – wie in einem Hotel.

Auf dem Gang befanden sich fünf Patienten, darunter auch Ingrid Renken, die sich immer wieder umsah und es im Gegensatz zu den anderen Gästen nicht eilig zu haben schien. Gesine blickte zur Tür, die nur noch einen Spaltbreit offen stand und immer weiter zufiel.

Sie musste es riskieren.

Jetzt!

Die Friesenbrauerin flitzte aus ihrem Versteck und krallte die Finger um das Türblatt. Aber die schwere Holztür glitt langsam über die Fingerkuppen. Erst als sie mit der anderen Hand in den Spalt fasste, gelang es ihr, die Tür aufzudrücken und hindurchzuschlüpfen. Dann fiel diese hinter ihr ins Schloss. Sie hatte es geschafft.

Aber … warum fühlte Gesine sich wie eine Maus, die in eine Falle getappt war?

FAMILIENBANDE

Wiebke wurde durch den Klingelton ihres Handys geweckt. Sie tastete nach dem auf dem Nachttisch liegenden Smartphone und warf einen Blick auf das Display.

Patrick.

Zunächst wollte sie das Gespräch nicht entgegennehmen. Da sie von ihrem Kollegen aber Neuigkeiten über die laufenden Ermittlungen erfahren konnte, nahm sie das Telefonat an.

»Was willst du?«, fragte sie statt einer Begrüßung.

»Ich habe Renken mit einer Einwohnermeldeamtsanfrage unter die Lupe genommen und danach weitere Informationen eingeholt. Sie hat einen leiblichen Sohn.« Die Worte sprudelten nur so aus ihm heraus.

»Mit Felix Bender?« Wiebke war sofort hellwach.

»Nee, nicht Mareke, sondern ihre Stiefmutter Ingrid. Wusstest du, dass sie viele Jahre vor der Hochzeit mit Marekes Vater schon einmal verheiratet war?«

Wiebke ließ den Kopf hängen. Die Euphorie, wichtige Neuigkeiten zu erfahren, war so schnell verflogen, als hätte jemand das Licht ausgeschaltet. Die Vergangenheit der alten Renken half ihr in der jetzigen Situation nicht weiter.

»Darüber solltest du mit Gesner sprechen. Ich bin suspendiert, hast du das etwa vergessen?«

Patrick überhörte den Einwand seiner Kollegin. »Bei dem Sohn handelt es sich um einen gewissen Julian Dombrowski. Das ist der Nachname ihres früheren Mannes.«

»Warum um alles in der Welt erzählst du mir ihre Familiengeschichte?«

»Weil er Ingrids Komplize sein könnte. Bisher sind wir immer davon ausgegangen, dass Mareke einen Helfershelfer hat. Vielleicht sind wir dabei aber auf dem Holzweg, und die Stiefmutter arbeitet mit ihrem Sohn zusammen. Die beiden könnten ein mörderisches Team sein. Einer Überprüfung im polizeilichen Auskunftssystem nach ist Julian Dombrowski kein unbeschriebenes Blatt. Er hat einige Jahre wegen Urkundenfälschung und Finanzbetrugs im Gefängnis gesessen. Ich schicke dir ein Bild aufs Handy. Vielleicht hast du ihn schon mal gesehen.«

»Ich habe mit den Ermittlungen nichts mehr zu tun, Patrick. Warum hilfst du mir überhaupt?«

»Weil du Renken nicht mit internen Auskünften versorgt hast.«

»Woher willst du das wissen?«

»Ich mag mich irren, aber in meinen Augen bist du ein gradliniger Mensch. Ich kann mir einfach nicht vorstellen, dass du Informationen durchgestochen hast.«

»Wow. War das etwa ein Kompliment?«

»Nee, denn du bist auch die nervigste Kollegin, mit der ich je gearbeitet habe.«

»Danke gleichfalls.« Trotz der angespannten Situation huschte ein Lächeln über Wiebkes Gesicht.

Sekunden später wies sie das Vibrieren des Smartphones auf den Eingang einer neuen Nachricht hin. Wiebke klickte auf das Bild, das sich langsam öffnete. Als es das ganze Display ausfüllte, schrie sie überrascht auf und ließ das Gerät fallen, als hätte es sich in ein glühendes Kohlenstück verwandelt.

»Was ist denn?«

Patricks Stimme klang durch die Bettwäsche, auf der das Smartphone gelandet war, dumpf. Wiebke nahm es wieder an sich.

»Das ist Sven. Einer von den Umweltaktivisten, mit denen Enno zusammengearbeitet hat. Wir auch.«

»Wer ist … *wir*?«

»Mama und ich. Wenn Ingrid mit ihrem Sohn hinter dem Unternehmen steckt, könnte sie die Auslandsüberweisungen veranlasst haben. Ich verstehe in diesem Zusammenhang aber nicht, warum die Überweisungen von Mareke abgezeichnet wurden, wenn sie keinen Vorteil davon hat.«

»Sie könnte erpresst oder bedroht werden.«

»Wäre möglich.« Wiebkes Gedanken wirbelten durcheinander wie Sand in einem Wintersturm.

»Sollte Sven ein Krimineller sein, hat er uns die ganze Zeit etwas vorgemacht. Ich muss sofort mit Mama reden.«

Wiebke schwang die Beine aus dem Bett und rannte in die Küche. Als sie ihre Mutter nicht fand, suchte sie im Schlafzimmer nach ihr. Da auch dort niemand war, vermutete sie Gesine im Lädchen. Sie eilte in den Flur und bemerkte den Zettel auf der Kommode.

Löse Sven beim Friesenstift ab. Melde mich später.

»Das darf doch nicht wahr sein.«

»Was ist denn los?« Erst jetzt bemerkte Wiebke, dass sie das Smartphone noch immer in der Hand hielt.

»Mama trifft sich mit Sven. Sie wird doch nicht mit meinem Mini gefahren sein?« Fieberhaft suchte Wiebke nach ihrem Wagenschlüssel. Als sie ihn nicht fand, polterte sie die Treppe runter. Das Auto stand nicht vor dem Anwesen.

»So ein Mist.«

»Was ist denn?«

»Mama trifft sich in diesem Moment mit Sven. Hoffentlich hat sie keinen Unfall gebaut, denn sie ist seit Jahren nicht mehr gefahren. Das Treffen könnte eine Falle sein, um meine Mutter und mich aus dem Verkehr zu ziehen.«

»Du bist doch in Sicherheit.«

»Wenn Sven, oder wie immer der Kerl auch heißen mag, merkt, dass Mama ohne Begleitung ist, könnte er argwöhnisch werden. Wir müssen nach Greetsiel.«

»Das geht nicht. Ich bin allein im Polizeikommissariat.«

»Das ist mir vollkommen egal.«

»Wiebke, so einfach ist das nicht. Ich muss …«

»… meine Mutter beschützen!«, brüllte sie ins Handy und beendete das Telefonat. Sekunden später versuchte sie, ihre Mutter zu erreichen, doch diese drückte das Gespräch erneut weg.

»Geh ran!«

Wiebke schüttelte ihr Smartphone, als könnte es auf diese Weise eine Verbindung herstellen. Sie versuchte es erneut, mit ihren zitternden Fingern verrutschte sie bei den Eingabetasten, und es dauerte eine Weile, bis sie das vertraute Freizeichen vernahm. Aber auch jetzt drückte Gesine das Telefonat weg.

Wiebke presste die Hände auf den Magen und krümmte sich. Das Gefühl, dass etwas entsetzlich schieflief, schmerzte, als wäre ihr Bauch mit Glasscherben gefüllt.

Sie atmete tief durch und rief Patrick an.

»Du musst mich sofort zum Friesenstift fahren.«

»Dafür wird Gesner mir den Kopf abreißen.«

»Ich kann Mama unmöglich im Stich lassen.«

»Du weißt nicht einmal, ob sie überhaupt in Gefahr ist. Warum musstet ihr auch auf eigene Faust ermitteln?«

»Um meine Unschuld zu beweisen.«

»Ich kann keinesfalls ...«

»Bitte hilf mir.« Wiebke war den Tränen nahe.

»Du bist wirklich die nervigste Kollegin aller Zeiten. Warte vor dem Kroog auf mich. Ich bin gleich da.«

»Danke. Du bist ein echter ...«

»Sag jetzt bloß nichts. Sentimentalität passt nicht zu dir.« Patrick beendete das Telefonat, und Wiebke versuchte erneut, ihre Mutter zu erreichen. Aber auch dieser Anruf wurde nicht entgegengenommen.

DREIMASTER

Gesine sah sich im Zimmer von Ingrid Renken um.

Die Stirnseite des Raums wurde von einem Wandschrank mit integriertem Flachbildschirm dominiert. Davor stand ein zweisitziges Sofa mit blau-weiß gestreiftem Überzug.

An der linken Seite befand sich ein Bett, darüber hing das Gemälde eines Dreimasters, den ein bärtiger Mann in gelbem Friesennerz durch einen Sturm steuerte. Das Steuerrad fest umklammernd, blickte er auf eine Riesenwelle, die sein Schiff zu versenken drohte.

Rechts stand ein Regal, das bis oben hin mit Ordnern vollgestopft war. Daneben befand sich ein Schreibtisch, auf dem neben einigen Unterlagen auch ein Laptop lag.

Hinter dem Arbeitsplatz war eine bodentiefe Fensterfront. Darin war eine Glastür eingelassen, durch die man auf die Terrasse gelangte. Dort standen ein runder Tisch und zwei Stühle.

Über der Tür blinkte die rote Alarmleuchte. Irgendwo musste ein versteckter Lautsprecher sein, denn die Sirenen waren auch bei geschlossener Tür deutlich zu vernehmen.

Die Friesenbrauerin schritt zum Schreibtisch, klappte den Laptop auf und blickte auf ein Strandpanorama, auf dem eine Hängematte zwischen zwei Palmen gespannt war. Ein rechteckiges Feld in der Mitte des Bildschirms forderte sie zur Eingabe eines Passworts auf.

»Schiet ok«, fluchte Gesine und überlegte, welchen Zugangscode Ingrid Renken verwendet haben könnte. Nach einem Moment des Nachdenkens gab sie *Mareke* in das Eingabefeld ein, aber das System verweigerte ihr den Zugriff.

Wenn die alte Dame den Namen ihrer Stieftochter mit Ziffern kombiniert oder einen gänzlich anderen Code verwendet hatte, würde sie niemals darauf kommen. Sie hob das Gerät hoch und schaute darunter, aber dort klebte kein Zettel mit einem Passwort. Da die Suche nach einem weiteren Versteck eine Weile dauern konnte, würde sie den Laptop einfach mitnehmen. Die IT-Experten der Polizei würden den Code sicherlich knacken.

Gesine klappte den Laptop zu und überflog die Schriftstücke, von denen die meisten in englischer Sprache verfasst waren. Auf einem Briefkopf erkannte sie den Schriftzug *Bahamas*, wobei die Buchstaben wellenlinienförmig angelegt waren. Da sie die Dokumente nicht übersetzen konnte, fotografierte sie die Seite mit dem Smartphone ab und riss dann die Schublade auf.

Darin fand Gesine neben Schreibwerkzeugen, einer Schere und einem Locher auch drei USB-Sticks, die sie einsteckte und sich danach den Aktenordnern zuwandte.

Diese waren mit Buchstabenkürzeln und Ziffern gekennzeichnet. Sie nahm einen Ordner mit der Beschriftung BAHA 05FF aus dem Regal und öffnete ihn. Darin waren Rechnungen und Kontoauszüge der Friesenklima AG abgelegt. War Ingrid Renken in die laufenden Geschäfte eingebunden? Warum ...?

Gesines Überlegungen fanden ein jähes Ende, als der Warnton unvermittelt aufhörte. Der falsche Alarm musste schneller aufgeflogen sein, als ihr lieb sein konnte. Glücklicherweise hatte sich hier noch kein Pfleger sehen lassen. Aber nun konnte Mareke mit ihrer Stiefmutter jeden Augenblick in das Zimmer zurückkehren.

Gesine fotografierte einige Kontoauszüge ab und stellte den Ordner wieder ins Regal. Dann eilte sie zur Zimmertür, riss diese auf und … erblickte Mareke Renken, die etwa drei Meter entfernt im Flur stand.

Gesine knallte die Tür zu. Fieberhaft suchte sie nach einem Schlüssel, den es aber nicht gab, weil die Zimmertür mit der Chipkarte verriegelt wurde. Da diese einen Drehknopf hatte, konnte sie auch keinen Stuhl unter die Klinke rammen. In ihrer Not presste sie sich mit dem Rücken gegen die Tür, wobei die Wunde höllisch schmerzte. Die Friesenbrauerin biss die Zähne zusammen und stemmte die Beine fest auf den Boden. Dennoch konnte sie nicht verhindern, dass die Tür Millimeter für Millimeter aufgedrückt wurde.

Sie saß in der Falle … oder doch nicht?

Ihr Blick fiel auf die Terrassentür.

Gesine überlegte einen Moment.

Dann trat sie zur Seite und riss die Tür auf. Mareke Renken stolperte, vom eigenen Schwung getragen, hinein. Gesine stieß sie in den Rücken. Dadurch wurde Renken noch schneller, krachte mit voller Wucht gegen das im Raum stehende Sofa und purzelte über die Rückenlehne. Gesine nutzte den Moment und rannte zur Terrassentür. Sie rammte den Feststellhebel nach unten und zog die Tür auf. Aus den Augenwinkeln bemerkte sie, dass Renken wieder auf die Beine gekommen war.

»Ich will Ihnen nichts tun. Sie müssen mich anhören!«, rief diese ihr zu.

Aber Gesine ignorierte die Worte und rannte los.

Glücklicherweise waren die Terrassen der einzelnen Zimmer nur durch eine kniehohe Steinwand voneinander abgegrenzt, auf denen vereinzelt Blumenkübel standen.

Sie setzte wie eine Hürdenläuferin über die erste Mauer, sprang über die zweite und … stolperte über die dritte.

In dem Versuch, das Gleichgewicht zu bewahren, breitete Gesine die Arme aus, als wären es Flügel. Aber sie war kein Vogel, und die Schwerkraft forderte unbarmherzig ihren Tribut. Im letzten Moment konnte sie sich an einem älteren Herrn festhalten, der auf seiner Terrasse stand und sie ungläubig anstarrte. Das Smartphone rutschte ihr aus der Hand und fiel zu Boden.

»Nicht so stürmisch.« Er fing sie auf.

Gesine murmelte etwas, das wie *Danke* klingen sollte, verschwand in seinem Zimmer und verschloss die Terrassentür von innen. Keinen Augenblick zu früh, denn nun hämmerte Mareke an die Fensterscheibe. Sie rief ihr etwas zu, das die Friesenbrauerin durch das Glas nicht verstand.

Sie eilte durch das Zimmer und rannte auf den Flur. Suchend blickte Gesine umher, konnte aber keinen Sünnumer finden.

»Ich habe dich überall gesucht«, hörte sie plötzlich eine bekannte Stimme.

»Sven!«, rief sie erleichtert aus. »Was machst du denn hier?«

»Erzähle ich dir später. Was ist hier los?«

»Wir müssen hier sofort verschwinden. Mareke ist hinter mir her.«

»Komm mit.« Er umfasste ihren Arm, und gemeinsam

liefen sie in den Empfangsbereich, in dem viele Menschen aufgeregt miteinander redeten.

»Warte!« Sie blieb stehen und schaute sich um. »Da vorn ist Joris.« Sie winkte ihm zu, aber der alte Seebär schien sie nicht zu bemerken.

»Sind noch mehr Sünnumer hier?«

»Das ganze Dorf.«

»Da vorne ist Mareke.« Er packte ihren Arm fester und zog sie nach draußen.

»Du kannst mich loslassen. Vor Zeugen wird sie uns nichts antun.«

»Da wäre ich mir keinesfalls sicher. Eine verzweifelte Frau ist zu allem fähig.«

»Da ist was dran.« Gesine nickte grimmig. »Wir sollten jetzt besser die Polizei rufen.«

»Erst, wenn wir in Sicherheit sind.«

Sven zog die Friesenbrauerin mit festem Griff hinter sich her. Zu ihrer Verwunderung eilte er nicht zum Ausgang, sondern zu einer grauen Tür, auf der *Personal* stand. Sven riss sie auf, und sie traten in einen schmucklosen Gang, von dem aus ein Aufenthaltsraum, Toiletten und Umkleideräume abgingen.

»Wo willst du denn hin?« Gesine versuchte, sich seiner Umklammerung zu entziehen, aber vergeblich.

»Lass mich los«, verlangte sie. Sven ignorierte die Aufforderung und rannte auf eine Tür am Ende des Ganges zu. Er öffnete sie, und sie stürmten in eine Art Hinterhof, von dem ein schmaler Weg abging.

Gesine riss sich los.

Dabei stolperte sie und fiel auf die Knie.

»Unten bleiben«, befahl eine Stimme.

Die Friesenbrauerin schaute auf und erkannte Ingrid Renken. Die ältere Dame stand direkt vor ihr – mit einer Pistole in der Hand.

»Der Trick mit dem Feueralarm war gut, das muss ich dir lassen. Das war allerdings die letzte Show, die du in deinem Leben abgezogen hast.«

»Was ist hier los?« Gesine schaute Sven verständnislos an.

»Mama ist sauer, weil wir deinetwegen aufgeflogen sind und auf siebenundzwanzig Millionen Euro verzichten müssen.«

»Diese Frau ist deine Mutter?« Die Friesenbrauerin riss die Augen auf. Die Erkenntnis, dass sie reingelegt worden war, wirkte wie eine eiskalte Dusche. »Dann habt ihr beide … zusammen … Gelder veruntreut … Enno …«

»… musste sterben, weil er uns auf die Schliche gekommen ist. So wie du.« Ingrid Renken visierte Gesine mit der Waffe an. Diese schaute ihr furchtlos in die Augen.

»Hast du Enno getötet?«

»Nein, das war mein Sohn. Aber dich werde ich eigenhändig umbringen.«

»Damit kommst du nicht durch.«

Ingrid Renken grinste diabolisch. »Unser Fluchtauto steht direkt neben dem Hinterausgang, den man über diesen Pfad erreicht. In dem allgemeinen Trubel sind wir verschwunden, bevor die Bullen hier aufkreuzen und …«

Sie verstummte, als die Tür aufgerissen wurde und Joris in den Hinterhof hetzte. Sein Blick ging von Sven zu Renken, die den Lauf ihrer Waffe noch immer auf Gesine gerichtet hielt.

»Tüdelbüdel!«

Er hechtete zwischen Renken und die Friesenbrauerin.

Ein Schuss bellte auf.

Joris klatschte auf den Boden wie ein nasser Sack.

Dann war Stille.

Totenstille.

Die Friesenbrauerin schaute einige Sekunden wie versteinert auf den leblosen Körper. Dann löste sich ihre innere Erstarrung in einem langgezogenen Schrei, und sie kniete sich neben ihren alten Freund.

»Du darfst nicht sterben, hörst du?«

Die Erinnerung an Enno, der in ihren Armen sein Leben ausgehaucht hatte, lief wie ein Film vor Gesines innerem Auge ab. Die Vorstellung, Joris zu verlieren, war unerträglich. Tränen rannen über ihr Gesicht und verschleierten ihren Blick.

»Steh auf, du alter Sturkopf.« Sie hämmerte auf seine Brust ein, als könnte sie sein Herz auf diese Weise zum Schlagen bringen.

»Jetzt mach schon«, schrie sie ihn an, wobei sie weiterhin auf seinen Brustkorb einschlug. »Auf die Beine mit dir.«

»Kann ich vorher ein Tüdelbräu zur Stärkung bekommen?« Er hielt ihre Hände fest.

»Du … gemeiner … Schuft …« Gesine wischte sich die Tränen aus dem Gesicht.

»Ich hätte das Abrollen nach einem Hechtsprung vorher üben sollen. Mir tun alle Knochen weh.«

»Das liegt daran, dass du ein Wrack bist. Wenn du ein Schiff wärst, hätte man dich längst verschrottet.« Hinnerk half dem ehemaligen Kapitän auf.

»Ik schiet di wat mit Wrack.« Joris reckte sich, wobei seine Gelenke knackten wie trockene Äste.

Die Friesenbrauerin, wie aus einer Trance erwacht, erblickte Patrick, der seine Dienstwaffe auf Ingrid Renken gerichtet hatte, während Wiebke ihr Handschellen anlegte. Sven stand mit auf dem Rücken gefesselten Händen und gesenktem Kopf neben seiner Mutter.

»Du kannst dein Sprüchlein jetzt aufsagen.«

Wiebke nickte ihrem Kollegen zu, und dieser wandte sich an die Verhafteten: »Sie haben das Recht zu schweigen. Alles, was Sie sagen, kann und wird vor Gericht …«

»Ist das Ennos Mörder?« Sören erschien ebenfalls auf der Bildfläche.

»Jo.« Gesine nickte.

»Dich grab ich bei Ebbe im Watt ein!« Er packte Sven an den Schultern und schüttelte ihn. »Aus dir mach ich Fischfutter.«

»Lass gut sein.« Gesine zog ihn zurück. »Die Polizei wird sich um alles Weitere kümmern.«

»… gegen Sie verwendet werden. Sie haben das Recht, zu jeder Vernehmung einen Verteidiger …«

»Wenn ich mit dem Kerl fertig bin, braucht der keinen Anwalt mehr«, drohte Hinnerk.

»Keine Selbstjustiz!«, mahnte Wiebke.

»… hinzuzuziehen. Wenn Sie sich keinen Verteidiger leisten können, wird Ihnen einer gestellt …«

»So sieht also ein Killer aus.« Renate schob den Rollator zu dem Verhafteten und schaute ihm furchtlos in die Augen. »Hatte ich mir irgendwie anders vorgestellt. Sie können froh sein, dass die Polizei Sie vor mir gefunden hat. Sonst hätte ich Ihnen den Kopf mit einer Drahtbürste geschrubbt und danach …«

»Kann ich endlich meine Belehrung zu Ende bringen,

ohne dass mir ständig jemand ins Wort fällt?«, beschwerte sich Patrick.

»Du hast mich unterbrochen. Das ist unhöflich. Haben dir deine Eltern keine Manieren beigebracht?« Renate stemmte die Hände in die Seiten.

»Du bist mir zuerst ins Wort gefallen.«

»Das kann man so nicht sagen. Renate hat den Mörder angesprochen, das ist etwas anderes«, stellte Joris klar.

»Was ist hier los?« Hauke und Insa traten aus der Tür. Die junge Frau blickte ihren Freund irritiert an.

»Patrick, was machst du denn hier?«

»Meine Arbeit. Zumindest versuche ich es.«

»Du kannst stolz auf ihn sein. Er hat den Fall im Alleingang gelöst und Renken mit dem Warnschuss derart irritiert, dass wir die Verbrecher überwältigen konnten«, lobte Wiebke ihren Kollegen.

»Er ist ein toller Kerl. Sind das die Mörder ...?«

»Kann ich meine Beschuldigtenbelehrung jetzt endlich zu Ende bringen?«

»Sorry, ich bin schon ruhig.« Insa presste die Lippen aufeinander.

»Haben Sie das verstanden?«, fragte der Polizist mit salbungsvoller Stimme, wobei er von Ingrid Renken zu ihrem Sohn blickte.

»Was soll ich verstanden haben?« Renate legte die rechte Hand hinter das Ohr. »Du musst schon etwas lauter sprechen, sonst höre ich dich nicht.«

»Ich habe nicht mit dir gesprochen, sondern mit den Beschuldigten«, stellte Patrick klar.

»Was müssen die denn verstehen?«

»Ihre Rechte.«

»Darf ich mit der Linken zuschlagen?« Hinnerk ballte die linke Hand zur Faust.

»Natürlich nicht, du Döspaddel.«

»Wie hast du mich genannt?« Er baute sich vor Sören auf.

»Haltet den Sabbel und verschwindet. Aber zackig.« Wiebke deutete zur Tür. »Patrick und ich haben hier alles im Griff. Wir sehen uns später im Kroog.«

»Du hast mir das Leben gerettet. Dafür erhältst du bei deinem nächsten Besuch Freibier bis zum Abwinken.« Gesine klopfte Patrick anerkennend auf die Schulter.

»Bekomme ich auch Freibier?« Joris leckte sich über die Lippen.

»Warum das denn?«

»Weil ich dich vor einer tödlichen Kugel gerettet habe.«

»Du hast nur eine spektakuläre Bruchlandung hingelegt, das ist alles. Zudem hat Renken nicht einmal geschossen. Für deinen selbstlosen Einsatz wirst du anders belohnt.«

Die Friesenbrauerin nahm seinen Kopf in die Hände und küsste ihn.

»Wie romantisch!« Renate klatschte vor Begeisterung.

»Joris, dein Kopf wird rot wie eine Signalboje.« Sören griente.

»Das liegt an meinem hohen Blutdruck.«

»Ich wusste gar nicht, dass du darunter leidest.«

»Das war eine Spontanerkrankung. Ist schon wieder vorbei. Lasst uns nach Sünnum zurückkehren. Ich bin vollkommen unterhopft.«

»Geht mir auch so«, stimmte Hinnerk zu.

***

Wenig später waren alle Dorfbewohner verschwunden. Wiebke und Patrick wollten die Verdächtigen gerade abführen, als sich die Tür erneut öffnete.

Mareke Renken trat in den Hinterhof. Als sie ihre Stiefmutter und den Stiefbruder in Handschellen sah, nickte Mareke kaum merklich und stellte sich vor die ältere Dame.

»Statt im Luxus zu schwelgen, wirst du viele Jahre im Gefängnis verbringen. Wir hätten mit der Friesenklima AG etwas verändern können. Warum musstest du mit deiner Geldgier alles zerstören?«

»Ich habe keine Ahnung, wovon du redest.« Die Angesprochene schaute sie mit großen Augen an.

»Das weißt du genau. An deinen Händen klebt Blut.«

»Warum musst du gleich so melodramatisch werden? Ich habe niemanden getötet. Das war Julian. Ich wusste nichts von seinen kriminellen Machenschaften.«

»Du hast eine Briefkastenfirma gegründet und der Friesenklima AG darüber fiktive Rechnungen gestellt.«

»Das stimmt nicht. Du steckst mit meinem missratenen Sohn unter einer Decke.«

»Blödsinn. Julian hätte mich getötet, wenn ich die Rechnungen nicht bezahlt hätte.«

»Davon weiß ich nichts.«

»Du hast im Hintergrund die Fäden gezogen.«

»Das ist eine infame Unterstellung und eine Verdrehung der Tatsachen. Du hast mich mit deiner Komplizin Juliane Bender derart drangsaliert, dass ich einen Nervenzusammenbruch erlitten habe. Danach hast du sogar die Frechheit besessen, deine illegalen Geschäfte von meinem Zimmer aus zu führen. Ich bin unschuldig.«

»Du verdrehst die Tatsachen. Ich musste sogar das Bild

des Dreimasters in deinem Patientenzimmer aufhängen, weil du in dem Seemann einen Seelenverwandten erkannt hast, der dich bei deiner Arbeit inspiriert. Die Begegnung mit Juliane hast du nur arrangiert, um einen Grund für deinen Zusammenbruch zu haben. Die Mails und Anrufe mit den Todesdrohungen kamen auch von dir.«

»Das werden die Ermittlungen zeigen. Begleiten Sie uns bitte zum Polizeikommissariat. Dort werden wir Ihre Aussage aufnehmen.« Patrick packte Julian Dombrowski am Arm. Wiebke führte Ingrid Renken ab.

NACHTSCHICHT

»Wiebke, was machst du denn hier?«

Gesner schaute seine suspendierte Mitarbeiterin irritiert an, als er am nächsten Morgen das Polizeikommissariat betrat.

»Arbeiten. Patrick und ich haben die ganze Nacht geschuftet. Mareke Renken hat inzwischen zugegeben, dass sie das Geld ohne Anweisung und vor allem ohne Gegenleistung überwiesen hat. Sie wurde von ihrer Stiefmutter unter Druck gesetzt und sollte mich aus dem Weg räumen.«

Gesner, der in der Tür stehen geblieben war, durchquerte das Büro und blieb vor Wiebkes Arbeitsplatz stehen.

»Das kapier ich nicht, aber was auch immer geschehen sein mag: Du kannst nicht herkommen.«

»Die Suspendierung hat sich erledigt.« Patrick tauchte hinter seiner Aktenmauer auf. »Inzwischen ist klar, dass Wiebke niemals interne Informationen verkauft hat.«

»Ihr könnt doch nicht einfach … keine Ahnung was, jedenfalls geht das nicht.« Gesner fuchtelte mit den Händen, als wollte er ein unsichtbares Orchester dirigieren.

»Wir haben den Mord an Enno Prester aufgeklärt.«

»Wie jetzt?« Der Kommissar starrte zunächst Wiebke und dann Patrick so ungläubig an, als hätten sie ihm von einem fliegenden Seehund berichtet.

»Julian Dombrowski ist der mutmaßliche Mörder und sitzt in Untersuchungshaft, ebenso wie seine Mutter Ingrid Renken …«

»Dombrowski? Renken? Mutter? Ich komme nicht ganz mit.«

»Also, wir waren gestern im Friesenstift, und dort …«, begann Wiebke mit einer Erklärung, wurde aber von ihrem Vorgesetzten unterbrochen.

»… hat es einen Feueralarm gegeben. In den sozialen Netzwerken kursieren Fotos alter Menschen, die hilflos durch die Gegend irren. Es gibt Aufnahmen von Eltern, die weinende Kinder beruhigen. Von Pflegern, die gebrechlichen Patienten ins Freie helfen. Wenn ich herausfinde, wer den falschen Alarm ausgelöst hat, werde ich den Täter eigenhändig in die Mangel nehmen.« Der Kommissar drehte die Hände gegeneinander, als wollte er ein Handtuch auswringen.

»Der Feueralarm war nur ein Ablenkungsmanöver.«

»Ablenkungsmanöver … wozu?« Gesner fuhr sich durch die Haare.

»Zur Beweissicherung.«

»Patrick, du redest nur, wenn du gefragt wirst.«

»Das war so«, erläuterte Wiebke. »Wir vermuteten Beweise für die Veruntreuung von Geldern und Hinweise auf Ennos Mörder im Friesenstift.«

»In einem Pflegeheim? Habt ihr beiden noch alle Latten am Zaun?«

»Das *wir* bezog sich nicht auf Patrick und mich.«
Wiebke blickte zu ihrem Chef auf.

»Willst du mir damit etwa sagen, dass sich die Friesenbrauerin wieder in unsere Ermittlungen eingemischt hat?«

»Ich würde es nicht direkt als Einmischung bezeichnen, sondern eher als Unterstützung. Das ganze Dorf hat mitgeholfen.«

»Die Sünnumer sind also wie eine Horde Wikinger im Friesenstift eingefallen und haben gebrandschatzt. Kein Wunder, dass dort ein heilloses Chaos ausgebrochen ist!«

»Deshalb musst du nicht gleich laut werden. Jedenfalls wurde der Feueralarm betätigt, damit Mama sich in Renkens Zimmer schleichen und dort die Beweise sichern konnte.«

»Das ist ein klarer Fall von Einbruch. Dafür werde ich die Friesenbrauerin juristisch belangen. Für den anderen Blödsinn wird sie sich ebenfalls verantworten müssen.«

»Da war Gefahr im Verzug, deshalb musste unverzüglich gehandelt werden.«

»Die Gefahr geht von deiner Mutter aus. Diese Frau ist eine tickende Zeitbombe, die jederzeit explodieren kann.«

»Im Zimmer von Ingrid Renken fanden sich Belege für die Firmengründung der Jorken Holding Limited und für die Transaktionen auf das Offshore-Konto«, fuhr Wiebke unbeirrt fort. »In ihrer Handtasche haben wir einen gefälschten Reisepass, ein Flugticket auf die Bahamas und zehntausend Euro Bargeld sichergestellt. Zu allem Überfluss hat sie mit einer Waffe auf Mama gezielt. Angeblich geschah das aus Notwehr, da sie sich von meiner Mutter bedroht gefühlt hat.«

»Das kann ich gut verstehen.« Gesner wuschelte durch seine Haare. »Ich sollte der Friesenbrauerin zukünftig auch besser mit einer Pistole gegenübertreten. Woher hatte Renken die Waffe überhaupt?«

»Von ihrem Sohn. Der hat mich übrigens in der Villa niedergeschlagen, weil ich ihn beim Löschen der Festplatten gestört habe.«

»Warum der ganze Aufwand? Wenn die kriminellen Geschäfte von Ingrid Renken im Friesenstift getätigt wurden, hätten wir in der Villa ohnehin nichts gefunden.«

»Das ist richtig. Durch die Vernichtung der Daten sollten wir aber davon ausgehen, dass Mareke etwas zu verheimlichen hat und mit einem Komplizen arbeitet.«

»Die Polizei wurde also bewusst in die Irre geführt. Das hat leider prima funktioniert«, gab sich Gesner selbstkritisch und fragte dann: »Woher wusste Ingrid Renken denn von der Durchsuchung des Büros?«

»Weil Mareke ihre Stiefmutter angerufen und davon erzählt hat. Erinnerst du dich an das Telefonprotokoll?«

»Natürlich, ich bin doch noch fit im Oberstübchen. Sie hat zunächst mit Ingrid Renken und danach mit Felix Bender telefoniert. Warum eigentlich?«

»Um ihrer Stiefmutter zu erklären, dass sie nicht mit der Polizei zusammenarbeitet.«

Gesner schüttelte den Kopf. »Das ergibt keinen Sinn. Wenn sie von ihr bedroht wurde, hätte sie sich jederzeit an uns wenden können.«

»Ingrid Renken hat Mareke mit dem Tod gedroht, wenn sie die Polizei einschaltet. Nach Ennos Ermordung hatte die Unternehmerin Todesangst. In einem derart emotionalen Zustand trifft man keine rationalen Entscheidungen. Zudem hätten wir bei der dünnen Personaldecke niemanden zu ihrer Bewachung abstellen können.«

»Das nicht, aber … erzähl weiter.«

»Der Brandanschlag auf die Villa war eine Drohung von Dombrowski und sollte Mareke zeigen, dass sie auch in ihren eigenen vier Wänden nicht sicher ist. Aus Angst hat sie die fiktiven Rechnungen bezahlt und dabei ständig nach einem Ausweg aus ihrer Misere gesucht, aber keinen gefunden.

Mit dem Hochladen des Brandfotos auf der Webseite von *Mien Friesland* wollte der Spökenkieker den Verdacht auf die Umweltschützer lenken und uns auch damit auf eine falsche Fährte locken.«

»Dann steckt Julian Dombrowski also hinter dem geheimnisvollen Spökenkieker. Warum hat er mit seiner Mutter gemeinsame Sache gemacht?«

»Ingrid Renken hat ihn mit dem Versprechen auf ein gemeinsames Luxusleben geködert. Seiner Aussage nach hat sie sich schon immer ein Jetset-Leben gewünscht, aber dafür fehlte ihr das Geld. Anscheinend wollte sie sich den Lebensabend mit kriminellen Geschäften vergolden und einer möglichen Altersarmut entfliehen. Wenn Renken ihre Taten weiterhin leugnet, werden wir den genauen Grund wahrscheinlich nie erfahren.

Julian ist psychisch labil. Seine Mutter muss ihm eine Liebe vorgegaukelt haben, die sie nie für ihn empfunden hat. Dabei hätte er es besser wissen sollen, schließlich hatte sie ihn schon einmal verlassen. Julian ist bei seinem Vater aufgewachsen und früh auf die schiefe Bahn geraten. Nach dessen Tod hat sie Kontakt zu ihrem Sohn aufgenommen und ihm eine Schmierenkomödie vorgespielt.«

»Woher wisst ihr das alles? Ingrid Renken wird euch das sicherlich nicht erzählt haben.«

»Nee, Julian hat geredet wie ein Wasserfall. Bis zur Verhaftung ging er davon aus, dass er sich mit seiner Mutter ins Ausland absetzen würde. Als er aber erfuhr, dass wir einen gefälschten Reisepass und nur ein einziges Flugticket in ihrer Handtasche entdeckt haben, hat Julian kapiert, dass sie ihn nur benutzt hat. Er ist ausgerastet, und wir konnten ihn nur mit Mühe bändigen. Auf seinem Handy haben wir die Bilder gefunden, die Mareke angeblich auf den Bahamas zeigten, aber während eines Urlaubs in Kalifornien aufgenommen wurden. Darüber hinaus haben wir viele Telefonate zwischen der alten Renken und Dombrowski nachweisen können.«

»Aber nicht den Gesprächsinhalt. Hat er den Mord an Enno gestanden?«

»Noch nicht. Momentan gehen wir davon aus, dass es sich bei der Pistole um die Tatwaffe handelt. Mit den Norderneyer Kollegen haben wir schon gesprochen. Sie werden weiterhin nach möglichen Zeugen Ausschau halten.«

»Wiebke, warum hat Renken dich bei unserem Anruf in die Pfanne gehauen, wenn sie mit den kriminellen Machenschaften ihrer Stiefmutter angeblich nichts zu tun hat?« Gesners Frisur glich inzwischen einem Wischmopp, der wochenlang im Einsatz war.

»Weil Ingrid Renken in diesem Moment bei ihr war. Mareke hat sie oft aus dem Friesenstift abholen müssen, damit sie in der Villa und im Büro alles inspizieren konnte. Ironischerweise wurde Mareke von Pflegern und Ärzten deshalb als fürsorgliche Stieftochter gelobt. Wenn wir zu einem späteren Zeitpunkt angerufen hätten, wäre das Telefonat anders verlaufen.«

»Ingrid Renken hat also die Fäden gezogen und ihren eigenen Sohn wie eine Marionette zappeln lassen«, fasste der Kommissar das Gesagte zusammen.

»Sie hat ihn nicht nur zappeln, sondern morden lassen«, schaltete sich Patrick wieder in das Gespräch ein. »Selbst wenn Dombrowski emotional ausgenutzt wurde, ändert es nichts an seiner Schuld.«

»Mareke war ein Opfer und keine Täterin. Weshalb musste Enno eigentlich sterben?«

»Von einem Pfleger wissen wir inzwischen, dass er sich im Friesenstift nach Ingrid Renken erkundigt hat. Wir gehen davon aus, dass diese daraufhin unruhig wurde und ihren Sohn auf Enno angesetzt hat. Dombrowski hat über *Mien Friesland* Kontakt zu Enno aufgenommen und mit ihm und zwei anderen Mitgliedern eine interne Gruppe mit einer radikaleren Ausrichtung gegründet.«

»Warum hat er Enno nicht sofort getötet?«

»Weil er zunächst wissen wollte, was Enno herausgefunden und mit wem er darüber gesprochen hat.«

»Da ist was dran. Wie ist deine Mutter eigentlich auf Ingrid Renken aufmerksam geworden?« Gesner wuschelte weiter durch seine Haare.

»Mareke hat im Kroog von ihrer Stiefmutter gesprochen. Als Mama im Friesenstift war, wurde sie von Ingrid Renken gesehen.«

»Weshalb hat sie deine Mutter nicht umgehend beseitigen lassen?«

»Mit derselben Begründung, warum Enno nicht direkt getötet wurde. Renken wollte wissen, ob Enno vor seinem Tod geredet hat und ob ihr jemand auf die Schliche gekommen war«, mutmaßte Wiebke. »Weil sie dazu niemanden befragen konnte, ohne Aufmerksamkeit zu erregen, hat sie von Julian eine Ausgabe des *Schimmelreiters* in Ennos Pensionszimmer hinterlegen lassen. Darin befand sich eine codierte Nachricht mit dem Hinweis auf die Himmelspforte. Dombrowski muss zu diesem Zeitpunkt gewusst haben, dass Enno die Geschichten von Theodor Storm geliebt hat. Mama hat das Buch gefunden.«

»Das verstehe ich nicht. Woher wusste Dombrowski denn, dass deine Mutter in der Pension auftauchen würde?«

»Das konnte er nicht wissen. Der Hinweis diente nur dazu, Leute, die die näheren Umstände von Ennos Tod untersuchten, direkt zu ihm zu führen. Hat prima funktioniert.«

»Warum hat er Joris und Gesine nicht an der Himmelspforte getötet?«

»Ich gehe davon aus, dass er von Mama zunächst polizeiinterne Informationen haben wollte, die sie von mir bekommen haben könnte.«

»Das wäre möglich. Im Rahmen der Ermittlungen hätte aber auch die Polizei das Pensionszimmer unter die Lupe nehmen und das Buch finden können. Dann wären Ordnungshüter an der Himmelspforte aufgetaucht.«

»In diesem Fall hätte Dombrowski behauptet, dass Enno die Eintragungen gemacht hatte und er den Grund dafür nicht kannte. Im schlimmsten Fall hätte man ihm Hausfriedensbruch vorwerfen können, weil die Gruppe in dem alten Kiosk ihr Hauptquartier aufgeschlagen hatte.«

»Was ist mit den beiden anderen Mitgliedern?«

»Die werden wir dazu vernehmen. Ich gehe aber davon aus, dass sie Klimaaktivisten sind, die von den wahren Hintergründen nichts wussten.«

»Willst du mir ernsthaft erzählen, dass die Friesenbrauerin im Alleingang einen Mörder gestellt hat?«

»Nicht im Alleingang. Wie gesagt, es war das ganze Dorf.«

»Und du hast während deiner Suspendierung nicht heimlich ermittelt? Patrick hat dir keine Informationen zugespielt?«

»Kann man so nicht sagen.« Wiebke senkte den Blick.

»Die Ermittlungen erfolgten streng nach Vorschrift. Steht alles im Bericht, der auf deinem Schreibtisch liegt.«

»Dann will ich mir dein Machwerk mal ansehen, Patrick. Vorher brauche ich aber erst einen Kaffee.«

»Ich habe noch einen Heringsschwarm in der Schublade.«

»Wiebke, hör mir auf mit den Zuckerfischen. Ich vertrag die Dinger nicht.«

»Bei artgerechter Haltung …«

Gesner winkte ab und verschwand in der kleinen Küche. Kurz darauf setzte er sich mit einem Becher Kaffee an seinen Arbeitsplatz. Während er den Bericht las, herrschte im Büro eine andächtige Stille.

»Echt jetzt?« Der Kommissar legte das Dokument nach dem Lesen vor sich auf den Schreibtisch.

»Ist damit etwas nicht in Ordnung?« Patrick lugte vorsichtig über seine Aktenmauer.

»Darin ist weder von Wiebkes Mutter noch von den Sünnumern die Rede, die im Friesenstift für Chaos gesorgt haben.«

»Das haben wir aus nachvollziehbaren Gründen nicht erwähnt«, erläuterte Wiebke.

»Diesem Bericht nach habe ich die Ermittlungen geleitet und meine beiden fähigsten Mitarbeiter zum Friesenstift geschickt, um dort verdächtige Personen festzunehmen. Kann mir jemand sagen, wer damit gemeint ist?«

»Patrick hat wesentlich zur Aufklärung beigetragen. Ohne ihn hätten wir Dombrowski noch immer nicht identifiziert. Er ist nicht nur ein Superbulle, sondern auch ein prima Kollege, der nie an meiner Loyalität gezweifelt hat.«

Gesner seufzte vernehmlich.

»Das hätte ich ebenfalls nicht tun dürfen. Ich war wegen

der Ermittlungen total durch den Wind, aber das rechtfertigt mein Misstrauen nicht. Ich habe echt Scheiße gebaut.«

»Das kann man so sagen«, bestätigte Wiebke.

»Willst du dich versetzen lassen?«

»Nee, auf keinen Fall.«

»Warum nicht?«

»Weil du mir jetzt hoffentlich vertraust.«

Gesner nickte. »Das hätte ich immer tun sollen. Ich kann mich für meine Fehleinschätzung nur bei dir entschuldigen. Mehr geht leider nicht.«

»Entschuldigung angenommen. Dennoch kannst du mehr tun.«

»Was denn?«

»Am kommenden Samstag wird in Sünnum gefeiert. Wenn du dich bei meiner Mutter und dem gesamten Dorf für ihre Unterstützung bedankst, würden sich alle freuen.«

»Bei der Friesenbrauerin bedanken? So weit kommt das noch!« Gesner schlug mit der Faust auf den Tisch.

»Patrick, dann werden wir den Ermittlungsbericht umschreiben müssen. Wenn ich mich recht entsinne, war der Chef zum Zeitpunkt der Verhaftung telefonisch nicht erreichbar, sodass die Ergreifung der Täter nur mit tatkräftiger Unterstützung einiger tapferer Zivilisten aus Sünnum möglich war und ...«

»He, ich war bei meinem Kumpel. Wir haben zusammen gegrillt und dabei ein paar Bier getrunken. Deshalb war ich zu diesem Zeitpunkt ... sagen wir ... etwas unpässlich«, redete sich Gesner aus der Affäre.

»Dann werden wir die Trunkenheit des Vorgesetzten in den Bericht aufnehmen müssen und diesen direkt beim Polizeipräsidenten einreichen.«

»Ich sehe leider auch keine andere Möglichkeit.« Patrick schüttelte bedauernd den Kopf.

»Das ist Erpressung.«

»Chef, es ist die Wahrheit«, konterte Wiebke.

»Darf man am Wochenende nicht mal ein paar Bierchen zischen?«

»Natürlich! Im Kroog wird das Tüdelbräu am Samstag in Strömen fließen. Bist du dabei?«

Gesner schaute zunächst zu Wiebke und dann zu Patrick. »Wirst du auch dort sein?«

»Wo denn sonst?«

»Dann werden wir den Kroog ordentlich rocken. Den Bericht nehme ich zur Akte. Wiebkes Suspendierung ist hiermit aufgehoben. Und jetzt macht ihr euch auf die Suche nach ihrer Dienstwaffe. Ich will Ergebnisse sehen, hopp, hopp.« Gesner klatschte in die Hände.

»Elender Sklaventreiber«, murmelte Patrick und tauchte hinter seiner Aktenmauer ab. Wiebke grinste.

ZUCKERFISCHE

»Gesine, wo bleibt mein Tüdelbräu? Die Zuckerfische müssen schwimmen, sonst gehen sie elendig zugrunde.« Joris Harms winkte mit seinem leeren Glas.

»Ich warte schon eine Ewigkeit auf mein Bier!« Hinnerk trommelte mit den Fingern auf die Theke.

»Mach hinne, sonst verdurste ich hier«, plärrte Sören, der mit Hauke und Sepp an einem der Stehtische stand, durch den Kroog.

An diesem Samstagabend drängten sich viele Sünnumer in der kleinen Gaststube. Aus den Lautsprechern waren Seemannslieder zu hören. Vereinzelt erklang Gelächter, das aber schnell wieder verebbte, als hätte jemand mit dem Lachen etwas Verbotenes getan.

Obwohl die Dorfbewohner mit der Inhaftierung von Julian Dombrowski und der Festnahme von Ingrid Renken allen Grund zum Feiern hatten, lag die Trauer um Enno noch immer wie eine unsichtbare Glaskuppel über dem Dorf.

Die Friesenbrauerin stand hinter der Theke und zapfte ein Tüdelbräu nach dem anderen. Renate reinigte die Gläser, wobei sie sich immer wieder eine Pause gönnte und in aller Seelenruhe einige Schlucke Bier trank. Die Spülbürste legte sie selbst dabei nicht aus der Hand.

Gesine warf ihr einen kurzen Blick zu.

Wenn Renate alle Drohungen, die sie in den letzten Tagen ausgesprochen hatte, wahr machen wollte, würden sie einigen Leuten mit der Bürste die Köpfe schrubben.

Gesner saß neben Joris auf einem Barhocker und starrte mit gequältem Gesichtsausdruck in sein Bier.

»Was ist los? Wieder einen Heringsschwarm mit Kaffee runtergespült?« Der alte Kapitän grinste.

»Nee, mir liegt was anderes im Magen.« Der Kommissar winkte ab.

»Tüdelbüdel, jetzt aber zackig, sonst wird meine Unterhopfung chronisch.«

»Joris, erst kommt mein Lebensretter dran!«

Gesine reichte Patrick, der mit Insa an der Theke stand, ein frisch gezapftes Bier und hielt sofort ein neues Glas unter die Zapfanlage.

»Ich habe mich für dich todesmutig in eine Kugel geworfen. Zählt das etwa nicht?«

»Die Kugel wurde nie abgefeuert. Zudem habe ich mich schon auf eine sehr persönliche Art bei dir bedankt.«

»Apropos bedanken.« Gesner, der die Bemerkung der Friesenbrauerin gehört hatte, beugte sich etwas vor. »Ich wollte mich bei dir und den anderen für die Hilfe bei den Ermittlungen bedanken.«

Gesine verharrte mitten in der Bewegung, als wäre sie urplötzlich zu Stein erstarrt. Dann drehte sie sich langsam zu ihm um, wobei sie die Hände hinter die Ohren legte: »Was hast du gesagt?«

»Ich möchte mich bei dir und den anderen Sünnnumern für die Unterstützung bedanken.«

»Warum flüsterst du dann? So hört dich doch niemand.«

Die Friesenbrauerin griff nach dem Seil der Schiffsglocke, die über der Theke hing, und läutete. Das Stimmengewirr wurde immer leiser, und bald war nur noch der aus den Lautsprechern erklingende Shantychor zu hören.

»Was ist denn los?«, fragte Hauke Peters.

»Der Kommissar hat uns etwas zu sagen.«

»Der will nur wieder meckern«, winkte Sören ab.

»Genau! Der hat an uns immer was auszusetzen.«

»Hinnerk, lasst ihn reden. Du kannst jetzt loslegen.« Die Aufforderung richtete Gesine an den Kommissar, der sich räusperte.

»Ähem, ich wollte mich bei allen …«

»Ich verstehe nichts.«

»Renate, jeder Besen hört besser als du.«

»Halt den Sabbel, Sepp.«

»Also, ich möchte mich bei allen für eure Unterstützung bei ermittlungstechnischen Sachverhalten unter besonderer Berücksichtigung der lebensbedrohlichen Situation …«, wagte der Kommissar einen weiteren Versuch, wurde aber erneut unterbrochen.

Dieses Mal vom Deichschäfer. »Rede Klartext. Dieses Geschwurbel versteht kein Mensch.«

»Verdammt, jetzt reicht es mir aber!« Gesner schlug mit der flachen Hand so fest auf die Theke, dass es wie ein Gewehrschuss knallte. Einige der Anwesenden zuckten zusammen. Patrick verschüttete etwas von seinem Bier.

»Ich wollte mich bei allen für die Unterstützung bedanken. Ohne euren Einsatz wären uns die Täter im Friesenstift entwischt. Gesine hat bei der Aktion viel Mut bewiesen, und darauf sollten wir anstoßen.«

Er hob sein Glas.

Niemand sonst.

Ohne die Musik wäre es im Kroog so still gewesen wie in einer Grabkammer. Alle starrten den Kommissar ungläubig an.

Dann brandete Applaus auf.

Zaghaft zunächst, aber bald war der Raum erfüllt von rhythmischem Klatschen, in das sich Pfiffe und Jubelrufe mischten, und jetzt stießen alle miteinander an.

»War das so schwierig?«, raunte Wiebke, die ein Tablett leerer Gläser auf die Theke stellte, ihrem Vorgesetzten zu.

»Nee, eigentlich nicht.«

»Dann solltest du das öfter machen.« Sie reichte Renate die Gläser an.

»Loben ist nichts für Weicheier, das können nur mutige Menschen. Aus dir kann doch noch ein anständiger Sünnumer werden.« Hinnerk klopfte dem Kommissar so fest auf die Schulter, dass sein Oberkörper nach vorn sackte.

»Wer kommt denn da?«

Die Friesenbrauerin deutete zur offenen Eingangstür, in der Mareke Renken stand. In der rechten Hand hielt sie einen ledernen Aktenkoffer. Einige Sünnumer wurden darauf aufmerksam, schauten in ihre Richtung, und bald starrten alle Mareke an.

»Moin.«

Sie verharrte auf der Türschwelle.

»Wir wollen unsere Einlage zurück!« Sören reckte eine Faust in die Luft.

»Genau, her damit!«, rief ihr Tammo entgegen.

»Heute noch«, ließ sich Sepp vernehmen.

»Benehmt euch nicht wie Bagaluten. Lasst sie doch erst einmal reinkommen.« Gesine winkte die Frau zu sich, und Mareke trat an die Theke.

»Ein Tüdelbräu. Geht aufs Haus.«

»Danke:« Mareke nahm das Glas entgegen.

»Was willst du hier?«, hakte Sepp nach.

»Euch um Vertrauen bitten.«

»Ich kann nichts hören.«

»Mama, jetzt schalte endlich die Hörgeräte ein!«, rief eine sichtlich genervte Monika Nansen.

Mareke leerte die Hälfte des Glases mit großen Schlucken, als müsste sie sich Mut antrinken.

»Ich möchte mit euch über die Friesenklima AG reden.«

»Lauter«, rief Sören.

»Hoch mit dir!«

Hinnerk umfasste Marekes Taille und hob die überraschte Unternehmerin mitsamt ihrem Aktenkoffer auf die Theke.

Dort stand sie wie auf einer Bühne.

»Wie ihr inzwischen alle wisst, wollte meine Stiefmutter die Firma finanziell ausbluten lassen. Vielleicht hätte ich mich rechtzeitig an Wiebke und ihre Kollegen wenden sollen, aber dazu fehlte mir der Mut. Falls jemand deshalb sauer auf mich ist, kann ich das gut verstehen. Momentan versuche ich, das Geld von den Bahamas wieder auf meine inländischen Konten zu transferieren, aber das kann eine Weile dauern. Da das Guthaben vom Treuhandkonto inzwischen freigegeben wurde, kann ich eure Einlagen auszahlen.«

»Super, her mit der Kohle«, bölkte Sören und erhielt dafür viel Zustimmung.

»Wenn ich das Geld zurückgebe, kann ich das *Menatur*-Projekt nicht mehr umsetzen.«

»Na und? Das ist doch nicht mein Problem.«

»Sören, sei ruhig und lass sie erzählen.«

Mareke nickte Hinnerk dankend zu und wandte sich

dann an die Sünnumer. »Mir liegt die Verwirklichung des Projektes am Herzen, und deshalb möchte ich euch um die Einhaltung der Verträge bitten.«

»Warum sollten wir dir nach allem, was passiert ist, noch vertrauen?«, fragte Sepp.

»Mareke hat die Veruntreuung nicht zu verantworten, und ihr bekommt eine ordentliche Verzinsung. Das *Menatur*-Projekt halte ich nach wie vor für eine gute Idee.«

»Tüdelbüdel, du hast leicht reden, schließlich hast du keinen Cent investiert.«

»Stimmt. Deshalb werde ich das jetzt nachholen. Kann ich mich noch mit zwanzigtausend Euro an dem *Menatur*-Projekt beteiligen?«

»Natürlich«, antwortete Mareke hocherfreut und fuhr dann fort. »Ich werde jetzt eine Liste rumgehen lassen. Wer sein Geld ausbezahlt haben möchte, trägt sich dort ein.« Sie öffnete den Koffer und holte ein Klemmbrett heraus, auf dem sich einige Seiten liniertes Papier befanden. Sie reichte es Hinnerk zusammen mit einem Kugelschreiber.

»Schreib deinen Namen auf, wenn du das Geld zurückhaben möchtest, und gib die Liste dann weiter.«

Hinnerk nahm den Stift und drückte ihn auf das Papier, schrieb jedoch noch nicht.

»Bekomme ich meine versprochene Rendite?«

»Selbstverständlich.«

»Reicht diese Rendite, um dich zu einem Tüdelbräu einzuladen?«

»Auf jeden Fall.«

»Gesine, zwei Tüdelbräu. Ich zahle mit Rendite.« Hinnerk hielt Zeige- und Mittelfinger der rechten Hand in die Höhe und gab die Liste weiter.

»Willst du dein Geld wieder für dich arbeiten lassen?«
Joris, der das Gespräch mitbekommen hatte, grinste.

»Warum nicht? Vielleicht klappt es dieses Mal. Dann habe ich mehr Zeit für … keine Ahnung, irgendwas halt.«

»Kannst du mir runterhelfen?«

Mareke streckte Hinnerk die Arme entgegen. Dieser umfasste wieder ihre Taille, während sie sich auf seinen Schultern abstützte. So vorsichtig, als würde er eine zerbrechliche Skulptur in den Händen halten, stellte er sie auf den Boden.

»Du kannst mich jetzt loslassen.«

»Tut mir leid.« Hinnerk zog seine Hände zurück.

»Das muss es nicht. Wenn du nach deiner Beschäftigung mit *irgendwas* …« Bei dem Begriff malte Mareke zwei imaginäre Gänsefüßchen in die Luft. »… etwas Zeit erübrigen kannst, könnte ich für das Projekt noch einen Tischler brauchen. In den letzten Tagen haben einige Handwerker die Geschäftsbeziehung zu mir gekündigt, und ich suche neue Leute.«

»Da muss ich erst in meinem Terminkalender nachsehen.«

»Seit wann führst du denn einen Kalender? Dein Büro besteht aus einem Schuhkarton, in den du alle Termine, Rechnungen, Lieferscheine und sonstigen Papierkram stopfst«, frotzelte Joris.

»Na und? Ich habe den vollen Durchblick.«

»Dann weißt du auch jetzt schon, ob du Zeit für sie hast.«

Hinnerk fuhr sich über den kahlen Schädel und murmelte etwas Unverständliches.

»Ruf mich an, okay?« Mareke holte eine Visitenkarte aus dem Koffer und reichte sie ihm.

»Klar.« Der Tischler steckte die Karte ein und schaute dabei in feixende Gesichter. »Warum grinst ihr so? Wer jetzt einen dummen Spruch macht, den ramme ich wie einen Holzpflock ins Watt und …«

»Lass sie doch.« Mareke legte ihre Hand auf seinen Unterarm, und Hinnerk verstummte. »Juliane und Felix sind übrigens auch mit von der Partie.«

»Die Namen sagen mir nichts.«

»Aber mir.« Wiebke, deren Tablett Gesine mit frisch gezapften Biergläsern füllte, schaute Mareke überrascht an. »Habt ihr euch ausgesöhnt?«

»Wir haben uns getroffen und lange miteinander gesprochen. Das Verhältnis zwischen Juliane und mir wird nie wieder so sein wie damals, und ich habe auch keine Ahnung, ob wir gemeinsam arbeiten können. Wir wollen es zumindest versuchen. Juliane wird die Vermarktung des *Menatur*-Projektes übernehmen, und Felix …« Sie schwieg einen Moment, bevor sie weitersprach. »… wird den vorliegenden Architektenplan gründlich überarbeiten. Unsere Liebe ist Vergangenheit, das ist mir in den letzten Tagen noch einmal klargeworden. Die Geschichte mit meiner Stiefmutter hat mich derart verwirrt, dass ich kaum einen klaren Gedanken fassen konnte und auch emotional vollkommen neben der Spur war. Nur so ist es auch zu erklären, dass ich Felix unter dem Vorwand eines Treffens mit mir zur Villa beordert habe. Dombrowski hätte ihn verletzen oder töten können. Jedenfalls hat er mir verziehen, und ich hoffe, dass wir gut miteinander arbeiten können. Heute möchte ich die Vergangenheit aber ruhen lassen und freue mich auf eine aufregende Zukunft.«

»Warum siehst du mich dabei so komisch an?«

»Das wirst du sicherlich bald verstehen«, raunte Wiebke Hinnerk zu, griff nach dem Tablett und brachte die Biere zu den Stehtischen.

Gesine ließ ihren Blick durch die gefüllte Gaststube schweifen. Alles war wie immer, und doch anders.

Das Lachen fehlte.

Sie überlegte einen Moment. Dann ergriff sie das Hanf-seil und läutete die Glocke erneut.

Die Gespräche verstummten, und alle Augen richteten sich auf die Wirtin.

»Die Glocke wurde noch nie zwei Mal an einem Abend geläutet. Worum geht es denn?«, fragte Joris.

»Ich muss etwas loswerden und habe keine Ahnung, ob ich die richtigen Worte dafür finde.« Gesine atmete tief ein und ließ die Luft langsam entweichen. »Enno ist vor unseren Augen hier im Kroog gestorben. Diesen Tag wird niemand von uns vergessen. In meiner Erinnerung ist Enno manch-mal noch so lebendig, dass ich ihn an der Theke stehen sehe. Für mich wird er immer einen Platz in unserer Mitte haben, und ich denke, euch geht es ähnlich. Wenn wir uns an ihn erinnern, wird er unvergessen bleiben. Enno hat stets das Gute im Menschen gesehen und hätte nicht gewollt, dass wir seinetwegen traurig sind. Lasst uns daher trotz aller Trauer fröhlich sein, auch wenn das verdammt schwierig ist.« Ge-sine wischte sich mit den Handrücken über die Augen, und es dauerte einen Moment, bis sie mit erstickter Stimme fort-fahren konnte. »Wir sollten auf ihn anstoßen.«

Sie hob ihr Glas.

»Auf Enno!«

»Auf Enno!«, echoten die Sünnumer und ließen die Glä-ser klirren.

Die Liste machte im Kroog die Runde, und Gesine, die sie als Letzte bekommen hatte, gab sie Mareke zurück. Diese nahm das Klemmbrett entgegen und warf einen Blick auf das Papier.

»Das darf doch nicht wahr sein.« Sie schlug die Hand vor den Mund.

»Was ist denn los?« Hinnerk schaute sich die Liste an. »Da steht doch nichts.«

»Das ist der springende Punkt. Niemand will sein Geld zurück.«

»Dann kannst du dein Projekt verwirklichen.«

»Wow, das ist Wahnsinn. Damit hätte ich nie gerechnet.«

Gesine, die das Gespräch mitbekommen hatte, stützte die Hände auf die Theke und beugte sich vor. »Die Sünnumer mögen friesische Sturköpfe sein, aber sie haben das Herz am rechten Fleck.«

»Das haben sie mit ihrer Aktion im Friesenstift eindeutig bewiesen. Ich verdanke euch so viel.«

»Das war keine große Sache«, winkte Hinnerk lässig ab.

Nach Mitternacht verabschiedete sich Mareke, und auch die Sünnumer traten den Heimweg an. Joris leerte sein letztes Glas und humpelte aus dem Kroog.

»Ich bin vollkommen erledigt!« Gesine kam hinter der Theke hervor und half ihrer Tochter beim Einsammeln der Gläser.

»Habt ihr Ennos Mörder inzwischen ein Geständnis entlockt?«

»Über laufende Ermittlungen …«

»… darfst du nicht sprechen, ich weiß. Da sich sogar dein Chef für meinen Einsatz bedankt hat, könntest du eine Ausnahme machen.«

Wiebke grinste. »Du gibst nie auf, richtig?«

»Niemals.«

»Meine Dienstwaffe wurde in einem hohlen Baumstamm auf dem Gelände der Himmelspforte entdeckt. Die Norderneyer Kollegen haben ein Pärchen ausfindig gemacht, das Dombrowski in der Tatnacht am Yachthafen gesehen hat. Seine DNA wurde auch in Ennos Haus und im Pensionszimmer gefunden. Demnach hat er dich in der Nacht aus dem Fenster gejagt. Wenn Hauke nicht rechtzeitig aufgetaucht wäre …« Wiebke ließ den Satz unvollendet.

»Wir haben Ennos Mörder gefasst. Das ist für mich das Einzige, was zählt!«

»Da ist was dran. Heute Nacht werden aber keine Verbrecher mehr gejagt. Was hältst du davon, wenn wir den Kroog morgen früh auf Vordermann bringen und uns jetzt mit einem Schlummertrunk draußen auf die Bank setzen?«

»Das ist eine gute Idee. Ein Tüdelbräu geht immer.« Die Friesenbrauerin lachte.

DANKSAGUNG

Beim Schreiben bin ich allein. Die Veröffentlichung eines Buches gelingt allerdings nur mit der Unterstützung vieler Menschen.

An erster Stelle möchte ich meine Agentin Eva Semitzidou erwähnen, die meine schriftstellerische Arbeit seit Jahren fördert.

Meine Lektorin Franziska Berninger hat mich auch bei diesem Manuskript vor Logikfallen bewahrt, holprige Sätze abgeschliffen und mich auf unklare Formulierungen hingewiesen.

Der Borkumer Carsten Hielscher hat meinen Schreibprozess bei dieser Geschichte eng begleitet und mir mit Ratschlägen geholfen. Christiane und Niclas Tiemann haben mir beratend zur Seite gestanden und meine Arbeit mit wichtigen Informationen und Fachbegriffen aufgewertet.

Meine Eltern haben mich auch bei der Entstehung dieses Buches in allen Belangen unterstützt, meine Töchter haben mich immer wieder motiviert und in manchen Situationen zum Weitermachen ermutigt.

Jeder von ihnen hat auf seine Weise zum Gelingen dieses Buches beigetragen, und dafür bin ich sehr dankbar.

Aber was ist ein Autor ohne seine Leser?

Dir danke ich ganz besonders für Deine Zeit, die Du in Sünnum verbracht hast. Wenn Du wieder in das Dorf zurückkehrst, wird Dir die Friesenbrauerin sicherlich im Kroog ein Tüdelbräu spendieren. Wir lesen uns bald wieder.

TÜDELBRÄU – DAS BIER ZUM BUCH

Wer schon immer einmal wissen wollte, wie das preisge-
krönte Bier der Friesenbrauerin aus unserer Buchreihe in
Wirklichkeit schmeckt, hat ab jetzt die Gelegenheit dazu:
Holen Sie sich ein Stück Sünnum nach Hause und genießen
Sie ein Tüdelbräu, jetzt erhältlich unter www.tuedelbraeu.de!

Alles im Lot im *Kroog* – bis die Nordsee eine Leiche anspült …

In Sünnum ist die Welt noch in Ordnung: Die herzliche Gesine Felber betreibt in dem kleinen Dorf den *Kroog*, eine urige Kneipe mit kleinem Lädchen. Der *Kroog* ist das zweite Wohnzimmer der Sünnumer, bei selbstgebrautem Bier wird hier nach Herzenslust geschnackt, gefeixt, gelacht und gefeiert.

Mit der Ruhe und Gemütlichkeit ist es allerdings vorbei, als die Leiche einer Frau am Strand gefunden wird. Die Tote ist die Ehefrau des Großbauern Burmeister, der sich mit seinem Milchbetrieb vor allem bei Umweltaktivisten keine Freunde gemacht hat. Wird Burmeister das nächste Opfer sein? Als Enno, ein guter Freund von Gesine und leidenschaftlicher Naturschützer, ins Visier der Ermittlungen gerät, macht sie sich unerschrocken auf die Suche nach dem wahren Täter …

Joost Jensen, Die Leiche am Deich. Die Friesenbrauerin ermittelt. insel taschenbuch 4913. ca. 358 Seiten. Auch als eBook erhältlich

NF 543/1/4.22

Hopfensturm über Sünnum

Die Friesenbrauerin Gesine Felber gewinnt mit ihrem Tüdelbräu den norddeutschen Brauwettbewerb – gegen den Vorjahressieger Hopfensturm. Das kleine Küstendorf wird zum Touristenmagnet, auch Hopfensturm-Brauer Ulrich Neunaber stattet dem Kroog einen Besuch ab. Als Neunaber eines Morgens tot in einem Bierfass gefunden wird, gerät ausgerechnet die Friesenbrauerin unter Mordverdacht und verschwindet von der Bildfläche. Zusammen mit den anderen Dorfbewohnern macht sich Wiebke auf die Suche nach ihrer Mutter ...

Joost Jensen, Leichenblass im Fass. Ein Nordsee-Krimi. insel taschenbuch 4984. 362 Seiten. Auch als eBook erhältlich